Faubourg * Marigny

Créé et dirigé par Laury-Anne Frut et Romain Naudin

Tour de Babel américaine, nichée au cœur de La Nouvelle-Orléans, Faubourg Marigny est un quartier dans lequel toutes les langues se parlent encore. C'est désormais également une maison d'édition qui s'attache à publier des romans français, francophones et étrangers de littérature contemporaine.

À travers une dizaine de titres par an, nous vous invitons à découvrir des plumes singulières, des atmosphères inattendues, d'ici ou d'ailleurs, mais qui vous fascineront toujours.

SOUS LE CIEL DE MARALINGA

Titre original :
Maralinga

Éditions Faubourg Marigny
La Geste – 11 rue Norman-Borlaug
79620 La Crèche
E.mail : contact@gesteditions.com
Tél. 05 49 05 37 22

Retrouvez-nous sur www.faubourg-marigny.fr,
ainsi que sur Facebook, Instagram et Pinterest.

ISBN : 978-2-490746-46-0

Dépôt légal : juin 2021

Judy Nunn

SOUS LE CIEL DE MARALINGA

Traduit de l'anglais (Australie) par Élisabeth Luc

Faubourg • Marigny

Chères lectrices, chers lecteurs,

Est-ce que, tout comme nous, l'Australie est un pays qui vous fascine ? L'immensité de ce territoire, les secrets de son histoire, la culture aborigène…

Mais saviez-vous que Britanniques et Australiens s'étaient alliés, dans les années 1960, pour développer l'arme nucléaire ? Et que les terres ancestrales des Aborigènes ont servi de théâtre aux expérimentations, malgré la présence de la population autochtone ? C'est dans ce contexte douloureux mais fascinant que se déroule l'action de notre roman. Une histoire dans l'Histoire, durant laquelle la guerre froide prend une place importante, mais qui n'oublie pas les hommes et leurs sentiments…

Très belle lecture,

L'équipe éditoriale de Faubourg Marigny

Pour Justine

Note de l'autrice

Les noms autochtones utilisés dans ce roman sont ceux qui figurent dans l'*Encyclopédie de l'Australie aborigène* (D. Horton) publiée en 1984 chez Aboriginal Studies Press pour l'Institut d'études aborigènes et des îles du Détroit de Torrès.

J'ai fait ce choix dans un souci d'uniformité. À la période à laquelle se situe mon roman, beaucoup de ces termes étaient différents, car la graphie et la prononciation des noms aborigènes ont évolué au fil des années. L'utilisation de références relativement récentes assure une certaine cohérence à l'ensemble. Pour clarifier mon texte, j'ai parfois eu recours à une terminologie « classique » pour évoquer les petits groupes d'autochtones, famille ou clan, par exemple.

Lors de mes recherches sur Maralinga, j'ai lu des rapports contradictoires, que ce soit dans les livres ou sur Internet. En intégrant les faits dans mon récit fictif, j'ai opté pour un consensus, mais il existe tant de variables que j'en suis arrivée à la conclusion que nul ne connaît l'entière vérité et qu'on ne la connaîtra sans doute jamais.

Il s'appelle Amitu. C'est un Kokatha du désert du sud des Terres anciennes. Il est seul, debout, le pied droit posé sur son genou gauche, sa lance dans la main droite pour garder l'équilibre. Il attend. Il attend depuis l'aube, mais ne ressent aucune fatigue. Il est fort. Père de deux garçons robustes, il excelle à la chasse et est très respecté par son clan. Sauf qu'il est loin de son clan, en cet instant. Il se trouve même à de nombreux jours de marche vers le sud.

En rêve, le Serpent arc-en-ciel a appelé Amitu sur le site des pierres sacrées. Amitu a marché vers le nord pendant dix jours, sur une piste Tjurkurpa menant à Kata Tjuta et Uluru. Il est maintenant en pays Pitjantjatjara, à moins d'une journée de la pierre mère de tous les peuples. Et pourtant, les esprits ne veulent pas qu'il aille plus loin. Amitu sait que c'est là, près de ce trou d'eau, qu'il doit attendre.

Il n'y a pas un souffle de vent. La terre n'est qu'un tapis rouge et les feuilles du saule pendent, immobiles, au-dessus du trou d'eau presque asséché. Le soleil est au zénith. Dans la chaleur intense, rien ne bouge. Pas un vol d'oiseau au-dessus de sa tête, pas un bruissement d'insecte dans la poussière, pas un pas d'animal dans les hautes herbes.

Les terres attendent, songe Amitu. Les esprits sont proches. Il ressent leur présence et respire à peine, réprimant ses pensées. Il est presque en transe, mais ne parvient pas à endiguer sa frayeur. Et si les esprits étaient en réalité des *mamu* ? Au plus profond de son cœur, il est persuadé que le Serpent arc-en-ciel ne l'entraînerait pas vers sa destruction, car il n'a rien fait qui puisse justifier la venue des esprits maléfiques. Néanmoins, la peur est bien là.

Il les voit, à présent, qui arrivent depuis l'ouest sur les dunes ondulantes, telles des ombres qui dansent dans la chaleur floue. Ils s'approchent, encore et encore, jusqu'à ce qu'il ne voie que leurs ombres dansantes. Ils chantent en l'encerclant et leurs voix sont le son de la terre, l'écho de tout ce qui vit. Telles des langues de feu qui s'agitent, ils enveloppent son corps et leur chant enveloppe son cerveau. Amitu est englouti, mais il n'a plus peur. Il est joyeux. Ces esprits ne sont pas des *mamu*, ce sont des esprits bienveillants qui lui souhaitent bonne chance.

Oh ! Amitu, tu es patient
Tu attends en silence avec tes chansons
Nous sommes les esprits de ton rêve
Venus te chanter une nouvelle chanson.

Danser devant toi, autour de toi
Écoute nous chanter
Danse en nous, à l'intérieur de nous
Amitu, apprends cette chanson dansante.

Amitu, apprends cette chanson de mise en garde
Enseigne à tes enfants cette nouvelle chanson
Oh ! Amitu, enseigne-la à Anangu
Enseigne à tous cette chanson cruciale.

Amitu s'abandonne aux esprits. Il entre dans leur Corroboree, il danse, il chante jusqu'à la nuit tombée, puis la nuit entière. Il répète la chanson qu'on lui enseigne. C'est la *Chanson des sept étoiles*, lui disent les esprits. Il n'en comprend pas le sens, mais ne remet pas son importance en cause. Encore et encore, il psalmodie les paroles jusqu'à les connaître par cœur.

Durant toute la journée suivante, Amitu danse et chante. Au coucher du soleil, il perd connaissance. Les esprits lui viennent en rêve. Il les voit fixer son corps inerte gisant à terre. Il les voit se réunir autour de lui. Un par un, ils s'agenouillent à son côté et il écoute la fin de leur prophétie en chanson.

Dans le rêve d'Amitu, les esprits prédisent une série de catastrophes qui frapperont le pays et son peuple, dans un avenir lointain, à une époque où des hommes à peau blanche habiteront les terres des Kokatha, des Pitjantjatjara, des Yankuntjatjara et bien d'autres encore qui parcourent le Pays des Anciens.

Sept étoiles naîtront, disent les esprits à Amitu, sept naissances qui rivaliseront de férocité. Il y aura un éclair lumineux si puissant que quiconque le regardera en face perdra la vue. Lorsque chaque étoile filera vers le ciel, un nuage de poussière s'élèvera dans son sillage, tuant tous ceux qui le toucheront.

Les esprits prédisent que la terre sera maudite, aride. Nulle créature n'y survivra car, disent-ils, ces étoiles sont des *mamu*. Ces *mamu* auront un grand pouvoir et apporteront la mort à bien des membres du peuple d'Amitu. Les enfants à naître du peuple d'Amitu mourront, eux aussi, victimes de la poussière de naissance. Les terres elles-mêmes deviendront le pays *mamu*.

Amitu se réveille seul et pleure pour son peuple. Il tend les bras, implorant les esprits d'intercéder auprès du Grand Serpent afin qu'il sauve son peuple. Le silence règne. Amitu pleure et le sable du désert boit ses larmes.

Une brise se lève et remue les feuilles du saule. Les hautes herbes bruissent. Portées par le vent, les voix des esprits lui parviennent :

> La chanson, Amitu. Enseigne à tes enfants la *Chanson des sept étoiles*. Tu as appris les paroles. Qui ne peut être rabaissé et maudit soulèvera la poussière. Un enfant de ton peuple devra chanter cette chanson, Amitu. Alors, seulement, les *mamu* relâcheront leur emprise.

Livre 1

Chapitre 1

Elizabeth ne comprenait pas la passion de son père pour les lauriers-roses.

Alfred Hoffmann avait quitté Londres pour la verdoyante région du Surrey où une large gamme d'arbustes à fleurs s'offrait à lui. Et pourtant, dans l'impressionnante verrière construite à l'arrière de sa maison, il ne cultivait que des lauriers-roses. Une véritable forêt de *Nerium oleander* de toutes formes et hauteurs. Si certains spécimens demeuraient chétifs, d'autres culminaient à plus de cinq mètres, si bien que leurs feuilles coriaces effleuraient le plafond voûté de la serre. Ces arbustes étaient envahissants, pour le moins. Leurs fleurs roses et blanches n'étaient pas vilaines, mais l'ensemble était un peu fouillis. De plus, elles semblaient incongrues dans la campagne anglaise.

Le violon d'Ingres de son père laissait Elizabeth perplexe. D'aussi loin qu'elle se souvienne, il avait toujours été un homme d'affaires à la réussite brillante. Lors de sa semi-retraite, il s'était pris de passion pour l'horticulture, ce qui, en soi, était surprenant. Mais pourquoi se cantonner à une seule plante ? Et pourquoi une espèce aussi ordinaire que le laurier-rose ? Pour beaucoup, ce n'était guère plus qu'une mauvaise herbe, une espèce nuisible, voire toxique, à en croire son collègue de l'*Aldershot Courier-Mail*.

— Ne t'avise pas d'en croquer une feuille, avait prévenu Walter, un après-midi, à l'occasion d'une pause. Tu serais malade à crever.

En la voyant s'esclaffer, il lui avait assuré qu'il ne plaisantait pas.

— Je me demande pourquoi papa a choisi le laurier-rose, avait-elle déclaré à sa mère.

— Aucune idée…

Marjorie Hoffmann acceptait les excentricités de son mari sans poser de questions.

— Son goût des voyages, peut-être…

Face à l'expression de sa fille, elle avait cru bon d'ajouter :

— C'est une plante si… méditerranéenne, tu ne trouves pas ?

Leur ressemblance était frappante. Grandes, altières, elles avaient les mêmes yeux sombres et les cheveux auburn, ainsi qu'un teint de pêche qui leur conférait une beauté saisissante. En revanche, elles n'auraient pu être plus différentes sur le plan du caractère. Pourquoi s'était-elle donné la peine d'interroger sa mère sur cette histoire de laurier-rose ? Elle aurait dû s'en douter.

— Il y en a partout, en Europe, poursuivit allègrement Marjorie. Surtout en Italie et en Grèce. Personnellement, je préfère les oliviers, qui allient symbolisme et beauté. J'aurais aimé peindre des oliviers.

Aquarelliste de grand talent, Marjorie exposait ses œuvres dans plusieurs galeries et boutiques de Londres.

— Enfin ! Il est comme ça, Alfred…

Elizabeth renonça à obtenir quoi que ce soit de sa mère et posa la question directement à son père. Sa réponse, quoique moins vague que celle de sa femme, fut tout aussi indéchiffrable.

— J'admire le laurier-rose, dit-il après qu'elle l'eut débusqué dans sa serre, où il dégustait un verre de vin. Il est si robuste, si amoureux de la vie ! Il résiste à la chaleur, à la sècheresse. Il survit n'importe où.

L'intérêt de sa fille lui faisait manifestement plaisir.

— De plus, il est plein de qualités. Est-ce un arbuste ? Un arbre ?

Il caressait distraitement sa barbe grise, les yeux rivés sur la plus haute de ses plantes.

— Tu vois, il peut être les deux. Tout dépend de la façon dont on le taille. Cette capacité d'adaptation n'est-elle pas merveilleuse ?

Non. Comment son père pouvait-il penser une chose pareille ?

— Quelqu'un m'a affirmé qu'il était toxique, déclara-t-elle avec sa franchise coutumière. Ce doit être faux.

— Oh non, c'est la vérité ! Toute la plante est très toxique : les feuilles, les branches, l'écorce, surtout la sève. Son ingestion peut provoquer des dégâts gastro-intestinaux et cardiaques potentiellement mortels, il me semble. Sur les enfants, en tout cas, et sur les animaux, c'est certain.

— Ah !... alors c'est ça...

Tout était clair, soudain. Elizabeth afficha un sourire de triomphe. La chaîne de pharmacies de son père, dont il demeurait le directeur, faisait de lui un homme d'affaires avant tout, ce qui n'altérait en rien le fait qu'il avait débuté modestement. Quoi de plus naturel pour lui de s'intéresser aux propriétés chimiques d'une plante potentiellement mortelle ?

— Quoi, ça ?

— Le laurier-rose. Tu étudies ses propriétés chimiques.

— Non, non ! Je doute que les propriétés toxiques du laurier-rose aient un jour un quelconque intérêt médical ou pharmaceutique.

Derrière son sourire, elle décela une lueur dans son regard.

— Mais tu as raison, admit-il. Son côté toxique attise ma fascination. Un outil de plus dans son kit de survie. Le laurier-rose empoisonne quiconque veut lui faire du mal. Une ténacité extraordinaire, tu ne trouves pas ? La ténacité, c'est la clé de la survie. Je crois que je vais aller me chercher un autre verre de vin...

Manifestement, il considérait qu'il avait répondu à la question de sa fille de façon exhaustive.

— Tu en veux un aussi, Elizabeth ?

— Non merci, papa.

Restée seule avec les lauriers-roses, elle poussa un soupir. Elle n'était pas plus avancée.

Elizabeth Hoffmann était une jeune femme éminemment pragmatique. Parfois, l'excentricité de ses parents la désespérait, mais elle l'appréciait également car leur anticonformisme lui avait procuré bien des opportunités dans la vie. Contrairement aux conventions de l'époque, Alfred et Marjorie Hoffmann croyaient à l'égalité des droits pour les femmes. Aussi avaient-ils permis à leur fille de faire des études, puis ils l'avaient encouragée à se lancer dans la carrière qu'elle désirait. À 23 ans, alors que la plupart de ses camarades de la Ralston Girls School fondaient une famille, Elizabeth, forte d'une licence en histoire et en littérature obtenue à Oxford, était journaliste à l'*Aldershot Courier-Mail* depuis dix-huit mois.

— Nous sommes très fiers de toi, avait déclaré son père lorsqu'elle avait reçu cette proposition de poste à peine sortie d'Oxford.

— Le *Courier-Mail* n'est qu'un début, papa. Je compte rester deux ans à Aldershot, puis je reviendrai à Londres pour travailler au *Times*. J'ai l'intention d'être la première femme journaliste de leur rédaction.

— Naturellement, mon petit.

Un an plus tard, ses parents avaient quitté leur somptueuse maison de ville du quartier de Belgravia pour s'installer dans une maison de campagne du Surrey. Elizabeth s'en était inquiétée. La propriété se trouvait à moins de dix kilomètres d'Aldershot, dans le Hampshire, où elle logeait dans une modeste pension, à quelques rues du journal. Elle était affligée à l'idée que ses parents aient changé de vie pour se rapprocher d'elle.

— Seigneur, pas du tout ! s'était insurgée Marjorie lorsque sa fille avait prudemment soulevé la question. À quoi bon ? Tu seras bientôt de retour à Londres, non ? Tu as dit deux ans. Non, non, j'ai besoin de la campagne. On manque de verdure à Londres. (Elle avait ri.) Je crois bien que j'ai peint chaque arbre et chaque buisson de tous les parcs de Westminster. De plus, ton père voulait une maison de campagne avec une serre. Pour une raison inconnue, il a décidé de se mettre au jardinage.

Elizabeth l'avait tendrement embrassée. Décidément, ils ne cessaient de la surprendre !

Au cours des mois qui suivirent, elle s'était rendue régulièrement dans le Surrey. Elle avait regardé pousser les lauriers-roses jusqu'à ne plus pouvoir les supporter, mais le mystère demeurait entier… jusqu'au jour où elle avait amené Daniel en week-end pour le présenter à ses parents.

Elizabeth avait rencontré Daniel Gardiner au printemps 1954, deux mois avant son vingt-quatrième anniversaire, lors d'une cérémonie militaire – ce qui n'avait rien d'étonnant à Aldershot, la « maison de l'armée britannique ».

Spectaculaire, avait-elle songé, entourée de ses collègues journalistes et photographes, dans la zone allouée à la presse, tout près de l'entrée principale de Princes Gardens. Les militaires avaient le sens de l'apparat et, ce jour-là, ils s'étaient surpassés.

La parade battait son plein le long de High Street, les cuivres de la fanfare étaient d'un cérémonieux dont seule l'armée était capable. Des motards précédaient les chars, les blindés, les camions et autres véhicules. Les soldats défilaient avec une précision impeccable, bombant le torse sous leurs médailles. Infanterie, artillerie, parachutistes… Un océan de militaires et de spectateurs massés sur les trottoirs qui acclamaient chaque unité. En cette belle matinée de printemps, les habitants d'Aldershot étaient venus en force, ainsi que des centaines d'autres des villes voisines. C'était un jour d'importance historique pour la région.

Les militaires quittèrent tour à tour la parade pour bifurquer vers la vaste pelouse de Princes Gardens où ils prirent leur place de part et d'autre de la fontaine qui trônait en son centre.

Cette fontaine flambant neuve était un cadeau de l'armée à la municipalité pour commémorer le centenaire de sa présence à Aldershot. Princes Gardens occupait le site du campement des Royal

Engineers lors de la guerre de Crimée, lors de l'installation d'une base militaire permanente autour d'Aldershot. Dans les décennies qui suivirent, la bourgade connut une croissance si extraordinaire qu'elle se mua en une ville victorienne prospère. Cent ans plus tard, la fontaine serait le fier symbole d'un mariage réussi entre le municipal et le militaire.

Elizabeth observa avec attention les bannières, notant quelques détails dans son calepin. Elle ignorait encore ce qu'elle exploiterait pour son article, mais son travail revêtait, ce jour-là, une importance particulière. Son article devrait être son meilleur, car elle avait l'intention d'en envoyer une copie au journal *The Times*, avec une lettre de candidature.

Elle se sentait un peu coupable à la perspective d'abandonner son employeur actuel si sa candidature était retenue. Grâce au *Courier-Mail*, elle avait eu des opportunités qu'elle n'aurait jamais eues ailleurs. Dès le départ, elle s'était sentie en phase avec Henry Wilmot, le rédacteur en chef.

— Tu as beaucoup de talent, Elizabeth, lui avait-il déclaré de but en blanc, d'un ton presque accusateur.

— Merci, monsieur.

— Et tu es très ambitieuse, je suppose.

Elle avait gardé le silence.

— L'ambition est la marque d'un bon journaliste.

Là encore, son compliment était masqué sous un ton rude.

— Eh bien… puisque tu es déterminée à faire preuve de ton talent, autant que le journal en profite au mieux !

Au lieu de lui confier la rubrique mondaine comme il l'aurait fait avec n'importe quelle autre femme, Henry Wilmot lui avait proposé son premier véritable article.

— C'est un essai. Je ne promets rien.

Mais il l'avait publié.

— Quel est ton deuxième prénom ? avait-il demandé lorsqu'elle lui avait présenté son travail.

— Jane. Pourquoi ?

— E. J. Hoffmann, avait-il déclaré. Ça sonne bien. On te publiera sous le nom d'E. J. Hoffmann jusqu'à ce que les lecteurs soient prêts à accepter que tu es une femme… ou que notre collaboration cesse.

Il s'attendait à ce qu'elle parte un jour.

Henry Wilmot admirait sincèrement Elizabeth, à la fois pour son talent et pour son audace de croire qu'elle réussirait dans ce milieu dominé par les hommes. Selon lui, sa féminité serait sa chute, surtout dans une ville comme Aldershot. Ses collègues seraient tous à ses basques. Elle résisterait aux jeunes loups en quête d'une conquête d'un soir, car elle était intelligente, mais elle était aussi très jolie et issue d'une bonne famille. Une épouse d'officier idéale. Dans les six mois, elle tomberait amoureuse et se marierait en moins d'un an. Ensuite, ses enfants l'obligeraient à dire adieu à sa carrière. Tel était l'ordre naturel des choses.

Dix-huit mois plus tard, Henry avait changé d'avis. Elizabeth Hoffmann semblait insensible aux attentions des plus beaux partis, de jeunes officiers dont les parents avaient des relations et qui menaient une brillante carrière. Elle ne semblait pas avoir envie de se marier. C'était étrange… Il se réjouissait de l'avoir gardée à la rédaction plus longtemps qu'il ne s'y attendait. Néanmoins, il savait qu'elle partirait. Si l'ambition d'Elizabeth surpassait le désir naturel d'avoir un mari et des enfants, ses jours dans son journal de province étaient comptés. Henry lui souhaitait sincèrement bonne chance.

Les derniers porte-drapeaux et leurs escortes étaient en position autour de la fontaine. La cérémonie allait commencer.

— Je file de l'autre côté du parc, marmonna Walter. J'aurai un meilleur point de vue sur les officiels.

Walter, le principal photographe du *Courier-Mail*, accompagnait toujours Elizabeth en reportage, de sorte qu'ils s'étaient liés d'amitié.

— Surtout, prends beaucoup de photos de la fontaine !

— Je n'y aurais jamais pensé ! railla-t-il.

Il lui adressa un clin d'œil complice et déguerpit.

Ayant déjà terminé l'aspect historique de son article, Elizabeth ne prit que quelques notes durant les discours qui ne lui apprirent rien de plus. Elle avait hâte que cela se termine pour pouvoir se mêler à la foule. Ce qu'il lui fallait, c'est un élément humain.

Elle balaya du regard les autres journalistes venus, pour la plupart, de la région. Elle les croisait lors des événements locaux. Si Pete Hearson de la *Farnham Gazette* griffonnait furieusement en sténo, notant chaque mot du discours soporifique du maire, c'était un homme ventripotent entre deux âges, assis à côté de Pete, qui attirait l'attention de la jeune femme. Il n'écrivait pas et semblait s'ennuyer autant qu'elle. D'après Walter, c'était le journaliste venu de Londres.

— Tu en es sûr ? avait-elle soufflé.

— Certain. Regarde-le ! Il sent la presse londonienne à plein nez !

Effectivement. Tandis que les locaux portaient un costume, l'homme ventru arborait une chemise à col ouvert, sans cravate, d'une propreté douteuse, et un blazer qui avait connu des jours meilleurs. Était-ce du mépris pour cette cérémonie provinciale ? Une décontraction calculée pour impressionner ? Les deux, sans doute.

— Il travaille dans quel journal ?

— *The Times*, je crois.

— Vraiment ?

— Oui, j'en suis sûr.

Dès lors, elle n'avait pas quitté cet homme des yeux.

À présent, l'issue de la cérémonie approchait et il empocha son calepin. Il n'allait tout de même pas en rester là ! Et le facteur humain si important pour rédiger un bon article ? La fanfare se remit à jouer et les soldats regagnèrent High Street, laissant le parc aux festivités. L'homme du *Times* consulta sa montre et fendit la foule.

Il se dirige vers la gare, songea Elizabeth. Il retourne à Londres ! Tant mieux. C'était même une très bonne chose. Le rédacteur en chef du *Times* serait certainement impressionné par son propre article après le compte rendu succinct que ne manquerait pas de lui livrer son journaliste. Pourvu que Walter ne se soit pas trompé !

En quelques minutes, Princes Gardens se transforma en fête foraine. Un fumet d'oignons frits flottait dans l'air et une fanfare postée près de la fontaine jouait *C'est magnifique*. Plusieurs stands, jusqu'alors abandonnés à la périphérie du parc, avaient pris vie : boissons et glaces, friands et tourtes. Un homme en chemise hawaïenne et sa femme servaient frénétiquement des hot-dogs et des hamburgers. Elizabeth l'interviewa. Il venait du Hampshire. Il était né et avait grandi à Portsmouth.

— Sans les Yankees, je serais pas en train de vendre ce genre de bouffe, dit-il en désignant la file d'attente. Je leur dois beaucoup à ces Yankees, c'est sûr.

Elizabeth nota ses propos verbatim. Les forces américaines étaient stationnées dans la région de Portsmouth et de Southampton avant le débarquement allié. La région avait joué un rôle clé et cette présence militaire avait profondément marqué la population, comme en attestait le succès de ce stand.

Il y avait même un étal qui vendait de l'anguille en gelée et des coques marinées, ce qui avait de quoi surprendre, mais n'était pas si étonnant en réalité. Dans sa tenue de *Pearly King* couverte de boutons de nacre, Colin le Cockney londonien poussait sa charrette dans les villes de tout le pays.

— Ah ça, c'est une journée importante ! répondit-il lorsque Elizabeth l'interrogea sur le sens de cette journée. J'aurais raté ça pour rien au monde ! C'est le berceau de l'armée britannique. Y'a de quoi être fier, non ?

Elizabeth soupçonnait fortement Colin de ne se déplacer que si le jeu en valait la chandelle, mais elle ne voulait pas l'aborder sous cet angle. Colin le Cockney était une icône. Sa présence validait cette journée.

Un jeune couple venait d'acheter un gobelet en carton d'anguille. La jeune fille faisait la moue en regardant la bouchée gélatineuse que son petit ami lui tendait au bout d'un cure-dent. Elle n'avait jamais rien goûté de tel.

— On peut vous prendre en photo ? demanda Elizabeth.

En parcourant la foule pour recueillir les propos des badauds, elle veillait à ce que Walter ne la quitte pas d'une semelle. Ils procédaient toujours ainsi, car le photographe était essentiel à sa crédibilité. Une femme journaliste était rarement prise au sérieux et la présence du photographe prouvait sa qualité de membre de la presse.

Le jeune couple qui dégustait de l'anguille était impressionné. La jeune fille cessa de grimacer et remis de l'ordre dans ses cheveux avant de poser, bouche ouverte, prête à enfourner l'anguille.

— Vous voulez bien, Colin ?

Elizabeth fit signe au Cockney de se joindre aux amoureux. La présence du binôme attirait l'attention sur son stand et une photo dans le journal local serait une bonne publicité.

— Ohhh ! C'est un peu difficile à mâcher, geignit la jeune fille après la séance photo.

— Ça a quel goût ? s'enquit son petit ami.

— Aucun goût, en fait. J'ai l'impression de mastiquer du caoutchouc... Beurk !

Elle chercha des yeux un endroit où cracher, mais se ravisa à cause de la présence du photographe. Elle avala péniblement sa bouchée.

Colin retourna vite à son stand et à ses clients. *Si seulement cette fille pouvait s'en aller ! Elle s'attendait à manger quoi, cette abrutie ? C'était de l'anguille, non ?*

Elizabeth entraîna le couple un peu à l'écart.

— Alors ? Qu'avez-vous pensé de la cérémonie ? leur demanda-t-elle.

— Eh bien, c'est nous, c'est notre identité !

Comme sa petite amie, il était désireux de faire bonne impression et disait ce que, selon lui, la journaliste avait envie d'entendre.

— Avec notre passé militaire... On est fiers d'être britanniques en voyant ça.

Elizabeth griffonna quelques citations qui serviraient de légende sous la photo du couple.

Il fallait qu'elle avance. Elle avait les réactions des civils, il lui manquait celles des militaires. Vingt minutes plus tard, elle se rendit compte que les centaines de soldats qui se mêlaient à la foule appartenaient à deux catégories.

— Beau spectacle! dirent le major, le colonel et tous les autres officiers supérieurs auxquels elle s'adressa.

Ils prirent volontiers la pose pour Walter mais, dès qu'elle voulut les interviewer, ils changèrent d'attitude et devinrent condescendants et froids.

— Oui, tout s'est bien passé...

Un à un, ils l'ignorèrent. Elizabeth en tira la conclusion qu'ils se sentaient menacés à l'idée d'être vus en train de prendre au sérieux une femme journaliste. Quelle faiblesse de caractère! Elle avait de la peine pour eux.

La seconde catégorie de militaires la traitait de façon tout aussi légère, ce qu'elle trouva encore plus agaçant.

— Une interview? Bien sûr. Et si on allait dans un endroit plus intime?

Un jeune caporal téméraire adressa même un clin d'œil de complicité virile à Walter, avec un signe de tête disant «Dégage!» car ils savaient tous deux que l'occasion était trop belle pour un jeune mâle au sang chaud. Walter était très protecteur et un peu amoureux d'Elizabeth, même s'il ne le lui dirait jamais. Il mourait d'envie de frapper le soldat, mais il n'en fit rien. Ils avaient déjà eu affaire à des comportements insultants et elle préférait gérer ces situations à sa façon.

Cette fois, pourtant, Elizabeth était désemparée. Elle avait assez d'assurance pour interviewer un homme en tête-à-tête. Son intelligence vive indiquait vite aux arrogants qu'elle ne leur était pas inférieure intellectuellement. Son esprit calmait les Casanova qui la prenaient pour une fille facile. Mais jamais elle n'avait été chargée d'interroger des hommes aussi nombreux et dans un cadre où ils étaient soucieux de la façon dont les percevaient les autres hommes. Elle nota quelques idées. Ce serait un sujet intéressant pour un futur article, quoique controversé et impubliable, sans doute.

— Excusez-moi… Puis-je vous être utile ? fit une voix plaisante et respectueuse, teintée d'un léger accent des Midlands.

Elizabeth leva les yeux de son calepin. À en juger par ses épaulettes, ce jeune homme était lieutenant. Il ne pouvait avoir plus de 20 ans. Avec ses cheveux blonds et ses traits fins, il semblait à peine entré dans l'âge adulte. Elle était prête à parier qu'il sortait tout juste de l'école militaire.

— Utile à quoi ? rétorqua-t-elle un peu sèchement.

Elle savait d'expérience que plus ils étaient jeunes, plus ils étaient téméraires. Quelques camarades ricanaient en regardant ce garçon l'aborder.

— Vous faites partie de la presse, non ? répondit-il en jetant un coup d'œil en direction de Walter. Et vous interviewez les gens…

Du moins vous essayez, songea-t-il. Il observait Elizabeth depuis un bon moment et avait de la peine pour elle. Les militaires la snobaient ou la draguaient ouvertement, une attitude qu'il trouvait déplacée.

— Je répondrai volontiers à vos questions, si vous voulez, ajouta-t-il.

Elizabeth le regardait si fixement qu'il en fut gêné.

— Enfin, si cela peut vous aider…

— Cela me serait très utile, lieutenant, merci beaucoup.

Le sentant sincère, elle lui tendit la main avec un sourire chaleureux :

— Elizabeth Hoffmann, du *Courier-Mail*, et voici Walter Barnes.

— Daniel Gardiner, enchanté.

Ravissante, songea-t-il.

— Une tasse de thé ? suggéra la jeune femme.

Elle se dirigea vers les tables et les stands où des épouses de militaires servaient du thé et des sablés au profit de la fondation venant en aide aux veuves et orphelins de l'armée.

— Non, non ! insista-t-elle en voyant Daniel chercher de la monnaie dans sa poche. Le journal règle les frais.

Daniel se tourna vers Walter. Il ne trouvait pas normal qu'une femme paie l'addition. Le photographe se contenta de hocher la tête.

Il était pressé de prendre son thé et de s'éloigner. Elizabeth n'avait pas besoin de lui dans l'immédiat et il restait de nombreuses photos à prendre. Le *Courier-Mail* comptait compléter l'article d'Elizabeth d'un supplément « Souvenir » détachable, richement illustré et consacré aux célébrations du centenaire.

— Parlez-moi de vous, lieutenant, dit-elle lorsque Walter se fut éloigné.

Ils étaient assis sur les deux seules chaises libres, à l'extrémité d'une table sur des tréteaux.

— Vous êtes stationné à Aldershot depuis combien de temps ?

— Quelques mois, seulement. J'ai fini mes études à Sandhurst l'an dernier.

— Ah ! fit-elle avec un sourire de triomphe. Je m'en doutais.

— Cela se voit tant que ça ?

— Oh oui ! Vous êtes très jeune.

— Vingt ans, ce n'est pas si jeune ! protesta-t-il. Pas en temps de guerre.

Il n'y avait rien d'agressif dans son ton, mais il venait de la corriger.

— Des hommes bien plus jeunes que moi sont morts pour notre pays.

— Effectivement, concéda Elizabeth, contrite. Je suis navrée…

Elle venait de se comporter exactement comme ces goujats condescendants qu'elle détestait.

— Je ne voulais pas vous dénigrer. Je suis désolée, lieutenant.

— Ne vous excusez pas. Et vous pouvez m'appeler Daniel.

Il posa sur elle un regard plein d'espoir :

— Je peux vous appeler Elizabeth ? ajouta-t-il.

Elle se mit à rire. Son côté juvénile était désarmant et elle se réjouissait qu'il ne lui en veuille pas.

— Si vous voulez. Donc, Daniel, vous faites partie de quelle unité ?

— Je suis dans le Royal Army Service Corps. Les transports.

— Et vous êtes venu à Aldershot dès votre sortie de l'académie militaire ?

— C'est ça. Et vous ?

— Pardon ? fit-elle en levant les yeux de son calepin.

— Vous êtes d'Aldershot ?

Selon lui, elle n'avait rien d'une fille de province.

— Non. De Londres.

— Je vois. Alors pourquoi avoir choisi Aldershot ? C'est un peu bizarre, non ?

Il était sincèrement intrigué.

— Et si c'était moi qui posais les questions ? répliqua-t-elle avec fermeté mais sans animosité.

Il ne semblait pas flirter et elle le trouvait même très agréable, mais mieux valait rester concentrée sur son article.

— Désolé, fit-il en haussant les épaules. C'est la première fois que je rencontre une femme journaliste et c'est très intéressant. Je me demandais pourquoi vous aviez choisi Aldershot, voilà tout.

— C'est Aldershot qui m'a choisie.

Le jeune Daniel Gardiner avait quelque chose de si ingénu qu'Elizabeth se sentit obligée de lui répondre franchement.

— Le rédacteur en chef du *Courier-Mail* est un homme courageux et moderne qui n'a pas peur d'accorder sa chance à une femme journaliste.

Elizabeth ne lui précisa pas que sa candidature avait été rejetée par plus d'une cinquantaine de rédacteurs en chef de province.

— Croyez-moi, la plupart ne le font pas.

— Je vois...

La franchise de la jeune femme, la lueur rebelle qui brillait dans son regard étaient parlants. Non seulement elle était jolie, mais elle était intelligente et tenace. C'était fascinant. Il posa sa tasse sur la table et se pencha en avant, désireux d'en savoir davantage.

— Comment vous est venue l'envie d'être journaliste ?

Hélas ! son enthousiasme juvénile ne fonctionna pas, cette fois. Il avait franchi les limites.

— Poursuivons plutôt cet entretien, voulez-vous ?

Après un bref moment de partage, Elizabeth avait refermé la porte.

— Bien sûr. Désolé.

Il se redressa, docile, désireux d'obtenir de nouvelles confidences. Il avait envie de connaître Elizabeth Hoffmann.

— Dites-moi ce que vous avez pensé de la cérémonie, Daniel. En quoi vous a-t-elle touché personnellement ?

— Que voulez-vous dire ?

— Eh bien, vous êtes en début de carrière et vous êtes à Aldershot pour célébrer un siècle de tradition militaire ! Ce symbole doit être lourd de sens.

Elle plongea dans son regard. Aussitôt, Daniel comprit comment l'aborder : il devait jouer sur son intellect et, pour cela, lui accorder la meilleure interview possible et la surprendre.

— Le symbolisme, c'est bien quand on est tourné vers le passé, déclara-t-il. Il faut penser à l'avenir. C'est bien beau de célébrer les cent ans qui viennent de s'écouler. Et le siècle prochain, alors ?

Il sentit qu'il venait de capter son attention.

— Les guerres ne s'effacent pas, vous savez.

C'était ce que ses supérieurs ne cessaient de lui seriner au mess des officiers. De toute évidence, ce n'était pas la réponse à laquelle la journaliste s'attendait. Il l'intéressait...

— Continuez.

— Le gouvernement fait preuve d'une complaisance dangereuse, en cet après-guerre, poursuivit Daniel, imitant à merveille ses supérieurs. On semble partir du principe que l'armée n'est qu'une force de pacification en Europe alors que nos troupes servent toujours dans des régions très sensibles : Palestine, Corée, Singapour... Tout peut arriver. Le gouvernement britannique n'est pas très avisé de réduire à ce point le financement de l'armée.

Elizabeth se garda d'intervenir de peur de le couper dans son élan. Ce point de vue nouveau étofferait son article. Les troubles dans l'armée d'après-guerre. *Excellent*, songea-t-elle. Très contemporain, un soupçon de controverse, surtout à Aldershot... De temps à autre, elle levait les yeux vers lui et hochait la tête pour l'encourager.

— Selon moi, c'est à cause de la guerre froide...

Flatté par l'attention qu'il suscitait, il cessa d'imiter ses supérieurs et se laissa emporter par son enthousiasme.

— Le gouvernement concentre ses ressources sur la course au nucléaire. C'est normal puisqu'il ne peut pas compter sur les États-Unis autant qu'il l'espérait. Les Yankees gardent jalousement leurs secrets. Pour rivaliser avec les Russes et la France sur le nucléaire, il faut débourser beaucoup d'argent pour la recherche scientifique. C'est ce que fait le gouvernement.

Pour conclure, il reprit son imitation des officiers :

— Au détriment de nos forces armées, si je puis me permettre.

Elizabeth tourna la page de son calepin et griffonna la dernière phrase. Elle avait réussi à tout noter malgré le débit rapide du jeune homme.

— Très bien, Daniel, dit-elle en l'observant avec respect, vous avez des opinions bien arrêtées pour quelqu'un qui vient d'intégrer l'armée.

— Elles ne sont pas très originales, admit-il. Quand on considère les coupes budgétaires.

— Ah oui ?

— On ne parle que de ça, au mess des officiers.

Cet aveu étonna la jeune femme.

— Vous citez donc les propos de vos supérieurs ?

— Absolument. Mot pour mot, répondit-il avec un sourire de conspirateur. Vous vouliez connaître l'opinion des gradés, non ? Eh bien vous l'avez ! Je vous demande simplement de ne pas citer vos sources.

Sa franchise était si désarmante qu'elle ne put s'empêcher d'en rire.

— Très bien, je m'en tiendrai à « le sentiment général parmi les officiers supérieurs ». Cela vous va ?

— Parfait.

Elle prit bonne note de sa requête, puis leva de nouveau les yeux vers lui.

— Pourquoi les Américains rechignent-ils à partager leurs secrets nucléaires avec les Britanniques ? s'enquit-elle. Nous sommes alliés, après tout.

— Oh non ! Plus maintenant.

Elle ne masqua pas son étonnement.

— La guerre est finie, reprit Daniel. Les Américains sont en tête de la course au nucléaire et ils ne partageront jamais ce pouvoir, y compris avec leurs « amis » britanniques. Avec les Russes à l'affût, ils redoublent de prudence. S'ils nous voient comme une nation amie, ils ne nous feront pas confiance pour autant.

— Est-ce « le sentiment général parmi les officiers supérieurs » ? demanda Elizabeth d'un air espiègle.

Daniel ne plaisantait plus.

— Je l'ignore, avoua-t-il. Des sujets tels que la puissance nucléaire et la guerre froide ne sont pas évoqués aussi ouvertement par les gradés, mais c'est une théorie logique, vous ne croyez pas ?

C'était une question purement rhétorique.

— Nous, les plus jeunes, on discute beaucoup de ces choses-là. Après tout, c'est une autre forme de guerre qui nous attend, n'est-ce pas ?

— Oui, je le suppose...

*

Ce jour-là, le lieutenant Daniel Gardiner impressionna tellement Elizabeth qu'elle permit à une amitié de naître entre eux. C'était étonnant. À l'exception de Walter, elle évitait toute relation avec de jeunes hommes. Cela lui apportait bien trop de complications. Daniel ne dépassait jamais la limite et elle ne voyait aucune raison de se priver du plaisir de sa compagnie. Il était drôle et avait de la conversation. Elle pouvait lui parler comme à personne d'autre. Il se montrait compréhensif et compatissant sur les difficultés d'être une femme dans le monde du travail. Elle était heureuse qu'il fasse partie de sa vie. Il était un peu son petit frère.

Quant à Daniel… Il était sous le charme. Dès qu'il avait posé les yeux sur elle, pendant le défilé sur High Street, il avait eu envie de la rencontrer. C'était la seule femme parmi les représentants de la presse groupés à l'entrée du parc. Tous les militaires devaient avoir les yeux rivés sur elle. Quel jeune homme n'aurait pas envie de faire sa connaissance? Ce qu'il n'avait pas prévu, c'était de tomber follement amoureux d'elle. Pourtant, il ne cherchait pas à se caser, bien au contraire. Le mariage était la dernière de ses préoccupations. Mais tout avait changé. Jeune, passionné et idéaliste, il avait rencontré la femme idéale et était déterminé à faire d'elle son épouse.

Il devait avancer prudemment. Elizabeth voulait faire carrière et il admirait son ambition. Si elle acceptait de l'épouser, il n'entraverait pas sa carrière. Il risquait de l'effrayer en la courtisant trop vite. Elle n'avait laissé aucun autre homme entrer dans sa vie. En tout cas, elle le trouvait séduisant, même si elle ne l'admettait pas. Il décida d'être patient. En dépit de sa frustration, il ne dirait rien, ne ferait rien tant qu'il n'aurait pas la sensation que ses sentiments étaient réciproques.

— Écoute un peu ça: *Chère Mademoiselle Hoffmann…*

Elle lut la lettre à voix haute, d'un ton chargé de sarcasme. Cela faisait sept semaines qu'elle avait postulé au *Times* et la réponse qu'elle venait de recevoir était pour le moins décevante.

— J'aurais dû m'y attendre, dit-elle.

Daniel venait de la rejoindre dans un salon de thé de Victoria Road où ils se donnaient souvent rendez-vous quand il avait une permission, le week-end.

Elle poursuivit sa lecture:

— *Suite à votre candidature, nous sommes au regret de vous informer que* The Times *n'a pas de poste adéquat à vous proposer dans l'immédiat.* Tu entends, il écrit «nous», railla-t-elle avec une moue de dégoût. C'est dingue!

Elle désigna le bas de la page.

— L. P. Ogden, journaliste. Ça ne vient même pas du rédacteur en chef!

Daniel eut l'air compatissant. Elle semblait tellement déçue qu'il eut de la peine pour elle. Cependant, il était soulagé car elle n'allait pas partir de sitôt pour Londres.

— *Nous vous retournons ci-joint l'article intitulé: « Cent ans de mariage, Aldershot et l'armée britannique »*, *que vous avez eu l'amabilité de nous adresser. Nous sommes impressionnés par la qualité de votre travail, mais ce n'est pas le style que nous attendrions d'une dame au cas où un poste se libérerait dans les rubriques appréciées par nos lectrices.*

Elle posa rageusement la lettre sur la table, faisant trembler sa tasse sur sa soucoupe.

— C'est insultant! En gros, ils me disent de ne plus prendre la peine de postuler! Ils sont contrariés que cet article ait été rédigé par une femme!

— C'est en quelque sorte un compliment, tu ne trouves pas?

— Un compliment? répéta-t-elle, abasourdie par sa remarque. En quoi un tel commentaire peut-il être un compliment?

— Ils disent qu'ils sont impressionnés par la qualité de ton travail. C'est quelque chose.

Daniel faisait de son mieux pour l'apaiser.

— Allons, Elizabeth! S'ils avaient ignoré que tu étais une femme, ils t'auraient sans doute offert un poste.

— Ah! fit-elle, coupée dans son élan. Tu as raison. Ils m'auraient peut-être engagée.

— À tous les coups.

— Bon sang! je n'y avais pas songé.

— Je peux commander du thé, maintenant? demanda-t-il, ravi d'avoir réussi à la consoler.

Ce n'est qu'une semaine plus tard, deux mois jour pour jour après leur rencontre, que Daniel franchit une étape majeure.

— Ça te dirait de venir à l'Hippodrome, samedi prochain?

Ils étaient attablés dans le salon de thé dont la porte était ouverte pour laisser entrer un peu d'air, en cette chaude journée d'été.

— J'ai un ami qui a des places et il ne peut pas y aller. Ce serait dommage qu'elles soient perdues.

Il avait acheté les billets lui-même dans l'espoir de monter d'un cran dans leur relation. Il avait un plan.

— Désolée, mais…

Si Elizabeth ne semblait pas trouver sa proposition suspecte, elle allait visiblement décliner son invitation. Il entreprit donc de lui vendre son projet.

— C'est le nouveau spectacle qui est en tournée. Les critiques sont excellentes. On le verrait même avant la première à Londres. Il paraît que c'est formidable.

— Je suis au courant, Danny, répondit-elle avec un sourire. Je te rappelle que je travaille dans un journal.

— Alors pourquoi tu ne veux pas venir?

— Je veux venir. J'adorerais venir, même. Malheureusement, je ne peux pas.

— Pourquoi?

— Parce que j'ai promis à mes parents de dîner avec eux samedi prochain.

— Tu pourrais repousser au week-end suivant, non?

— Pas vraiment.

— Pourquoi pas?

— Parce que c'est mon anniversaire, samedi. N'insiste pas.

— Ton anniversaire? Raison de plus! On ira à l'Hippodrome pour fêter ça, qu'en dis-tu?

— Je dis non, Danny. J'irai dîner chez mes parents. Cela fait trois semaines que je ne les ai pas vus et je leur ai promis de venir.

— Dommage, fit-il, boudeur. J'aurais aimé être avec toi pour ton anniversaire.

Elle sourit, consciente que cet enfantillage visait à l'amuser.

— Eh bien, tu ne pourras pas, voilà tout! répliqua-t-elle sèchement. À moins d'échanger un spectacle contre un dîner avec papa et maman, et je doute que…

— Excellente idée!

Quelle aubaine! C'était un grand pas dans la bonne direction.

— Je t'accompagne. J'aimerais bien rencontrer tes parents.

— Ne sois pas ridicule. Et l'Hippodrome?

— Mon ami donnera ses places à quelqu'un d'autre. Ne t'inquiète pas, elles ne seront pas perdues.

Comment diable en était-elle arrivée là? Elizabeth ne s'interrogea pas sur ses motivations. Danny était impétueux et immature, deux caractéristiques qu'elle trouvait attendrissantes. Elle appela donc ses parents pour les informer qu'il y aurait un convive de plus.

— Elle amène un jeune homme! annonça Marjorie.

Alfred leva les yeux de son journal pour regarder sa femme, sur le seuil de son bureau. Ses apparitions soudaines ne le surprenaient plus depuis longtemps.

— Qui ça?

— Ta fille.

— Et elle amène un jeune homme où ça?

— Ici. Pour dîner. Samedi prochain.

— Bon sang! C'est vrai?

— Oui.

— Incroyable. Pourquoi?

— Je ne sais pas trop. Peut-être parce que c'est son anniversaire.

— Ah!...

Chapitre 2

— *Joyeux anniversaire, joyeux anniversaire...*

Marjorie fit une entrée spectaculaire. Pour l'occasion, Alfred avait tamisé les lumières de la salle à manger. Elle portait un plateau sur lequel trônait un énorme gâteau au chocolat surmonté de vingt-quatre bougies. « Bon anniversaire Elizabeth » était inscrit en glaçage marron.

— *Joyeux anniversaire, Elizabeth. Joyeux anniversaire...*

Alfred entonna à son tour la chanson traditionnelle tandis que sa femme posait le gâteau sur la table avec cérémonie. Ils encouragèrent Daniel à se joindre à cette chorale improvisée.

S'efforçant de ne pas trahir son agacement, Elizabeth adressa un regard désabusé à Daniel. Elle l'avait prévenu que ses parents étaient excentriques, voire un peu bizarres... Cette cérémonie ne l'étonnait pas d'eux. Parfois, ils oubliaient carrément son anniversaire, même quand elle était enfant, ce qu'elle trouvait dévastateur à l'époque. Et quand ils se le rappelaient, ils en faisaient trop, sans doute par culpabilité, et sombraient dans le ridicule. Cette soirée en était un parfait exemple. Pour Elizabeth, souffler des bougies après l'âge de 10 ans n'avait aucun sens. Le gâteau lui-même était démesuré, de quoi nourrir trente personnes affamées, et il était au chocolat. Or Alfred était allergique au chocolat.

Daniel fut dérouté par le regard d'Elizabeth qui lui disait « Je t'avais prévenu ». Il ne trouvait rien d'étonnant chez ses parents. Sa mère était peut-être un peu dans la lune ; de là à la considérer comme bizarre... Son père était, à l'évidence, un homme raisonnable et intelligent. Lorsque la conversation avait effleuré la politique, Alfred Hoffmann avait critiqué Winston Churchill en tant que Premier ministre en temps de paix. Le père de Daniel avait un point de vue diamétralement opposé. C'était un militaire de la vieille école. Churchill avait de nombreux détracteurs et ils n'étaient pas excentriques pour autant. Quant au gâteau... Il était l'exemple même de la normalité et lui rappelait les nombreux desserts que sa mère avait préparés pour lui et son jeune frère, au fil des années.

Il se mit à chanter à tue-tête et répondit au « hip hip hip » de Marjorie par un « hourra » enthousiaste. Quand Elizabeth eut docilement soufflé ses bougies, il l'applaudit.

Marjorie servit une grosse part à Daniel. Elle-même et sa fille se contentèrent d'une fine tranche et l'assiette d'Alfred resta ostensiblement vide.

— Mangez, Daniel, dit-elle en le voyant hésiter. Alfred n'en prendra pas. Il est allergique au chocolat.

— D'accord...

En prenant sa fourchette, il s'interrogea. Pourquoi ce choix de gâteau compte tenu de l'allergie de son mari ?

— Madame Hoffmann, il est vraiment délicieux.

Daniel l'aurait complimentée même s'il avait été immangeable, car il était désireux de faire bonne impression. Cependant, il était sincère. Sa propre mère était une excellente pâtissière. Les génoises de Prudence Gardiner étaient aériennes, ses cakes moelleux et ses scones légers.

— Oui, il n'est pas mauvais, admit Marjorie.

— Il est mieux que cela. Encore meilleur que ceux de ma mère, ce qui n'est pas peu dire. Vous l'avez surpassée.

— Seigneur ! Je ne l'ai pas fait moi-même, voyons ! s'esclaffa-t-elle.

— Ah !...

Toutes les mères faisaient des gâteaux, non ?

— Je n'ai jamais préparé la moindre pâtisserie. J'ai trouvé une merveilleuse petite boutique à Reigate. Il suffit de commander ce qu'on veut.

— Dans ce cas, pourquoi avoir choisi du chocolat malgré l'allergie de papa ? s'enquit Elizabeth.

— Parce qu'anniversaire rime avec gâteau au chocolat, répondit Marjorie comme si la question de sa fille était idiote. N'est-ce pas, Daniel ?

Elle afficha un sourire pour inclure leur invité qui, par chance, n'eut pas à répondre à cette question rhétorique.

— L'inscription ressort bien, reprit-elle en désignant le glaçage, dont il manquait désormais un morceau. Une génoise au citron ne ferait pas le même effet.

— Maman ne cuisine pas, expliqua Elizabeth.

Loin d'elle l'idée d'insulter sa mère, mais cette conversation tournait au ridicule et Daniel semblait si déconcerté qu'elle se devait de clarifier la situation.

— Elle n'aime pas faire la cuisine et estime qu'on ne devrait pas être contraint de faire des choses qu'on n'a pas envie de faire, sauf en cas d'absolue nécessité.

Marjorie ignora sa fille.

— En vérité, Daniel, je ne suis pas douée.

Face à tant d'humilité et de simplicité, il n'y avait rien à ajouter. Néanmoins, Elizabeth n'était pas disposée à changer de sujet.

— C'est parce que tu n'as jamais essayé ! Tu manques de volonté.

Si seulement sa mère était cohérente avec ses principes ! Marjorie Hoffmann était une femme intelligente qui, selon sa fille, devait assumer son anticonformisme.

Alfred vida son verre de vin en observant leur échange avec intérêt. Mère et fille se disputaient rarement. Quand Elizabeth était plus jeune, Marjorie évitait les confrontations.

— Tout le monde n'a pas envie de s'affirmer, ma fille, disait-elle.

Cet argument faisait rager l'adolescente. C'était une trahison, à ses yeux, envers son devoir de femme moderne. Alfred avait toutefois noté que, au fil du temps, cet argument avait fait mouche. Elizabeth avait beau trouver sa mère exaspérante, il était évident qu'elle avait appris à respecter l'approche anticonformiste de Marjorie. En tout cas, elle ne la dénigrait plus systématiquement.

Jusqu'à ce soir, songea Alfred. Pour une raison étrange, sa fille semblait retrouver son âme d'adolescente.

— Tu n'es pas douée pour la cuisine parce que tu ne le veux pas ! reprit-elle, tel un chien qui ronge son os. Pour l'amour du ciel, tu refuses même de faire cuire un œuf ! Tu détestes la cuisine ! Pourquoi ne pas l'admettre ?

— Elle a raison, Daniel, concéda Marjorie de bonne grâce, avec un soupir de résignation théâtral. Les joies de la cuisine me laissent indifférente, je le crains.

Elle adressa un sourire à sa fille.

— Même Elizabeth admettra que je prépare bien le thé.

— Mais ce repas…

De plus en plus déconcerté, Daniel les observa tour à tour. Ce succulent poulet aux champignons ne pouvait provenir de la pâtisserie de Reigate.

— Son père, avoua Marjorie. Alfred adore cuisiner.

— Absolument, dit-il en hochant la tête. Des soupes et des ragoûts, surtout. J'apprécie les mélanges. Le processus de transformation procure un grand plaisir à l'alchimiste qui sommeille en moi. Un autre verre de vin, Daniel ? J'ai un très bon bordeaux…

— Euh…

Le jeune homme était aussi déstabilisé par la question que par son obligation de répondre. Ce dîner prenait une tournure inattendue. Elizabeth avait peut-être raison : ses parents étaient excentriques.

— Je vais en boire un, ajouta Alfred en se levant avec entrain.

— Dans ce cas, volontiers, monsieur.

— Bien !

Marjorie se leva également.

— Une tasse de thé, Elizabeth ? proposa-t-elle à sa fille.

— Volontiers. Danny et moi allons débarrasser la table.

— Merci, chérie.

Ce revirement soudain étonna Daniel. L'hostilité d'Elizabeth venait de se dissiper aussi vite qu'elle était venue. Lorsque ses parents eurent quitté la salle à manger, elle ne fit aucun commentaire. Il se joignit donc à elle pour débarrasser la table.

— Eh bien ! qui l'eût cru ? fit Marjorie en mettant la bouilloire à chauffer.

Alfred déboucha avec soin le vin, ravi que le jeune homme ait accepté d'en boire un verre. Il s'en serait voulu d'entamer une seconde bouteille pour lui tout seul. Il aimait tant le vin !

— Cru quoi, chérie ?

— Que notre fille tomberait amoureuse.

— Seigneur ! Qu'est-ce qui te fait dire une chose pareille ?

— Mon intuition féminine, peut-être. En tout cas, j'en suis sûre et certaine.

Marjorie sortit une théière du placard.

— Elle veut qu'il nous connaisse, Alfred. Enfin... Ce n'est pas vraiment ça. Elle veut qu'il *me* connaisse. Toi, tu as toujours réussi le test avec brio, mon chéri. Tu es un héros pour ta fille.

— C'est pour cela qu'elle s'est montrée agressive ?

— Oui. Elle veut qu'il me respecte, ce que je trouve adorable. En vérité, Alfred, elle veut nous partager avec ce jeune homme. D'ordinaire, elle se moque de savoir si les gens nous apprécient ou pas. Or l'opinion de ce jeune homme est importante à ses yeux. Selon moi, c'est une preuve qu'elle est amoureuse.

— C'est extraordinaire. J'aurais pensé le contraire. C'est lui qui est amoureux d'elle.

— Il l'est, c'est évident.

Marjorie s'affaira à préparer son plateau.
— Mais elle ne s'en rend pas compte, ajouta-t-elle.
— De quoi ? Qu'elle est amoureuse de lui ou qu'il l'est d'elle ?
— Les deux. Elizabeth a des œillères, comme d'habitude.
— Seigneur !…

Alfred croyait volontiers sa femme, qui savait être perspicace quand il le fallait. Sa distraction était surtout le fruit d'un manque d'intérêt pour les détails de la vie quotidienne, ce qu'il concevait fort bien.

— Cela pourrait nuire à ses projets professionnels, souligna-t-il.
— Et comment !
— Tu crois qu'il est sérieux ?
— On dirait bien. Il est si jeune ! Va savoir…
— Seigneur !… répéta Alfred.
— Il ne sert à rien de s'inquiéter, mon chéri. Après tout, on n'y peut rien. Si Elizabeth est dans le déni à propos de ses sentiments, elle ne nous les avouera pas.

Elle remplit un petit pot à lait et le posa sur le plateau.

— Et si tu mettais les intentions de Daniel en doute, elle serait terriblement humiliée. Elle ne te le pardonnerait jamais.

La porte de la cuisine s'ouvrit sur les jeunes au moment où Marjorie soulevait son plateau.

— Les choses s'arrangeront d'elles-mêmes un jour ou l'autre. Bon, où allons-nous prendre le thé et le vin ? demanda-t-elle à l'adresse d'Elizabeth et de Daniel.
— Dans la serre, répondit Alfred. Je voudrais montrer mes lauriers-roses à Daniel.
— Va pour la serre.

En croisant sa fille, elle lui donna ses instructions :

— Rincez la vaisselle et laissez-la dans l'évier. Je ferai ça demain. Je reviens chercher la théière. L'eau n'a pas encore bouilli.

Alfred tint la porte pour sa femme.

— Daniel, Elizabeth s'occupe des assiettes. Prenez deux verres.
— Bien, monsieur.

Le couple s'éloigna.

— Les lauriers-roses, sourit Elizabeth. Cela signifie qu'il t'aime bien, je crois. Les verres sont dans ce placard.

Daniel en prit deux et quitta la cuisine. Sa mère serait affligée à l'idée de laisser de la vaisselle sale dans l'évier jusqu'au lendemain...

— Alors, Daniel, que pensez-vous de mes lauriers-roses ? s'enquit Alfred quelques minutes plus tard.

Il avait servi le vin et s'était attablé avec le jeune homme. Marjorie était partie chercher le thé à la cuisine.

— Ils sont très impressionnants, monsieur.

Daniel balaya du regard les arbres et arbustes qui envahissaient le moindre recoin de la serre, les branches noueuses, les feuilles coriaces. Même leurs jolies fleurs roses et blanches semblaient déplacées ici.

— C'est original, n'est-ce pas ?

— Absolument, admit Daniel avec enthousiasme. Très original.

Du commentaire d'Elizabeth, il avait conclu que le laurier-rose avait un sens particulier.

— Seulement ici, dans une serre anglaise, précisa Alfred. Ils poussent comme du chiendent sur le pourtour de la Méditerranée.

Le père d'Elizabeth cherchait-il à le piéger ?

— Je ne peux pas le savoir, monsieur. Je n'ai pas beaucoup voyagé.

— Eh bien, cela va s'arranger, c'est certain ! s'esclaffa Alfred.

S'il ne cherchait en rien à le tester, il appréciait la simplicité et la franchise de sa réponse.

— Quand on intègre l'armée, on parcourt le monde ! lança-t-il en levant son verre.

— Je l'espère, monsieur.

Alfred but une longue gorgée de vin et prit le temps de la savourer. Puis il fit tournoyer le breuvage dans son verre pour observer sa couleur, ses jambes.

— C'est merveilleux, de voyager, reprit-il en contemplant ses lauriers-roses. Ma femme croit que je les cultive parce qu'ils m'évoquent mes voyages et elle a raison, mais ce n'est pas ma principale motivation.

D'abord troublé par ces propos, Daniel se rendit compte qu'il était revenu à ses plantes.

— C'est une espèce très ancienne, vous savez. De vrais survivants, des vagabonds.

Marjorie et Elizabeth arrivèrent enfin avec la théière et une assiette de sablés. Marjorie fit le service en silence. Daniel posa un regard plein de convoitise sur la théière. Il n'avait pas l'habitude du vin rouge et aurait largement préféré une tasse de thé.

— Robuste, tenace, une plante remarquable qui a la passion de la vie…

Alfred avait ignoré l'entrée des deux femmes.

Daniel se ressaisit, espérant que son hôte n'avait pas remarqué ce moment d'égarement.

— Le laurier-rose est un nomade, Daniel. Un nomade qui se fixe là où il trouve un foyer…

Le jeune homme croisa le regard d'Alfred Hoffmann.

— Il s'adapte à son environnement, même dans les pires conditions. Pas étonnant que je le trouve aussi intéressant.

Seigneur! songea Elizabeth, *Danny est en première ligne face à l'obsession de mon père*. Elle lui lança un regard qui ne parvint pas à capter son attention.

Daniel se demandait ce que le père d'Elizabeth cherchait à lui dire. Il semblait attendre quelque chose, une réponse, peut-être, mais à quelle question?

— Vous voulez connaître la véritable raison de mon intérêt pour les lauriers-roses, Daniel?

Le jeune homme hocha la tête sans un mot.

— Je m'identifie à eux. Ils me rappellent qui je suis.

Marjorie voyait où il voulait en venir. Elle observa son mari pardessus sa tasse. Il était vraiment très habile…

Elizabeth était mystifiée. Que diable racontait-il?

— Daniel, les lauriers-roses me rappellent que je suis juif.

Alfred scruta le regard de Daniel en quête d'un signe. Verrait-il une lueur involontaire de peur ? Le jeune homme était-il antisémite ? S'il l'était, Alfred ne s'offusquerait pas outre mesure. Cependant, Elizabeth était sur le point de renoncer à une carrière acquise au prix de gros efforts pour suivre le chemin conventionnel du mariage et de la famille, alors il avait besoin de s'assurer qu'elle avait choisi l'homme qu'il fallait. Et si, par hasard, elle s'était fourvoyée, il comptait le décourager avant qu'il ne soit trop tard. Sa déclaration était à la fois un défi et un test.

— Ah bon ? fit Daniel en soutenant son regard. Je l'ignorais.

Le jeune homme semblait surpris, mais nullement alarmé. S'il décela une lueur dans son regard, c'était plutôt une forme d'allégresse.

— Elizabeth ne me l'avait pas dit, déclara Daniel en souriant à la jeune femme, incapable de dissimuler sa joie d'être sur la sellette.

Alfred Hoffmann croyait manifestement que lui, Daniel Gardiner, avait une place dans le cœur de sa fille ! Marjorie était du même avis et savait parfaitement ce qui se passait. La seule qui ne semblait se rendre compte de rien était Elizabeth qui fixait son père, abasourdie.

Avec un enthousiasme juvénile, Daniel la poussa dans ses retranchements :

— Pourquoi ne me l'as-tu pas dit ?

Il aurait voulu qu'elle le regarde. Hélas ! elle n'en fit rien.

— Pourquoi te l'aurais-je dit ? Papa n'en parle à personne. Il ne se considère même pas comme juif.

— Justement, ma chérie. Mes lauriers-roses me le rappellent.

Alfred se tourna vers Daniel, ravi que le jeune homme ait réussi cette épreuve. Il l'appréciait.

— Je descends d'une longue lignée de Sépharades assimilés, lui expliqua-t-il. Je suis un piètre représentant de mon peuple, et je pourrais en rendre mon père et mon grand-père responsables. À quoi bon ? Cette décision fut la mienne.

Oh non ! songea Marjorie. *Alfred était sérieux. Il n'avait pas de regrets, tout de même ?*

— Mon père et mon grand-père ont tourné le dos au judaïsme, poursuivit Alfred. Tous deux ont épousé une « gentille » et ont élevé leurs enfants en dehors de la religion. On aurait pu croire que, à la troisième génération, la passion de la judéité serait éteinte. Et pourtant, quand j'étais jeune, j'ai eu envie de raviver la flamme. J'ai toutefois opté pour la facilité et suivi l'exemple de mon père et de mon grand-père.

Alfred adressa un sourire rassurant à sa femme, sachant pertinemment ce qu'elle pensait. Elle l'avait imploré de lui permettre de se convertir. L'intrépide Marjorie aurait volontiers coupé les ponts avec des parents protestants un peu stricts pour lui faire plaisir.

— Je n'ai aucun regret, dit-il. Pas le moindre.

S'il s'adressait toujours à Daniel, ses paroles visaient Marjorie, qui en était consciente.

— En réalité, je ne me sentirais pas légitime si je tentais d'adopter la religion juive maintenant. À cette époque de ma vie, j'aime me rappeler d'où je viens et qui je suis vraiment, au plus profond de moi.

Marjorie Hoffmann se pencha pour prendre la main de son mari. Le regard plein de tendresse qu'ils échangèrent n'échappa pas aux deux jeunes gens.

— Eh bien, reprit ensuite Marjorie, le mystère des lauriers-roses est enfin résolu, on dirait ! Encore un verre, chéri ?

— Volontiers, répondit Alfred, euphorique.

Son objectif était simplement de mettre le prétendant potentiel de sa fille à l'épreuve. Au passage, il s'était soulagé d'un poids. Jamais il n'avait eu l'intention de dévoiler le secret si intime de ses lauriers-roses, mais il s'en réjouissait. C'était pour lui une sorte de catharsis.

En servant son mari, Marjorie remarqua que Daniel avait à peine touché son verre.

— Je crois que Daniel préférerait peut-être une tasse de thé, dit-elle.

Daniel prit congé à peine une demi-heure plus tard. Remerciements et adieux furent échangés sur le pas de la porte, puis Elizabeth le raccompagna dans l'allée où il avait garé la Land Rover de l'armée.

— J'ai passé une excellente soirée, déclara-t-il.

Elizabeth dormait chez ses parents, comme toujours. Son père la conduirait à la gare de Reigate le lendemain.

— Moi aussi, répondit-elle. Normalement, je n'aime pas beaucoup les anniversaires. Ce soir, c'était différent.

— Tant mieux.

Daniel avait plus d'espoir que jamais. Il avait la confirmation qu'elle tenait à lui et ses parents lui avaient donné une bénédiction tacite. Le jeune homme avait l'impression de faire partie d'une merveilleuse conspiration.

— Je me demande pourquoi il a choisi ce soir... fit Elizabeth, pensive.

— Qui ça ?

— Papa. Cela fait des années que je le harcèle à propos de ses lauriers-roses et il ne m'a jamais expliqué ce qu'ils représentaient. Pourquoi évoquer ses racines juives ce soir ? Et avec toi, en plus !

Daniel sourit intérieurement. Pour une femme aussi intelligente, elle pouvait être obtuse, parfois.

— Il avait peut-être besoin de parler à un étranger.

— Oui, ce doit être ça. Tu as raison, ajouta-t-elle en riant. Et il était ravi, tu ne trouves pas ? Une vraie confession.

Daniel hocha la tête, mais il était distrait. Il avait les yeux rivés sur ses lèvres et se demandait s'il oserait l'embrasser.

— Je suis contente que tu sois venu, Danny. Vraiment... Je te remercie.

Lorsqu'elle posa un chaste baiser sur sa joue, il se rendit compte qu'elle allait s'éloigner.

— J'aime bien tes parents, dit-il, ce qui la coupa dans son élan.

— J'ai vu qu'ils t'aimaient bien, eux aussi.

— Ils sont extraordinaires. Vraiment extraordinaires.

Le moment était-il bien choisi pour l'embrasser ?

Elizabeth éclata de rire. Il l'observait comme une bête curieuse. De toute évidence, il avait trouvé ses parents bien plus qu'extraordinaires.

— Je t'avais prévenu qu'ils étaient un peu bizarres.

— C'est vrai qu'ils sont bizarres, concéda-t-il, mais d'une façon admirable.

Le rire de la jeune femme l'incita à la prudence. Elle ne se méfiait pas. Peut-être était-il plus sage de lui faire part de ses sentiments au lieu de la choquer.

— Ils sont assez admirablement bizarres pour engendrer une fille telle que toi, déclara-t-il, avant de l'embrasser.

Il ne la prit pas dans ses bras comme il l'aurait aimé mais, au moins, il l'embrassa. Il ne l'embrassa pas non plus comme il l'aurait voulu mais, au moins, il posa ses lèvres sur les siennes. Ce fut un baiser bien inoffensif, néanmoins le message était clair. La balle était dans le camp d'Elizabeth.

— Bonne nuit, lui dit-il.

Elle regarda la Land Rover s'éloigner dans l'allée. C'était étrange. Danny ne l'avait jamais embrassée sur les lèvres. Il était jeune et impétueux. L'accueil chaleureux de ses parents l'avait sans doute inspiré. Ce n'était pas une conduite à encourager, selon elle. Devait-elle lui en parler ?

En regagnant la maison, elle se ravisa. Ce n'était que de l'affection fraternelle, rien de plus. Elle ne devait pas se laisser emporter par cet incident et risquer de troubler l'équilibre parfait de leur amitié.

Le week-end suivant, Daniel était de garde. L'idée d'attendre presque quinze jours avant de revoir Elizabeth lui était insupportable. En milieu de semaine, il lui téléphona au *Courier-Mail*.

— Tu veux m'accompagner à l'Hippodrome, vendredi ? lui proposa-t-il.

Cette fois, il ne mentit pas sur la provenance des billets. Ce n'était pas nécessaire, selon lui. Elle avait dû remarquer l'évolution subtile de leurs relations après le baiser de samedi soir.

— Je ne peux pas, répondit-elle d'un ton un peu brusque. Désolée.

Daniel sentit son cœur se serrer. Ce n'était pas du tout la réaction qu'il attendait. Apparemment, il l'avait offusquée.

— Je ne serai pas rentrée de Londres à temps, expliqua-t-elle. Je pars jeudi et je passe la nuit là-bas. J'ai un rendez-vous vendredi après-midi.

Il poussa un soupir de soulagement. Elle n'était pas fâchée.

— Quel genre de rendez-vous ?

— Danny, il m'est arrivé un truc formidable ! Enfin, ce n'est pas encore fait. Je ne le saurai que vendredi.

Sa voix vibrait d'enthousiasme.

— Souhaite-moi bonne chance, souffla-t-elle. Je vais en avoir besoin.

— Pourquoi ? Qu'est-ce qui se passe ?

— C'est un secret ! Je ne t'en dirai pas plus. À 15 heures, vendredi, pense à moi très fort et croise les doigts pour moi.

— 15 heures, c'est noté. Pourquoi pars-tu la veille ? Tu pourrais prendre le train vendredi matin.

— J'ai une séance d'essayage chez un tailleur de Mayfair, jeudi. Et je dois apprendre à fumer le cigare dans les meilleurs délais. Je te téléphone à mon retour. Salut !

Sur ces mots, elle raccrocha. Daniel ne s'attarda pas sur le mystère de ce déplacement à Londres. Il ne pensait qu'à ce baiser du samedi soir qui n'avait eu absolument aucun impact sur leurs relations, apparemment.

Chapitre 3

Lionel Brock entendit frapper à la porte de son bureau.

— Entrez ! lança-t-il d'une voix de baryton digne de sa forte corpulence.

La tête de la ravissante Mabel Tomley apparut dans l'entrebâillement.

— Votre rendez-vous de 15 heures est arrivé, monsieur...

— Faites-le entrer.

Lionel posa les yeux sur le dossier ouvert devant lui, puis se leva. Il aurait préféré être informé par interphone, comme il l'avait demandé. Mabel était nouvelle et ne connaissait pas encore les ficelles du métier. Il se promit d'y remédier plus tard.

Hésitante, la jeune femme se contenta de le regarder.

— Faites-le entrer, vous dis-je ! dit-il avec un geste impatient.

— C'est que... monsieur... euh...

— Quoi, euh ?

Elle commençait à l'agacer, celle-là.

— Il vaut mieux que je vous prévienne, monsieur, bredouilla-t-elle, les yeux écarquillés. Voyez-vous, ce n'est pas...

— Ça suffit, Mabel ! C'est à moi d'en juger. Faites-le entrer, soyez gentille.

Elle haussa imperceptiblement les épaules, ce qu'il aurait pu prendre pour de la soumission, mais lorsqu'elle ouvrit grand la porte et s'écarta, ses yeux bleus disaient : *Voyez par vous-même, après tout, je m'en moque*. Mabel avait plus de cran que les gens ne se l'imaginaient.

Un homme se tenait sur le seuil, très sûr de lui, les jambes légèrement écartées, une main sur la hanche, presque arrogant. Lionel le toisa. La première impression était cruciale à ses yeux, et il conseillait toujours aux journalistes débutants de la soigner. Un type élégant, avec un costume à fines rayures bien coupé et un fédora de qualité. Très jeune, à peine sorti de l'adolescence, semblait-il. C'était étonnant. Il s'attendait à un journaliste entre deux âges, plutôt de la vieille école.

Le jeune homme le salua de son cigare allumé, qu'il porta ensuite à ses lèvres. Quel toupet ! Malgré lui, Lionel admira l'impudence de cette entrée. Il s'était laissé prendre à son propre jeu. De plus, tout le monde savait qu'il était amateur de cigares. Ce garçon avait préparé son rendez-vous !

Il marquait un point.

— Monsieur Hoffmann, dit-il en s'approchant, une main tendue.

Le jeune homme souffla un nuage de fumée et s'avança pour lui serrer la main.

— E. J. Hoffmann, à votre service.

L'effet fut immédiat. Ce n'était pas une voix d'homme, et si la poigne était vigoureuse, les doigts fins et le grain de peau n'avaient rien de viril.

Lionel eut un mouvement de recul comme s'il avait affaire à un pestiféré. Son regard se porta vers sa jeune secrétaire, restée sur le seuil. Elle haussa à nouveau les épaules d'un air de dire : *Je vous l'avais bien dit !* Elle arqua les sourcils, attendant ses ordres, telle une secrétaire docile.

— Merci, Mabel. Ce sera tout.

— Bien, monsieur.

Elle jeta un coup d'œil vers E. J. Hoffmann et referma la porte. Si seulement elle avait autant de cran !

Lionel retourna derrière son bureau comme pour maintenir une barrière entre eux. Si cette supercherie l'enrageait, il se sentait surtout humilié, ridiculisé.

— Donc vous êtes une femme, mon petit, dit-il avec un rire forcé.

Il aurait aimé lui faire croire qu'il n'avait pas été dupe une seule seconde.

— C'est très fort, je l'avoue. L'espace d'un instant, j'y ai presque cru…

— Dommage que l'illusion n'ait pas duré un peu plus longtemps. Nous aurions pu avoir une conversation intelligente.

Peut-être en faisait-elle un peu trop, mais qu'avait-elle à perdre, désormais ?

— C'est tout ce que je vous demande, monsieur Brock. La conversation que vous auriez eue avec l'auteur de cet article – de son cigare, elle désigna le dossier posé sur son bureau – s'il était un homme.

Dans le regard qu'il croisa enfin, Lionel ne lut aucune moquerie, ni même un sentiment de triomphe face à son humiliation. Il ne décelait qu'un désir intense de communiquer. Il se concentra sur l'article posé sur son bureau.

— « Cent ans de mariage : Aldershot et l'armée britannique ». Très bon article.

— C'est la raison pour laquelle vous avez voulu rencontrer E. J. Hoffmann, n'est-ce pas ?

— En effet, admit Lionel. L'originalité du style m'a intrigué, fit-il d'un ton cynique. Je comprends pourquoi, à présent, mademoiselle Hoffmann. Ou bien est-ce madame ?

— Appelez-moi Elizabeth.

— Asseyez-vous donc, proposa-t-il de mauvaise grâce, car il n'avait guère le choix.

— Merci.

Lionel prit un cigare dans un coffret ouvragé. Il en coupa l'extrémité et l'alluma, puis il gratta une autre allumette qu'il lui tendit.

— Le vôtre est éteint, dit-il.

Elizabeth ne semblait pas s'en être rendu compte. Elle aspira quelques bouffées rapides, comme le lui avait appris le vendeur d'une boutique de cigares de Bond Street. Peu lui importait que Lionel Brock la mette à l'épreuve. Elle était prête à fumer ce cigare nauséabond tout entier s'il le fallait.

— Pouvons-nous discuter, monsieur Brock?

Elle s'adossa confortablement et l'observa derrière son nuage de fumée.

Ce sera difficile, songea-t-il. De près, en dépit de sa posture masculine, le jeune androgyne prenait une forme résolument féminine.

— On peut essayer, répondit-il.

— D'abord, j'ai des références de l'un de vos vieux amis.

Elizabeth sortit une lettre de la poche intérieure de sa veste.

— Henry Wilmot.

Lionel reconnut la signature et sourit malgré lui.

— Bien sûr! J'avais oublié qu'il s'était exilé à Aldershot. Je comprends mieux...

Il parcourut la lettre lui expliquant pourquoi Elizabeth avait eu l'occasion de faire son premier article. Henry était un rebelle qui aimait faire les choses différemment et accorder une chance aux plus modestes.

— Il a une très haute opinion de vous, commenta Lionel en levant les yeux.

— Nous avons d'excellentes relations professionnelles depuis presque deux ans.

Ses manières le déstabilisaient. Elle n'était pas arrogante, ni vantarde. Et elle n'avait aucune intention de dénigrer son ancien collègue et rival. Dérouté par une telle assurance chez une femme, il se retrouva sur la défensive.

— J'imagine que vous êtes consciente, mademoiselle Hoffmann, déclara-t-il sèchement, incapable de l'appeler par son prénom, que Henry Wilmot est l'un des meilleurs de la profession.

— Oui, je m'en rends compte. Il dit la même chose de vous, d'ailleurs.

Lionel la dévisagea longuement. Elle était sincère.

— Je vois pourquoi vous vous entendez bien. Henry n'aimait pas les petits jeux…

— N'est-ce pas…

Au moins, elle était honnête, songea-t-il. Henry Wilmot détestait les politiques intérieures des grands journaux de la capitale. Il avait bafoué les règles et offensé un tas de gens. Lionel ne s'en plaignait pas, d'ailleurs. Si Henry avait joué le jeu, il aurait peut-être décroché le poste de rédacteur en chef du *Guardian* à sa place.

— Je présume que Henry est responsable de cette mascarade, fit-il en désignant son costume.

— Indirectement, oui. Il m'a expliqué à quel point il était important de vous faire une bonne première impression.

— L'idée vient donc de vous ?

Elle hocha la tête.

— Et le cigare ?

— De lui. Quand je lui ai fait part de mon projet, il a trouvé que ce serait un petit clin d'œil amusant.

Lionel se mit à rire et, pour la première fois depuis qu'elle était entrée dans son bureau, il se détendit vraiment.

— Pour deux personnes qui refusent de jouer le jeu… railla-t-il.

— Sauf que ce n'est pas vraiment un jeu, répondit-elle avec un sourire. Vous et moi avons une conversation bien différente de celle que nous aurions eue si je m'étais présentée en tant qu'Elizabeth J. Hoffmann.

S'il avait su qu'elle était une femme, il aurait refusé de la recevoir, songea-t-elle. Elle n'en dit rien, consciente qu'il la trouvait déjà un peu trop téméraire.

Qu'il aille au diable ! Il ne pouvait nier qu'elle avait raison.

Au fil des minutes, Lionel Brock se sentait de plus en plus à l'aise avec la jeune femme. C'est peut-être l'effet du costume à fines rayures et du fédora, ou alors grâce à Elizabeth Hoffmann elle-même. Jamais il n'avait parlé ainsi à une femme. C'était comme parler à un homme.

Elizabeth n'appela Daniel que le lundi suivant, car elle le savait de garde pendant le week-end. Elle refusa de dire un mot sur son rendez-vous à Londres.

— Pas au téléphone, dit-elle. C'est bien trop exaltant. On se verra au salon de thé, à l'heure habituelle. (Elle se mit à rire.) Danny, tu ne devineras pas ce que j'ai fait !

Le samedi suivant, fidèle à sa parole, elle lui raconta tout dans les moindres détails, de son entrée dans le bureau de Brock jusqu'à son départ, après une poignée de main virile. Daniel l'observa en silence. Les autres clients du salon de thé n'en perdaient pas une miette non plus. Il ne pouvait douter de son récit. Cette astuce lui ressemblait tellement !

— Tu sais de quoi je suis la plus fière ? conclut-elle, triomphante.

Il secoua négativement la tête.

— J'ai fumé ce cigare dégoûtant tout entier !

Daniel rit avec elle, mais les conséquences potentielles de cette escapade londonienne le laissaient perplexe. Pour l'heure, il était heureux parce qu'elle était heureuse. Il était fier d'elle et tellement amoureux qu'il avait envie de le crier sur les toits.

— J'aurais tant voulu voir ça !

— J'ai gardé le costume et le fédora, et je vais te présenter E. J. Hoffmann en personne.

— Avec le cigare ?

— Bien sûr ! C'était ton idée, après tout.

Il sembla perplexe.

— Tu ne te rappelles pas, Danny ? Quand *The Times* a rejeté ma candidature de but en blanc ? Je t'ai lu la lettre, tu étais assis là-bas.

Elle désigna la table nichée dans le coin de la salle.

— Tu m'as dit que, s'ils avaient ignoré que j'étais une femme, ils m'auraient proposé un poste.

Il n'avait pas oublié ce jour-là. Il cherchait à lui remonter le moral. Et il était à l'origine de tout cela ? Quelle ironie du sort !

— Tu es en train de me dire que c'est moi qui t'ai inspiré cette idée farfelue de rendez-vous déguisée en homme, avec un cigare ?

— Le cigare est une idée de Henry Wilmot. Pour le reste, tu es le seul responsable. Tu n'imagines pas combien je te suis reconnaissante.

Elle irradiait de joie. Jamais elle n'avait été aussi belle.

— C'est bizarre, tu sais, reprit-elle, pensive. Avant que tu ne m'en parles, je n'avais pas eu l'idée de dissimuler ma véritable identité.

— Je ne trouve pas ça bizarre du tout, répondit-il. Tu n'as pas l'habitude de mentir.

— Je n'ai pas menti. Pas une fois.

Il eut l'air septique.

— Jamais, je te le jure. D'accord, je n'ai pas dit que j'étais une femme quand j'ai envoyé mon article au *Guardian*, mais je n'ai pas affirmé que j'étais un homme non plus. Et quand ils ont répondu pour me demander de prendre rendez-vous par téléphone, j'ai donné le nom de E. J. Hoffmann. Je n'ai pas précisé que le rendez-vous était pour moi, mais je n'ai pas affirmé le contraire non plus. Ils ont tiré leurs propres conclusions et c'est ce qui m'a facilité la tâche.

Daniel posa sur elle un regard entendu. Il reconnaissait la lueur de passion qui brillait dans ses yeux. Elizabeth était bien décidée à parler franchement :

— Ils ont pensé que la candidature venait d'un homme, poursuivit-elle le plus sérieusement du monde. Je sais que j'ai raison. Dis-moi sincèrement : cela en dit long, non ?

— En effet. Cela me dit que tu es rusée, manipulatrice et sournoise.

— Pour l'amour du ciel, Danny ! Je te parle de l'attitude des hommes envers les femmes au travail et...

— Je sais et ton thé est en train de refroidir. Tu veux que je commande une autre théière ?

Lui-même en avait déjà bu deux tasses.

— Tu trouves que je radote ?

— Pas encore, mais ça ne va pas tarder. Je préfère entendre le résultat de ton entretien si cela ne te dérange pas. Alors, tu veux du thé ?

— Non merci.

Elizabeth ne s'offusqua nullement de la réponse de Daniel. Elle aimait avoir un ami qui la connaisse aussi bien et qui se montre franc.

— Je préférerais qu'on aille se promener.

— Tant mieux, répondit-il en se levant pour lui offrir son bras. Moi aussi.

En cette fin d'été, le soleil était chaud. Lorsqu'ils arrivèrent dans High Street, ils se dirigèrent machinalement vers Princes Gardens.

— Que va-t-il se passer maintenant ? demanda Daniel d'un ton qui se voulait désinvolte. J'imagine qu'ils vont te proposer un poste.

— C'est déjà fait.

— Ah !...

— Enfin, plus ou moins. Lionel doit consulter le rédacteur en chef. Ce n'est qu'une formalité.

— Lionel. Tu l'appelles déjà par son prénom. Je suis impressionné !

Londres se trouvait à moins de 50 kilomètres. Ce n'était pas le bout du monde. Allait-ce le devenir ?

— Moi aussi, je suis plutôt impressionnée, mais il a insisté : « Tous mes journalistes m'appellent Lionel, ma chère. Je ne vois pas pourquoi E. J. Hoffmann ferait exception à la règle ».

Son imitation était assez drôle. Lorsqu'ils atteignirent le parc, Daniel s'arrêta net.

— Journaliste, carrément ? Tu ne m'avais pas dit ça !

— Bien sûr. Je gardais le meilleur pour la fin !

— Elizabeth, c'est incroyable, reprit-il, subjugué. Combien peut-il y avoir de femmes journalistes au *Guardian* ?

— Aucune. En tout cas aucune qui travaille sous son propre nom. Il existe peut-être d'autres E. J. Hoffmann tapies dans l'ombre, comment le savoir ? Désormais, je me méfierai de tout article signé par des initiales.

— Vraiment ? Tu crois que c'est vrai ?

— Non, Danny, je ne crois pas, dit-elle en retrouvant son sérieux. Je crois que c'est la chance de ma vie, l'occasion d'entrer dans l'histoire, peut-être.

Il afficha une expression étrange, comme s'il n'en doutait pas un instant. Pour lui, Elizabeth était capable de tout.

— Mes articles paraîtront avec la signature E. J. Hoffmann, expliqua-t-elle. Mais quand j'aurai fait mes preuves, je compte bien me battre bec et ongles pour être reconnue en tant que première journaliste femme de l'histoire du *Guardian*.

Elle sourit et lui reprit le bras.

— En attendant, bien sûr, je devrai écrire un tas de bêtises. Viens, asseyons-nous.

Dans le parc, ils se dirigèrent vers un banc, au bord de la pelouse.

— Des bêtises ? s'enquit-il. E. J. Hoffmann n'écrit pas de bêtises !

— Justement. Je ne sais pas s'ils me laisseront souvent être E. J. Hoffmann. Lionel m'a garanti qu'il me confierait des articles, mais je ne sais pas à quelle fréquence. En attendant, je devrai me contenter des sujets censés intéresser les femmes, grimaça-t-elle. Défilés de mode, coiffure, recettes, électroménager, puériculture... Autrement dit tout ce qui m'ennuie à mourir et pour quoi je n'ai aucune compétence.

Ils s'assirent enfin. En observant la fontaine, au milieu du jardin, Daniel se rappela les célébrations du centenaire et leur première rencontre. Dès le premier regard, il avait su qu'il voulait l'épouser. Le moment était venu pour lui d'exprimer ses sentiments avant qu'elle ne sorte de sa vie. Comment s'y prendre ?

— Lionel pense que cela me fera du bien de travailler pour les rubriques secondaires, poursuivit Elizabeth sans savoir qu'il ne l'écoutait plus. Selon lui, j'en apprendrai beaucoup en couvrant des domaines aussi divers. J'avoue qu'il n'a pas tort. Cependant, l'autre aspect de son raisonnement me laisse perplexe : « en tant que dame journaliste, vous établirez votre crédibilité auprès de vos collègues », railla-t-elle en imitant Lionel.

Daniel émergea de sa rêverie pour lui accorder son attention.

— *Dame* journaliste, répéta Elizabeth avec une moue. Je ne sais pas pourquoi, mais je trouve ça un peu péjoratif. Est-ce qu'on parle de « monsieur journaliste » pour un homme ? Bref, il croit que, en apprenant à connaître mes collègues en tant que « dame journaliste », je serai protégée de la virilité de ce milieu. Nous savons tous les deux ce qu'il sous-entend par là.

— Quoi ?

— Il me jauge. Il gagne du temps pour évaluer mon talent, ma résilience, ma motivation. J'apprécie cette sollicitude, même si elle est superflue. Ce pauvre Lionel se demande si je vais pouvoir gérer les embûches, les bâtons dans les roues, la pression.

— Il ne te connaît pas, fit Daniel.

Le sous-entendu du jeune homme échappa à la jeune femme.

— Absolument ! Je vais essayer pendant un an, puis nous en reparlerons. Entre nous, je compte demander à signer de mon nom. C'est un arrangement raisonnable, tu ne trouves pas ?

Il ne put s'empêcher de rire. Le journal proposait à Elizabeth la chance de sa vie et elle semblait insister pour tirer encore un peu plus le fil.

— Très raisonnable, à mon avis. Et la question cruciale… Quand commences-tu ?

— Dans quinze jours.

Daniel sentit la panique monter en lui.

— Quinze jours ! Déjà ?

— À condition que Lionel obtienne le feu vert du rédacteur en chef. En tout cas, j'arrive à point nommé. Figure-toi qu'ils envisageaient de passer une annonce pour une rédactrice.

Daniel était ailleurs. Elle devrait certainement accorder un mois de préavis au *Courier-Mail*.

— Ils faisaient régulièrement appel à une pigiste, poursuivit Elizabeth. Elle a arrêté de travailler pour avoir un bébé, du coup ils songeaient à employer une rédactrice à plein temps. C'est un coup de chance, non ?

— Oui, c'est fou. Quinze jours, dis-tu ? Et le *Courier-Mail* ?

— Henry s'est montré très compréhensif! Il me laisserait partir demain s'il le fallait. Je crois qu'il est plutôt fier d'avoir lancé ma carrière. Il dit que je vais lui manquer, mais…

— À moi aussi.

Elizabeth s'interrompit. Daniel semblait un peu perdu. Il en était touchant.

— Tu vas me manquer, toi aussi, dit-elle, en en prenant soudain conscience.

— C'est vrai?

— Bien sûr!

Son inquiétude était tout aussi touchante.

— On se verra, reprit-elle avec un sourire affectueux. Tu fais partie de ma vie, Danny. Tu es le meilleur ami que j'aie eu!

Il sauta sur l'occasion qui se présentait:

— Alors épouse-moi.

Dans le silence qui suivit, il regretta d'avoir bredouillé ces paroles maladroites. La stupeur de la jeune femme fit place à de la suspicion.

— Tu te moques de moi? demanda-t-elle.

— Pas du tout, répliqua-t-il d'un ton qui se voulait désinvolte.

Il ne voulait pas l'effrayer avec un élan de passion.

— Le meilleur ami que tu aies jamais eu ferait aussi un bon mari, non?

— Si c'est une blague, je n'en vois pas l'intérêt, je l'avoue.

— Pourquoi plaisanterais-je sur ce sujet?

— Je viens de te parler d'une opportunité professionnelle qui est la chance d'une vie et toi, tu me parles mariage?

Elle émit un grommellement de dérision.

— Soit c'est une blague, soit c'est une façon de me dire que la place d'une femme est à la maison et que son destin, dans la vie, est de se marier, auquel cas tu m'insultes. Tu n'es pas drôle.

— Je ne te demanderais pas de rester au foyer! protesta-t-il. Je suis fier de ta réussite. Je ne veux rien changer en toi, Elizabeth, y compris ton ambition professionnelle.

Elle le fixa sans un mot, assimilant peu à peu le sérieux de sa proposition.

— Ta carrière est essentielle pour toi, reprit Daniel. J'en suis conscient. Pourquoi voudrais-je changer la personne dont je suis tombé amoureux ?

Amoureux ? Elizabeth n'en croyait pas ses oreilles. Amoureux !

— Mais… tu es si… jeune !

Elle ne savait que dire tant elle était abasourdie.

— Tu es tellement jeune. J'ai peine à croire que tu ne vois pas que…

Embarrassée, elle chercha ses mots, incapable de formuler une phrase intelligible.

— Ce… sentiment… n'est en fait qu'un béguin.

Sa demande n'avait pas rencontré le succès escompté, loin de là, mais il parvint à rire.

— Je ne suis pas un gamin, tu sais, dit-il avant d'ajouter en souriant : tu me parles avec la même condescendance que lors de notre rencontre. Ce n'est pas très flatteur.

Elle se rappelait son attitude, ce jour-là. Il avait eu la réaction qu'il fallait. *Des hommes plus jeunes que moi sont morts pour ce pays.* Il l'avait impressionnée. Tout en lui l'avait impressionnée, c'était même la raison pour laquelle elle avait laissé leur amitié se développer. Et voilà qu'il venait de tout gâcher…

— Tu es un petit frère, pour moi.

— Non ! rétorqua-t-il, exaspéré. Ne me dénigre pas de la sorte ! Je ne suis pas ton petit frère, Elizabeth. Je ne l'ai jamais été et tu le sais très bien.

— Je suis désolée, bredouilla-t-elle, car elle n'avait pas voulu l'insulter. Bien sûr que non. Tu es bien plus que cela. Tu es mon meilleur ami… Mon seul vrai confident… Je t'en prie, Danny. Ne changeons rien, d'accord ?

— On pourrait rester meilleurs amis et confidents pour le reste de nos jours. Quelle meilleure base pour un mariage ?

Non, songea-t-elle. *Non, tu ne peux pas changer les règles comme ça.* Pourquoi gâchait-il tout ?

Persuadé qu'elle vacillait, il prit ses mains dans les siennes :

— Épouse-moi, Elizabeth, dit-il en s'agenouillant avec emphase. Épouse-moi. Je suis le mari idéal pour toi. Tu ne le regretteras pas, je te le promets.

— Je t'en prie, relève-toi ! persifla-t-elle.

Le bon sens reprit le dessus. Il était temps de mettre fin à cette mascarade. Il se montrait puéril.

— Tu ne sais pas ce que tu dis. Ce n'est qu'un coup de tête, des niaiseries romantiques et je n'en écouterai pas un mot de plus.

Il lâcha ses mains et s'assit docilement sur le banc.

— Dommage, fit-il en haussant les épaules. J'aimais bien l'approche romantique. Quant au reste, tu te trompes. Cela n'a rien d'une impulsion et je sais parfaitement ce que je dis. Je suis amoureux de toi depuis notre rencontre.

Elle en demeura sans voix.

— Allons ! insista-t-il. Tu as dû le sentir, non ?

Elle secoua négativement la tête.

— Pourquoi n'as-tu rien dit ? souffla-t-elle, incrédule.

Il la trouva vulnérable, soudain.

— Je n'osais pas. J'avais peur de t'effrayer.

— On a toujours été honnête l'un envers l'autre.

— Je sais et je suis désolé, mais sois raisonnable, Elizabeth : si je t'avais avoué que j'étais amoureux de toi, qu'aurais-tu fait ?

Elle ne répondit pas.

— Tu serais partie en courant, reprit-il en souriant. Nous devions d'abord apprendre à nous connaître.

— Je vois…

Elle hocha la tête, pensive. Lorsqu'elle reprit la parole, elle s'exprima d'un ton mesuré.

— Donc tout n'était qu'un mensonge depuis le départ.

Daniel comprit soudain son erreur. Ce qu'il avait pris pour de la vulnérabilité était de la colère. Et elle grandissait à chaque seconde.

— Moi qui pensais que notre amitié était fondée sur la confiance et un respect mutuel...

— Elle l'est, je t'assure.

— Non! Pas de ton côté, en tout cas. Elle était fondée sur une tromperie.

Elle était proche de la fureur.

— Pour l'amour du ciel, Elizabeth!

Daniel commençait à perdre patience.

— Je suis un homme, tu es une femme, c'est naturel! Les hommes ne sont pas tes ennemis. Pourquoi te sens-tu à ce point menacée?

L'effet immédiat de ses paroles l'étonna lui-même, car il l'avait prise au dépourvu.

— Je ne suis pas une menace, affirma-t-il. Je suis ton allié. Je crois en toi et en ta carrière. Je t'aime et je crois que tu m'aimes aussi. Pas autant, bien sûr, mais sois honnête avec toi-même...

Elle croisa son regard.

— Tu m'aimes un peu, admets-le.

— Bien sûr.

Le ton de la jeune femme était un peu condescendant et irrité, ce qui lui fit plaisir, étrangement. Elle était sur la défensive et détestait être ainsi acculée.

— Je t'aime en tant qu'ami, déclara-t-elle avec une nonchalance hautaine.

— Dans ce cas, je plaide ma cause. Quelle meilleure base pour un mariage?

— J'ai dit un *ami*! Je t'aime en tant qu'ami!

— D'après toi, le mariage devrait être fondé sur l'inimitié?

Il remarqua aussitôt que sa suffisance agaçait la jeune femme encore davantage. Tant pis! Sentant la victoire à portée de main, il se laissa emporter:

— Je ne suis pas le seul à penser que nous devrions nous marier, tu sais. J'ai l'approbation de tes parents.

— Quoi?

— Tes parents envoyaient des signaux très clairs le soir de ta fête d'anniversaire.

— Ce n'était pas une fête, c'était un *dîner*. Et de quels signaux parles-tu, au juste ?

— Eh bien ! cette histoire de lauriers-roses, déjà.

— Quelle histoire de lauriers-roses ?

Dans l'exubérance de sa jeunesse, Daniel ne décela pas les signes d'alerte.

— Ces histoires de symboles. C'était un test pour savoir comment je réagirais au fait que ton père est juif.

— Je crois que l'analogie était un peu plus profonde, objecta-t-elle froidement. Ce soir-là, mon père a révélé quelque chose de très personnel.

— Naturellement ! Et pourquoi ce soir-là et pas un autre ? Pourquoi m'en parler à moi ? Tu t'es posé la question, d'ailleurs, rappelle-toi.

Elizabeth ne dit rien. Elle n'avait pas oublié. Furieuse, elle se rendit compte qu'il avait raison.

Daniel se méprit sur son silence. Se croyant sur la bonne voie, il commit son ultime et irrévocable erreur :

— Ta mère sait ce qui se passe depuis le début, déclara-t-il. J'ai même eu la nette impression qu'elle était pour.

— Pour toi ?

Son ton agressif le fit à peine hésiter.

— Pour *nous*, corrigea-t-il. J'ai eu l'impression que tes parents étaient tous les deux favorables...

— À *nous*.

— Oui.

Daniel comprit enfin que les choses prenaient une mauvaise tournure.

— Tu as donc réussi l'épreuve ?

— On le dirait bien, oui.

Quelque chose n'allait pas du tout.

— Bien fait pour toi !

— Qu'est-ce qui se passe, Elizabeth ? Pourquoi es-tu en colère ?

Elle était bien plus qu'en colère. Elle était blessée, humiliée par l'idée d'une connivence entre ses parents et Danny, ce soir-là. Elle se sentait stupide de n'avoir rien remarqué. L'aveu de son père sur les lauriers-roses l'avait profondément touchée. Pour elle, c'était un cadeau précieux qu'il ait choisi son anniversaire pour partager ce secret. Quelle idiote elle avait été !

— Je suis ravie que toi et mes parents en soyez arrivés à cette décision collégiale sur mon avenir, railla-t-elle en se levant. Que ferais-je sans vous tous ?

Daniel se leva à son tour.

— Seigneur ! Elizabeth, ce n'était pas une conspiration, loin de là. On était seulement…

— C'est pourtant l'impression que cela me donne.

— Ta réaction est un peu excessive, tu ne trouves pas ? La parano n'est pas ton genre, normalement.

— Normalement, je ne suis pas du genre à me laisser régenter ni influencer par les opinions des autres. Le fait que tu aies l'approbation de mes parents ne m'impressionne pas le moins du monde, Danny. Ma réponse à ta proposition ridicule est un non ferme et définitif.

Sur ces mots, elle s'éloigna d'un pas décidé, le laissant abasourdi. Comment avait-il pu perdre à ce point le contrôle de la situation ? Qu'avait-il dit de mal ?

La semaine suivante fut un calvaire pour Daniel. Il n'appela pas Elizabeth de peur de l'agacer davantage. Mieux valait éviter tout contact jusqu'au moment de son départ. Lorsqu'il l'appellerait pour lui dire au revoir, elle serait peut-être calmée. Il espérait percevoir un changement dans son attitude.

Le week-end se déroula, puis vint le lundi…

— Un appel pour vous, lieutenant.

Il venait d'entrer dans la salle de garde. Le sergent lui tendit le combiné avant de s'éclipser discrètement dans un bureau.

— Lieutenant Gardiner, fit-il en s'asseyant.

— C'est moi, dit la voix tendue d'Elizabeth. Je suis désolée. J'ai réagi de façon excessive et je te dois des excuses.

— Ce n'est pas grave. Je regrette de t'avoir choquée. Je ne voulais pas…

— Ne t'excuse pas, Danny. C'est à moi de le faire.

— Très bien, n'en parlons plus.

Il eut envie de lui demander: « Et maintenant? », mais elle semblait si brusque qu'il n'osa pas.

— Tu pars quand?

— Vendredi.

— Déjà?

— Oui. Papa me conduira à Londres. Un de ses amis dirige une agence immobilière et nous fera visiter des appartements dans South Kensington.

Il eut envie de lui demander s'il pourrait la voir avant son départ, mais s'en garda de peur de trahir son désespoir.

— C'est bien, dit-il simplement.

— Je sais que ça fait un peu enfant gâtée… Papa tient absolument à ce que je sois bien installée, alors j'ai cédé.

— Tu serais folle de ne pas profiter de ses relations. De plus, un père a bien le droit de s'occuper de sa fille.

— Je sais et je lui en suis reconnaissante.

Un silence gêné s'installa. De toute évidence, ils n'avaient plus de banalités à échanger.

— Je ne veux pas perdre ton amitié, Danny.

— Tu n'as pas à la perdre.

Il se sentait soudain très las et abattu. *Je ne veux pas être l'ami de la femme que j'aime!* avait-il envie de crier. *Je veux être l'ami de mon épouse!*

— Nous serons toujours amis, Elizabeth.

— Tant mieux. Je suis contente.

Encore un silence.

— Je te dirai où je suis et on restera en contact, d'accord?

— Volontiers.

— Salut Danny.
— Salut, Elizabeth.

Quelques semaines plus tard, Danny fut muté à Francfort au sein des forces d'occupation pendant six mois. Lorsqu'il appela Elizabeth à Londres pour l'en informer, leurs adieux furent brefs et gênés. Peu avant Noël, il partit, soulagé de quitter Aldershot.

Yarina est agenouillée dans la terre rouge, sans bouger. Près d'elle, son enfant, un garçon d'à peine 3 ans, tout aussi immobile et silencieux. Sentant la recommandation tacite de sa mère, il serre sa main très fort. Tous deux ne font plus qu'un dans le paysage, ils se fondent dans l'ombre d'un eucalyptus. À la nuit tombante, ils sont pratiquement invisibles pour les étrangers qui s'approchent.

Tandis que le camion passe au ralenti, Yarina entend les voix des deux hommes blancs derrière les vitres baissées. Hélas ! elle ne comprend pas ce qu'ils racontent. Elle ne parle pas la langue des hommes blancs.

Elle regarde le camion s'arrêter à moins de cent mètres d'elle et voit les hommes en descendre pour prendre leur équipement à l'arrière.

Au-delà du camion, elle voit son mari, Ngama. Il est allé à la chasse et porte sur l'épaule le gros ramia qu'il a capturé pour leur dîner. Lui aussi reste figé dans un bosquet d'eucalyptus. Le seul mouvement est celui d'une gouttelette de sang du varan qui dégouline lentement sur son torse. Ngama n'a pas pris la peine de se cacher des étrangers mais, comme Yarina, il se fond dans le paysage. Ils savent d'expérience qu'il leur est facile de demeurer invisibles pour l'homme blanc.

Yarina serra plus fort la main de son petit garçon. C'est un enfant sain et vif qui n'a pas l'habitude de rester tranquille très longtemps. Cependant, elle n'a pas besoin de le mettre en garde. Il n'a vu des hommes blancs qu'une seule fois dans sa courte vie et, même de loin, il a peur d'instinct.

De leurs points de vue distincts, Yarina et Ngama regardent les hommes attacher quelque chose à la clôture grillagée. Ils en ont entendu parler. Elle ceint une partie des plaines désertiques du sud. Ils sont troublés. Ils font partie du peuple Arrernte du centre et n'ont pas l'habitude des clôtures sur leurs propres terres. *Pourquoi les hommes blancs ont-ils fait ça ?* se demande Yarina.

Ils sont nombreux à se poser la question. *Pourquoi les hommes blancs s'imposent-ils sur nos terres ?* se demandent les Pitjantjatjara, les Yankuntjatjara et les Kokatha. Les peuples Luntja, Arrernte et Antakarinja, qui traversent la région, se posent la même question. *Pourquoi les hommes blancs veulent-ils nous éloigner de nos pistes ? Pourquoi nous interdisent-ils l'accès à nos lieux sacrés et à nos points d'eau ?* C'est une énigme pour beaucoup. *Que peuvent vouloir les hommes blancs dans ce désert qui leur est si étranger ? Il n'y a rien pour l'homme blanc, ici*, disent-ils.

Yarina et son petit garçon restent figés pendant les quinze minutes nécessaires à ces hommes pour fixer la pancarte et s'en aller. Dès que le camion disparaît dans un nuage de poussière, Yarina rejoint son mari. Ensemble, ils scrutent les symboles bizarres sur le panneau accroché à la clôture, mais ils ne comprennent pas leur signification.

Chapitre 4

— Maralinga, annonça Harold. Ils l'appellent Maralinga. Ça veut dire « champs de tonnerre » dans un de leurs patois locaux, je crois. Un nom prédestiné pour un site destiné à des essais nucléaires, non ?

— Ça ne manque pas de sel, en effet, admit sa femme. Qui a eu cette idée ?

— Le responsable scientifique de la Défense, il paraît, un dénommé Butement. Je ne l'ai jamais rencontré, mais je n'ai pas encore vu grand monde du contingent australien.

Harold but une gorgée du thé que sa femme venait de lui servir. Comme il n'était pas assez chaud à son goût, il décida d'en demander une nouvelle théière. Il se leva de son fauteuil, près de la cheminée, et s'approcha de la porte-fenêtre.

— Je les rencontrerai bientôt, c'est certain, maintenant que je suis officiellement sur le projet.

Il tira deux coups secs sur le cordon.

— Je vais devoir aller là-bas d'ici peu, j'imagine, ajouta-t-il.

Il observa le paysage paisible. L'orme aux branches géantes ployait sous la neige et la haie ornée d'une dentelle blanche descendait la pente menant au ruisseau. Il aimait tant l'hiver ! Le romantique qui sommeillait en lui adorait Noël sous la neige. En cette année 1954, le froid vif était prometteur.

— Avec la chance que j'ai, je vais peut-être me retrouver dans ce maudit désert à Noël, grommela-t-il.

— Que pense le public australien de cette histoire de Maralinga ? s'enquit Lavinia.

— Je ne crois pas qu'il soit au courant.

— Ah bon ? C'est incroyable. Des mesures aussi drastiques devraient pourtant donner lieu à un débat public. Quel peuple étrange...

— Non, non, ma chérie, tu te trompes. La majorité des gens ne sait pas ce qui se passe. Enfin, pas encore. Le gouvernement garde le secret au moins jusqu'à ce que le site soit opérationnel. Et encore, ils ne diront à la populace que le strict minimum. En fait, si on manœuvre bien, les Australiens ne sauront que ce qu'on veut bien qu'ils sachent.

— Seigneur ! s'exclama Lavinia. Et ils vont accepter ça ? Le public britannique ne tolérerait pas d'être aussi mal informé.

Elle s'interrompit en entendant frapper à la porte. Elle n'évoquait jamais le travail de son mari en présence des domestiques. Lavinia considérait comme un privilège que Harold, sous-directeur du MI6, accepte de lui en raconter autant sur ses dossiers. Il lui cachait certains éléments et elle ne lui posait pas de questions indiscrètes, heureuse de la confiance qu'il lui accordait. Il pouvait ainsi se soulager d'une partie du fardeau des responsabilités qui pesait sur ses épaules. C'était le devoir d'une épouse, selon elle.

— Il nous faudrait du thé chaud ! lança Harold à la jeune fille.

— Bien, monsieur.

Elle esquissa une révérence et, laissant ouverte la porte à double battant, s'approcha de la table basse circulaire pour prendre le plateau.

— Avec un ou deux scones de Freda, peut-être ? demanda Lavinia en s'adressant à son mari plutôt qu'à son employée.

— Et comment ! répondit-il avec enthousiasme.

— Avec de la confiture et de la crème, s'il vous plaît, Bessie.

— Très bien, madame.

La jeune fille s'éloigna et posa un instant son plateau sur une tablette afin de refermer la porte du salon.

Lavinia attendit quelques secondes avant de reprendre :

— Donc on a tout intérêt à ce que les Australiens soient crédules.

— Oh oui ! admit Harold en retournant s'asseoir dans son fauteuil, face à sa femme. De plus, on a leur Premier ministre dans la poche. Il y a quelques années, quand Menzies a validé nos essais nucléaires au large de la côte d'Australie-Occidentale, il n'a même pas informé son propre cabinet.

— Allons ! ne sois pas ridicule, Harold. C'est impossible !

— Et pourtant c'est la vérité, ma chérie. Je tiens l'information du Vieux Lion en personne.

Harold venait de regagner sa propriété du Sussex après une réunion à Londres avec le Premier ministre Churchill.

— Winston m'a dit que, en 1950, Attlee avait envoyé une requête personnelle dans le plus grand secret à Menzies à propos de l'utilisation des îles Montebello, expliqua-t-il face à l'incrédulité manifeste de sa femme. Menzies a tout de suite donné son accord de principe pour des essais nucléaires. D'après Winston, il n'y a jamais eu aucune preuve qu'il ait consulté un seul de ses collègues sur cette question.

— Seigneur ! N'est-ce pas un peu… illégal ?

Lavinia Dartleigh fronça légèrement les sourcils. Harold s'esclaffa. Il adorait le sens de la litote de son épouse, qui était la quintessence de l'Anglaise issue de l'élite. Encore superbe à plus de 40 ans, elle était l'élégance incarnée, d'une intelligence vive et impeccable à tout moment. Harold la chérissait. Elle était la femme idéale pour un homme dans sa situation.

— Oui, mon amour, c'est un peu illégal.

Harold Rodin Dartleigh, commandeur dans l'ordre de Saint-Michel et Saint-Georges, chevalier commandeur de l'ordre royal de Victoria, sixième baron de Somerston, était l'archétype de l'homme bien né ayant toujours mené une vie de privilégié. Il était arrogant, insensible et considérait que tout lui était dû. Toutefois, au contraire de beaucoup de ses semblables, il n'était pas paresseux ni dépensier. Ni stupide. Dans sa jeunesse, il s'était distingué au Trinity College de Cambridge, en histoire et en philosophie, avant d'embrasser une brillante carrière diplomatique. Il avait été chef de cabinet dans les ambassades britanniques de Beyrouth, d'Istanbul, de Tokyo et de Prague.

En 1939, lorsque la guerre avait éclaté, William, le père de Harold, cinquième baron de Somerston, fut tellement horrifié à l'idée de perdre son fils unique, son héritier, qu'il avait fait jouer ses relations pour que le jeune homme de 29 ans soit nommé émissaire du gouvernement à Washington. Harold n'en fut pas contrarié le moins du monde, car il n'avait aucune envie de suivre le courant, pas par peur ou lâcheté, mais par ambition. Mourir sur quelque lointain champ de bataille n'était pas le destin qu'il envisageait.

Ayant passé la guerre dans un confort relatif, Harold était revenu en Angleterre pour s'occuper de son père malade. Depuis la mort de William, en 1946, il siégeait à la Chambre des lords. Fort de son expérience diplomatique, il fut vite repéré par le Secret Intelligence Service et saisit l'occasion. Il gravit rapidement les échelons et se retrouva directeur-adjoint du MI6.

Pour sa grande satisfaction, ses états de service furent reconnus dans les hautes sphères. En 1949, il fut nommé commandeur dans l'ordre de Saint-Michel et Saint-Georges (KCMG) par le roi George VI pour son travail de diplomate et, au début de cette année 1954, chevalier commandeur de l'ordre royal de Victoria (KCVO) par la reine Elizabeth II pour son service envers la reine et d'autres membres de la famille royale.

À 45 ans, du haut de son mètre quatre-vingt-deux, il gardait un corps athlétique, malgré une légère bedaine. C'était un homme distingué. Ses cheveux grisonnaient, assortis à ses yeux, et il avait les traits finement ciselés. Toutefois, Harold dégageait une certaine froideur que certains, souvent des envieux assumés, prenaient pour l'arrogance des privilégiés, alors que d'autres, plus bienveillants, surtout ses collègues, affirmaient que c'était lié à son poste. Le directeur-adjoint du MI6 se devait d'être détaché, affirmaient-ils. Quand on le connaissait, Harold était drôle.

D'une intelligence impressionnante et plein d'esprit. Un excellent convive dans les dîners. C'était la vérité, à condition qu'il soit bien luné.

Lord Dartleigh avait des partisans inconditionnels, surtout parmi le clergé et les femmes de son entourage, les épouses de ses collègues, qui avaient un certain standing au sein de la société et le pouvoir qui allait avec. Elles trouvaient admirable qu'il n'ait jamais été impliqué dans le moindre scandale. Père de deux grands enfants, Harold était fidèle à une compagne qu'il adorait manifestement. Le clergé applaudissait ce couple exemplaire et les femmes trouvaient son amour démonstratif très romantique, voire enviable. À tel point que plusieurs des épouses moins épanouies déploraient que Harold Dartleigh ne soit pas disponible.

Et puis il y avait les autres, ceux qui avaient peur de Harold. Certains le redoutaient d'instinct dès la première rencontre. Pour d'autres, la crainte venait peu à peu, mais le résultat était le même : il les mettait mal à l'aise.

Cependant, il y avait un élément sur lequel tout le monde s'accordait : mieux valait ne pas fâcher Harold Dartleigh.

— Tu parlais du désert, déclara Lavinia. Je suppose qu'on ne peut pas savoir précisément lequel ?

Elle ne posait des questions que lorsqu'elle sentait qu'elle pouvait obtenir une réponse et c'était le cas en cet instant. Elle trouvait le sujet de Maralinga des plus captivants.

— C'est vrai, mon amour, c'est un secret. Motus et bouche cousue.

— Naturellement. Néanmoins, je parierais sur l'Australie-Méridionale. N'était-ce pas l'emplacement d'Emu Field ? demanda-t-elle d'un air innocent.

Harold se mit à rire. L'intelligence de sa femme l'enchantait.

— Comment diable es-tu au courant d'Emu Field ?

— J'ai vu un bref reportage aux actualités, l'an dernier, au cinéma.

La réponse de Lavinia était à la fois critique et contrite.

— Les actualités Pathé. Pas si secret que ça…

— Ah! Eh bien... – le sourire de Harold disparut –, Maralinga sera secret, en tout cas! Du moins tant qu'on pourra garder secret un tel endroit. Quand les explosions commenceront, le monde entier sera au courant. Heureusement, le site sera parfaitement sécurisé et nous pourrons contrôler les informations qui filtreront dans la presse. Que les sites de Montebello et Emu soient dévoilés, c'est une chose, mais on parle d'établir un site permanent d'essais nucléaires. Raison de plus pour que le MI6 mène la danse. C'est ce que j'ai dit à Churchill. Nos services auraient dû entrer en jeu dès le départ.

Harold aimait avoir une épouse à qui il pouvait se confier. Il savait combien cette confiance mutuelle comptait aux yeux de Lavinia, un élément précieux pour l'harmonie de leur couple et leur image publique. Ils formaient une équipe. Pour un homme de son statut, l'image était essentielle.

— Winston et moi sommes d'accord sur le fait qu'il est un peu inquiétant de laisser carte blanche aux scientifiques. Ces types-là sont toujours un peu négligents. Ils ne songent qu'aux résultats de leurs expériences, ce qui risque de provoquer des brèches dans le système de sécurité.

— Maralinga sera gardé par des militaires, sûrement?

— Les opérations au jour le jour, oui, mais William Penney sera en charge des essais et de tout ce qui s'y rapporte. C'est un peu préoccupant, si tu veux mon avis. Ce type est physicien, pour l'amour du ciel!

— C'est aussi une sommité mondiale dans le domaine de l'armement nucléaire. Il dirige le programme nucléaire britannique depuis des années.

— C'est bien, mon amour!

Harold croisa les jambes et s'adossa confortablement dans son fauteuil, puis il applaudit sa femme.

— Les actualités Pathé?

— Non. *The Times*, répondit-elle, nullement vexée par le ton moqueur de son mari. Et c'est sir William, désormais. Il a été anobli il y a trois ans.

— Ah oui, c'est vrai ! J'avais oublié.

C'était faux. Encore une moquerie.

— Pauvre vieux Penney, soupira-t-il. Il va me détester encore plus en apprenant que c'est moi qui commande.

— Pourquoi encore plus ?

— Il ne m'aimait déjà pas à Cambridge et il n'appréciera pas la tournure des événements. Mon implication dans le projet Maralinga l'agacera au plus haut point.

Lavinia s'en étonna. Si les deux hommes avaient fait leurs études ensemble, Harold n'avait jamais évoqué la moindre animosité entre eux.

— Il devra s'y faire, voilà tout. La présence du MI6 en Australie est essentielle. Il ne faudrait pas que survienne un nouvel épisode Fuchs.

Harold faisait allusion à la condamnation très médiatique du physicien britannique Klaus Fuchs, quatre ans plus tôt. D'origine allemande, il avait été une figure clé du programme de développement de la bombe atomique lancé par les Américains, pendant la guerre et dans les années d'après-guerre. Le Manhattan Project, de son nom de code, dépendait largement des ressources et du personnel américains, mais ces scientifiques britanniques étaient impliqués. Parmi eux, l'un des plus chevronnés était un espion pour les Soviétiques depuis des années. Cette découverte choqua le monde entier.

— On ne peut en vouloir aux Américains de nous fermer la porte, dit Harold.

Il se pencha en avant, ses yeux gris pétillant avec une intensité que ses collègues trouvaient parfois déroutante.

— On ne peut pas se permettre d'être désinvoltes sur le nucléaire, Lavinia. On est en pleine guerre froide et les Russes ont prouvé leur capacité à infiltrer des lieux réputés inaccessibles…

La domestique frappa quelques coups à la porte.

— J'espère que tu ne devras pas partir pour Noël, chéri…

Bessie fit son entrée.

— Catherine et Nigel seront tous les deux présents, cette année, poursuivit Lavinia avec aisance, le temps que la jeune fille pose son plateau. Il serait dommage que la famille ne soit pas au complet.

— Nigel ? Vraiment ?

Comme toujours, Lavinia avait changé de sujet de façon très naturelle. Ces nouvelles de leur fils déstabilisèrent Harold.

— Nigel rentre pour Noël ?

— Oui. Il a téléphoné ce matin, pendant que tu étais à Londres.

— Pourquoi ne m'en as-tu pas parlé, bon sang ?

— Nous avions tant de choses à nous raconter…

Lavinia garda les yeux rivés sur Bessie qui posa son plateau entre eux, sur la table basse.

— Il est très impatient de rentrer, ajouta-t-elle.

— Eh bien, je vais dire au bureau que je ne serai disponible qu'après les fêtes !

Il se frotta les mains d'impatience, à l'idée de voir son fils ou de boire un thé bien chaud ? C'était difficile à dire, d'autant qu'il louchait sur l'assiette de scones.

— J'ai hâte de le voir, dit-il. Ils sont tièdes, n'est-ce pas ?

— Oui, monsieur.

Elle disposa deux assiettes en porcelaine et des serviettes en lin, ainsi que des couverts en argent.

— Freda les a enfournés pour au moins cinq…

— Parfait, parfait ! Quand arrive-t-il ?

— Dans quinze jours. Trois jours avant Noël.

— Formidable !

Harold appréciait la compagnie de son fils, car ils avaient de nombreux points communs. À 24 ans, Nigel avait suivi les traces de son père et intégré le corps diplomatique. Il était attaché d'ambassade à Rome.

— T'ai-je dit que Catherine arrivait samedi en huit ? poursuivit Lavinia.

— Oui, je m'en souviens.

La nouvelle était moins intéressante, à ses yeux. Harold ne comprenait pas vraiment sa fille et il n'était pas certain de vouloir la comprendre. Catherine avait 19 ans et faisait des études de dessin à Paris. Elle était un peu bohème. L'année précédente, il avait menacé de lui couper les vivres si elle n'entrait pas à l'université ou, au moins, dans cette école suisse qu'il lui avait proposée. Sa mère avait pris le parti de sa fille.

— Elle est entêtée, chéri. Elle ira à Paris quoi qu'il arrive, alors autant que ce soit avec ton soutien. Dieu sait ce qui risque de lui arriver, sinon. Uniquement pour ces deux années d'art, Harold. Elle est très douée, tu dois l'admettre.

Harold avait accepté de mauvaise grâce, contrarié que Catherine n'ait pas suivi l'exemple de son frère en se conformant à ce que la société attendait d'une personne de son rang. Le comportement de sa fille n'était pas digne du statut de son père.

— Je vais servir, merci, Bessie, dit Lavinia.

— Bien, madame, répondit la domestique en se retirant.

Lavinia servit le thé en silence tandis que Harold s'emparait d'un scone. Il le coupa en deux et tartina chaque moitié de confiture et de crème.

— Bon sang ! cette femme est une perle, dit-il en se régalant.

Freda était indiscutablement la meilleure cuisinière qu'ils aient jamais eue.

— Tu disais que Maralinga devrait être un centre d'essais permanent ? reprit Lavinia en lui tendant une tasse. Tu penses devoir y rester combien de temps ?

— Oh ! je ferai des allers et retours, sans doute.

Harold reposa sa tasse sans boire de thé pour mieux déguster son scone.

— J'ai l'intention d'avoir un bureau permanent là-bas, avec un employé du chiffre sur place qui m'enverra des comptes rendus réguliers. Je serai là pour les explosions. La première série d'essais n'aurait pas lieu avant septembre de l'année prochaine. Ils doivent d'abord construire les locaux. Tu ne prends pas un scone ?

— J'ai déjeuné tard.

— Ah bon ! répondit-il en se resservant. Naturellement, je vais bientôt partir en reconnaissance pour jeter un coup d'œil au site et interroger les représentants scientifiques australiens. J'ai des dossiers sur les trois et ils ne sont pas dangereux. Ils sont parfaits.

Il se mit à rire avant d'enfourner une bouchée de scone.

— Deux d'entre eux sont britanniques. Ils ont accepté un poste en Australie après la guerre. C'est utile pour communiquer avec le gouvernement australien. Penney a fait du bon boulot, je dois l'avouer.

Harold se tapota les lèvres de sa serviette.

— J'en aurai pour plusieurs semaines, je crois, en comptant le voyage. Je dois avoir une vision complète des lieux. J'avoue que le concept m'intrigue. Tu te rends compte ? Ils vont construire une ville au milieu du désert. C'est incroyable. La piste d'atterrissage s'étend sur deux kilomètres, au beau milieu de nulle part ! C'est vraiment extraordinaire.

Au moment de terminer son second scone, il se ravisa et but une gorgée de thé.

— Ils voudront sans doute que je parte assez vite. Je repousserai les projets jusqu'au nouvel an pour voir Nigel. Catherine aussi, ajouta-t-il vivement. Je ne voudrais pas rater un Noël en famille.

Le regard de sa femme lui indiqua qu'elle était sur le point de lui demander, une fois de plus, de masquer sa préférence évidente pour son fils devant les enfants, mais Harold n'avait pas envie de parler de Catherine. Il avait des idées bien plus importantes dans la tête.

— J'ai un projet que je n'ai aucune intention de partager avec les scientifiques ou les forces armées. En fait, par précaution, je ne dirai rien non plus à mon propre officier stationné là-bas.

Il s'adossa confortablement et posa sa tasse et sa soucoupe en équilibre sur son torse.

— Il y aura un agent sous couverture parmi eux, annonça-t-il avec un sourire satisfait.

Il porta sa tasse à ses lèvres, le petit doigt en l'air. Harold buvait toujours son thé avec distinction.

— J'envoie l'un de mes meilleurs agents à Maralinga.

L'espace d'un instant, il se demanda s'il devait lui révéler son identité. Lavinia connaissait Gideon Melbray depuis Washington. Il préféra se taire. Pas de noms, pas de problèmes. Dommage… Il aurait aimé voir la réaction de sa femme, qui appréciait beaucoup Gideon qu'elle trouvait très séduisant. Comme tout le monde, d'ailleurs. Les gens étaient attirés par la beauté de Gideon et lui faisaient confiance. C'était un agent très précieux.

— Bon sang! fit-il avec un sourire jubilatoire. Ce vieux Penney serait fou s'il savait qu'il avait un espion du MI6 en son sein.

— Je dois dire que je ne suis pas content, Harold. Pas content du tout.

Trois jours plus tard, informé par les services du Premier ministre de l'implication du MI6, sir William Penney était livide, chose rare pour cet homme d'ordinaire affable.

— Simple précaution, mon vieux. Ne le prends pas personnellement.

Conscient du plaisir pervers que procurait cette surenchère à Harold Dartleigh, Penney ne pouvait prendre autrement cette nouvelle.

— Je dirige le programme d'armement nucléaire britannique depuis 1947. Mon autorité n'a jamais été mise en question…

— Et elle ne l'est toujours pas, coupa vivement Harold.

Il se sentait supérieur à lui. Penney n'était qu'un scientifique type, à ses yeux. Même physiquement, il était sans envergure. Petit, il avait les cheveux raides et trop longs, des lunettes à monture en écaille… Comment avait-il pu obtenir un poste de direction?

— Personne ne veut entraver ton autorité, William. On veut juste avoir une vision d'ensemble pour des raisons de sécurité. On ne peut être trop prudent après l'affaire Fuchs, non?

Ce commentaire ne fit qu'ajouter à la vexation de Penney.

— Il n'y a pas eu le moindre doute sur la sécurité des essais que j'ai dirigés.

— Eh bien… fit Harold, l'air un peu soupçonneux, il paraît que l'opération Hurricane a bien failli être compromise !

— Quoi ?

William Penney était affligé. La reine Elizabeth l'avait fait chevalier pour avoir mené à bien les premiers essais nucléaires britanniques dans les îles Montebello. Dartleigh n'aurait pas dû ternir cet événement.

— Comment et par qui l'opération Hurricane a-t-elle été compromise, au juste ?

— Allons, William ! tu es bien placé pour savoir que je ne peux répondre à cette question.

Harold avait le don de flatter et de traiter les gens avec condescendance en même temps, un talent qu'il avait aiguisé au fil des années.

— Confidentiel, mon vieux, fit-il d'un air conspirateur. Confidentiel.

Il entendait appliquer ce principe à Maralinga où scientifiques et forces armées en sauraient le moins possible. Il était clair que Harold Dartleigh allait lui mettre des bâtons dans les roues. Penney se mura dans un silence plein de dignité.

Harold jugea bon de ne pas insister.

— Tu n'as aucune raison de t'inquiéter, William, je t'assure. Une fuite sans gravité, découverte à temps et vite réglée.

Il n'y avait pas eu le moindre incident à Montebello, mais Harold tenait à imposer sa place au sein de la hiérarchie.

— Je peux aussi t'assurer que le MI6 n'aura aucune influence sur la chaîne de commandement à Maralinga, ajouta-t-il avec un sourire jovial. De toute façon, je n'y serai même pas la moitié du temps.

— J'ose espérer que tu en feras état lors du briefing, répondit Penney, un peu crispé. Entrons. Ils nous attendent, je crois.

À contrecœur, William Penney avait convié Harold Dartleigh à une réunion des chefs de service, à Aldermaston, dans le Berkshire, un aérodrome de la RAF désaffecté, situé à une trentaine de kilomètres au nord-ouest d'Aldershot. Depuis quelques années, le programme d'armement nucléaire de la Grande-Bretagne y avait élu domicile.

— Après toi, William, fit Harold en s'effaçant poliment.

Il adressa un signe de tête à Ned Hanson, son assistant, qui patientait discrètement à l'écart.

Ned rejoignit les deux hommes pour pénétrer dans la salle de réunion. Une vingtaine d'hommes étaient attablés. Scientifiques et ingénieurs dans divers domaines, ils dirigeaient les différents services du groupe de recherche de sir William Penney.

Harold et Ned s'installèrent aux places qu'on leur avait réservées, tandis que William Penney se dirigeait d'un pas décidé vers la table faisant face à l'assemblée et au-dessus de laquelle se trouvait un écran de projection. Il ne présenta pas Harold Dartleigh, ne fit aucun discours. Il avait déjà salué son équipe et discuté avec chacun des hommes bien avant l'arrivée des représentants du MI6.

— Entrons dans le vif du sujet, si vous le voulez bien, déclara-t-il.

Il fit signe à son jeune collaborateur posté à côté du projecteur de diapositives, au fond de la salle.

Dès que la pièce fut plongée dans le noir, une carte d'Australie apparut sur l'écran. William Penney saisit une baguette et décrivit le terrain, sa localisation et les raisons de son choix.

Le site de Maralinga, expliqua-t-il, se trouvait à environ 400 kilomètres au nord-ouest de la ville côtière de Ceduna et 900 kilomètres d'Adelaide, la capitale de l'Australie-Méridionale. Cette région reculée où le Grand désert de Victoria rejoignait la plaine de Nullarbor était aride, inhabitée, idéale pour des essais nucléaires. Le terrain désertique était plat, avec quelques broussailles. Au sud, des dunes formaient une barrière naturelle utile pour des raisons de sécurité. Il jeta un coup d'œil en direction d'Harold Dartleigh pour rappeler que la sécurité était essentielle.

Harold sourit.

Penney demanda la diapositive suivante, un plan du site. Il décrivit son agencement, la piste d'atterrissage, l'aérodrome, les zones expérimentales, les laboratoires et le village qui accueillerait jusqu'à trois mille hommes.

Contrairement à ce que pensait un peu sévèrement Harold, William Penney excellait dans l'exercice du commandement. Les membres présents de son équipe, qui avaient, pour la plupart, déjà travaillé avec lui sur d'autres projets, le tenaient en haute estime et buvaient ses paroles.

Au fil des images d'un paysage vaste et désolé, Penney décrivit les conditions rudes dans lesquelles ils devraient vivre, la chaleur torride en journée, les nuits étonnamment fraîches.

— La plupart du temps, la chaleur sera infernale, mais l'armée installe une piscine. Tout n'est pas perdu.

Quelques rires fusèrent. Lorsque Penney posa sa baguette, indiquant la fin de son exposé, l'assemblée l'applaudit. Il leva les mains pour les faire taire.

— Le bureau du Premier ministre m'a notifié que le MI6 était fortement impliqué dans le projet Maralinga. Vous le savez tous, la sécurité a toujours été une question essentielle par le passé. Il en sera de même à Maralinga. Aussi, je suis sûr que vous vous joindrez à moi pour accueillir lord Dartleigh qui, comme la plupart d'entre vous le savent, est le directeur-adjoint du MI6.

Cette présentation un peu sèche n'offusqua en rien Harold qui se leva pour lui serrer la main.

— Merci, sir William.

Harold jubilait intérieurement du spectacle insolite qu'ils donnaient. L'aristocrate dépassait d'une demi-tête le petit scientifique binoclard.

William céda la parole à Harold et prit place sur une chaise. Harold le fit applaudir de façon un peu condescendante, aux yeux de certains.

— On est en droit de se demander ce que le MI6 peut apporter de plus compte tenu de la gestion parfaite de sir William au fil des années, commença-t-il avec un sourire qui aurait pu être humble, alors qu'il ne l'était en rien. En vérité, pas grand-chose. Notre présence à Maralinga sera simplement une précaution supplémentaire, compte tenu de la période d'incertitude que nous vivons.

Il fit signe à son second. Le jeune homme costaud d'une trentaine d'années s'approcha.

— J'aimerais vous présenter Ned Hanson, de la branche des renseignements australiens du MI6, qui sera stationné à Maralinga de façon permanente.

Harold conclut son numéro de charme pour entrer dans le vif du sujet :

— Je vous serais très reconnaissant de réserver le meilleur accueil à Ned et de l'assister lors des requêtes qu'il vous soumettrait en mon nom. Votre aide nous sera précieuse, croyez-moi. Je me rendrai moi-même sur place de temps en temps, mais... – il donna une tape amicale au jeune homme –, en général, vous aurez affaire à lui.

Cela étant dit, il reprit son ton charmeur :

— Notre présence sera très discrète. Elle est plus administrative qu'autre chose, en réalité. Je vous assure que l'on sera loin de l'image stéréotypée de l'agent secret. Vous nous remarquerez à peine.

Un sourire aux lèvres, il balaya la salle des yeux pour croiser du regard autant de personnes que possible.

— J'ai hâte de travailler avec vous et je vous remercie pour votre attention.

Harold était satisfait. Il voyait bien qu'il avait impressionné ces hommes. Rien de plus normal. La situation exigeait de la diplomatie et il avait trouvé le bon équilibre entre autorité et décontraction.

— Merci, sir William, dit-il en lui cédant la parole avec aplomb. J'apprécie cette possibilité de discuter avec l'équipe.

Il retourna s'asseoir d'un air de dire : *tu peux continuer.*

Sir William Penney se leva pour conclure la réunion, se disant que Harold Dartleigh n'avait guère changé. Il était aussi arrogant et imbuvable qu'à Cambridge. Son équipe était une machine bien huilée, y compris dans le domaine de la sécurité. Leurs efforts avaient payé et ils étaient sur le point d'obtenir la chance suprême d'avoir un site d'essais nucléaires permanent. Et voilà que le MI6 s'en mêlait ! Ils n'avaient pas besoin de lui. Et encore moins de Harold Dartleigh.

Au cœur de Londres, non loin de Soho Square, le King's Rooms était un club extrêmement huppé et sélectif, autrefois fréquenté par le roi George IV, disait-on. Son architecture et son histoire étaient hautes en couleur, avec son bar à entraîneuses, ses arrière-salles et même ses chambres, à l'étage, pour ceux qui souhaitaient poursuivre leurs réjouissances de la soirée. Au début de la période édouardienne, l'ancienne taverne avait été transformée en un club. Des entrepreneurs audacieux avaient acquis la propriété attenante et relié les deux maisons pour créer un opulent centre thermal, avec un hammam carrelé de marbre noir et blanc et des bains de boue. Cinquante ans plus tard, le King's Rooms, avec ses bains historiques, ses salons élégants, sa cuisine raffinée et son service impeccable était une oasis prisée des messieurs fortunés. Les riches oisifs et l'élite du monde professionnel s'y côtoyaient en toute liberté, sans être dérangés par la populace.

Pour Harold Dartleigh, le King's Rooms était un deuxième chez lui.

— Je dormirai au club, ce soir, dit-il à sa femme en se préparant à partir pour Londres.

— Très bien, chéri. Catherine arrive demain. Tu ne l'as pas oublié, j'espère ?

— Bien sûr que non ! Je serai de retour à temps pour le dîner, c'est promis.

Il avait oublié, évidemment.

Il prit sa mallette, puis sa femme le suivit dans l'entrée où Wilson, le majordome, l'attendait près de la porte d'entrée.

— Parfait, fit Lavinia avec un sourire un peu forcé.

Elle était persuadée qu'il avait oublié l'arrivée de leur fille. S'il s'était agi de Nigel, il s'en serait souvenu.

— Elle a tellement hâte de te voir.

Lavinia en doutait fortement, en réalité. Leur hostilité était réciproque. En revanche, elle considérait de son devoir de lui faire croire en l'affection de leur cadette.

L'aristocrate mit l'écharpe et le chapeau que lui tendait Wilson, mais n'enfila pas son pardessus, car il ferait chaud dans la voiture.

Harold et Lavinia sortirent de la maison bras dessus bras dessous, comme de jeunes amoureux. L'air matinal était frais.

— Sois prudent, chéri, dit-elle en l'embrassant tendrement.

— C'est promis, mon amour.

Il lui rendit son baiser avec la même tendresse, quelque peu émoustillé par le souvenir de leurs ébats de la nuit.

— Tu vas me manquer, murmura-t-elle.

Ils échangèrent un sourire entendu.

— Toi aussi.

Il l'embrassa encore puis foula le gravier de la cour en direction de sa Bentley. Son chauffeur attendait près de la portière arrière.

Lorsque la voiture démarra, Harold regarda Lavinia par la vitre. Dans cette lumière froide, la bâtisse couverte de lierre constituait un superbe arrière-plan pour une femme aussi superbe. Elle avait bien de la chance.

Harold faisait régulièrement l'amour à sa femme. Il mettait un point d'honneur à avoir des rapports sexuels une fois par semaine, sauf lorsqu'il était en déplacement, voire deux fois quand son travail ne l'obligeait pas à dormir en ville un ou plusieurs soirs. Leur bonne entente sexuelle donnait de la vitalité à leur couple. Lavinia était épanouie et leur image n'en était que rehaussée. De plus, il y prenait beaucoup de plaisir.

Les bassins du King's Rooms étaient déserts, comme toujours en milieu d'après-midi. Mais c'était vendredi. Dans une heure, il y aurait une foule d'hommes d'affaires, d'avocats, de politiciens, de magistrats désireux de se détendre au terme d'une semaine de travail. Certains gagnaient un peu de temps avant un week-end de devoirs familiaux dont ils n'avaient pas forcément envie.

Une serviette autour de la taille et la peau luisante de gouttelettes d'eau et de sueur, Harold était assis, seul, sur un banc de marbre, dans la salle principale du hammam, enveloppé de vapeur et dans un silence que seul le bruit des gouttes d'eau venait rompre. Ce sanctuaire de style édouardien était bien préservé. Une arche menait à plusieurs salles plus petites. Le sol en marbre noir et blanc rappelait les mosaïques murales, créant un effet irréel de damier nimbé de brume.

Harold avait regardé dans les petites salles, qui étaient désertes. Il était assis face à la porte principale pour guetter son invité. Il adorait avoir ce lieu pour lui tout seul. Il arrivait toujours avec vingt bonnes minutes d'avance dans l'espoir qu'il n'y aurait personne. Il espérait aussi que nul ne se présenterait pendant son rendez-vous. Il aimait parler affaires dans un bain de vapeur. De toute façon, s'il y avait du monde, ils pouvaient s'isoler dans un salon privé.

Pour Harold, le King's Rooms était même bien plus qu'une seconde maison. C'était aussi un refuge où l'on pouvait échanger des confidences à l'abri des oreilles indiscrètes. L'intimité des messieurs était garantie ce qui, dans le domaine professionnel de Harold, était un avantage précieux.

La porte s'ouvrit soudain et une silhouette drapée dans une serviette se profila à contre-jour. Harold la reconnut malgré la vapeur. Peu d'hommes étaient aussi bien galbés que Gideon Melbray.

— Bonjour, Gideon.

— C'est toi, Harold ?

Il ferma la porte et s'approcha.

— Bien sûr que c'est moi, mon vieux. C'est bon de te voir !

Harold serra la main du jeune homme qui s'assit pour laisser ses yeux s'accoutumer à l'obscurité.

— On est tout seuls ?

— En effet.

— C'est une chance.

— Pas vraiment. Il n'y a personne à cette heure de la journée, expliqua Harold.

— Ah bon !

Gideon n'avait aucune raison de le savoir, car il n'était pas membre du club. Il ne venait au King's Rooms que quand Harold l'y convoquait. En général, ils se retrouvaient dans un salon.

— J'ai laissé un mot à l'accueil, dit Harold. J'imagine que tu n'as pas eu de mal à entrer…

— Non, loin de là. Ton nom est un véritable sésame ici. Le portier m'a traité comme un prince.

— Tant mieux, répondit Harold, flatté.

L'admiration de Gideon lui avait toujours fait plaisir. Qui ne serait pas flatté d'être admiré par un apollon ?

Le MI6 avait appris à exploiter le charme de Gideon Melbray. Avec ses cheveux dorés et son air juvénile, il ne faisait pas ses 35 ans. Les deux hommes s'étaient rencontrés à l'ambassade britannique, à Washington, juste avant la fin de la guerre. Gideon venait d'être nommé attaché en remplacement de l'ancien assistant de Harold.

Gideon avait d'emblée été impressionné par cet aristocrate mondain qui incarnait la sophistication. Quant à Harold, il se rengorgeait de cette admiration éhontée et était devenu son mentor. Il l'avait invité chez lui et dans sa vie.

Lavinia l'avait pris sous son aile, elle aussi, en lui présentant l'élite de Washington. Fascinés par sa beauté, les gens l'avaient accueilli dans leur milieu. Cependant, son physique n'était pas son seul atout. Tout ami des Dartleigh aurait été acceptable car le couple s'était immédiatement intégré dans la haute société de Washington et ses grandes fortunes. Un titre de noblesse anglais ouvrait toutes les portes de la capitale du monde libre.

À la fin de la guerre, en regagnant l'Angleterre, les Dartleigh avaient renoncé à toute relation personnelle avec Gideon, même s'il était lui aussi de retour dans son pays natal. Lavinia aurait aimé rester en contact avec lui, mais Harold avait laissé leurs relations se raréfier peu à peu, car c'était plus raisonnable pour des motifs professionnels, ce qu'il ne dit pas à sa femme.

En acceptant son poste au MI6, la première personne que Harold recruta fut Gideon Melbray. Avec son charme, il avait le don de s'insinuer dans la vie des autres, un talent précieux pour un agent sous couverture. Officiellement, Gideon travaillait pour le corps diplomatique. En réalité, il était devenu l'un des meilleurs agents du MI6. Les deux hommes ne pouvaient plus se fréquenter ouvertement comme ils le faisaient à Washington.

— Comment va Lavinia ? demanda Gideon en s'affalant sur le banc, indolent, les jambes écartées, se laissant aller à la sensualité de la chaleur humide. Je ne l'ai pas vue depuis le bal, à l'ambassade de France, il y a des mois…

Chaque fois qu'il croisait Lavinia, ce qui se produisait parfois dans les soirées mondaines, il prenait soin de respecter les règles à la lettre. En cas d'invitation, il avait toujours une excuse à fournir, ce qu'il déplorait. Lavinia lui manquait. À Washington, il l'aimait beaucoup.

— Je l'ai trouvée superbe, avoua-t-il. La plus belle femme de la soirée…

— Lavinia va très bien, merci, coupa vivement Harold, car ils n'étaient pas là pour parler de sa femme. Venons-en au fait, veux-tu ?

Il lui exposa succinctement la réunion organisée par sir William Penney, la semaine précédente, à Aldermaston.

Accoutumé à la brusquerie de Harold, Gideon ne s'offusqua pas. Il passa une main dans ses cheveux humides et se pencha en avant pour l'écouter attentivement.

— Les scientifiques vont se serrer les coudes contre nous, conclut Harold. Penney les protège et son équipe respecte une stricte confidentialité. Ils ne communiquent que sur leur propre domaine d'expertise. Aucun d'entre eux n'osera nous donner des informations ni son opinion. On sera vraiment dans le noir.

Une lueur agacée apparut dans son regard d'acier.

— Laisser des scientifiques mener la danse est ridicule ! Ce n'est pas leur rôle. J'ai la ferme intention de tout savoir et de garder une longueur d'avance. C'est là que tu entres en jeu.

— Et ton type des renseignements australiens, Ned Machin-Chose ?

— Hanson. Il est un peu lent et balourd. Un gratte-papier. C'est pour ça que je l'ai choisi, d'ailleurs. Il fera le boulot, se mêlera de ses affaires et tout le monde se sentira en sécurité avec lui.

Il s'épongea le visage d'une serviette, puis afficha un sourire satisfait.

— Ned sera parfait en façade, reprit-il. Il fera son petit bonhomme de chemin en tant que représentant du MI6 pendant que tu gagneras la confiance des gens et que tu glaneras des informations.

— Et ma couverture ?

— Tu travailleras pour le ministère de l'Industrie. Je te ferai muter pour formation dans les prochains mois. Quand tu auras passé un moment là-bas, tu seras envoyé à Maralinga en tant que responsable des réquisitions, ce qui te procurera un accès libre presque partout. Je t'obtiendrai les autorisations nécessaires.

— Ton plan semble impeccable.

— N'est-ce pas ?

Ils échangèrent un sourire, puis Harold se leva.

— Tu es prêt pour le bain froid ?

— Oui, si tu l'es aussi.

À l'extérieur, les bassins, douches et bancs modernes présentaient le même motif noir et blanc que les bains de vapeur d'origine. Il n'y avait encore personne, mais des voix masculines leur parvinrent des vestiaires.

Suivant l'exemple de Harold, Gideon jeta sa serviette dans un panier d'osier. Nu, Harold s'immergea dans l'un des deux bassins d'eau froide. Gideon respira profondément et en fit autant dans l'autre bassin.

— Oh, elle est glaciale ! souffla-t-il en sortant de l'eau. Vraiment glacial, nom de Dieu ! C'est quoi, ces conneries ? Pourquoi tu fais ça ?

Harold lui tendit une serviette et se mit à rire. Il l'entraîna vers le bassin chaud à l'extrémité du complexe. Ils se détendirent dans la chaleur bienfaisante en regardant des hommes de toutes tailles et corpulences sortir des vestiaires.

— Excellent timing.

— Je sais, dit Harold en consultant l'horloge murale. Le premier groupe arrive généralement vers 16 heures.

Il remarqua alors que Gideon avait les yeux rivés sur un homme bien bâti.

— Pas de bêtises, marmonna Harold. Pas ici. Je ne le tolérerai pas.

Le regard de Gideon s'attarda quelques secondes, puis l'objet de son admiration disparut dans le hammam.

— Je disais cela parce que nous étions seuls, assura-t-il en jouant les innocents.

— Bien sûr.

Harold le mit en garde d'un regard que Gideon soutint comme nul autre que lui n'oserait le faire.

— Où est passé ton sens de l'humour, Harold ? fit-il avec un sourire charmeur. Je plaisantais, rien de plus. Je ne faisais rien de mal.

— Tu devras te dispenser de ce genre d'humour à Maralinga.

— Ah bon ? Pourquoi ?

— Des centaines d'hommes coincés au milieu du désert ne l'apprécieraient peut-être pas, répliqua sèchement Harold. Tu risques d'avoir des ennuis.

Gideon s'esclaffa.

— Au vu des circonstances, je risque plutôt d'être très demandé, non ?

— Bon sang ! tu comprends très bien ce que je veux dire. Tu ne dois pas attirer l'attention.

— Je ne nous ai pas mis en danger, objecta Gideon, agacé à son tour. Et je t'assure que, lors de mes missions, je n'ai jamais accordé mes faveurs à quelqu'un qui n'en voulait pas.

— D'accord, d'accord, concéda Harold, ce dont il n'était pas coutumier. J'ai compris.

Il ne pouvait nier que le pouvoir de séduction de Gideon était sans pareil. Hommes et femmes succombaient sans distinction et il se faisait une joie de satisfaire tout le monde. En hédoniste, il appréciait toutes les formes de sexualité et savait procurer du plaisir à ses partenaires. Les informations qu'il obtenait de ses conquêtes s'étaient révélées très précieuses, au fil des années.

— Tu es bon dans ton boulot, dit Harold avec une magnanimité rare. Je l'avoue. Je te demande simplement un minimum de prudence.

— Naturellement, fit Gideon, apaisé.

Harold était avare de compliments et il les appréciait à leur juste mesure.

— Je me fondrai dans le groupe, c'est promis. Cela dit, va savoir ce que des garçons peuvent fabriquer en plein désert...

Harold ne put réprimer un ricanement. Gideon était incorrigible !

C'était justement son côté canaille qu'il avait apprécié dès leur première rencontre, outre sa beauté, bien sûr. Harold avait toujours admiré la beauté. Leur brève aventure à Washington avait été la seule fois où il avait succombé à une relation de nature sexuelle avec un homme. À part une première expérience à Cambridge, comme tout le monde, non ? Harold n'avait aucun regret par rapport à cette liaison. En fait, il considérait même avoir agi dans l'intérêt de son devoir. Grâce à l'influence qu'il exerçait sur lui et, Harold devait l'avouer, à l'inspiration qu'il était pour Gideon, ce dernier était désormais bien plus qu'un simple employé du corps diplomatique. Selon Harold, leur béguin réciproque avait été des plus avantageux.

— Ça suffit, annonça-t-il en sortant de l'eau pour se draper de sa serviette.

— On retourne au bain de vapeur ? demanda Gideon, qui se prélassait toujours.

— Pas moi. Vas-y, toi. Reste aussi longtemps que tu voudras.

— Ah ! fit Gideon, visiblement déçu. Moi qui espérais qu'on pourrait dîner tranquillement quelque part...

— Désolé, c'est impossible. Je dîne avec des collègues.

C'était la vérité mais, même dans le cas contraire, Harold aurait trouvé un prétexte. Il avait appris que l'autodiscipline était bien plus facile à pratiquer si on restait à distance de la tentation.

— Fais comme chez toi, dit-il. Je me suis arrangé pour que tous les frais soient notés sur mon compte et les masseurs sont excellents.

Mieux valait admirer la beauté de loin, songea Harold en se dirigeant vers les cabines de douche. Certaines choses n'étaient tout simplement pas possibles pour un homme de son statut.

Chapitre 5

À la fin de l'année 1955, Elizabeth retourna à Aldershot pour passer les fêtes chez ses parents. À son arrivée, trois jours avant Noël, elle appela Daniel à la caserne, s'attendant presque à ce qu'il n'y soit pas. Il était là.

— Je pensais que tu passerais peut-être Noël dans ta famille, lui dit-elle.

Les parents de Daniel vivaient dans le Cheshire, dans la ville industrielle de Crewe où son père travaillait à temps partiel à l'usine Rolls-Royce.

— Je ne pars que la veille de Noël.

— Dans ce cas, tu ne dois pas avoir de temps libre, demain ?

— Si, fit-il d'un ton qui se voulait désinvolte. J'ai toute la journée, même. Je finis mon service à 6 heures du matin.

— Et si on prenait le thé ? Si tu n'es pas trop fatigué.

Cette proposition directe étonna Daniel. Il n'avait pas vu Elizabeth depuis plus d'un an, depuis ce fameux jour, dans le parc. Néanmoins, ils se téléphonaient régulièrement. Il avait fini de lui raconter ses expériences à Francfort et leurs brèves conversations étaient un peu poussives. Elle ne parlait guère de son travail, ce qui ne lui ressemblait pas. « Je voulais juste prendre de tes nouvelles », affirmait-elle. Quelques semaines plus tard, il l'appelait en disant « Je t'appelle juste pour voir comment ça va ». Pendant des mois, aucun des deux n'avait suggéré une rencontre.

— Je prendrai volontiers le thé. À 16 heures ? À l'endroit habituel ?

Elizabeth hésita une fraction de seconde avant de répondre :

— Peut-on se retrouver au parc d'abord ?

— Il va faire froid, prévint Daniel.

— Je sais. Mais il n'y aura personne et on ira au salon de thé après avoir discuté. Cela t'ennuie beaucoup ?

— Pas du tout. Je m'habillerai chaudement.

Intrigué, il raccrocha, impatient d'être au lendemain.

Conformément aux prévisions, il faisait froid. Au moins, il n'y avait pas un souffle de vent. Le temps était à la neige. Daniel arriva au parc avec cinq minutes d'avance, bien emmitouflé dans sa vareuse et dans une épaisse écharpe en laine que sa mère lui avait tricotée. Il franchit vivement la grille, les mains dans les poches. Si seulement il avait pensé à prendre ses gants !

Les lieux étaient déserts. En ce morne après-midi, la nuit allait tomber de bonne heure. Daniel se dit qu'il aurait moins froid en marchant. Il fit donc plusieurs fois le tour de la fontaine tout en gardant un œil sur l'entrée du parc.

Il venait d'achever son troisième tour en soufflant de la buée quand il remarqua un jeune homme qu'il n'avait pas vu arriver. Cela n'avait rien d'étonnant, car il existait d'autres issues. Ce jeune homme l'intriguait. Il portait un trench-coat en toile ceinturé à la taille, le col remonté, un pantalon à fines rayures et, sur la tête, un fédora gris un peu penché. L'ensemble était plutôt élégant, mais sa posture arrogante et son immobilité attirèrent l'attention de Daniel. L'individu avait posé un soulier verni sur un banc et était penché en avant, un coude sur son genou, l'autre main sur la hanche, le regard fixé devant lui.

Que regardait-il donc ainsi ? Daniel scruta les alentours. Personne. Soudain, il se rendit compte que c'était lui qui monopolisait l'attention de ce jeune homme. Déconcerté, il se détourna et entama un nouveau tour de la fontaine. Pourvu qu'Elizabeth arrive bientôt!

Son tour terminé, il jeta un coup d'œil en direction de l'inconnu, qui allumait un cigare sans le quitter des yeux, tel un prédateur guettant sa proie. Cette fois, Daniel fut franchement gêné. Le message était clair : ce garçon était homosexuel.

Au moment où il allait se remettre en marche, il vit avec effroi l'inconnu ôter son pied du banc pour venir lentement à sa rencontre. Que faire ? Il ne pouvait faire un autre tour de la fontaine, il aurait l'air de s'enfuir. Il n'avait pas d'autre possibilité que d'affronter ce type. C'était fâcheux.

Téméraire, l'homme fit un pas, puis un autre, le visage dissimulé par le nuage de fumée. Il semblait fluet et très jeune. Si une bagarre éclatait, ce type n'aurait pas la moindre chance. Il devait être fou.

Peu à peu, Daniel lui trouva un air familier. Seigneur !... Non, ce n'était pas possible !

— Elizabeth ?

Elle s'arrêta devant lui.

— J'avais promis de te présenter E. J. Hoffmann en personne. Voilà qui est fait !

— Je n'en crois pas mes yeux !

— Tu t'es fait berner, hein ?

Ses yeux pétillaient de malice et elle affichait son sourire espiègle et irrésistible.

— Et comment !

Daniel était fasciné. C'était un véritable fantasme ! La tenue masculine d'Elizabeth ne faisait que rehausser sa féminité maintenant qu'elle ne jouait plus son rôle. Il mourait d'envie de la serrer contre lui et de l'embrasser à perdre haleine, comme dans les films américains. Et pourtant, il résista à son impulsion.

— Excellente prestation ! Félicitations ! dit-il avec une admiration sincère. Tu ne vas pas me croire... – devait-il le lui avouer ? –, j'ai même cru...

Elle rit de son hésitation, car elle devinait ses pensées. Elle avait lu l'effroi sur son visage.

— J'ai cru un instant que tu allais me faire des avances…

— J'allais le faire, répondit-elle en retrouvant son sérieux. Et je le fais maintenant…

Leurs corps se frôlaient et leurs lèvres étaient proches. Leurs souffles se mêlaient avant de s'évaporer dans l'air froid. Daniel était aussi fasciné que troublé. Il lui restait une lueur d'espoir. Elle plaisantait, bien sûr ! Elle ne pouvait être sérieuse…

— Tu m'as manqué, Danny.

Ce fut elle qui l'embrassa, avec une douceur et une détermination teintée de sensualité. Pour lui, le fantasme devenait soudain réalité. Au lieu de refouler son désir, il se laissa aller à cet amour qui l'habitait depuis le premier jour. Lorsqu'il l'enlaça, elle s'abandonna à son tour.

Ce spectacle avait de quoi choquer les passants éventuels, qui auraient cru voir deux hommes amoureux. Ils l'étaient, au moins en pensée, et ce baiser était une déclaration. En se séparant, ils échangèrent un sourire complice.

— Heureusement que tu es en civil, commenta Elizabeth, rompant le charme de l'instant en imitant Groucho Marx avec son cigare. Si tu étais en uniforme, tu serais bon pour la cour martiale.

— Je le suis peut-être quand même. Enlève vite ce chapeau. Oh ! s'exclama-t-il en feignant l'effroi. Tu t'es fait couper les cheveux !

— J'essaie de faire partie de la bande, dit-elle, contrite. Hélas ! ça ne fonctionne pas avec les hommes du *Guardian*. Ils se moquent de moi.

— Je ne suis pas surpris.

De loin, la coiffure pouvait sembler androgyne mais, de près, les traits de la jeune femme étaient trop délicats pour laisser planer le moindre doute.

— Je peux ? demanda-t-il en lui prenant son cigare.

— Bien sûr.

Il l'inspecta avec attention.

— Cubain, décréta-t-il d'un air approbateur. Les meilleurs.

Il prit une longue bouffée de tabac.

— J'ignorais que tu aimais le cigare.

— Je ne l'apprécie pas tant que ça. C'est un moyen de protection.

Il disparut brièvement derrière un nuage de fumée.

— Ce sera plus agréable si je n'ai pas l'impression d'embrasser mon colonel, reprit-il. Tous les gradés fument le cigare pour faire comme Churchill.

Il la reprit dans ses bras et ils s'embrassèrent à perdre haleine en partageant la saveur du cigare, qui se retrouva dans l'herbe givrée où il rougeoya un instant, défiant les éléments. Le baiser se prolongea. Daniel et Elizabeth oublièrent tout ce qui se passait autour d'eux. Quand ils se séparèrent enfin, le cigare n'était plus qu'un amas gorgé d'eau à leurs pieds.

— Tiens ! il neige ! constata Daniel.

De doux flocons tombaient en spirale avant de disparaître en touchant le sol, dans un silence absolu. Ce fut un moment hors du temps qui n'appartenait qu'à eux.

Sans un mot, Elizabeth remit son chapeau et Daniel remonta son écharpe sur ses oreilles, puis ils se mirent en route d'un pas vif vers High Street. Lorsqu'ils atteignirent le salon de thé, il neigeait dru. Dans la salle, ils se débarrassèrent de leurs manteaux. Elizabeth ne portait pas son costume d'homme. Son pantalon à fines rayures était masculin, mais elle arborait une chemise blanche et un pull en cachemire gris. L'ensemble lui donnait une allure sportive très en vogue.

— J'ai opté pour une tenue à la Katharine Hepburn rien que pour toi, murmura-t-elle en posant un regard plein de défi sur les autres clients. Je me moque de ce qu'on pense de moi.

— Je préfère le trench-coat, pour ma part. Très Humphrey Bogart.

— Mon père sera ravi de le savoir.

Déconcerté, il arqua les sourcils.

— C'est à lui que j'ai emprunté le trench-coat, expliqua-t-elle. Tu te rends compte ? On fait à peu près la même taille ! Il dit qu'il s'est tassé avec l'âge.

— Il ne sait pas pourquoi tu le lui as emprunté, sans doute ?

— Si ! Il a trouvé l'idée très bonne. Selon lui, si je dois absolument faire une déclaration, autant que ce soit à toi. Une table près de la fenêtre, je vous prie, dit-elle à la serveuse qui allait les placer près de la cheminée. Oh ! je me suis peut-être montrée un peu sèche… Pardon, je ne voulais pas…

— Nous aimerions être près de la fenêtre pour regarder tomber la neige, dit Daniel.

La femme hocha la tête, indifférente, et les installa à l'avant de la salle. Elle attendit un peu à l'écart pour prendre leur commande.

— J'ignore ce que mon père a cru, poursuivit Elizabeth, mais tu as son approbation, ce qui est une bonne chose.

Daniel cacha son sourire derrière la carte. Pensait-elle vraiment que déclarer ses sentiments déguisée en E. J. Hoffmann n'était pas une déclaration ?

— On prend du gâteau ? demanda-t-il.

— Oh oui ! la totale, qu'en dis-tu ?

— Je suis pour. Du Darjeeling et nous choisirons des gâteaux sur le chariot, s'il vous plaît, dit-il à la serveuse qui s'éloigna sans un mot.

— C'est une nouvelle, maugréa Elizabeth. Qu'est-il donc arrivé à la jeune Sally ?

— Aucune idée. Je ne suis pas venu depuis un moment.

Pas depuis le jour de leur conversation dans le parc. Il fuyait l'établissement, qui avait perdu de son attrait.

— Tu as vu comme il neige !

Ils observèrent la rue à peine visible, les voitures presque à l'arrêt et les rares piétons qui hâtaient le pas pour se mettre à l'abri. La neige formait déjà une couche épaisse sur les auvents et les véhicules garés.

Ils admirèrent le spectacle pendant quelques minutes, bien au chaud, puis se dirent, au même moment, que le moment était venu pour eux de parler. Daniel accorda la parole à la jeune femme qui, pour une fois, ne s'imposa pas.

— Qu'est-ce qui t'a fait changer d'avis ? demanda-t-il, curieux, même si la raison elle-même n'avait pas vraiment d'importance.

Il était en pleine euphorie.

— Je me suis rendu compte que tu avais raison sur les deux points.

— C'est-à-dire ?

— Je considérais les hommes comme des ennemis et je t'aime.

— Ah ! je suis heureux de cette mise à jour.

Il sourit, sur le point d'ajouter quelque chose, mais la serveuse l'interrompit.

— Du Darjeeling pour deux, annonça-t-elle en posant le plateau sur la table.

Sous le regard appuyé d'Elizabeth, Daniel la regarda servir le thé. Était-il conscient du choc qu'elle avait ressenti, ce jour-là ? Sans doute pas. Il avait certainement oublié ce qu'il lui avait dit. *Les hommes ne sont pas tes ennemis. Pourquoi te sens-tu à ce point menacée ?* Elle avait encaissé le coup. Par la suite, elle avait réfléchi. Plus il lui manquait, plus elle se rendait compte qu'il avait dit vrai. Depuis son entrée à l'université, elle se protégeait contre les hommes et les combattait. Elle s'était même interdit de voir l'homme qu'elle aimait et qui était sous son nez.

La serveuse leur annonça que le chariot des pâtisseries serait bientôt disponible. En reportant son attention sur Elizabeth, Daniel remarqua qu'elle l'observait.

— Quoi ? fit-il.

— Tu m'as manqué.

— C'est ce que tu m'as dit dans le parc et j'en suis ravi.

— Non. Je parle du fait que j'aie changé d'avis. C'est la raison. Parfois, il faut qu'un être vous manque pour comprendre qu'on l'aime.

Selon elle, c'était une explication suffisante. Il la connaissait si bien !

— Je t'ai sans doute toujours aimé, Danny. Je refusais de l'avouer, c'est tout, y compris à moi-même.

Daniel était à la fois surpris et impressionné par cet aveu. Dans son euphorie, il ne résista pas à la tentation de pousser un peu plus loin.

— Marions-nous sans tarder, la semaine prochaine, qu'est-ce que tu en dis ?

— Ah !...

Elle parut soudain au bord de la panique.

— Je ne le pensais pas ! s'esclaffa-t-il. Je ne te presserai pas, Elizabeth, c'est promis. J'attendrai le temps qu'il faudra. Un an, si tu veux, ou deux ans !

Il reprit son sérieux avant de poursuivre :

— Tu veux bien m'épouser, n'est-ce pas ?

— Oui, répondit-elle aussitôt. Oui !

— Bon, alors c'est réglé. Le thé est en train de refroidir.

Il versa un soupçon de lait dans la tasse de la jeune femme.

— À présent, je veux que tu me dises tout sur le *Guardian*. Tu ne parles jamais de ton travail au téléphone.

Machinalement, Elizabeth prit la théière pour les servir. Ils avaient toujours travaillé en binôme.

— Seigneur ! Par où commencer ? Ce fut encore plus dur que je ne le redoutais. Ils m'ont jetée dans la gueule du loup. Je me dis que c'était ce qui pouvait m'arriver de mieux. J'ai tellement appris !

Daniel sourit intérieurement. Elle était partie…

— Tu vois, à certains égards, j'avais eu la vie facile, avec le soutien de mes parents et un patron précurseur tel que Henry Wilmot. Durant mon combat contre le système, je savais que les gens qui comptaient me prenaient au sérieux. Ce n'était le cas de personne, au *Guardian*.

Elle reposa la théière avec fracas comme pour souligner ses propos.

— Et Lionel Brock ?

— Oh ! je ne parlais pas de lui, fit-elle, mais des membres de la rédaction. Tous !

— Je vois. C'est dommage… fit Daniel, décidé à la laisser parler.

— Ils ne me remarquaient même pas !

Tu parles… songea Daniel.

— À part pour siffler en douce sur mon passage.

C'est bien ce que je pensais.

— C'est pourquoi je me suis fait couper les cheveux.

— Les sifflements ont cessé ?

— Pas vraiment.

Pas étonnant.

Il hocha la tête d'un air compatissant.

— Lionel ne m'a pas beaucoup aidée. Pendant des mois, il ne m'a pas confié d'article à cause des ordres de la hiérarchie. Il n'y pouvait rien. C'est ainsi.

Elizabeth fit la moue et but une gorgée de thé comme pour chasser un goût amer.

— Je ne sais pas si le pire était de faire semblant de m'intéresser aux défilés de mode, aux concours horticoles ou de supporter le comportement puéril de mes collègues.

Cherchait-elle à être drôle ? Il ne put s'empêcher de rire.

— Qu'y a-t-il d'amusant ?

— Je ne te vois pas supporter le comportement infantile de tes collègues très longtemps. Ces pauvres types ont dû en prendre pour leur grade.

— Un ou deux d'entre eux, oui, admit-elle en pensant à Buzz Barker.

Barry Barker, alias Buzz, un futur journaliste sportif très apprécié et entreprenant, avait eu affaire à Elizabeth. Un jour, elle avait remarqué le clin d'œil que Buzz adressait à quelques camarades juste avant de la bousculer « accidentellement ». Il en avait profité pour lui palper le sein gauche. Au beau milieu de la rédaction bondée, elle l'avait giflé de toutes ses forces. Buzz avait affirmé avoir trébuché. Lui et ses camarades en avaient voulu à Elizabeth et lui avaient fait une réputation de coincée menteuse et vaniteuse. En revanche, la jeune femme avait réussi à attirer l'attention sur ses épreuves et à gagner le respect de plusieurs autres collègues qui se rendaient compte qu'ils étaient sans doute allés trop loin, sans le vouloir et plus discrètement.

— En ce moment, ils me laissent plutôt tranquille. Maintenant que mes articles sont publiés, ils ont changé d'attitude. Il a fallu six mois pour qu'E. J. Hoffmann signe un papier. Quel choc ! D'abord, ils n'ont pas cru que c'était bien moi et ils n'osaient pas me poser la question. Il y avait des bruits de couloir. Ensuite, Lionel a annoncé que le public n'avait pas à connaître l'identité d'E. J. Hoffmann. Et je me suis retrouvée à égalité avec les autres. C'est étrange comme on a vite sympathisé quand ils ont respecté mon travail.

À *l'exception de Buzz Barker*, songea-t-elle, mais elle l'avait humilié publiquement… Jamais il ne le lui pardonnerait.

Elizabeth s'interrompit à l'arrivée du chariot des pâtisseries. Ils passèrent un long moment à choisir parmi les variétés de cheesecakes qui faisaient la renommée des lieux. Ignorant les génoises, les meringues, les puddings au chocolat, ils optèrent pour la spécialité de la maison.

— Tu ne les as sans doute pas vus ? reprit la jeune femme d'un ton désinvolte.

— Quoi donc ?

Il était concentré sur son cheesecake à la vanille et savait parfaitement qu'elle faisait allusion à ses articles du *Guardian*. Elle feignait l'indifférence en attendant sa réponse.

— Mes articles. Le dernier était sur Churchill, la première semaine de décembre.

Il dévora une bouchée de gâteau et leva les yeux, faisant mine de ne pas se souvenir.

Elle masqua sa déception et haussa les épaules.

— Tu n'as pas pu le lire, c'est normal… Je t'en ai apporté un exemplaire. Il est dans la poche du trench-coat. (Elle se leva.) J'en ai pour une minute.

— Laisse tomber. Je l'ai lu.

Elle n'en revenait pas.

— Bien sûr que je l'ai lu, ton article ! Je feuillette le *Guardian* chaque jour !

— C'est vrai ?

Il acquiesça. La jeune femme se rassit, le souffle coupé. La reconnaissance de Daniel était essentielle, à ses yeux.

— Allez, dis-moi, implora-t-elle au bout d'un long silence. Qu'est-ce que tu en as pensé ?

— Je l'ai trouvé brillant. C'est ce que tu as écrit de mieux jusqu'à présent, selon moi.

— Franchement ?

— Franchement.

De toute évidence, elle voulait qu'il développe, ce qu'il fit volontiers :

— C'est un article à controverse et tel était ton objectif, c'est certain. Je parie que de nombreux partisans inconditionnels de Churchill s'en sont offusqués. J'ai trouvé l'argument « un homme de son temps, en son temps » bien formulé.

— Tant mieux, soupira-t-elle. Je m'inquiétais un peu que... Enfin, étant militaire, tu... tu réprouverais les aspects critiques.

— Pourquoi ? Et même si je n'étais pas d'accord, j'admirerais ton style. Je suis fier de toi, tu sais.

Il leva sa tasse comme pour porter un toast.

— Ça me fait plaisir, dit-elle en l'imitant. C'est exactement ce que j'avais envie d'entendre.

Ils trinquèrent, puis Elizabeth dégusta enfin son cheesecake.

— Ton article a suscité bien des commentaires chez les gradés, ajouta Daniel.

— Quoi ? Ils l'ont vu ?

— J'ai laissé traîner un journal ouvert au mess des officiers. Je me disais que tu serais peut-être intéressée par la réaction des anciens.

— Alors... ?

— Comme tu l'imagines, il y a eu des réactions très fortes. Ils n'ont pas envie qu'on dise que Churchill a fait son temps.

— Ce serait encore pire s'ils apprenaient que je suis une femme.

— Oh oui ! Un vrai tremblement de terre.

Il rit en imaginant la scène. Il repoussa son assiette sans finir son gâteau et se servit à nouveau du thé.

— Pas étonnant que tes collègues du *Guardian* te respectent enfin.

— Pourquoi ne m'ont-ils pas respectée dès le départ ?

Il se trouva à court d'arguments.

— Je suis sûr qu'ils ne cherchaient pas à te manquer délibérément de respect, Elizabeth.

— Je sais.

Elle s'en voulait de son ton belliqueux, mais elle avait réagi d'instinct.

— Tu allais me dire qu'ils se comportent de façon *naturelle*, c'est ça ?

— Je ne veux pas qu'ils m'admirent, je veux qu'ils admirent mon travail.

— C'est le cas. Tu l'as dit toi-même. Ils ont changé d'attitude dès que tes articles ont été publiés. Ils respectent désormais ton travail.

— C'est vrai. Cependant, j'ai eu besoin d'E. J. Hoffmann pour faire mes preuves. Sans lui, je n'étais rien.

Elle s'interrompit. À quoi bon discuter ? Daniel évoluait dans un univers masculin. En dépit de son soutien et de sa fierté, il n'avait aucune idée de ce qu'elle vivait.

— Un jour viendra où le nom d'Elizabeth Hoffmann sera reconnu, annonça-t-elle de façon un peu théâtrale, en finissant son thé. Le *Guardian* m'a rendu combattive.

— Je crains le pire, railla-t-il.

Ils s'attardèrent encore et furent les derniers à partir à l'heure de fermeture du salon de thé.

Il ne neigeait plus. Les réverbères projetaient une lumière tamisée, à la nuit tombée. Daniel accompagna la jeune femme à la gare. Elle avait insisté pour repartir par le train. Selon elle, prendre un véhicule militaire afin qu'il la conduise chez elle était trop compliqué.

— Papa attend mon coup de fil de la gare de Reigate. Je t'en prie, Danny. On se verra après Noël…

À la gare, le quai était bondé. Les gens voulaient sans doute éviter la foule du 24 décembre. Ils se serrèrent dans un coin, près de l'escalier, non pas pour se réchauffer, mais parce qu'ils en avaient envie.

Après discussion, ils avaient décidé de ne pas annoncer leurs fiançailles à leurs parents lors des fêtes et d'attendre un mois avant d'officialiser les choses. « On a le temps », avait assuré Daniel, de peur de la brusquer.

— Il faut déjà que je digère tout ça moi-même. Je suis fiancée ! Qui l'eût cru ?

Dans sa bouche, le mot « fiancée » semblait presque obscène.

Le train n'allait pas tarder à entrer en gare. Daniel regrettait de devoir partir le lendemain. Il serait volontiers resté ainsi pour toujours.

Elle leva la tête pour l'embrasser sans se soucier de la foule qui les entourait. Encore quelques minutes...

— Et si je restais, demain ? souffla-t-il.

— Danny, tu ne peux pas. Imagine la déception de tes parents. De plus, tu m'as dit que tu adorais passer les fêtes en famille.

— C'est vrai, mais elles sont reléguées au second plan après les événements d'aujourd'hui. Tu as sans doute raison. Je me suis laissé emporter.

En entendant siffler le train, ils se séparèrent à contrecœur.

— Regarde, mon chapeau est tout écrasé ! gémit Elizabeth.

— Ce n'est pas grave. Tu n'en auras plus besoin.

— Du chapeau, peut-être pas. En revanche, E. J. Hoffmann en a encore besoin pour un bout de temps.

Le train ralentit.

— Je suis heureux que tu sois rentrée à la maison pour Noël, Elizabeth.

L'espace d'un instant, ces paroles ravivèrent des souvenirs dans l'esprit de la jeune femme. Les Noëls de son enfance n'étaient qu'une suite de restaurants et de personnes sans visage. Elle avait toujours eu un peu honte d'avouer à ses camarades de classe qu'elle avait passé les fêtes au restaurant. Heureusement pour elle, elle avait su très vite que le père Noël n'existait pas, ce qui lui donnait une longueur d'avance.

— Noël ne signifie pas grand-chose pour les Hoffmann, dit-elle.

Sur le quai, la foule commençait à s'approcher en espérant se trouver juste à la hauteur d'une portière, tandis que la rame s'arrêtait.

— Je ne suis pas rentrée ici à cause de ça, Danny.

— En voiture ! lança le chef de gare.

Elle embrassa Daniel et disparut en un éclair dans la foule. Il ne voyait plus que ses cheveux châtains et le col remonté de son trench-coat.

Quelques instants plus tard, un coup de sifflet donna le signal du départ. Daniel agita le bras, au cas où elle aurait regardé par la fenêtre…

Chapitre 6

Deux mois plus tard, fin février, Daniel et Elizabeth annoncèrent à leurs parents respectifs qu'ils allaient se marier. Alfred et Marjorie Hoffmann ne furent pas surpris le moins du monde et en furent ravis. Kenneth et Prudence Gardiner, eux, n'en revenaient pas. Ils émirent tous deux des réserves. Leur réaction déconcerta Daniel, qui pensait avoir fait allusion à son projet pendant les fêtes. Il ne parlait que d'Elizabeth, à tel point que son jeune frère Billy avait déclaré qu'il devait être amoureux, ce qu'il n'avait pas nié.

— Je pensais que ce n'était qu'une petite amie, dit franchement son père. Tu es bien trop jeune pour te marier.

— J'ai 22 ans, l'âge que tu avais quand tu as épousé maman. Et nous ne nous marierons pas avant au moins un an. Elizabeth veut d'abord lancer sa carrière.

— Tu as dit qu'elle était juive... déclara Prudence sans préambule.

— J'ai dit que son père l'était. Je ne crois pas qu'Elizabeth...

— Tu sais que les enfants d'une mère juive doivent être élevés dans la religion juive, n'est-ce pas ? Tu en es conscient ?

De toute évidence, Prudence était persuadée du contraire.

— Je suis sûr que ce ne sera pas un problème, maman.

Ses parents échangèrent un regard perplexe. Sentant que sa mère n'en avait pas terminé, il leva une main pour l'en empêcher.

— Restons-en là jusqu'à ce que vous fassiez sa connaissance, d'accord ?

— Ne le prends pas mal, fiston, dit son père. Ta mère et moi ne pensons qu'à ton intérêt.

— Je sais, papa.

Daniel était déçu par cet accueil mitigé, qui ne l'étonnait pas vraiment, en réalité. Ses parents n'étaient pas antisémites, mais ils se méfiaient des gens « différents ». Tous deux issus d'une famille protestante et pieuse, ils avaient grandi dans la même bourgade de province. Ils se connaissaient depuis l'enfance et étaient prisonniers du carcan de leur éducation. Quand son père évoquait la guerre, ce qu'il faisait avec animation, sa devise était « vivre et laisser vivre ».

— C'est à cause d'Hitler qu'on a fait la guerre et c'est aussi grâce à lui qu'on l'a gagnée ! Le bien a triomphé du mal !

Au plus profond de lui-même, Kenneth Gardiner n'aimait guère le changement. Sa femme non plus. Ils préféraient suivre la voie toute tracée. « Vivre et laisser vivre » signifiait en réalité « chacun chez soi ».

— Mes parents sont très conservateurs, prévint Daniel dans le train qui menait les fiancés vers Crewe, pour un long week-end.

— Tu me l'as déjà dit plusieurs fois.

— Quand je dis conservateurs, je veux dire *très* conservateurs, coincés dans leurs habitudes.

Il aurait volontiers ajouté qu'ils avaient l'esprit étroit, mais il rechignait à critiquer ses parents qu'il aimait.

— C'est une mise en garde ? Tu veux que je me comporte bien, c'est ça ?

— Pas du tout ! s'esclaffa-t-il. Ne change rien. Sois aussi exubérante que tu le voudras.

— Parfait. Je relève le défi.

Son sourire indiquait qu'elle n'en ferait rien.

— Qu'est-ce que tu leur as dit sur mon compte ?
— Tout. Enfin, presque. Je n'ai pas parlé de E. J. Hoffmann.
— Heureusement.

En croisant le regard de Daniel, à table, Elizabeth réprima un sourire. Ses yeux lui disaient : « je t'avais prévenue ». Ils la mettaient aussi au défi de répondre, d'être elle-même.

Elle reporta son attention sur Kenneth.

— … c'est le discours d'un traître, à mon avis. Ces gens ont la mémoire courte.

C'était un quadragénaire bien bâti, ce qui ne faisait que souligner sa claudication de la jambe droite. Il était en pleine tirade :

— Winnie a mené nos garçons à la victoire et sauvé le pays. Certains ont tendance à l'oublier, de nos jours…

C'était Kenneth qui avait abordé le sujet à propos d'un article paru dans le *Manchester Guardian* sur un revirement de l'opinion publique. La jeune génération semblait préférer sir Anthony Eden, l'actuel ministre des Affaires étrangères, au Premier ministre Churchill en tant que chef du parti conservateur.

— Papa lit la plupart des grands journaux, expliqua Daniel. Y compris *The Times* et le *Guardian.*

Il semblait désireux de la voir passer à l'action, mais elle n'en fit rien.

— D'où sortent-ils leurs statistiques, ces maudits journalistes, d'ailleurs ? poursuivit Kenneth. L'homme de la rue soutient Churchill, du moins par ici, je vous l'assure.

Les amis de Kenneth Gardiner se retrouvaient au pub, le vendredi soir, pour l'essentiel des vétérans de la guerre. Leurs opinions ne reflétaient sans doute pas celles de la population, même si Kenneth en était persuadé.

— Qui veut encore un peu de rôti ?

Prudence profita d'une pause pour se lever. C'était une femme plaisante, soignée, dont la silhouette était engoncée dans une gaine.

— Dan ? fit-elle en brandissant la fourchette de service.

— Volontiers, maman, répondit-il en lui tendant son assiette.

— Sers-toi de la sauce et du Yorkshire pudding. Ken, chéri…

Elle s'adressait à son mari d'un ton tout aussi maternel.

— Mange donc pendant que c'est chaud ! Tu n'as presque pas touché à ton assiette.

À la stupeur d'Elizabeth, Kenneth obéit. Il se tut et, tel un grand enfant docile, il mangea.

— C'est délicieux, comme toujours, maman, dit-il après quelques bouchées, avant de sourire à son fils. Il n'y a pas beaucoup de femmes capables de servir un aussi bon rôti du dimanche, pas vrai ?

Daniel acquiesça et se servit de légumes.

Elizabeth était perplexe. Ce compliment était sans doute un rituel, mais il ne ressemblait pas à Kenneth Gardiner. Au fil du repas, toutefois, elle se rendit compte qu'il n'était pas l'officier sévère qu'elle imaginait. À l'instar de beaucoup d'hommes de sa génération, il avait des idées bien arrêtées, ce qui leur interdisait certaines discussions. Néanmoins, il semblait sincèrement attaché à son épouse dévouée et travailleuse.

Les rôles étaient clairement répartis. Kenneth laissait Prudence gérer les questions domestiques et celle-ci acceptait que son mari soit le chef de famille, sans pour autant être soumise. Elle s'étonna de sa propre réaction face à cette organisation patriarcale qu'elle pensait trouver irritante. Les Gardiner dégageaient une certaine sérénité et formaient une équipe.

Elizabeth ne se rendait pas compte qu'elle était sur la sellette, elle aussi. Daniel trouvait amusante la fascination de sa fiancée pour ses parents. Elle semblait découvrir la vie des gens normaux, les gens du peuple. Quand ils seraient mariés, ils trouveraient peut-être l'équilibre parfait, un compromis entre le conformisme de Kenneth et de Prudence et l'excentricité d'Alfred et de Marjorie. Cela n'avait guère d'importance, car Daniel était impatient d'épouser Elizabeth. Ses week-ends de permission à Londres étaient un avant-goût tentant de la vie qu'il brûlait de partager avec elle.

Depuis deux mois, Daniel réservait une chambre tous les quinze jours dans un *Bed and Breakfast* de South Kensington, à quelques rues de Sumner Place, où Elizabeth louait un logement au sein d'une ancienne maison bourgeoise. Ils passaient leur temps à explorer la capitale du haut d'un bus à impériale, à flâner dans les parcs et au bord de la Tamise. Elizabeth prenait plaisir à lui faire découvrir cette ville qu'elle connaissait si bien.

Le samedi, ils allaient au théâtre. Un soir, de retour chez la jeune femme, ils avaient bu un thé à la cuisine, puis Daniel s'était levé pour partir.

— C'est ridicule, franchement, avait-elle protesté. Il est tard et tu es fatigué. Tu devrais rester.

Il avait fait mine d'être choqué.

— Je ne suis pas en train de te faire des avances ! avait-elle plaisanté. Tu dormiras très bien sur le canapé.

Il avait refusé à cause des voisins, qui risquaient de jaser. Elle serait alors compromise.

En temps normal, Elizabeth aurait réagi à cette réflexion par un « Au diable les voisins ! ». Elle s'était contentée d'un baiser langoureux.

— Bonne nuit, Danny.

Il aurait tout donné pour rester – pas sur le canapé – et ils en étaient tous deux conscients.

Ils avaient l'intention de se marier à la fin du printemps. Elizabeth était persuadée que le *Guardian* accepterait qu'elle travaille en indépendante, ce qui lui permettrait de rédiger ses articles quel que soit l'endroit où son mari serait stationné.

— Ils n'accepteront pas mes articles, mais ceux d'E. J. Hoffmann. Il commence à se faire un nom. S'ils insistent pour que je reste à Londres et que je vivote à la rédaction, je démissionnerai et vendrai les articles d'E. J. Hoffmann à un autre journal.

En observant la jeune femme face à ses parents, Daniel se rendit compte qu'il comptait les jours. Plus que deux mois…

— Je crois savoir que vous êtes journaliste, mon petit, dit Prudence.

Il était temps d'orienter la conversation vers leur invitée. Elizabeth avait poliment refusé une autre tranche de rôti et Kenneth avait terminé son discours. Il faisait l'intéressant, comme tous les hommes en présence d'une jolie fille. Et celle-ci était plus que jolie.

— C'est moderne et téméraire de travailler, dit-elle, admirative.

Prudence appréciait cette nouvelle tendance qui voulait qu'une jeune femme ait une expérience du monde du travail avant de se marier. Cela leur forgeait le caractère avant qu'elles ne soient accaparées par les tâches ménagères et la maternité.

— Le journalisme est un choix audacieux, ajouta-t-elle. Je vous admire.

— Vous écrivez sur quels sujets? intervint Kenneth sans agressivité.

Il était plutôt intrigué car, selon lui «femme» et «journaliste» étaient deux concepts incompatibles.

Elizabeth évita de regarder Daniel avant de répondre:

— Les défilés de mode et les concours horticoles, principalement.

— C'est captivant! s'extasia Prudence. Être payée pour assister à des défilés de mode et des concours horticoles! Toutes les jeunes femmes doivent vous envier!

— Sans doute. Je n'avais jamais considéré les choses sous cet angle, mais vous devez avoir raison.

— Bien sûr! Si j'étais jeune, je serais verte de jalousie. Vous avez choisi un bien beau métier, Elizabeth. Vous devez être fière de votre réussite. Tu ne penses pas, Ken?

— Oui... oui, grommela-t-il.

Sa femme et lui avaient discuté de la situation au préalable et Kenneth était fermement opposé au travail des femmes.

— Pas si elles veulent se marier, avait-il déclaré. Elles ne peuvent pas tout avoir. C'est dégradant pour les hommes.

— C'est provisoire, Ken. Elle arrêtera de travailler quand elle sera mariée.

— Ce n'est pas ce que pense Dan. On dirait même qu'il ne veut pas qu'elle s'arrête.

— Tu verras, chéri. Il faudra bien qu'elle s'arrête. Elles le font toutes. Surtout quand elles ont des enfants.

— N'empêche qu'une femme journaliste, ce n'est pas normal. C'est un métier d'homme. Elle prend le salaire d'un homme qui doit nourrir sa femme et ses enfants. Elle n'aimerait pas qu'on lui fasse la même chose.

Prudence avait acquiescé sur le principe, car elle était incapable de réfuter cet argument, puis elle avait déclaré une trêve, comme d'habitude. Elle avait persuadé son mari de faire abstraction de la profession de leur future belle-fille, car ce n'était que temporaire. De plus, il était de leur devoir d'accueillir la fiancée de leur fils dans la famille.

Prudence se réjouissait qu'Elizabeth soit aussi charmante, mais il ne fallait pas en faire trop. Son mari avait accepté de mauvaise grâce le métier d'Elizabeth, elle devait maintenant parler d'autre chose.

— Quel dommage que Billy n'ait pas pu venir. Vous l'apprécieriez beaucoup. N'est-ce pas, Dan ?

— C'est certain, confirma Daniel. Dommage qu'il soit chargé des manœuvres, ce week-end. Ce n'est pas étonnant, à Sandhurst.

Billy avait deux ans de moins que Daniel. Il était en deuxième année dans la célèbre école militaire. Les garçons avaient suivi les traces de leur père de leur plein gré.

— J'ai l'impression de déjà le connaître, répondit Elizabeth. Daniel m'a tellement parlé de son frère… Vous avez une famille de militaires, monsieur Gardiner.

— Pour ça oui ! Je regrette d'avoir dû arrêter si vite. J'aurais continué dans l'armée si j'en avais eu la possibilité. Malheureusement, ils ne veulent plus de moi à cause de ma hanche abîmée.

Il ne masquait pas son ressentiment, ce qui n'étonna en rien Elizabeth, après les explications de Daniel :

— Papa a été blessé à Dunkerque. Il voulait faire carrière dans l'armée, mais il se serait retrouvé dans les bureaux, comme son père. Il est très amer.

— Enfin, souffla Kenneth, qui ne voulait pas avoir l'air de se plaindre. Il y a bien pire. J'ai fait ce qu'il fallait. J'étais prêt à donner ma vie pour ma patrie. Un homme ne peut faire plus.

Les six mois de service actif de Kenneth Gardiner, ainsi que la formation intense qu'il avait suivie en France, furent la meilleure période de sa vie. Tel était du moins le souvenir qu'il en gardait. L'apprentissage de nouvelles compétences, la camaraderie, la motivation effaçaient la peur et le carnage de Dunkerque. Quatorze ans plus tard, les soirées du vendredi avec ses anciens compagnons d'armes le sortaient de la torpeur d'une existence qu'il trouvait parfois inutile. Sa hanche était de plus en plus douloureuse à cause de l'arthrite. Il ne travaillait plus que trois jours par semaine pour une entreprise qui appréciait son ancienneté. Il était reconnaissant, quoique déçu. Il avait beau se répéter que son handicap était une preuve de son noble combat, il supportait mal d'être invalide à 44 ans. Son seul bonheur était de savoir que ses fils mèneraient la carrière militaire dont il avait toujours rêvé.

— Il n'y a pas de plus grand honneur que de servir son pays, déclara-t-il à la cantonade. Pas de plus grand honneur, et c'est ce que j'ai enseigné à mes fils, Elizabeth.

Dans son sourire juvénile, elle eut l'impression de voir Daniel alors qu'elle n'avait pas remarqué de ressemblance physique jusqu'alors.

— Je suis fier, poursuivit Kenneth, très fier qu'ils aient choisi cette voie.

L'avaient-ils vraiment choisie ? songea Elizabeth en posant sur lui un regard incrédule. Cet homme était un fanatique. Sans doute leur avait-il lavé le cerveau. En se tournant vers Daniel, elle comprit que son expression était parlante. Il ne put réprimer un rire.

— Non, papa ne nous a pas lavé le cerveau, dit-il. Ou on ne s'en est pas rendu compte…

Elizabeth était mortifiée.

— Quel lavage de cerveau ? bredouilla Kenneth. Qui a dit que je vous avais lavé le cerveau ?

— Personne, papa. C'est juste que tu es un peu pontifiant.

— Ah oui ?

Il se tourna vers sa femme, qui hocha imperceptiblement la tête.

— Allons donc ! lança-t-il avec un sourire. C'est vrai que je me laisse un peu emporter, parfois.

Il se leva péniblement de sa chaise en essayant de ne pas trop grimacer de douleur.

— C'était délicieux, comme toujours, maman, déclara-t-il.

À la stupeur d'Elizabeth, il entreprit de débarrasser la table, sans que sa femme ou son fils n'interviennent, de surcroît. Or Kenneth ne tenait pas très bien sur ses jambes.

— Je vais vous aider, monsieur Gardiner, dit-elle en se levant d'un bond pour lui prendre les assiettes des mains.

— Non, non, laissez-moi faire ! protesta-t-il d'un ton brusque qui la fit reculer.

Il retrouva vite son équilibre et se tourna vers elle.

— Vous pouvez donner un coup de main, mon petit, mais j'aime faire ma part. Cela me permet de rester actif, voyez-vous. Je ne peux pas rester assis trop longtemps.

— Je vais chercher le dessert, annonça Prudence. Dan, tu prendras le plat de viande. Il est lourd.

Elizabeth ne remarqua pas le regard qu'échangèrent la mère et le fils. Kenneth Gardiner n'admettait jamais ses limites en présence d'étrangers. Sa future belle-fille lui avait apparemment fait forte impression.

— Qu'est-ce que tu as préparé ? s'enquit Daniel. Un apple crumble ? Une charlotte ?

Sa mère lui servait toujours ses desserts préférés lors de ses visites.

— Les deux, répondit Prudence. Vous aurez le choix.

Elle prit la saucière et le plat de choux de Bruxelles et disparut dans la cuisine.

— Avec elle, les enfants sont pourris gâtés, commenta Kenneth. Heureusement qu'ils sont dans l'armée parce qu'ils seraient gras comme des gorets s'ils restaient ici.

Gideon Melbray observa le ciel d'un bleu limpide par le hublot de l'avion. En contrebas, l'océan était encore plus bleu. Il ne voyait pas une terre à l'horizon. Tout était bleu. Ils avaient quitté l'Indonésie, avaient fait une escale à Djakarta et en étaient à l'avant-dernière étape de leur trajet vers l'autre bout du monde. Prochaine escale : Darwin, la porte d'entrée du nord de l'Australie.

Gideon avait embarqué dans le Hastings Mark IV à la base aérienne de la RAF de Lyneham, le 20 février, et ils étaient en route depuis presque une semaine. L'appareil quadrimoteur, spécialement conçu pour les longs parcours, pouvait transporter jusqu'à cinquante hommes et leur équipement à presque 400 kilomètres heures. Cette fois, ils n'étaient que vingt et n'avaient que peu de matériel. Entre les militaires de tous grades et de tous régiments, l'atmosphère était détendue. Ils ne se rendaient pas sur une zone de combat. Les officiers étaient en permission et les enrôlés compléteraient la main-d'œuvre. Dès le départ, ils étaient impatients de commencer. Gideon était le seul en civil. Intrigués par le mystère qu'il dégageait, les autres l'observaient à la dérobée.

— Je travaille au ministère de l'Industrie, avait-il expliqué d'emblée. Je vais prendre un poste de responsable des réquisitions. Vous allez me voir souvent, les gars.

— Une connaissance utile, avait commenté un jeune capitaine avec un clin d'œil complice pour les autres.

Dès lors, Gideon s'était intégré au groupe.

Il avait apprécié la compagnie de ces soldats et ce mode de transport. En tant que diplomate, il avait l'habitude de voyager sur les vols commerciaux. Cette camaraderie était réjouissante. Même l'inconfort de la cabine non pressurisée et les repas fades qu'ils embarquaient à chaque escale ne parvinrent pas à émousser son enthousiasme. Il adorait être entouré de garçons virils. Il avait toujours aimé se faire malmener un peu.

En regardant par le hublot, il se disait que c'était une sacrée aventure, surtout la nuit qu'ils avaient dû passer à Istanbul. Dans la cabine, certains bavardaient tranquillement, d'autres dormaient. Ils ne tarderaient pas à atterrir à Darwin. Ces types étaient sympathiques, mais il avait vite compris qu'ils n'aimaient pas les hommes. Il aurait aimé voir leur réaction s'ils savaient ce qui s'était déroulé lors de cette escale en Turquie.

Après le décollage, le Hastings devait mettre le cap sur la base aérienne de la RAF à Chypre, leur première escale de ravitaillement. Les conditions météorologiques les avaient contraints à atterrir à Istanbul où l'appareil était resté immobilisé pendant vingt-quatre heures, le temps d'effectuer une réparation sur le moteur.

Contrairement aux militaires avec qui il voyageait, Gideon était libre de choisir son hébergement. Il avait immédiatement pris une chambre dans le luxueux Hotel Istanbul. Il avait déjà séjourné pendant six semaines en mission dans cette ville, au consulat britannique. Dans l'après-midi, il s'était promené pour redécouvrir les beautés de la ville.

En se mêlant aux touristes d'Eminonu, au cœur de la vieille ville, où se dressaient le palais de Topkapi, Sainte-Sophie et la Mosquée bleue, il s'était dit qu'Istanbul n'avait rien perdu de son charme. Du sommet d'un minaret, un muezzin appelait les fidèles à la prière, un son troublant et envoûtant, presque sensuel, qui ne manquait pas de l'émoustiller, ce qui n'était en rien l'objectif.

De retour à l'hôtel, il avait pris une douche avant de descendre au bar boire un Scotch, avant le dîner. Il avait aussitôt remarqué une blonde séduisante assise près de la porte. Il songea à la séduire, puis se ravisa. Non seulement elle était séduisante, mais elle était visiblement riche ; or, une blonde fortunée et belle ne voyageait pas seule. Elle devait attendre son mari ou son amant, un homme bien plus âgé qu'elle, à n'en pas douter. Il s'assit à une table proche du bar et ne lui accorda pas plus d'attention.

— Je peux me joindre à vous ?

Quelques minutes plus tard, elle apparut près de lui, son martini à la main.

— J'en serais honoré, répondit-il en se levant.

Il lui désigna un fauteuil en cuir, face au sien.

— Mon mari se fait attendre, comme d'habitude, dit-elle avec un mélange de gêne et de contrition. Je déteste me retrouver seule dans un bar d'hôtel. Je m'appelle Caroline Hardinge, enchantée.

— Gideon Melbray, répondit-il en lui serrant la main.

— Je vous ai entendu commander un Scotch. Vous êtes anglais, je pense.

— Oui. Vous aussi ? plaisanta-t-il.

— Bien sûr. Cela ne s'entend pas ?

— Si.

Ils rirent de bon cœur.

— C'est la première fois que je viens à Istanbul. Marcus est déjà venu, il y a de nombreuses années, avec sa première femme. Une ville divine, vous ne trouvez pas ? Vous connaissez ?

— Un peu, oui.

— On a pris un taxi pour aller dans la vieille ville, puis on a marché pendant des heures. C'est sans doute pourquoi Marcus tarde tant. Il m'a dit qu'il en avait pour cinq minutes. Il doit être dans son bain... Ce n'est pas très gentil, ça.

Elle semblait se contenter de ce monologue. Par politesse, Gideon l'écouta d'une oreille distraite. Ce n'était pourtant pas nécessaire. Les regards en disaient assez long. Elle cherchait à le séduire et il se demandait pourquoi. Une prostituée de luxe anglaise à Istanbul ? Certainement pas. Son vieux mari resté dans leur suite était bien plus plausible. Il lui offrit un autre martini. C'est alors qu'apparut Marcus.

Gideon se félicita pour sa clairvoyance. Le quinquagénaire était bien plus âgé que sa femme, mais il n'était pas si vieux ni impotent. En réalité, il était plutôt élégant et séduisant.

— Chéri ! Enfin ! fit Caroline avec une mine boudeuse. Cela ne se fait pas ! Je te présente Gideon Melbray, mon chevalier servant. Gideon, voici mon mari, sir Marcus Hardinge.

— Sir Marcus, fit Gideon, impassible, quoique toujours impressionné par un titre de noblesse.

— Appelez-moi Marcus, je vous en prie. Merci d'avoir veillé sur Caroline. J'aurais eu des problèmes si tel n'était pas le cas. Voulez-vous dîner avec nous ?

Gideon comprit que c'était un jeu qui devenait bien plus intéressant que de simplement coucher avec Caroline Hardinge.

— Volontiers.

Ils burent un autre verre, puis se levèrent pour gagner la salle à manger. Gideon offrit son bras à la jeune femme.

— Lady Hardinge ?

Elle lui sourit et glissa une main dans le creux de son bras, non sans échanger un regard avec son mari. Un regard qui n'échappa pas à Gideon et qui disait qu'ils étaient ravis de leur prise. Il l'était tout autant. Une partie à trois ? À la bonne heure !

Finalement, le projet n'était pas une partie à trois. Après le dîner, lorsqu'ils gagnèrent la suite des Hardinge, Gideon découvrit que Marcus voulait simplement regarder sa femme copuler avec un autre homme. Gideon ne se fit pas prier. Le pauvre homme était impuissant, semblait-il, et il fallait bien que Gideon le remercie de l'avoir invité à dîner. De plus, il adorait qu'on le regarde presque autant qu'il aimait regarder le spectateur. Il positionna Caroline de façon à voir Marcus dans le miroir.

Lorsque la jeune femme se mit à haleter, il se concentra sur la glace. Marcus était visiblement excité par le plaisir de sa femme. Gideon aurait aimé croiser son regard pour partager l'érotisme de l'instant. Mais les yeux de Marcus restaient rivés sur l'acte en lui-même.

Gideon retint ses coups de reins, puis il s'arrêta et demeura immobile, attendant que Caroline comprenne le message. Elle était trop réceptive et aurait joui trop vite, alors qu'ils venaient à peine de commencer. Cela n'avait guère d'importance, car elle était du genre à avoir des orgasmes multiples, mais elle n'avait aucun rythme, aucun contrôle sur elle-même. Elle était boulimique de sexe.

Quand elle se fut un peu calmée, il se retira et la mit à quatre pattes pour la pénétrer par-derrière. En regardant dans le miroir, il comprit que Marcus n'était pas excité par sa femme en pleine action. Marcus était excité par le spectacle d'un homme en rut. Marcus Hardinge n'était pas impuissant. Il était homosexuel.

Gideon se leva, nu, le corps luisant de sueur, en érection et sourit en tendant la main.

— Venez, Marcus…

Marcus obéit. Durant toutes ces années de voyeurisme, il n'avait jamais pris part aux ébats. Comment résister à cet homme ?

Le lendemain matin, Gideon déjeuna dans sa suite, car il devait partir avant l'ouverture de la salle à manger. En buvant son thé, il se demanda comment les Hardinge réagiraient aux événements de la nuit. Caroline le remercierait-elle d'avoir révélé l'homosexualité de son mari ? Il avait eu la nette impression qu'elle ignorait les préférences sexuelles de Marcus. Et lui ? Gideon le soupçonnait de garder son secret pour les soirées où il se rendait dans des bars où de jeunes prostitués vendaient leurs charmes. Après tout, Caroline était sa seconde épouse. Il avait sans doute joué la comédie du voyeurisme pour satisfaire ses épouses tout en se masturbant.

Nul ne le saurait, songea Gideon en descendant pour commander un taxi. Qui s'en souciait, d'ailleurs ? Il lui restait tant d'aventures à vivre. Il allait bientôt parcourir des milliers de kilomètres en avion, survoler les monts Zagros, en Iran, en direction de Karachi. C'était exaltant. Le Pakistan, puis l'Indonésie et l'Australie.

Il devait toutefois admettre que l'expérience stambouliote avait été inattendue et fort agréable…

Chapitre 7

Sous la houlette de Prudence, le foyer des Gardiner semblait tourner autour des repas. Le lendemain matin, après un petit-déjeuner gargantuesque, Elizabeth se réjouit d'entendre Daniel annoncer qu'ils ne mangeraient pas à la maison.

— Papa me prête la Wolseley et on va faire un tour, expliqua-t-il à sa mère.

— Bien sûr, chéri. Je garderai mon Parmentier pour le dîner.

Ils prirent la route de Nantwich, puis gravirent la pente d'Edleston Road avant d'entrer en ville. Daniel gara la précieuse voiture de 1935 de son père. La moindre rayure coûterait une fortune en réparations. Heureusement, Kenneth avait confiance en son fils aîné. Daniel aimait les voitures, au contraire de Billy, qui s'en désintéressait.

Loin des zones industrielles des abords de la ville, le centre de Crewe s'enorgueillissait d'un marché couvert en pierre et d'une superbe tour.

— J'aime beaucoup cet endroit, confia Daniel tandis qu'ils flânaient dans la rue principale, main dans la main, bien emmitouflés contre le froid. J'y ai grandi, ainsi que mes parents. Le père de Papa venait de Chester, il était employé aux chemins de fer. Papa l'aurait été aussi, mais Rolls-Royce a construit une usine ici dans les années 1930. Il a changé d'avis et est allé travailler pour eux : il a toujours eu la passion des voitures. Paradoxalement, l'usine a commencé par produire des moteurs d'avion pour l'effort de guerre. On n'y a produit des voitures qu'à partir de 1946. Naturellement, Papa avait déjà démissionné pour intégrer l'armée. En rentrant, blessé, il a repris là où il s'était arrêté.

En arrivant à l'entrée d'un parc, Daniel s'arrêta pour préciser sa pensée.

— J'ai de la peine pour lui, Elizabeth, et cela m'a peut-être influencé, mais pas au point de réaliser son rêve sans en avoir envie moi-même. C'est pareil pour Billy, sincèrement. On en a parlé ensemble. On voulait tous les deux faire carrière dans l'armée.

— Tant mieux, Danny.

L'influence éventuelle de Kenneth sur le choix de ses fils ne la regardait en rien, du moment que Daniel était heureux.

Soudain, il désigna leur environnement et changea de sujet de conversation.

— Nous voici à Queens Park, qui fait la fierté et la joie de cette ville.

Elizabeth contempla les saules dont les branches effleuraient un gazon bien vert et des massifs de fleurs en pleine éclosion, en ce début de printemps.

— J'ignorais que Crewe était aussi charmant, dit-elle. Sans vouloir être insultante, j'imaginais plutôt un genre d'aiguillage ferroviaire géant.

— Tu n'es pas la seule. La plupart des voyageurs qui prennent une correspondance ici ignorent sans doute qu'il y a une bourgade commerçante et prospère.

Il lui reprit la main et marcha si vite qu'elle eut du mal à suivre tandis qu'il repartait en direction de la voiture.

— Viens, on va faire un tour.

Ils roulèrent pendant plusieurs heures dans les coins perdus du Cheshire, empruntant les chemins vicinaux, traversant des villages pittoresques. Ils s'arrêtèrent pour boire une bière dans un pub chaleureux. De retour à la maison, Elizabeth était prête à dévorer le Parmentier de Prudence. Naturellement, il se révéla succulent.

Le lundi après-midi vint trop vite. Ils se retrouvèrent côte à côte dans le train pour Londres. Le temps avait passé aussi vite que le paysage qui défilait derrière la vitre.

— J'aime bien tes parents, Danny.

— C'est ce que j'espérais. Tes parents et les miens n'ont rien en commun.

— En effet, admit-elle avec un sourire.

— Je sais qu'ils t'ont appréciée.

— Oui. Pour le moment.

— Hein ?

— Ils ne m'apprécieront plus autant quand ils se rendront compte que mon métier n'est pas un passe-temps.

— Je pensais que tu mettrais les choses au point là-dessus.

— Je sais, tu ne cessais de me tendre la perche. Pourquoi ?

— Tu es vraiment anticonformiste, Elizabeth.

Il s'exprimait d'un ton badin, mais ils savaient tous deux que c'était un sujet sérieux.

— Je pensais que tu voudrais affirmer le droit des femmes à travailler. J'étais prêt à te soutenir.

— Tu ne penses pas que tu aurais dû prévenir tes parents ?

— Non. À Noël, quand j'ai mentionné ton métier, j'ai bien vu qu'ils ne comprenaient pas vraiment. Je ne voulais pas qu'ils aient des idées préconçues avant de te rencontrer.

— Tu as beaucoup réfléchi.

— Oui, c'est vrai. Et je trouve qu'on devrait leur faire part de nos projets avant le mariage. Il faut que tout soit transparent. S'il faut les choquer, et ce sera le cas, mieux vaut le faire ensemble, tu ne trouves pas ?

— Si.

Elle posa sur lui un regard plein de respect. Elle-même avait grandi dans l'idée qu'il fallait jeter les conventions aux orties, mais lui… Avec un environnement aussi strict, Daniel faisait preuve d'une grande force de caractère.

— Tu es un anticonformiste, toi aussi, Danny.

— Non…

— Si ! Un rebelle, à ta façon.

Il afficha un sourire radieux. La croyait-il ? Cela n'avait pas d'importance. Il savoura ce compliment.

— Peut-être, après tout, qui sait ?

— La prochaine étape sera de parler à tes parents d'E. J. Hoffmann, reprit-elle. Ils seront sous le choc.

— Oui, mais ils s'en remettront. Il faut choisir le bon moment.

Elle le dévisagea d'un air incrédule. Il plaisantait, non ? Il ne pouvait en être autrement. Oui, il plaisantait et ils s'esclaffèrent en chœur. Il n'y aurait jamais de bon moment pour parler d'E. J. Hoffmann à Kenneth Gardiner.

Depuis son siège, près du hublot, Gideon Melbray observa la terre, une vaste zone ocre rouge parsemée de mystérieuses taches blanches. Un paysage fascinant. À vingt mille pieds d'altitude, le désert et ses lacs salés ressemblaient à quelque œuvre d'art premier colorée et d'une simplicité redoutable.

Pas très accueillant. Qui voudrait vivre ici ? Gideon se rappela les paroles de Harold Dartleigh : « Ça va te changer de la mère patrie, mon vieux ».

Ils avaient quitté Darwin depuis des heures et le désert se déployait encore à perte de vue. Il y avait eu des moments exaltants lors de ce vol, lorsque le pilote était descendu jusqu'à trois mille pieds afin qu'ils puissent admirer le paysage. Ils avaient volé à basse altitude au-dessus des montagnes rouges et escarpées de MacDonnell où, vu d'en haut, le lit asséché du Todd River ressemblait à un torrent. Nichée dans ce paysage lunaire, la ville d'Alice Springs se dressait tel un hommage à la survie des Hommes. À plus de deux cents kilomètres vers le sud, le pilote avait pongé de nouveau pour leur montrer le monolithe géant qu'était Ayers Rock, qui trônait au beau milieu de cette île continent. Tous les hommes à bord avaient été impressionnés par ce spectacle.

Ils se préparaient désormais à atterrir.

Ils avaient beau perdre de l'altitude, Gideon ne voyait toujours que le désert. Soudain apparut une bande de bitume, comme surgie de nulle part, telle une balafre grise, qui filait du nord au sud sur plus de deux kilomètres. À l'est, se trouvait une imposante aire de stationnement de plusieurs centaines de mètres, où étaient garés des appareils. Sur la gauche, un hangar préfabriqué servant manifestement d'aérogare. De l'autre côté, ils virent un océan de tentes et, quelques kilomètres plus loin, une ville avec des rues et des baraquements bien alignés.

Le train d'atterrissage sortit avec fracas, puis les roues touchèrent le bitume et les freins grincèrent.

Gideon Melbray venait de se poser à Maralinga.

*

La décision d'affronter les parents de Daniel s'évapora quand, un mois plus tard, un problème bien plus important se présenta.

Daniel téléphona à Elizabeth au *Guardian*.

— On me propose une mission, lui annonça-t-il.

Elle prit la nouvelle avec calme. On les avait portés à croire qu'il n'y aurait pas de nouveaux postes à l'étranger avant un bon moment, mais Daniel l'avait prévenue que tout était possible.

— Quand dois-tu partir ?

— Dans un mois. Fin avril. C'est incroyable, non ?

Le mariage était prévu pour début mai. Pas étonnant qu'il soit aussi tendu. À *quoi bon ?* songea-t-elle. Ils pouvaient facilement décaler la date.

— Ils t'envoient où ?

— En Australie.

— Mon Dieu !

Quel choc ! Elle devait bien l'admettre. Des images de gommiers et de kangourous lui vinrent à l'esprit. L'Australie, c'était loin !

Néanmoins, grâce à l'avion, le monde était petit désormais. Des articles envoyés par la poste pourraient parvenir au *Guardian* en quinze jours.

— Eh bien ! fit-elle, désireuse de le rassurer, je vais sans doute devoir acheter une garde-robe sur le thème de l'Outback australien. Cela ne devrait pas poser de difficultés.

— Ce n'est pas aussi simple, Elizabeth. Je ne peux pas t'en dire plus au téléphone, car c'est confidentiel. Il y a des décisions à prendre. Il faut qu'on parle. Je te vois le week-end prochain.

Déconcertée, Elizabeth raccrocha. L'Australie possédant sa propre armée, il n'y avait pas de base militaire britannique établie sur place. Et si Daniel était envoyé à l'ambassade en tant qu'attaché militaire, en quoi était-ce confidentiel ? Elle décida de rendre visite à Reginald Dempster, le responsable des correspondants étrangers. Maintenant que Reg avait accepté qu'elle était fiancée donc inaccessible, ils étaient bons camarades.

— Maralinga.

Dès qu'ils se furent embrassés sur le pas de la porte, Elizabeth assena à Daniel ce qu'elle savait. Elle avait encore les bras autour de son cou et leurs lèvres se frôlaient, mais il était trop abasourdi pour l'embrasser comme il l'aurait fait d'ordinaire.

— L'armée veut t'envoyer dans un endroit qui s'appelle Maralinga, reprit-elle. Le site d'essais nucléaires que le gouvernement est en train d'installer en Australie-Méridionale. Je me trompe ?

— Bon sang ! Elizabeth, comment es-tu au courant ? Maralinga est top secret.

— Pas pour l'élite de la presse britannique, mon chéri, répondit-elle d'un air satisfait.

Elle le prit par la main pour l'entraîner dans la cuisine où, comme toujours, la bouilloire chauffait sur le feu. Tasses et soucoupes étaient déjà disposées sur la table.

— Il est vrai qu'il y a un black-out, admit-elle. *Dans l'intérêt de la sécurité nationale*, les grands pontes de la presse sont tenus au secret.

Elle lâcha la main pour soulever la bouilloire qui sifflait.

— D'après ma source, le gouvernement a peur que les Russes ne l'apprennent. Nul ne doit imprimer un mot là-dessus, en tout cas pas tant qu'ils n'auront pas commencé à faire sauter leurs bombes. Ensuite, les journaux seront libres de publier ce qu'ils veulent.

Toujours abasourdi, Daniel s'attabla.

— En attendant, poursuivit Elizabeth en préparant le thé, la presse est maintenue dans l'ignorance, surtout à propos de l'emplacement, d'après ma source.

— Heureusement! répondit-il enfin. On n'a même pas été informés nous-mêmes de l'emplacement lors de la réunion de préparation. Ils n'ont parlé que d'une région désertique d'Australie-Méridionale. Ce serait une mission d'un an pour relever les hommes ayant déjà effectué leurs douze mois. Nous ne saurons où nous sommes qu'en arrivant sur place.

— Qu'est-ce qu'on t'a dit, au juste, lors de cette réunion?

Elle le rejoignit à table et posa la théière.

— Pas grand-chose. C'étaient essentiellement des mises en garde sur les conditions difficiles dans un lieu isolé. Ils voulaient mettre notre motivation à l'épreuve, sans doute. Ensuite, ils nous ont invités à rentrer chez nous pour en discuter avec nos familles, en tenant compte de l'Official Secrets Act et de la discrétion qui s'impose. Apparemment, dans le cas de ma fiancée, cette notion ne s'applique pas.

— Oh, pardon! dit-elle, se rendant compte de sa bévue. Je suis égoïste. Je ne voulais pas te couper l'herbe sous le pied, mon chéri. Je n'ai pas pu résister.

— Ce que je sais, c'est que Maralinga signifie «champs du tonnerre» dans quelque dialecte local, une information qui a échappé à ta source, semble-t-il, objecta-t-il, triomphant.

— Je regrette vraiment. Je faisais l'intéressante et je sais que c'était arrogant de ma part.

— Mais non, tu étais fidèle à toi-même, et je ne suis pas fâché du tout.

— Tant mieux.

Elle entreprit de servir le thé avec application.

— Je t'ai trouvé un peu sec.

— Ce n'était pas mon intention, dit-il en observant la théière. C'est juste que... (Il chercha ses mots) Je suppose que je suis... distrait, voilà tout.

— Pourquoi ?

Enfin, il posa les yeux sur elle, comme si sa question était insensée. Elle ne se laissa pas perturber. Pour elle, la situation était claire.

— Tu veux ce poste, n'est-ce pas, Danny ?

— Oui.

Elle trouva qu'il manquait de conviction et attendit qu'il développe, mais il n'en fit rien.

— Tu m'as dit au téléphone qu'il y avait des décisions à prendre et que nous devions parler, insista-t-elle.

— Il est question d'une promotion, dit-il, avant de se livrer totalement : je reviendrais en tant que capitaine. C'est la carotte. Avec pas mal d'argent. Elizabeth, tu sais combien de temps je devrais attendre, dans des circonstances normales, pour devenir capitaine ?

— Pourquoi hésiter, alors ? C'est très simple : tu acceptes la mission. Je démissionne du *Guardian*, on avance le mariage de quinze jours, on fait nos bagages et on part pour Maralinga. Je pourrai envoyer mes articles par courrier, c'est facile et...

— Il n'y a pas de logements pour les hommes mariés à Maralinga, coupa Daniel avant qu'elle ne puisse aller plus loin. Le site est interdit aux femmes.

— Ah !...

Naturellement, songea-t-elle, abattue. Elle avait été stupide de ne pas y penser. Maralinga n'était pas une base militaire comme les autres.

— J'en conclus que ta source ne te l'a pas précisé, dit-il sans jubiler, car il la trouvait touchante dans sa vulnérabilité.

— Non, admit-elle. Cette source ignorait que j'avais un intérêt personnel dans cette affaire. Il a sans doute cru que je me renseignais pour un collègue journaliste.

— Tu vois donc notre dilemme. Les choses ne sont pas aussi simples.

— Mais si, Danny. Ou plutôt, elles pourraient l'être.

Dans sa détermination à résoudre le problème, Elizabeth s'emportait de nouveau.

— Je trouverai un logement dans une ville proche et je travaillerai de là-bas. On se verra lors de tes permissions, comme d'habitude. Sauf que nous serons mariés. Si on ne peut pas vivre ensemble, nous nous verrons en tant que mari et femme.

— Elizabeth...

Il se mit à rire, ce qui étonna la jeune femme.

— Comme je t'aime, Elizabeth !

Il approcha sa chaise de la sienne.

— Pour une femme aussi intelligente, tu as tendance à fermer les yeux sur la réalité, parfois.

Il prit son visage entre ses mains et l'embrassa.

— Pourquoi ? Qu'ai-je dit de si stupide ?

— Les troupes stationnées à Maralinga n'iront pas faire un tour en ville lors de leurs permissions, chérie. Ils seront coincés en plein désert, à des milliers de kilomètres de toute civilisation.

— Je n'ai pas parlé de week-ends. Ne me parle pas sur ce ton.

En quelques minutes, Elizabeth avait refusé par deux fois d'admettre qu'elle disait une bêtise.

— Et même si la ville la plus proche se trouve à cent cinquante kilomètres...

Il exagérait certainement. Elle n'imaginait pas une distance si importante.

— ... Je suis sûre que l'armée accorderait à un officier une permission pour des raisons de compassion, une ou deux fois dans l'année, pour rendre visite à sa femme. Je ne demande rien de plus.

— Pourquoi l'armée ferait-elle une chose pareille ? rétorqua Daniel, qui ne plaisantait plus. On parle d'un site militaire top secret, Elizabeth. L'armée veut que ses hommes soient isolés des oreilles et des regards indiscrets. Elle ne veut pas encourager la moindre fraternisation, même parmi les époux et les familles. C'est pourquoi on nous propose des primes rondelettes et des promotions. Pour une telle mission, il faut des motivations.

— Je vois, fit Elizabeth, qui baissa les armes.

Elle était mortifiée. Comment avait-elle pu se montrer aussi obtuse et égoïste ? Elle n'avait pas songé une seconde à l'épreuve de Daniel, trop occupée à se vanter des informations qu'elle avait glanées grâce à ses relations dans la presse. Il s'agissait de primes de risque et elle n'avait même pas pensé à la sécurité de Danny. Comment lui demander pardon ? Elle avait vraiment honte.

— Bon, fit-elle en observant sa bague de fiançailles. On communiquera par signaux de fumée, alors.

— Non, répondit-il en prenant ses mains dans les siennes. Parce que tu ne viendras pas en Australie.

— Mais si !

— À quoi bon ? On ne pourrait pas se voir et tu renoncerais à une brillante carrière pour rien. Mieux vaut que tu restes à Londres.

— Ne sois pas ridicule. Même si on ne peut pas vivre ensemble, je veux être proche de mon mari.

— Justement. Je ne serais pas ton mari. Je pense qu'on devrait repousser le mariage à après mon retour.

Elle en demeura sans voix. Il s'empressa de poursuivre :

— C'est la solution la plus raisonnable, Elizabeth. Quand je rentrerai, la situation sera idéale. Je serai capitaine, je serai mieux payé et j'aurai des économies. Comment veux-tu que je dépense de l'argent en plein désert ? Tu comprends que ce projet est plus avisé, n'est-ce pas ? On pourrait démarrer notre vie conjugale et même acheter une maison.

— Oui, je comprends que c'est la solution la plus sage, répondit-elle d'un ton neutre. Je vois aussi que ta décision est prise. Tu as tout prévu, n'est-ce pas ?

— Je crains que…

— Dans ce cas, je ne comprends pas ton indécision.

— Ce sont tes mots, chérie, pas les miens. J'ai dit que j'étais distrait. Je l'ai été toute cette semaine. Je luttais contre ma propre déception, me demandant comment te l'annoncer. Je regrette vraiment, tu sais. Je suis désolé.

— Ne t'excuse pas, Danny, coupa-t-elle avec une véhémence qui le surprit. C'est un pas de géant dans ta carrière militaire. C'est à toi de décider, bien sûr. Je respecterai ta décision. Néanmoins... tu ne préfères pas qu'on se marie avant ton départ ?

Il décela un soupçon de souffrance dans sa voix. Il aurait tout donné pour l'épouser. Il ne voulait rien de plus au monde.

— Non, affirma-t-il. Ce serait injuste envers toi.

— Pourquoi ?

Soudain, une idée inquiétante lui vint :

— C'est à cause du danger, c'est ça ? Tu redoutes qu'il ne t'arrive quelque chose ?

— Pas du tout ! Je ne me rends pas dans une zone de guerre.

Il sourit, mais il y avait une part de vérité dans les propos de la jeune femme. Son travail à Maralinga serait dangereux et un accident était toujours possible. Et si elle restait veuve ? Cette idée l'avait effleuré. Cependant, la décision de Daniel était liée à un sentiment indéfinissable, une question de principe.

— Alors pourquoi tu ne veux pas te marier ?

Elle ne lâcherait pas le morceau.

— Parce que ce ne serait pas bien.

— Je ne vois vraiment pas pourquoi.

— Je ne me sentirais pas bien, précisa-t-il. Comment pourrais-je t'épouser juste avant de te quitter pour une année entière ? J'aurais l'impression d'avoir profité de toi.

Il se doutait que c'était un principe démodé, surtout aux yeux d'une femme moderne telle qu'Elizabeth. Elle allait se moquer de lui et il l'aurait bien cherché. Mais elle ne rit pas.

— Le thé est froid et c'est bientôt l'heure de déjeuner, déclara-t-elle.

Elle l'embrassa et se leva d'un bond.

— Et si on allait au pub ? proposa-t-elle.

— Excellente idée.

Daniel ne pouvait pas savoir que, à cet instant, Elizabeth venait de prendre sa propre décision.

Livre II

Tapi dans l'ombre, près d'un bosquet d'eucalyptus, Mimitja observe en silence, son bébé endormi plaqué sur son sein, son autre bras enserrant sa fille de 5 ans. La mère et l'enfant ne font plus qu'un, tant elle la serre fort. Pourvu que le bébé ne se réveille pas, car il risquerait d'alerter les hommes blancs.

Le camion s'approche. Les deux hommes scrutent le désert par les fenêtres de la cabine. Mimitja entend clairement leurs voix. Elle n'a pas parlé anglais depuis de nombreuses années, mais elle connaît la langue de l'homme blanc. Elle comprend tout ce qu'ils racontent :

— Je l'ai vue, une femme avec un enfant. Elle portait quelque chose, un bébé peut-être.

— Tu as des hallucinations dans le désert, mon vieux. Tu vas t'y faire.

— Je te jure que je l'ai vue !

— Je ne dis pas le contraire. Il y en a un peu partout. Tu ne la reverras pas, à moins qu'elle ne veuille être vue.

Le camion passe au ras du bosquet où se cache Mimitja, qui demeure immobile jusqu'à ce que le véhicule ait disparu au loin et que la poussière soit retombée dans son sillage. Le seul risque de se faire repérer était le mouvement, car l'homme blanc est aveugle. L'immobilité le trouble. Il ne décèle rien dans les ombres de la nature.

Le danger étant passé, elle relâche son emprise sur sa fille et toutes deux se remettent à ramasser du petit bois. Le mari de Mimitja est à la chasse pour leur repas du soir. Elle ne s'inquiète pas pour sa sécurité. Il ne partage pas sa peur innée de l'homme blanc mais, pour elle, il ne se fera pas repérer.

Les souvenirs que garde Mimitja de la mission de Hermannsburg sont vivaces, même ceux des fois où elle pensait avoir été heureuse. Elle se rappelle comme elle aimait ses leçons à l'école de la mission et combien elle adorait chanter des cantiques lors des offices religieux, le dimanche. Hélas ! les bons souvenirs ont depuis longtemps fait place aux pleurs de sa mère et aux cris de ses sœurs en ce jour funeste, il y a dix ans. En revenant du puits, elle les avait entendues. Elle avait couru vers la hutte où elle vivait avec ses parents. L'homme du gouvernement était en train de faire monter de force ses deux petites sœurs dans une voiture. Elle entend encore la voix du missionnaire, l'homme en qui ils avaient une totale confiance, tandis qu'il retient sa mère :

— C'est pour leur bien, Lila ! C'est pour leur bien.

Elle croise alors le regard de sa mère et entend son appel désespéré :

— Va-t'en, Mimitja ! Enfuie-toi !

Elle avait obéi. À 14 ans, elle était forte et saine. Elle avait couru comme jamais.

À présent, Mimitja avait ses propres enfants et l'épreuve de sa mère avait pris un autre sens. Devenue mère à son tour, elle ne prend pas le risque de perdre ses petits.

Elle sait que les hommes qui sont dans le camion ne sont pas du gouvernement. Ce ne sont pas non plus des missionnaires, mais elle a eu vent de ces camions qui sillonnent les terres. Elle sait ce que font ces hommes. Ils ne volent pas les enfants. Ils offrent de l'argent aux gens et sympathisent avec eux. Ils font monter des familles entières dans leurs camions et ils les emmènent. Elle ignore où ils vont et elle n'a aucune envie de le savoir. En tout cas, ils prononcent toujours la même phrase : « C'est pour votre bien ».

On ne peut pas faire confiance aux hommes blancs.

Chapitre 8

Daniel avait vite découvert que le « milieu de nulle part », comme on décrivait volontiers la zone désertique de Maralinga, était en fait d'une beauté saisissante. L'intensité de sa propre réaction le surprenait. Les informations fournies lors des briefings à Aldershot n'étaient pas erronées. C'était avant tout une région plate, un peu broussailleuse, avec des dunes, au sud du village. Cependant, rien n'avait préparé Daniel à une telle magnificence, à la splendeur primitive et changeante du désert.

En tant qu'officier des transports, l'un de ses premiers devoirs avait été de se familiariser avec la région, surtout avec la route de Watson. L'accès au chemin de fer était essentiel pour le réapprovisionnement. La proximité du Trans-Australian Railway avait été un facteur déterminant pour le choix du site. Watson se trouvait à presque cinquante kilomètres au sud de Maralinga.

Un jeune soldat du nom de Toby accompagnait Daniel lors de cette expédition de reconnaissance, un sympathique garçon de 19 ans, originaire de Manchester, très volubile. La majorité des simples soldats britanniques étaient très jeunes. Certains n'avaient que 17 ans.

Ils étaient partis au petit matin, Daniel au volant de la Land Rover pour s'habituer au plus vite à la conduite dans le désert. La route de Watson ne posait aucun problème mais, sitôt dépassé l'embranchement ferroviaire avec son campement de cheminots, ils avaient parcouru dans le désert, sur des pistes sommairement dégagées, plus de cent kilomètres vers la principale route côtière qui menait à Ceduna, encore 220 kilomètres vers l'est, d'après Toby qui jouait les navigateurs. *Il est temps de rentrer*, songea Daniel qui céda le volant au jeune homme.

Durant le trajet vers le sud, Daniel avait admiré des paysages spectaculaires. Mais la conduite et les bavardages incessants de Toby l'avaient distrait. À présent, la brise d'automne lui caressait le visage par la vitre baissée. Le sentant impressionné, Toby avait gardé le silence, Dieu merci.

Ils traversèrent de vastes plaines parsemées d'arroches à l'infini, de petits buissons arrondis qui chatoyaient entre l'argenté et le gris-vert en fonction de la lumière, au gré des nuages et des ombres qui balayaient la terre, créant une impression de mouvement perpétuel, comme si la terre respirait. Au loin, des eucalyptus se profilaient telles des sentinelles. Au-delà des arroches et des bosquets d'eucalyptus, ils se trouvèrent soudain au cœur d'un paysage aride sans arbres ni feuilles de chaumes gris, sans vie, un peu effrayant. Plus loin encore, le lac salé formait une tache blanche qui se détachait sur fond orange. Ce furent les abords de Maralinga qui leur réservèrent leur plus grande surprise. Non loin de ces terres en friches se dressait l'Ooldea Range. À la limite sud-est de la plaine de Nullarbor, la terre vibrait, formant des ondulations colorées d'ocre rouge, avec une végétation non plus grise, mais d'un vert soutenu. Ici, le paysage prenait un petit air côtier, un paradis pour les paléontologues avec une abondance de fossiles marins rappelant que Nullarbor avait été sous la mer.

Au fil des semaines, tandis que Daniel s'accoutumait à la vie à Maralinga, l'aspect changeant du désert n'avait cessé de le fasciner. Ce jour-là, c'était un tout autre élément qui avait capté son regard. Un élément dont il ignorait l'existence au moment de son arrivée : les habitants de ces terres. Lors des briefings à Aldershot, on leur avait affirmé que la zone désertique de Maralinga était inhabitée. La population aborigène n'avait pas été évoquée une seule fois.

— Parfois, ils sont curieux et veulent dire bonjour, lui avait expliqué Pete Mitchell. Parfois encore, quand ils ont entendu parler de nous, ils s'approchent du camion et nous demandent de l'argent. S'ils ont peur, on ne les voit pas. Ou si tu en aperçois, comme aujourd'hui, ils se volatilisent en un clin d'œil. Ce sont des experts de l'invisibilité.

— Cela ne doit pas te faciliter la tâche.

— Et comment ! Mon boulot, c'est une blague !

Ils étaient installés dans un coin du mess des officiers, une bière à la main. Daniel avait évoqué la femme qu'il était persuadé d'avoir aperçue par la fenêtre du camion, dans l'après-midi. L'image de cette femme et de son enfant demeurait gravée dans sa mémoire.

C'était la première fois qu'il avait accompagné Pete Mitchell en patrouille et il était flatté d'avoir été convié, sachant que Pete n'était pas coutumier du fait. Daniel était arrivé depuis un mois et ils s'étaient liés d'amitié. Il le fallait bien, car ils partageaient une donga, une chambre pour deux, dans une rangée de baraquements préfabriqués en aluminium organisés selon un système de quadrillage constituant la structure de Maralinga. Chaque baraquement disposait de toilettes et de douches à une extrémité et abritait douze hommes. Il valait donc mieux sympathiser avec son camarade de chambrée. Pete Mitchell était un homme sec et hâlé de 40 ans qui ne se rasait qu'une fois par semaine. Il avait mis les choses au point dès le départ.

— Je n'étais pas ravi d'apprendre que j'allais encore cohabiter avec un *Engliche*, avait-il déclaré. Ton prédécesseur était un vrai pleurnichard. J'espérais avoir un Australien. On peut rêver ! On est sur une base britannique et nettement en minorité. Enfin, tu m'as l'air assez sympa, alors bienvenue à Maralinga.

Ces propos n'étaient pas tombés dans l'oreille d'un sourd. Dès lors, ils s'étaient bien entendus. Daniel était désireux d'apprendre et Pete n'hésitait pas à exprimer ses opinions en présence de ceux qu'il appréciait, dont Dan Gardiner.

Daniel le trouvait intéressant, mais étrangement agaçant. Même son nom était étrange.

— Mon prénom, c'est Petraeus. Ma mère était une Boer, les pionniers blancs d'Afrique du Sud, et Petraeus son nom de jeune fille.

Le père de Pete avait été tué dans la Somme et sa mère avait élevé ses cinq enfants dans une petite propriété de Tea Tree Well, à cent cinquante kilomètres au nord-ouest d'Alice Springs.

— Elle était enseignante au Transvaal. Elle avait grandi dans une ferme et était très dure.

Ce prénom insolite n'était que la première d'une série de paradoxes chez Petraeus Mitchell. Sa formation, par exemple. Cette incarnation du paysan de l'Outback était en fait un anthropologue hautement qualifié.

— C'est fou, quand on y pense, avait-il commenté avec un rire d'autodérision. J'ai eu la chance d'obtenir une bourse universitaire de l'AFA.

Face au regard interloqué de Daniel, il avait cru bon de préciser :

— L'association des amis des Aborigènes, fondée par un groupe de mondains riches et oisifs, pour la plupart, qui a néanmoins son utilité.

Il émit un de ses rires tonitruants.

— Tu parles d'un ami ! railla-t-il. Toutes ces années plus tard, je me retrouve à faire le sale boulot du gouvernement. Je suis le sale type qui paie les gens pour les chasser de leur terre.

Le titre officiel de Pete en tant que chef de patrouille était celui d'agent de liaison aborigène. On le surnommait « le caissier », ce qu'il acceptait de bonne grâce. Les paiements étaient son idée, après tout.

— Enfin, avait-il conclu en haussant les épaules, je suis bien payé et c'est mieux que de vivoter dans l'armée. Je ne me plains pas.

Le diplôme d'anthropologie de Pete Mitchell lui avait permis d'intégrer l'armée australienne au grade de lieutenant, en 1942. Il avait travaillé avec les autochtones de Papouasie-Nouvelle-Guinée en tant que garde-côte, en Nouvelle Guinée, pendant trois longues années. Après la guerre, ses études et son excellent dossier militaire avaient fait de lui le candidat idéal pour un poste au gouvernement. Dans les cercles du gouvernement fédéral, il s'était vite forgé une réputation d'intermédiaire pour tous les problèmes aborigènes. Nul ne savait comment ni pourquoi, mais il semblait comprendre les noirs et arrondissait les angles comme personne. Pour le projet Maralinga, Petraeus Mitchell était précieux. Nul autre que lui n'était plus qualifié pour ce poste. Il pouvait même loger dans les baraquements. Les quartiers des civils étaient réservés aux scientifiques et aux administrateurs du site, ainsi qu'aux officiels du gouvernement qui viendraient en avion pour les explosions.

Pete n'avait pas tardé à accepter la proposition.

— Ils me paient une fortune, les salauds, avait-il confié à Daniel. Et il faut bien que quelqu'un le fasse, ce boulot. Autant que ce soit moi. Au moins, je parle un peu le dialecte local, ce qui est un signe de respect, je suppose.

C'est la plus grosse contradiction, songea Daniel en buvant une gorgée de bière. Pete était bienveillant, au plus profond de lui. Son niveau de frustration n'avait pas transparu jusqu'à ce jour. Depuis qu'ils étaient rentrés de leur patrouille, il s'ouvrait vraiment à lui.

— L'attitude générale envers la situation des Aborigènes à Maralinga est une blague depuis le départ, poursuivit Pete en tirant sur sa cigarette. C'est ridicule d'afficher des pancartes en anglais. On a affaire à des gens qui ont un mode de vie primitif, pour l'amour du ciel ! C'est une blague quand un abruti de brigadier anglais dit aux locaux que, s'ils ont une plainte à formuler, ils doivent s'adresser au gouvernement ! Dans ce pays, les Aborigènes n'ont même pas le droit de vote ! C'est une blague que Butement, l'agent de liaison entre les Britanniques et l'équipe de soutien australienne, nous mette en garde contre le fait de placer les affaires d'une poignée d'autochtones au-dessus de celles du Commonwealth ! Et ce type est notre porte-parole ! Il est censé protéger ce pays ! Et donc les gens qui y vivent. Sauf que, pour lui, les noirs ne sont pas des êtres humains.

Pete finit sa bière d'une traite, conscient de s'être un peu laissé emporter, ce qui ne lui ressemblait pas.

— Bon Dieu, y'a des limites à ce qu'un homme peut faire ! grommela-t-il en s'essuyant la bouche du dos de la main. Mais Walter a raison. Autant leur déclarer la guerre, à ces malheureux.

— Qui est Walter ?

— Mon chef, Walter McDougall. Il se laisse un peu déborder par la situation…

Il n'est pas le seul, songea Daniel.

— … Je lui dis de ne pas le faire, de se contenter d'obéir aux ordres, d'envoyer les camions pour localiser les Aborigènes de la région, de communiquer avec eux et de leur dire de partir en leur proposant même de les transporter. On ne peut pas faire plus. Comme tu l'as constaté aujourd'hui, ils sont difficiles à repérer. C'est ce qui inquiète Walter. Que se passera-t-il quand les bombes exploseront ? Qu'est-ce qu'on fera des noirs, alors ?

La question semblait rhétorique. Il devait certainement y avoir une solution à un tel problème.

— Qu'est-ce qu'on fait dans ces cas-là, Pete ?

— On prie, mon vieux. C'est tout ce qu'on peut faire.

Pete écrasa son mégot de cigarette et se leva, mettant fin à la conversation. Il en avait assez. Il aimait bien le jeune Dan, mais c'était un idéaliste, ce gamin, et ces gens-là pouvaient être ennuyeux.

— C'est ma tournée, dit-il en se dirigeant vers le bar.

Une file de soldats des services de restauration attendaient avec des bouteilles sur des plateaux. Avec leur veste blanche et leur nœud papillon, ils ressemblaient à des pingouins. L'armée faisait vraiment son cinéma. En tant que représentant du gouvernement, Pete avait accès au mess des officiers. Il préférait toutefois la simplicité de la buvette.

Daniel avait détecté les signaux et se garda de l'importuner davantage avec ses questions. Pourtant, il y avait tant de choses qu'il voulait savoir ! Où Pete avait-il appris le dialecte des noirs ? Sûrement pas à l'université. Pourquoi faisait-il semblant d'être détaché ? Il était aussi mystérieux et plein de contradictions que ce pays.

Très chère Elizabeth,

Quel endroit étrange et contrasté ! Ces premiers jours d'hiver sont torrides comme en plein été chez nous. Et pourtant, les nuits sont très froides. Le désert est à la fois terrifiant et serein, à la fois laid et beau, bien plus varié qu'on ne peut se l'imaginer. Mais mêmes les zones les plus arides sont époustouflantes…

Daniel lui écrivait régulièrement, sur des sujets généraux en évitant toute description précise du site de peur d'être censuré. Il l'avait prévenue que le courrier entrant était sans doute lu également. Dès le départ, les autorités étaient claires, la sécurité était primordiale à Maralinga.

Ma chérie, tu ne devineras jamais la première chose que j'ai vue en descendant d'avion, lui avait-il écrit le soir de son arrivée. *Le chemin qui mène au petit terminal de l'aérodrome, pour passer les formalités, était bordé de lauriers-roses ! N'est-ce pas extraordinaire ? L'armée a planté des arbres à l'entrée de l'aéroport pour qu'on se sente à la maison. Le laurier-rose est apparemment l'une des quelques plantes à fleurs méditerranéennes à survivre ici. Je dois dire qu'ils ont produit l'effet escompté sur moi. Je me suis senti à l'aise. Ils n'étaient pas en fleurs, car l'hiver est proche. En revanche, ce sont bien les mêmes plantes que dans la serre de ton père. Il y en a à profusion. Je me suis rappelé ses explications, le soir de ton anniversaire, sur la ténacité du laurier-rose. Il me mettait à l'épreuve. Il savait que je t'aimais. Et je t'aime, Elizabeth. Plus que tu ne pourrais l'imaginer. Dis-moi que tout va bien. S'il se passait quelque chose, je prendrais le premier avion pour rentrer.*

Daniel attendit des nouvelles de la jeune femme avec impatience, en revivant leur dernier week-end ensemble, encore et encore, en savourant chaque moment. Il redoutait toutefois des « conséquences » éventuelles.

— Tu prépares le dîner ?

Il avait été sidéré quand elle le lui avait annoncé au téléphone. Elle n'avait pourtant jamais exprimé le moindre intérêt pour la cuisine. Il s'était même résigné à une vie conjugale dépourvue des bons petits plats de sa mère. Pour son dernier week-end à Londres avant son départ pour l'Australie, elle tenait à lui prouver son engagement en faisant cet effort. Elle avait acheté un livre de recettes et décidé de préparer un ragoût d'agneau.

Comme prévu, il était arrivé à 19 heures précises. Il flottait une légère odeur de brûlé, mais il ne fit aucun commentaire tandis qu'elle l'entraînait au salon. Dans un coin, elle avait dressé la table, sans oublier les chandelles. Elle était particulièrement ravissante, avec ses cheveux auburn et ses yeux sombres que rehaussait sa robe blanche toute simple à dos nu.

— J'ai acheté du bordeaux. Le vendeur m'a assuré qu'il était bon, dit-il en lui tendant la bouteille.

Outre la bière ou le panaché, Elizabeth ne buvait pas d'alcool, si ce n'était un verre de vin rouge de temps à autre, une habitude héritée de son père.

— Formidable, répondit-elle, on le boira avec la viande. Commençons par ça…

Elle désigna une bouteille de champagne, dans un seau à glace posé sur la table basse.

— Eh bien, c'est très chic ! J'ignorais même que tu possédais un seau à champagne.

— Je l'ai acheté ce matin chez Selfridges, en même temps que la cocotte.

Elle avait disparu dans la cuisine pour revenir avec un plateau de petits fours et deux flûtes à champagne.

— Tout ça vient de chez Selfridges, dit-elle.

Posant le plateau, elle était venue s'asseoir à côté de lui sur le canapé tandis que Daniel débouchait la bouteille.

— À ton premier ragoût d'agneau !

— À nous, à notre avenir et à l'espoir que je parviendrai un jour à cuisiner aussi bien que ta mère !

Ils avaient bu presque toute la bouteille, puis Elizabeth s'était retirée pour servir le repas, refusant l'aide qu'il lui proposait.

— Non, allume donc les chandelles. Les allumettes sont sur la table. Pendant que tu y es, débouche le vin. Le tire-bouchon est dans le placard.

Il avait obéi. Au moment où la jeune femme était revenue, il était sur le point de remplir le second verre de vin. Aussitôt, il avait constaté qu'elle était en peignoir.

Elizabeth avait pris une pose facétieuse sur le seuil de la cuisine.

— Je viens d'apprendre quelque chose : ne jamais cuisiner en robe blanche.

Daniel s'était mis à rire. Il s'entendait encore :

— Ma mère dit la même chose. Elle porte toujours un tablier.

Avec le recul, il n'en revenait pas de sa naïveté, mais il ne soupçonnait absolument rien.

— Éteignons le plafonnier pour plus d'intimité, avait-elle suggéré. Laissons une lampe et les chandelles. Ensuite, je ferai mon entrée.

Une fois la lumière tamisée, il s'était étonné qu'elle ne bouge pas.

— Tu as besoin d'aide ?

— Non merci. Je peux gérer cet aspect toute seule.

Elle fit un pas en avant et dénoua lentement la ceinture de son peignoir qui tomba à terre. Elle portait une nuisette rouge vif en soie légère qui caressait sa peau et soulignait ses courbes.

— Par quoi veux-tu commencer, Danny ? Le dîner ou moi ?

Il s'était trouvé incapable de détacher le regard d'Elizabeth. Dans le silence qui avait suivi, la stupeur du jeune homme était palpable. Il n'en croyait pas ses yeux, à la fois admiratif et incrédule, avec une expression presque comique.

— Je te recommande chaudement de me choisir. Le repas est un désastre, avait-elle susurré.

Daniel était resté figé, incapable de prononcer un mot.

Elle avait joué son rôle avec brio en effleurant sa nuisette du bout des doigts.

— Je sais ce que tu penses… Selfridges, ce matin. Eh bien non ! Elle vient de chez Harrods. Je l'ai achetée il y a quinze jours, quand tu m'as parlé de Maralinga.

Alors, seulement, Daniel avait perçu une certaine vulnérabilité sous la façade, le léger tremblement dans sa voix. Puis la peur, dans son regard, la peur d'avoir perdu son respect. Elle s'était méprise sur son silence. Il était simplement subjugué par son audace qui était à la hauteur de son amour pour lui. Il lui avait fallu du courage pour s'offrir à lui de la sorte. Il n'avait pas eu de mots pour exprimer ce qu'il ressentait. Naturellement, Elizabeth lui avait facilité la tâche.

— Tu as toujours été très belle en rouge.

Aussitôt, la crainte et les doutes s'étaient envolés et elle s'était approchée de lui, comme ce jour-là, dans le parc, un fantasme qui ne se réalisait généralement pas.

Il avait passé la nuit chez elle. Le lendemain matin, ils avaient fait l'amour à nouveau, mieux que la première fois, car il n'avait plus peur de lui faire mal.

— Perdre sa virginité est douloureux, c'est normal, avait-elle protesté.

Parfois, Elizabeth manquait cruellement de romantisme. La deuxième fois, ils s'étaient montrés plus tendres. Ils avaient pris le temps de s'explorer, de se donner du plaisir et d'en recevoir. Leurs corps ne faisaient plus qu'un.

Ensuite, ils étaient restés longuement enlacés. Daniel s'était émerveillé de la douceur de sa peau satinée. Il était fou d'amour, mais cette évolution dans leurs relations n'allait pas sans complications.

— On se mariera lundi matin, de bonne heure, avant mon départ pour Aldershot, avait-il déclaré.

— Non.

— Viens avec moi à Aldershot, alors. On se mariera là-bas. Je ne décolle que mercredi.

— Non. On se dit au revoir ce week-end, comme prévu.

— Elizabeth…

Elle s'était dressée sur un coude :

— Je n'avais pas l'intention de te faire du chantage au mariage, tu sais.

— Qui a parlé de chantage ? s'était-il exclamé en se redressant d'un bond.

Elle avait ri de son effroi, avant de poursuivre :

— C'est toi qui as pris toutes les décisions, mon chéri, et je les ai toutes respectées. Celle-ci me revient de droit, je trouve. Je t'aime et je voulais être vraiment ta femme avant ton départ. Je n'ai aucune intention de changer les règles.

Elle avait refusé de l'épouser. Il avait alors soulevé la question des éventuelles « répercussions », mais elle avait rejeté en bloc toute grossesse éventuelle. Elle avait étudié son cycle et n'était pas dans une période de fertilité. Le risque était négligeable.

En dépit de cette assurance, Daniel était inquiet.

Six semaines s'écoulèrent avant qu'il n'ait des nouvelles de la jeune femme – ou de quiconque, d'ailleurs. Le courrier devait être immobilisé quelque part en attendant le prochain vol. À moins qu'il ne soit à Maralinga, au bureau de poste, au bout de la route… L'armée censurait-elle vraiment la correspondance ? Comment en avoir la certitude ?

Il finit par recevoir cinq lettres à la fois, quatre d'Elizabeth et une de sa famille. Il ne décela aucun signe d'intervention sur les enveloppes. Peut-être se faisait-il des idées ? Il lut toutes les lettres de sa fiancée. La dernière remontait à trois semaines après son départ et elle venait de recevoir le premier courrier de Daniel.

Danny, mon chéri,

Je suis ravie, pour les lauriers-roses. J'ai appelé Papa pour lui en faire part et il m'a répondu qu'il imaginait très bien leur splendeur en plein désert. Selon lui, le choix de l'armée était très avisé.

Naturellement, je me rappelle cette première soirée, lorsqu'il t'avait mis à l'épreuve. Comment l'oublier ? J'étais la seule à ne pas savoir que j'étais amoureuse de toi.

La lettre se poursuivait sur le même ton. Il dut attendre la fin pour apprendre la nouvelle qu'il attendait avec impatience : *Au fait, je ne suis pas enceinte, alors inutile de rentrer précipitamment...*

Avait-elle oublié sa mise en garde à propos d'une censure potentielle ou bien n'en avait-elle que faire ? Elle s'en moquait. Pire encore, il soupçonnait presque que sa témérité était destinée aux regards indiscrets. Hélas ! il ne pouvait lui poser la question, car le courrier sortant faisait l'objet d'une censure stricte.

Au mois de juillet, deux mois avant le premier d'une série d'essais baptisée Buffalo, Maralinga était dans l'expectative. Le village et ses commodités étaient achevés et tout était prêt pour la venue de visiteurs. À plus de quarante kilomètres, sur le site des essais, la construction d'une tour métallique de 27 mètres pour suspendre la bombe n'était pas terminée. Les deux tours d'observation par caméra de Roadside, zone de lancement située à quinze kilomètres de l'explosion, étaient l'œuvre d'équipes spécialisées. Dans le village, les hommes n'avaient plus grand-chose à faire. La tradition militaire maintenait une certaine discipline, même si les conditions étaient assez faciles. Au centre du village, se trouvait une petite place d'armes où l'on hissait les couleurs britanniques et australiennes. Des soldats de différents régiments défilaient chaque jour sur les routes des alentours. Les cris de leurs sergents rompaient le silence du désert. En passant devant la piscine, ils suscitaient d'inévitables commentaires.

— On accélère, les gars ! lançaient les hommes à la brigade depuis les marches en béton menant au bassin. Vous pouvez faire mieux que ça !

L'un d'eux baissait parfois son maillot de bain pour exposer son postérieur à la patrouille, sachant pertinemment que, quelques jours plus tard, les rôles seraient inversés. Ce serait à son tour d'endurer le même spectacle depuis la route.

La piscine olympique, dotée de plongeoirs, avait une importance vitale lors des heures de loisirs. Elle jouxtait le terrain de volley-ball et le court de tennis. Sous la chaleur torride, elle procurait une fraîcheur bienfaisante. L'approvisionnement en eau n'était pas un problème. Durant la construction du village, elle était acheminée en camion-citerne depuis Watson. Depuis, l'armée avait creusé des puits et l'eau ne manquait pas. Le village disposait d'un immense réservoir qui dominait le paysage.

Maralinga disposait de nombreux équipements sportifs, de même que le village de tentes attenant à l'aérodrome tout proche. Un parcours de golf un peu incongru se déployait sur la plaine de terre rouge. La piste d'atterrissage servait aussi de terrain de cricket, le plus vaste du monde, sans doute. L'armée de l'air était hébergée dans des tentes reliées par des allées de planches desservant le mess et des réfectoires en bois et en tôle ondulée. Les autres militaires et le personnel civil vivaient au village de Maralinga qui comptait 550 résidents permanents et de quoi en loger jusqu'à 3 000 durant les périodes de pointe, comme lors des essais.

Pour limiter l'ennui et la frustration des hommes privés de permission, l'armée encourageait les compétitions sportives. L'élément le plus significatif était sans doute le stade, avec sa tribune et le nom de « Stade Durance » en grosses lettres au-dessus du portail métallique. Ce stade était un superbe exemple de l'impudence humaine dans un environnement aussi primitif. Parfois, il était le cadre de rencontres titanesques, car les Britanniques y jouaient au football, les Australiens aussi, selon leurs propres règles, et tous participaient aux rencontres de rugby avec un enthousiasme féroce.

Tout avait été prévu pour les loisirs, avec des salles à manger et des salons séparés pour les officiers et les sous-officiers, une cantine, une buvette pour les autres grades, un cinéma où l'on pouvait voir les comédies britanniques à succès ou les grandes productions hollywoodiennes.

Maralinga était une ville à part entière, avec des administrations, un hôpital, un bureau de poste, une caserne de pompiers et une chapelle. Il y avait des garages, des ateliers, des laboratoires et même un salon de coiffure et une boulangerie. Ces services étaient installés, pour la plupart, dans des bâtiments préfabriqués séparés par des rues aux noms familiers, bordées de casuarinas. Pour les Britanniques, il y avait London Road, Oxford Street, Cardiff Road et Belfast Street. Pour les Australiens, Perth Road, Canberra Road, Sydney Road, Melbourne Street et Adelaide Crescent. On trouvait même une Ottawa Street pour les ingénieurs canadiens des équipes de détection des radiations.

Toutefois, malgré cet air de village et les installations, il manquait un aspect social à Maralinga. Il manquait la camaraderie des militaires enfermés dans une base militaire. Même avant le début des essais, il était manifeste que c'était un territoire militaire au sein d'un état. À trois kilomètres du village se trouvait la zone, très fermée et très surveillée, où les visiteurs, munis d'une autorisation, n'entraient que sous escorte de la police militaire. C'était là que se trouvaient les laboratoires où était stocké le plutonium et où les bombes étaient fabriquées. Les soldats du rang, qui n'étaient en rien engagés dans les activités scientifiques, étaient néanmoins tenus au secret par la politique de confidentialité en vigueur à Maralinga. Chaque homme travaillait dans son domaine d'expertise et les amitiés entre les différents services n'étaient pas encouragées. En dehors du travail, les conversations de nature professionnelle étaient mal vues.

C'était sans doute la raison pour laquelle la piscine et le stade étaient si prisés. Les hommes pouvaient y être eux-mêmes. C'était aussi pourquoi Daniel appréciait tant la compagnie de Pete Mitchell. Pete ne parlait peut-être pas beaucoup de lui mais, quand il était d'humeur, il discutait volontiers de son travail, avec parfois une irritation que Daniel comprenait.

Ce soir-là, Pete était affable et d'humeur bavarde :

— Ce que ces crétins ne comprennent pas, c'est que ces terres sont une véritable autoroute pour les Aborigènes.

Il reposa brutalement sa pinte de bière sur la table et s'essuya la lèvre supérieure, un geste qui lui était familier.

Ils se trouvaient au mess des officiers, plus bondé que jamais car des équipes d'experts étaient arrivées pour les premiers essais prévus quelques semaines plus tard. Au centre du village régnait une grande agitation. Les hommes émergeaient de la salle à manger des VIP, réservée aux visiteurs de haut rang, et se promenaient sur la place, verre et cigare à la main. De l'autre côté des cuisines communes, se dressait le réfectoire des non-gradés d'où sortaient les soldats pour gagner la buvette, malgré la fraîcheur de la soirée. L'ennui avait fait place à une certaine impatience, à Maralinga.

— Tu vois, quand on a envisagé ce site, poursuivit Pete sans se soucier de la foule qui l'entourait, la source d'Ooldea était un élément clé. Mais les scientifiques et les militaires sont incapables de considérer un peuple vieux de quarante mille ans comme un peuple intelligent. Il suffit d'avoir un peu de bon sens pour comprendre qu'une réserve d'eau permanente située au sud serait la destination ultime d'un peuple nomade.

Daniel acquiesça. Ils n'avaient bu que la moitié de leur première tournée de bières et Pete était aussi volubile qu'après plusieurs verres. Sans doute avait-il avalé une bonne quantité de whisky lorsqu'il avait regagné la chambrée, avant de le rejoindre au mess. Pete se rendait régulièrement à Ceduna pour acheter quelques bouteilles. Il buvait beaucoup.

— Le point d'eau d'Ooldea est un lieu de rassemblement important. Les gens viennent de partout. Même les Arrernte des montagnes du centre, vers chez moi. Ooldea est plus qu'un point d'eau, c'est un lieu d'échanges, de commerce, de cérémonies. Depuis la nuit des temps, les autochtones se rassemblent à Ooldea. C'est pourquoi Daisy Bates y a installé son camp.

— Daisy Bates ?

— Oui, fit Pete d'un air énigmatique. Une femme remarquable, très célèbre. Je m'étonne que tu n'aies pas entendu parler d'elle.

Daniel parut vexé, mais Pete haussa les épaules. Ce gamin était un Anglais, après tout. Il ne pouvait connaître Daisy Bates. La majorité des Australiens l'ignorait également. Pete sentait qu'il était un peu éméché. Peu lui importait. Il aimait apprendre des choses au jeune homme. Dan était le seul qui semble vaguement s'intéresser au sort des Aborigènes.

— Daisy Bates était d'origine irlandaise. Je l'ai rencontrée une fois à Adelaide, juste avant la guerre, à l'occasion d'une conférence pour la promotion de son livre. Malgré ses plus de 70 ans, elle était toujours impressionnante. Une femme superbe, grande et altière, très victorienne, avec son petit chapeau et ses petites lunettes. Difficile de l'imaginer en plein désert, vivant avec les noirs. C'est pourtant ce qu'elle avait fait. En 1919, elle avait planté sa tente près de Wynbring Siding, à l'est d'Ooldea, pour fonder une sorte de dispensaire pour femmes. Elle y est restée seize ans.

— Elle était missionnaire ? s'enquit Daniel, captivé.

— Oh non, au contraire ! Elle ne voulait pas convertir les Aborigènes, mais les protéger contre l'influence de l'homme blanc qui, selon elle, allait les détruire. Elle a consacré sa vie aux Aborigènes, à noter leur langue, leur culture, à soigner les malades, à s'occuper des enfants. Le gouvernement a reconnu son action et elle est très respectée des anthropologues. Elle ne s'est toujours souciée que des gens.

Pete s'interrompit le temps de boire une longue rasade de bière, puis il reprit :

— Ses histoires sont vraiment incroyables. Quand du bétail arrivait par le train et était abattu au bord des voies pour nourrir les cheminots, le long de la ligne, Daisy Bates attendait avec une brouette, toujours bien habillée. Elle ramassait les têtes de moutons et les tripes et emportait le tout pour nourrir les familles aborigènes venues vers elle.

Il finit sa bière.

— Une femme remarquable, je te dis.

Daniel attendit la suite, en vain.

— C'est ma tournée, annonça Pete.

— Qu'est-elle devenue ? demanda vivement Daniel avant que Pete ne se lève.

— Elle est morte à plus de 90 ans, il y a quelques années.

Mille questions se bousculaient dans la tête de Daniel, mais il se résigna à patienter car l'appel de la bière était prioritaire.

— Salut Pete ! Dan ! On manque de place. On peut se joindre à vous ?

En levant les yeux vers le beau visage de Gideon Melbray, Daniel se rendit compte que le moment de grâce était passé. Ils ne parleraient plus de Daisy Bates lors de la prochaine tournée. Elle faisait partie de ces petits aperçus de la vie des Aborigènes que Pete ne racontait qu'à lui car, à son avis, personne d'autre ne s'y intéressait.

— Salut, Gideon, dit Pete en se levant. Nick, ça fait un moment que je ne t'avais pas vu.

Il tendit la main à l'Australien d'une quarantaine d'années qui accompagnait Gideon, un colonel.

— Les huiles te mènent la vie dure ?

— En quelque sorte, fit Nick avec un sourire désabusé. J'ai passé quinze jours à Canberra. C'est bon de retrouver la civilisation.

Pete lui rendit son sourire. Les deux hommes avaient servi dans des domaines très délicats sur le plan diplomatique. Pete était conscient des négociations que Nick Stratton devrait mener lors des prochains mois. Il n'était déjà pas facile de ménager deux responsables, mais gérer la presse par-dessus le marché… Il n'aurait pris la place de Nick pour rien au monde.

— Je vais chercher des bières pour Dan et moi. Vous en voulez aussi, les gars ?

Gideon et Nick brandirent leurs pintes presque pleines.

— Installez-vous, alors. Je reviens tout de suite.

Pete s'étonnait d'apprécier Nick à ce point. Bien que ce soit un vrai militaire, il l'admirait, peut-être parce qu'il était intègre et ne risquait pas de sacrifier les autres pour son profit. *Ce que je n'ai pas été capable de faire moi-même*, songea-t-il amèrement.

— Vous vous connaissez, tous les deux ? demanda Gideon.

Daniel se leva de table.

— Pas officiellement, répondit Nick, affable, en tendant la main. On s'est croisés dans la piscine, je crois.

— Colonel Nick Stratton, lieutenant Dan Gardiner, dit Gideon.

— Enchanté, colonel, déclara Daniel.

Nick songea à lui proposer de l'appeler par son prénom quand ils étaient au mess, puis il se ravisa. Le lieutenant était anglais et sans doute attaché au protocole.

— Ravi de vous rencontrer, lieutenant.

Gideon et Nick approchèrent deux chaises.

— Dan est dans les transports. On travaille souvent ensemble, raconta Gideon à Nick. Dan, Nick est notre intermédiaire officiel.

Face au regard troublé du jeune homme, il crut bon d'ajouter :

— Un agent de liaison entre les organisations de défense britannique et australienne. Il sera bientôt la fenêtre de Maralinga sur le monde, ajouta-t-il avec emphase.

— Arrête, Gideon !

Ce dernier ignora la mise en garde. Il éprouvait un malin plaisir à briser les règles de confidentialité qui, selon lui, ne le concernaient pas.

— Ce ne sont pas des informations secrètes. Tu es l'officier chargé de la communication avec la presse, en plus. Tu seras bientôt la voix de Maralinga. Le monde entier aura les yeux…

— D'accord, tu as donné ton point de vue. Je préférerais que tu t'en tiennes aux faits.

Sans être agressif, le ton de Nick était sans réplique. Gideon était amusant et, comme tant d'autres, Nick appréciait sa compagnie, car il était précieux pour la vie sociale de Maralinga. Selon lui, la politique du secret des Britanniques n'était pas seulement incompatible avec les Australiens, mais elle était inutile. Tant que la sécurité n'était pas menacée, on pouvait encourager les amitiés entre des hommes à ce point isolés. Cependant, Gideon en faisait parfois un peu trop et pouvait être irritant.

— Tu n'as qu'à me les fournir, ces faits, rétorqua Gideon avec un sourire. Cela irait, hélas ! à l'encontre du devoir de confidentialité.

Il rendit les armes d'un air espiègle. Il connaissait toujours les limites et ne voulait surtout pas offusquer Nick.

Gideon était attiré par le colonel, il devait l'admettre. Les hommes robustes lui avaient toujours plu. Nick était brun et large d'épaules, avec de faux airs de Gregory Peck. En d'autres temps, d'autres lieux, peut-être... Mais non. Il n'y gagnerait qu'une fracture de la mâchoire. Enfin, il y avait tant de conquêtes à faire...

— Qui va remporter le match de demain ? s'enquit-il avec un clin d'œil pour Daniel. Je parierais à deux contre un sur nous.

Lorsque Pete réapparut avec deux bières, Gideon était intarissable sur la rencontre de rugby.

— Tu veux parier, Pete ? lui proposa-t-il en notant les paris dans son calepin.

Dan et Nick posèrent quelques billets sur la table.

— Quelles sont les cotes ?

— Deux contre un pour les Britanniques, trois contre un pour les Australiens.

— J'en suis, dit Pete en sortant une coupure de cinq livres.

Gideon n'avait pas tardé à se faire apprécier partout. Tout le monde le connaissait, ou presque. Même ses compatriotes, qui jugeaient son comportement déplacé parfois, respectaient ses talents. Gideon ne jouait plus la carte de la beauté. Il ne brillait que par ses exploits sportifs, une qualité précieuse dans ce milieu masculin. Il avait dû s'incliner face aux Australiens en natation, mais c'était un footballeur hors pair, un excellent rugbyman et il réalisait des prouesses en athlétisme.

Gideon Melbray s'était infiltré dans tous les recoins de Maralinga, y compris dans la zone la plus sécurisée pour laquelle il avait un laissez-passer. Il n'avait pas eu besoin d'une intervention de Harold Dartleigh pour cela. La nécessité avait suffi. N'était-il pas chargé des réquisitions ? Tout le monde avait besoin de fournitures, y compris les scientifiques dans leurs laboratoires. Ceux-là mêmes à qui sir William Penney avait ordonné de n'obéir qu'à lui et de ne pas se laisser intimider par lord

Dartleigh. Ils ne soupçonnaient pas qu'ils accueillaient régulièrement en leur sein un agent du MI6. La couverture de Gideon était parfaite, tout comme sa personnalité collait à son rôle.

— Plus que trois semaines ! Je dois dire que je trépigne d'impatience.

Une heure et quelques tournées plus tard, le mess était bondé et Gideon devait presque s'égosiller pour se faire entendre.

— C'est palpitant, non ? Une explosion nucléaire, sous nos yeux ! Enfin, ce serait stupide de regarder, car nous serions aveuglés, mais vous voyez ce que je veux dire. Qui a déjà assisté à un tel événement et survécu pour le raconter ?

Il leva son verre aux forces qui rendaient tout cela possible et finit sa bière d'une traite.

Daniel observa Nick Stratton. L'exubérance de Gideon n'avait pas sa place au mess des officiers. Le colonel partageait son avis. En croisant son regard, Daniel y lut : *soyons honnêtes, il ne fait qu'exprimer l'opinion générale.*

Chapitre 9

Le de Havilland Heron effectua un atterrissage en douceur puis freina brutalement avant de se laisser guider vers l'aire de stationnement. Une sélection extraordinaire d'appareils y était déjà garée, des robustes avions de transport Hastings aux Heron et Dove réservés aux VIP, en passant par les Shackleton utilisés pour la météorologie, sans oublier les Dakota, Vulcan et bombardiers Canberra équipés pour prélever des échantillons d'air après chaque explosion nucléaire. À une semaine du premier essai de la série Buffalo, l'aérodrome de Maralinga offrait un spectacle de choix.

Daniel aurait aimé le décrire à Elizabeth dans une lettre. Il mourait d'envie de partager cette expérience avec elle. *Au moins, il y avait les lauriers-roses*, songea-t-il en admirant la profusion de fleurs rouges, roses et blanches qui bordaient l'allée menant au terminal. En ce début de printemps, les lauriers-roses du désert étaient encore plus chatoyants que leurs homologues anglais. *Alfred Hoffmann serait impressionné*, songea-t-il en reportant son attention sur le Heron d'où Harold Dartleigh était en train de descendre.

Cinq minutes plus tard, il se présenta à lui.

— Bonjour lord Dartleigh. Lieutenant Gardiner. Je suis chargé de vous conduire à Maralinga, où vous résiderez.

— Très bien, répondit Harold en regardant à peine le jeune homme.

Il chercha des yeux un comité d'accueil plus digne de son rang.

Daniel s'empressa de respecter les instructions de son colonel :

— Sir William Penney vous transmet ses excuses, monsieur. Il aurait aimé vous accueillir personnellement, mais…

— Bon Dieu, sir William a bien mieux à faire ! De plus, c'est loin d'être ma première visite. Ne faisons pas de manières.

Pour Harold, l'absence de William Penney était un message clair. Lors de ses deux dernières venues, aux débuts du chantier, puis pour les premiers tests préliminaires, Penney était venu le chercher. Son absence affirmait qu'il était le seul maître à bord et que le directeur-adjoint du MI6 n'était là qu'au titre d'observateur. Harold ne voulait pas s'en offusquer. Il n'avait que faire des attaques personnelles et avait ses propres méthodes pour obtenir secrètement le contrôle qu'il désirait. Gideon n'avait sans doute pas chômé, ces derniers mois.

— Gardiner, c'est ça ? demanda-t-il tandis qu'ils se mettaient en route pour le village, après que Daniel eut chargé ses deux sacs à l'arrière de la Land Rover.

— C'est ça, monsieur.

— Et votre prénom ?

— Daniel, monsieur.

— Très bien, Dan.

Dans ces situations, Harold aimait avoir l'air détendu et sympathique.

— Quelle belle journée ! Pas un souffle de brise. Espérons que les conditions restent aussi bonnes la semaine prochaine !

— Absolument, monsieur.

— Remarquez, on ne sait jamais trop ce qui se passe, ici.

Il leva les yeux vers quelques nuages épars dans le ciel limpide.

— Il pourrait y avoir des problèmes de vent imprévus. La décision finale est entre les mains de quelques personnes. Nous serons à la merci des météorologues, sans doute.

— Sans doute, monsieur.

Aux abords du village, Harold ordonna à Daniel de le déposer au quartier général, où son bureau était occupé par son assistant, un jeune employé. Le bâtiment consacré à l'hébergement des VIP était proche du QG de toute façon, et il n'avait pas besoin de se rafraîchir.

— Je viens d'Adelaide, expliqua-t-il au jeune lieutenant. Ce n'est pas loin.

Arrivé en Australie dans le confort relatif d'un vol commercial Qantas Airways, Harold avait passé quelques jours à Adelaide pour ne gagner Maralinga qu'au moment des ultimes briefings précédant les essais. Il ne voyait aucune raison de s'attarder plus longtemps que nécessaire en plein désert. Cela dit, il avait conclu qu'Adelaide ne valait guère mieux.

— Merci beaucoup, Dan, dit-il en récupérant ses sacs.

— Je vous en prie, monsieur.

Mais Harold Dartleigh lui tournait déjà le dos pour se diriger vers la porte du QG. Il avait la tête ailleurs. Il ferait mine de s'intéresser aux rapports assommants remis à Ned Hanson, puis il enverrait Ned déjeuner. Une entrevue privée avec Gideon se révélerait bien plus intéressante.

Elle le fut.

— J'ai réussi un sacré coup, fanfaronna Gideon, alangui dans un fauteuil en rotin, face à Harold.

Le deuxième service était en cours à la cantine. Il n'y avait pas grand monde dans le bâtiment et nul ne l'avait vu entrer dans le bureau de Harold. Cela n'avait guère d'importance, en réalité, car Gideon se montrait partout dans le village.

Harold ne lui répondit pas et attendit la suite. L'arrogance de Gideon l'agaçait. En général, il avait une bonne raison de se conduire ainsi. Il décida donc de ne pas y faire attention.

— J'ai mis le téléphone de cinq scientifiques clés sur écoute…

— Ah oui ?

Harold lui pardonna aussitôt son arrogance.

— Y compris celui de sir William Penney.

— Bon sang ! s'exclama Harold, hilare. Il ferait une de ces crises s'il le savait !

Cette pensée lui procura une intense satisfaction.

— Bien joué ! Comment as-tu fait ?

— Ils ont un tel ego que c'est facile, fit Gideon, désinvolte.

Il ne se sentait plus de joie. Il aimait tant impressionner Harold !

— Ils voulaient pouvoir communiquer entre eux directement, sans passer par le standard. Je leur ai donc fourni des appareils interconnectés, de beaux combinés rouge vif. Ils ont adoré ce détail. Le sixième se trouve dans mon bureau, à l'entrepôt. Dès que la lampe s'allume, je peux écouter n'importe lequel d'entre eux.

— Excellent travail ! C'est bien.

— Je dois dire que, pour la plupart, ils sont terriblement rasoirs.

Gideon feignait encore la nonchalance face aux compliments de Harold.

— En général, je ne comprends pas la moitié de ce qu'ils racontent. Cependant, il y en a un que tu trouveras sûrement très intéressant.

Harold lut dans son regard pétillant qu'il avait fait une découverte.

— Je t'écoute.

— Le docteur Melvyn Crowley, le chef pathologiste, très mégalomane, énonça triomphalement Gideon. Crowley considère Maralinga comme un terrain d'expérimentation idéal à tous les niveaux. L'utilisation de cobayes humains était déjà prévue, dans une certaine mesure, mais il trouve que, au nom de la science, il faut profiter pleinement de l'isolement de Maralinga et de ses avantages. En ces temps troublés, la fin justifie les moyens, pour Crowley.

— Tu le sais grâce à tes écoutes téléphoniques ? s'étonna Harold.

— Pas tout à fait, mais ses querelles avec Penney sont éloquentes. S'il partage le même objectif, Penney rechigne à pousser les choses à l'extrême, au contraire de Crowley. Je l'ai appris par le bouche-à-oreille, précisa Gideon. Melvyn est frustré dans son travail et a besoin de s'exprimer, de s'extérioriser. Comme tu le sais, j'ai toujours su écouter les gens…

— Bon sang! je t'avais dit de ne pas faire de bêtises ici, s'agaça Harold. C'étaient mes ordres.

— Et j'ai obéi à la lettre, assura Gideon d'un air innocent. C'était mon boulot, rien de plus. J'ai encouragé ce type à parler et il l'a fait. Ce n'est pas ma faute si Melvyn Crowley est attiré par moi… conclut-il avec un sourire diabolique.

L'agacement de Harold s'envola aussi vite qu'il était venu. Gideon était très fort. Il l'avait compris dès le départ et c'était la raison pour laquelle il l'avait recruté. Harold Dartleigh était aussi fier des qualités de son protégé que des siennes propres.

— Dis-moi en quoi Crowley est intéressant.

Ayant réussi son petit effet, Gideon cessa de jouer les indifférents.

— Crowley veut désespérément être libre de prendre des décisions que, selon lui, les autres n'osent pas prendre. Il dit que tous les scientifiques veulent exploiter à fond les possibilités d'expérimentation qu'offre Maralinga, mais les plus chevronnés d'entre eux ont peur du scandale si le public l'apprenait.

— Donc Crowley a besoin de l'approbation d'une source supérieure. Excellent… fit Harold avec un petit rire satisfait.

— En obtenant cette approbation, il te procurerait certainement tous les détails que Penney veut garder pour lui. Les rapports prudents qui arrivent par Ned Hanson, tu pourrais les jeter par la fenêtre.

— Excellent, Gideon. Je rendrai visite à Melvyn Crowley pour lui assurer qu'il a l'approbation et la protection du MI6. Après tout, les expériences menées à Maralinga sont dans l'intérêt de la Grande-Bretagne. Le docteur Crowley rend service à notre pays.

— C'est sûr, admit Gideon.

Ils échangèrent le sourire d'une équipe qui vient de marquer un point.

Les propos de Harold, dans la voiture, en venant de l'aéroport, se révélèrent prémonitoires. Après des mois de préparation méticuleuse, tout était en place pour le premier essai de l'opération Buffalo, également appelé One Tree. La décision finale était entre les mains des météorologues. Leurs prévisions n'étaient pas favorables. Pour éviter de contaminer le village de Maralinga et la gare ferroviaire de Watson, au sud, un vent puissant était nécessaire pour pousser le nuage vers l'est, le nord ou l'ouest pendant au moins vingt-quatre heures. Cependant, les vents fluctuaient et, pour chaque jour qui passait, un nouvel essai était annulé. Cette attente commençait à être pesante. Les soldats à qui on avait promis de l'action étaient agités. Si une querelle éclatait à la buvette, on poussait les protagonistes à en venir aux mains pour distraire les autres hommes, qui avaient besoin d'apaiser leur impatience, leur ennui et les déceptions répétées.

Chez les scientifiques aussi, les esprits s'échauffaient. Ces reports des essais jouaient sur leurs nerfs. Nul n'était plus frustré que sir William Penney.

— C'est de la procrastination politique, colonel, se plaignait-il en privé à Nick Stratton après le sixième lancement avorté. La commission de sécurité exagère à tel point que c'est ridicule!

L'Atomic Weapons Tests Safety Committee (AWTSC) avait déconseillé le dernier essai en date à cause d'un risque de retombées avec les pluies prévues sur Adelaide et Melbourne. Sir William était farouchement contre. Selon lui, le degré de contamination, si un tel incident survenait, aurait été négligeable.

— Le taux de radioactivité dans les eaux de pluie a été amplifié de façon disproportionnée par des fauteurs de troubles politisés, poursuivit-il. Le comité doit le reconnaître. Il faut contacter Menzies pour le mettre en garde contre cette forme d'ingérence qui est contreproductive.

Sans un mot, Nick écoutait attentivement Penney défouler sa colère. Que pouvait-il dire? Il était totalement d'accord avec les conclusions de l'AWTSC. En fait, lors de sa réunion de la veille avec les membres du comité, il avait ouvertement soutenu leur décision, ce qui ne lui ressemblait pas. Son travail n'était pas d'émettre des opinions, mais de fournir des rapports et d'assurer la communication, ce qui exigeait une bonne dose de diplomatie et de retenue. En l'occurrence, toutefois, il avait été incapable de résister au besoin d'exprimer son assentiment. Pour lui, c'était la première décision du comité qui prenait les intérêts de l'Australie en compte.

Le colonel Nick Stratton n'avait pas un rôle facile. En tant qu'agent de liaison du ministère australien de la Défense auprès du ministère britannique de la Défense et des services de la recherche sur les armes atomiques de sir William Penney, son principal allié aurait dû être l'AWTSC. Les membres fondateurs du comité étaient Ernest Titterton, professeur de physique nucléaire à l'Australian National University, Alan Butement, responsable scientifique de l'Australian Commonwealth Department of Supply, le ministère de l'Industrie, et Leslie Martin, professeur de physique à l'université de Melbourne et conseiller scientifique au ministère de la Défense. Tous trois étaient d'éminents scientifiques très chevronnés dans le domaine de la défense Les gouvernements britannique et australien avaient approuvé leur nomination au sein du projet Maralinga. Mais le déséquilibre était flagrant : des trois hommes, Martin était le seul Australien de naissance. Titterton et Butement étaient des Britanniques ayant accepté un poste en Australie après-guerre. Ils avaient surtout acquis leur expérience scientifique en travaillant sur des projets de défense américano-britanniques top secret. Pour Nick, il était évident que ces hommes seraient loyaux envers leur patrie. Il savait aussi que Leslie Martin était un peu mis à l'écart. Parfois, il n'avait pas accès aux données fournies à ses homologues.

Nick Stratton était peut-être l'un des rares Australiens à savoir que son pays avait une représentation fausse de l'aspect scientifique de Maralinga. Il était aussi l'un des rares à savoir pourquoi. La situation était délicate et dictée avant tout par les relations anglo-américaines.

Après la guerre, le gouvernement des États-Unis avait décidé que le moyen le plus sûr d'entraver la prolifération atomique était de garder la mainmise sur la technologie. Privés du soutien de leurs anciens alliés, les Britanniques s'étaient tournés vers l'Australie pour obtenir des structures permettant les essais nucléaires. Ils se retrouvaient ainsi dans une situation inconfortable. Grâce à leurs essais nucléaires, ils espéraient relancer les relations anglo-américaines mais, s'ils impliquaient les Australiens sur le plan scientifique, ils contreviendraient à la politique de non-prolifération des États-Unis, une situation aggravée par la méfiance innée des Américains vis-à-vis des mesures de sécurité australiennes.

Ernest Titterton et Alan Butement constituaient la meilleure solution. Ils étaient qualifiés pour représenter le pays hôte sans être australiens. De plus, ils étaient très respectés dans le monde scientifique américain, car ils avaient largement contribué à des projets atomiques pendant la guerre.

Pour ménager les Australiens, la Grande-Bretagne avait convié Leslie Martin dans l'équipe, de mauvaise grâce et, au départ, en tant qu'observateur. L'éminent physicien nucléaire Mark Oliphant, le meilleur spécialiste australien de l'énergie atomique, avait été délibérément exclu, ce qui était un affront. Pour les Américains, Oliphant avait des idées trop marquées qui constituaient un risque sur le plan de la sécurité.

Nick était conscient des problèmes. Il était de son rôle d'identifier tous les éléments et d'agir en conséquence. Les Britanniques redoutaient d'effrayer les Américains et les Australiens étaient prêts à tout pour ménager les Anglais. L'Australie avait besoin de la Grande-Bretagne et celle-ci avait besoin des États-Unis et il se trouvait au milieu de la bagarre. Bientôt, il affronterait aussi la presse australienne. Après l'explosion, il serait la voix de Maralinga auprès du public et, en théorie, le porte-parole de toutes les parties concernées.

Nick Stratton avait un travail difficile dans le meilleur des cas. Parfois, ses batailles livrées en Nouvelle-Guinée ou sur les champs de bataille de Corée lui semblaient plus faciles.

— Je compte sur vous, colonel, conclut sir William Penney à l'issue de sa diatribe. Je me rends compte que ma requête est un peu limite, sur le plan de l'éthique, mais vous pouvez certainement user de votre influence sur la commission de sécurité. Il faut qu'ils comprennent que ces retards non nécessaires ne peuvent être tolérés.

Nick se rappelait le regard qu'il avait échangé avec Leslie Martin lors de la réunion de la veille, tandis que Titterton et Butement avaient hésité à annuler le lancement.

— Je suis d'accord avec Leslie, avait-il déclaré à la stupeur générale, y compris la sienne. Mieux vaut ne pas prendre le risque.

Le robuste Australien lui avait adressé un clin d'œil peu subtil tandis que Titterton avait lissé ses cheveux parfaitement coiffés et que Butement avait essuyé, pour la énième fois, ses lunettes. Tous lui en voulaient d'avoir exprimé son opinion et appréciaient encore moins qu'il puisse l'exprimer ailleurs. En parlant, Nick avait fait des remous.

— Bien sûr, sir William, disait-il à présent. Je vous promets de faire tout ce qui est en mon pouvoir pour peser sur le comité.

— Merci, colonel. Plus vite on avancera, mieux cela vaudra pour tout le monde.

Pour une fois, Harold Dartleigh était d'accord avec William Penney. Si seulement ils pouvaient la faire sauter, cette foutue bombe, qu'on en finisse ! Il restait en dehors du débat politique, qui n'était en rien son domaine et l'ennuyait prodigieusement de surcroît. Son entrevue avec Melvyn Crowley avait été bien plus à son goût et plus constructive.

Même sans le portrait que Gideon avait dressé de lui, Melvyn était tel que Harold se l'imaginait : terne. Court sur pattes, le crâne dégarni, chétif, binoclard, le scientifique typique, selon lui. Cet homme avait quelque chose de très familier : une lueur maniaque dans le regard que même les verres épais de ses lunettes ne parvenaient pas à dissimuler. Crowley était de ceux qui se faisaient harceler à l'école. Fort de son petit pouvoir, il faisait désormais payer les autres. Harold connaissait bien ce genre de personne, comme tout ancien élève d'une école privée anglaise et huppée.

Le docteur Melvyn Crowley, membre de l'illustre équipe de recherche médicale de Birmingham, dirigeait la principale unité de pathologie, située dans la zone de décontamination et de radiobiologie, dite DC/RB, située à plus de deux kilomètres à l'est du village. Son accès était très limité. C'était là que l'on stockait le plutonium et que l'on fabriquait les bombes. Il y avait aussi les laboratoires et les unités de décontamination, une série de modules blancs reliés entre eux. Les personnes présentant un fort taux de radiation y subiraient un processus de décontamination intense.

Si Harold n'avait pas eu besoin d'autorisation pour pénétrer dans la zone DC/RB, un membre de la police militaire l'avait accompagné au bureau de Crowley « pour sa propre sécurité », lui avait-on dit. Apparemment, même le directeur-adjoint du MI6 n'était pas libre de déambuler à loisir dans le cœur secret de Maralinga.

Harold avait souligné la nature informelle de sa visite. Il passait juste « pour dire bonjour et saluer le travail formidable de toute l'équipe ». Avant de boire une tasse de thé avec Crowley, il avait remarqué qu'il lorgnait le jeune assistant venu leur apporter un plateau, encore un signe qu'il décelait grâce à ses années de pensionnat. Crowley refoulait certainement une homosexualité qu'il n'avait pas le courage d'assumer. En tout cas, il vivait dans un état de lubricité chronique. Sans doute se soulageait-il en fréquentant de temps à autre un prostitué quand il en avait le temps et l'occasion. Pas étonnant que Gideon ait trouvé une ouverture…

Insidieusement, Harold avait incité Crowley à parler.

— J'imagine que ces reports sont frustrants pour un homme de votre niveau, docteur Crowley. Vous devez être sur des charbons ardents.

— Oh ! je suis sûr qu'on pourra rattraper notre retard après le premier lancement, répondit-il avec une certaine retenue. Au début d'une série, on est toujours un peu trop prudent.

— Ce n'est pas en étant trop prudent qu'on remportera la course, n'est-ce pas, Melvyn ? Lors d'une bataille mondiale pour la suprématie nucléaire, la prudence n'est pas le mot-clé. La Grande-Bretagne devrait exploiter chaque avantage, non ?

Gideon avait vu juste. Il ne fallait pas grand-chose pour débrider Crowley. En revanche, il s'était trompé sur un point : Crowley n'était pas seulement mégalomane. C'était aussi un esprit d'une intelligence vive.

— Nous choisissons des officiers de rang intermédiaire et ambitieux pour stimuler leur fibre héroïque, Harold. C'est là notre secret.

Melvyn s'était vite emparé de la notion que, étant tous deux des visionnaires, ils pouvaient s'appeler par leurs prénoms.

— Ces officiers seraient postés bien au-delà de la zone de sécurité, poursuivit-il avec enthousiasme. À un kilomètre de la zone d'explosion, d'où ils l'observeraient avant de regagner leur régiment en tant que preuves vivantes qu'il y a de la vie pour les militaires après une attaque nucléaire. Ce seraient des héros, Harold.

Le regard de Melvyn pétillait de passion.

— Leur engagement envers la noble cause serait un véritable tremplin pour leur carrière, reprit-il. Quelle meilleure motivation pour un militaire ?

Il s'épongea le front d'un mouchoir. Il ne supportait pas la chaleur en général, mais le laboratoire était climatisé. C'était l'exaltation qui le faisait transpirer. Jamais il n'avait eu un auditoire aussi attentif.

— Et dans le même temps, bien sûr, nous aurions les résultats que nous recherchons, conclut-il.

— Peut-être, concéda Harold d'un air sceptique. À condition qu'il en reste pour témoigner.

— Nous aurions quand même nos résultats, non ?

Il esquissa un sourire rusé qui fit rire Harold.

— Seigneur, Melvyn ! Vous êtes impitoyable.

Le rire de lord Dartleigh était si discordant que Melvyn se demanda s'il n'avait pas franchi la limite. Il rétropédala immédiatement.

— Je plaisantais, Harold. Rien de plus, croyez-moi. Nos officiers seraient bien sûr porteurs de combinaisons protectrices et hors de la trajectoire des retombées. Ils ne seraient exposés qu'à des rayonnements ionisants. Tout cela est sans danger, je vous le garantis.

— Ne reculez pas maintenant, Melvyn, je vous en conjure. N'oubliez pas que je suis de votre côté. Allons, mon vieux, dites-moi… Comment diable persuade-t-on un homme de faire quelque chose d'aussi héroïque et d'aussi stupide à la fois ?

Melvyn se détendit.

— C'est déjà fait, dans une certaine mesure.

Sentant qu'Harold était intrigué, il marqua une pause pour renforcer son effet.

— Vous avez certainement remarqué l'extrême jeunesse des militaires présents à Maralinga. Même les sous-officiers sont à peine sortis de l'école militaire.

Harold acquiesça, de plus en plus curieux.

— Le choix délibéré d'hommes jeunes et naïfs ainsi que les règles de confidentialité très strictes répondent à nos objectifs scientifiques. Les hommes sont laissés dans l'ignorance et nous leur fournissons uniquement les données que nous jugeons nécessaires. Je crois que, après le premier essai, dans le respect des conditions de sécurité, les hommes seront rassurés. C'est alors que j'ai l'intention de suggérer des formes plus poussées d'expérimentation. J'ai de nombreux projets.

Le sourire de Melvyn était plus franc. Il commençait à jubiler.

— Les hommes qui participeront le feront sur la base du volontariat. Ensuite, il suffit de laisser la nature humaine suivre son cours.

— Quel cours ?

Gideon n'avait pas exagéré, finalement. Ce type était complètement mégalo.

— Il y en a toujours qui veulent jouer les héros et aller plus loin. Et il y a ceux qui se contentent de suivre. Nous ne manquerons pas de volontaires prêts à tout pour mener ou être menés du moment que nous minimisons les véritables dangers.

— Et s'il se produisait une catastrophe, intervint Harold d'un ton enjoué, vous auriez de nombreux sujets humains à étudier.

Melvyn supposa qu'il plaisantait, mais il préférait ne pas prendre de risque.

— Nous sommes des scientifiques, Harold. Nous ne commettons pas d'erreurs catastrophiques.

Tu parles, songea Harold. Melvyn en mourait d'envie. Plus la catastrophe serait d'ampleur, plus il serait heureux. Tout cela arrangeait les affaires de Harold.

— Eh bien, continuez comme ça, Melvyn ! dit-il en se levant. Vous rendez un grand service à votre pays et vous avez tout le soutien du MI6.

— Merci, Harold, répondit-il en serrant la main qu'il lui tendait.

— J'attends avec impatience vos rapports personnels. Confidentiels, bien entendu. Je vous serai plus utile ainsi. Nous éviterons quelques étapes de la bureaucratie.

— Bien sûr, promit Melvyn, le front de nouveau emperlé de sueur, car il venait de passer l'une des journées les plus exaltantes de sa vie. Merci, Harold. Je suis ravi d'être au service du MI6.

— Je sais, mon vieux.

En s'en allant, Harold songea que Melvyn aurait fait un excellent officier SS sous le régime nazi. À la réflexion, il avait de faux airs de Heinrich Himmler. Himmler avait-il été harcelé à l'école ?

Le 27 septembre 1956, après deux semaines de reports et onze comptes à rebours avortés, l'essai One Tree semblait sur le point de se produire.

À l'aube, les conditions étaient idéales et les prévisions météorologiques n'annonçaient pas de grands changements. L'explosion était prévue en fin d'après-midi. Une fois de plus, le compte à rebours était lancé.

La journée fut consacrée aux préparatifs. Des animaux furent placés aux endroits stratégiques à des fins expérimentales. Ils attachèrent des chèvres dans les abris antiaériens, non loin de la zone de lancement. Moutons, lapins et souris furent répartis en plein air à plusieurs kilomètres. Des véhicules et des mannequins en uniforme militaire furent placés au hasard, à l'avant, là où des chars, des avions, des armes, des radars et autres équipements attendaient depuis des semaines les effets d'une explosion nucléaire.

Des hommes se préparèrent à leurs tâches spécifiques, notamment des scientifiques et des agents du CIF, la « force d'endoctrinement », chargés d'examiner le matériel peu après l'explosion. On leur remit des masques et des combinaisons blanches de protection.

Ingénieurs et techniciens passèrent des heures à régler le système d'enregistrement scientifique dans la zone d'explosion et les caméras des deux tours jumelles d'observation érigées dans la zone de lancement, appelées Roadside, à quinze kilomètres de la zone d'explosion ou « ground zero ».

À l'aérodrome, le personnel au sol vérifiait les deux bombardiers qui voleraient dans le nuage peu après la détonation, avec des réservoirs sur les ailes pour recueillir des échantillons. Les pilotes se tenaient près de leurs appareils respectifs. Les deux équipages de deux hommes étaient impatients. Ils étaient jeunes et en quête d'aventure, comme beaucoup, à Maralinga.

— On dirait que c'est le grand jour, dit Maurie à son copilote Len, en regardant le personnel au sol s'affairer. On aura des choses à raconter à nos petits-enfants, pas vrai ?

— Et comment ! Les premiers à passer dans le nuage de Maralinga. Une chance unique dans une vie.

— Tu sais, j'ai réfléchi... On pourrait faire fortune si on vendait notre histoire aux journaux. *La traversée du champignon nucléaire !* On serait riches !

— Tu crois ça ? railla Len. Et la clause de confidentialité ? On a prêté serment. On se ferait incendier.

— Je ne pensais pas à *maintenant* ! pouffa Maurie. Je voulais dire quand on prendra notre retraite de l'armée de l'air. On pourrait vendre notre histoire aux journaux et aux magazines du monde entier. Ils nous paieraient une fortune ! On serait des héros ! On aurait la belle vie.

Len ne savait jamais si Maurie plaisantait ou non. Toutefois, la perspective était attrayante, alors il décida de ne pas le contrarier. Maurie n'avait rien d'un imbécile, après tout.

— Qui sait ? Tu as peut-être mis le doigt sur quelque chose.

Les deux hommes n'étaient pas les seuls exaltés de Maralinga. Les hommes se battaient presque pour être de service à Roadside, où aurait lieu la mise à feu électronique. Ils voulaient être aux premières loges. Or la zone était réservée aux scientifiques équipés et aux membres de l'équipe du CIF qui observeraient la détonation depuis des tranchées à sept kilomètres de l'explosion. Tous les autres spectateurs – ils seraient des centaines – devraient assister à l'événement de plus loin.

Le compte à rebours horaire se poursuivit et les conditions météorologiques demeuraient dans les limites acceptables. C'est du moins ainsi que William Penney choisit d'interpréter les rapports des météorologues qui, en réalité, étaient mitigés. Ils n'avaient que trop attendu, tout était prêt et il fallait passer à l'action.

— C'est un événement révolutionnaire, pas vrai, Dan ?

— Oui, monsieur.

— Un moment de fierté pour la Grande-Bretagne, et ce n'est que le début. Quand on en aurait terminé à Maralinga, on sera crédibles en tant que puissance nucléaire, au lieu de compter sur le savoir-faire américain. Vous et moi aurons été parmi les privilégiés qui auront été témoins de cette page d'histoire. C'est exaltant, non ?

— Oh oui, monsieur !

Daniel était tout aussi enthousiaste que les autres, en ce jour particulier.

— C'est bien, fit Harold en hochant la tête, satisfait d'avoir fait mouche avec ses paroles.

Il regardait le paysage défiler par la fenêtre et savoura la brise qui caressait ses cheveux grisonnants, en cette fin d'après-midi.

Daniel était chargé de conduire lord Dartleigh du village à Roadside, à une vingtaine de kilomètres, d'où le directeur-adjoint du

MI6 observerait l'explosion. Sir William lui avait proposé de voyager avec lui, dans sa voiture avec chauffeur, afin qu'ils soient vus ensemble avec les officiels, comme le voulaient les convenances, mais Harold avait décliné son offre.

— Non, merci, William, avait-il déclaré avec une nonchalance agaçante. On m'a fourni mon propre chauffeur, un jeune lieutenant des transports. Je ne voudrais pas que le pauvre garçon soit déçu. Il est certainement ravi à la perspective d'être aux premières loges. On ne peut pas le priver de ça, non ?

Les propos de Harold étaient insultants. Les officiers des transports étaient très demandés et le lieutenant Daniel Gardiner aurait pu se rendre à Roadside par un autre moyen. William Penney accepta cette excuse méprisante avec grâce, soulagé d'échapper à la compagnie de ce type, comme Harold devait être heureux d'éviter la sienne.

Harold, lui, ne se posait même pas la question. Conscient du dédain qu'exprimaient ses propos, il s'en réjouissait. Il ne fuyait pas William. S'il avait pris Daniel en tant que chauffeur, c'était parce qu'il l'appréciait. Et il ne modifierait pas ses projets pour faire plaisir à William et son sens des convenances. De plus, il ferait plus d'effet en arrivant seul que noyé dans la masse des officiels.

— Vous avez une petite amie, Dan ? s'enquit-il avec bonhomie.

— Oui, monsieur. Nous sommes même fiancés.

À l'évocation d'Elizabeth, il s'illumina.

— C'est merveilleux. Toutes mes félicitations !

Harold le trouvait décidément très séduisant.

— Merci, monsieur.

— Vous avez fixé une date ?

— Dès mon retour de Maralinga.

Daniel ne put s'empêcher de sourire.

— Dès ma descente d'avion, si cela ne dépendait que de moi, ajouta-t-il.

— Eh bien, mon garçon ! fit Harold d'un air entendu. Votre fiancée y verra peut-être à redire.

— Oh non, monsieur ! Elizabeth n'est pas du tout attachée aux traditions. Elle n'a pas envie d'un mariage en blanc et tout le tralala.

— Tant mieux.

Elle a de la chance, songea Harold. Ce jeune Dan avait un charme juvénile. Il était bien plus agréable à regarder que ce besogneux de Ned, son chiffreur, qui aurait aimé l'accompagner à Roadside. Harold lui avait ordonné de rester au bureau, car il le trouvait ennuyeux à mourir. Il préférait savourer la fraîcheur d'un Daniel Gardiner.

L'heure de l'explosion approchait. Le compte à rebours égrenait désormais les minutes. Les centaines de spectateurs étaient en place, en direction du site. Au dernier moment, ils devraient obéir à des instructions précises.

Quand on en vint aux secondes, la terre reflétait une lumière superbe et la voix qui retentit dans les haut-parleurs dénotait étrangement avec la sérénité du désert.

— Dix, neuf...

Comme un seul homme, les spectateurs tournèrent le dos au site.

— Huit, sept...

Chaque personne se couvrit le visage de ses mains.

— Six, cinq...

Ils fermèrent les yeux et attendirent.

— Quatre, trois, deux...

Ce fut une explosion de lumière aveuglante. Derrière les paupières closes, l'univers ne fut plus que blancheur. Les nuques et les jambes nues sentirent la chaleur intense des rayons gamma et, quelques secondes plus tard, une boule de feu rouge orangé s'éleva dans le ciel. Les hommes restèrent dos au spectacle, attendant les effets qu'on leur avait décrits.

Les ondes de choc frappèrent de façon spectaculaire, tel un coup porté. Surpris, certains hommes chancelèrent. Les mains passèrent des visages aux oreilles pour protéger les tympans des réverbérations. Dans une série d'explosions successives, les ondes sonores prirent vie et résonnèrent dans le désert, balayant le peu de végétation, dans un ballet sonore un peu fou.

Enfin, ce fut le silence.

Les minutes passèrent lentement, jusqu'à ce qu'ils jugent prudent de regarder. Ils se tournèrent vers le site.

Dans le ciel, ils virent un superbe nuage en forme de champignon, de plus en plus grand et de plus en plus haut.

Harold Dartleigh se mit à applaudir, sans oublier de regarder en direction de William Penney. Scientifiques et officiels se joignirent à lui et sir William accepta l'hommage avec un signe de tête. Il remplaça ses lunettes par des jumelles en maudissant Harold Dartleigh. En applaudissant, il avait attiré l'attention sur lui tel le chef d'orchestre de l'opération.

Harold échangea un sourire furtif avec Gideon Melbray, qui se tenait à quelques dizaines de mètres et n'avait rien manqué de l'explosion, puis il prit à son tour ses jumelles.

Pendant une demi-heure, des scènes incroyables se déroulèrent sous leurs yeux. Au bout de quelques minutes, deux bombardiers apparurent, décrivant une courbe, histoire de saluer l'assistance, puis ils plongèrent dans le champignon de fumée gris-noir qui les engloutit.

Vers l'avant de la zone, à plusieurs kilomètres, plus de soixante-dix scientifiques en combinaison blanche surgirent de nulle part. Ils donnèrent le signal aux agents du CIF que tout allait bien. D'autres hommes les rejoignirent, plusieurs centaines. Un bataillon de combinaisons blanches, tels des extra-terrestres débarqués d'une autre planète.

Maurie avait eu des scrupules avant de plonger dans la fumée, comme Len, sans doute, et les autres pilotes. Au sol, il était facile de fanfaronner, mais une fois en l'air… Le nuage sombre et furieux était impressionnant. Mais les ordres étant les ordres, ils avaient foncé.

Dès qu'ils avaient pénétré la noirceur, la radioactivité avait affolé tous les instruments. Heureusement, la fumée se dissipait et la plupart des compteurs étaient de nouveau opérationnels.

En émergeant de l'autre côté, ils se préparèrent à faire demi-tour pour recommencer, comme l'autre bombardier, au-dessous d'eux. Ils avaient l'ordre de recueillir des échantillons pendant au moins quarante minutes.

De retour dans la pénombre effrayante qui les enveloppait, différente de tous les nuages qu'ils avaient croisés, Maurie ressentit une certaine allégresse. Était-ce aussi le cas de Len ? Il se mit à fredonner la chanson des pilotes anglais, pendant la guerre, dans son micro. Len en fit autant. Face à la pénombre qui les entourait, ils se mirent à rire, avant de chanter à tue-tête.

Les pilotes de la bataille d'Angleterre n'avaient pas traversé un nuage à la suite d'une explosion nucléaire, eux.

Les analyses démontrèrent que le nuage radioactif de One Tree avait atteint 11 430 mètres, bien au-delà des 8 500 prévus. Et la radioactivité alla aussi loin que le Territoire du Nord, la Nouvelle-Galles du Sud et le Queensland. L'énergie de quinze kilotonnes équivalait à faire exploser 15 000 tonnes de TNT, avec une force équivalente à celle de Little Boy, la bombe qui avait anéanti Hiroshima dix ans plus tôt, au prix de 100 000 vies humaines.

Cela fait des jours qu'ils marchent, à présent. Yunamingu, ses deux femmes, ses trois enfants et leurs deux chiens. Ils progressent lentement, car la plus âgée des épouses est enceinte. Djunga a donné à son mari ses trois enfants. Au fil des années, cette femme robuste et fertile aurait pu en avoir bien d'autres, mais Yunamingu veille à respecter la loi tribale des hommes du désert. Il évite d'engendrer plus de descendants qu'il ne peut en nourrir, surtout lors des années de sécheresse quand la chasse est limitée et la nourriture rare.

À trente ans, Djunga n'est plus très jeune. C'est pourquoi Yunamingu a pris une seconde femme, dernièrement. Toutefois, Djunga demeure sa préférée. Elle est réservée et ne parle que lorsque c'est nécessaire. Mundapa agace Yunamingu. Elle est à peine sortie de l'enfance et elle parle beaucoup trop.

La famille se dirige vers le sud, vers le point d'eau d'Ooldea où, dans les semaines à venir, ils attendront la naissance de l'enfant de Djunga. Mundapa parle sans cesse, mais ils ne l'écoutent pas. Yunamingu s'est enfoncé dans les broussailles en quête de varans. Même les enfants ne prêtent aucune attention à Mundapa. Djunga a de la peine pour la nouvelle épouse de son mari. Elle la sait très seule, car son clan lui manque. Elle n'a pas l'habitude de voyager en petit comité. Cependant, elle est lassée, elle aussi, d'entendre la voix de Mundapa et ne fait plus semblant de l'écouter. Elle regarde les chiens renifler les hautes herbes et se laisse aller à rêvasser. Djunga a toujours été une rêveuse. En pensée, elle redevient une enfant. Les chiens sont ceux de son père et sa famille se rend à Ooldea à l'époque de la grand-mère blanche.

Kabbarli est la première personne blanche que Djunga ait vue. Pourtant, elle n'a pas eu peur. Kabbarli était source d'un vif intérêt pour les enfants. Kabbarli leur permettait de soulever ses étranges vêtements pour voir ce qu'il y avait en dessous. Ils avaient découvert avec étonnement d'autres couches de vêtements et des jambes aussi blanches que son visage. Comme ils avaient rigolé ! Kabbarli les avait aussi laissés essayer, avec mille précautions, ses lunettes à monture métallique. Les plus petits avaient été effrayés par les images qu'ils avaient vues à travers les verres des lunettes, mais Kabbarli les avait rassurés dans leur propre langue. Kabbarli parlait de nombreuses langues, même celles de ceux qui avaient parcouru un long chemin pour se rendre à Ooldea.

Les enfants avaient appris à aimer Kabbarli, tout comme leurs mères, les tantes et les familles qui venaient au camp. Même les hommes tenaient Kabbarli en haute estime.

Lors de ce trajet vers Ooldea en compagnie de son mari et sa famille, Djunga pense sans cesse à Kabbarli. Si seulement ses propres enfants pouvaient rencontrer la grand-mère blanche ! Car ses enfants n'ont eu que peu de contacts avec les hommes blancs et elle ne veut pas qu'ils grandissent dans la peur. Hélas ! Kabbarli est partie depuis longtemps et Djunga se demande si elle n'est pas allée rejoindre ses ancêtres. Ses propres ancêtres l'accueilleraient volontiers, car elle a été l'amie de nombreuses personnes. Djunga aime à croire qu'elles se retrouveront dans le monde des esprits.

Soudain, Mundapa pousse un cri perçant et elle émerge de sa rêverie. Les enfants se mettent aussi à crier. Yunamingu est à son côté, sa lance dressée. Il leur crie de se taire et reste immobile, les yeux écarquillés de terreur. Elle fait volte-face et se fige. Personne ne bouge dans un silence de mort tandis que d'autres démons surgissent des broussailles.

Yunamingu et sa famille sont encerclés par des esprits diaboliques, d'étranges *mamu* informes au long nez. Même les chiens ont peur.

L'un des *mamu* s'exprime et, bien que Yunamingu ne comprenne pas ses paroles, il se rend compte que ce ne sont pas des esprits. Ce sont des hommes blancs déguisés en *mamu*. Ils sont trop nombreux pour qu'il se batte, même s'il en trouvait le courage.

Yunamingu est contraint de se soumettre à la volonté des hommes blancs, de peur qu'ils ne fassent du mal à sa famille. Le camion s'approche et il obéit à leur ordre de monter à bord. Femmes et enfants en font autant. Les petits sont en pleurs. Djunga a besoin d'aide, avec son ventre rond. Elle ne résiste pas lorsque deux des hommes blancs la hissent à bord. Comme Yunamingu, Djunga a peur pour la sécurité de ses enfants.

C'est la première fois qu'ils se déplacent à bord d'un véhicule et c'est une expérience effrayante. Mundapa pleure en s'agrippant au bord de la benne. Sa voix se mêle à celles des enfants dans un concert de terreur.

Yunamingu et Djunga ne font aucun bruit, mais ils sont tout aussi apeurés. Derrière eux, quand deux détonations résonnent tels des coups de tonnerre, ils ne pensent pas aux chiens.

L'épreuve du camion n'est rien par rapport à ce qui les attend.

Ils sont dans une prison blanche. Même Djunga ne peut garder le silence. Elle gémit tandis que les *mamu* passent leur étrange bâton sur son ventre. Elle est désormais persuadée que ce sont des *mamu* déguisés en hommes blancs, et non le contraire comme le pense son mari. Elle entend le cliquetis des bâtons *mamu*. Ils sont en train de lui jeter un sort, ainsi qu'à son enfant.

Soudain, son corps nu est arrosé de violents jets d'eau. Ses enfants subissent le même tourment, même les petits. Ils se mettent à hurler. La voix de Djunga se mêle aux leurs. L'eau leur pénètre les narines et les oreilles. On leur frotte les mains et les pieds à l'aide de brosses qui piquent.

Une fois encore, on leur passe des bâtons sur le corps et Djunga entend le cliquetis de la drôle de baguette des *mamu*.

Encore de l'eau et des frictions, encore le cliquetis des bâtons, une troisième, une quatrième fois, jusqu'à ce qu'on les habille de vêtements qui piquent.

Enfin, ils remontent dans le camion. Djunga a perdu toute notion du temps. Est-ce le lendemain ? On dirait que c'est le matin. A-t-elle dormi ? Elle ne s'en souvient pas. Les enfants ont-ils mangé ? Elle ne se rappelle pas les avoir nourris. Le petit vomit et elle-même ne se sent pas bien.

Sans leur déguisement, les *mamu* ressemblent à des hommes blancs. L'un d'eux fait mine d'être gentil. Il parle leur langue et leur dit de ne pas avoir peur. Yunamingu réagit à sa gentillesse et répond aux questions de cet homme, mais Djunga sait que c'est une astuce, une preuve des manigances des *mamu*. L'homme blanc qui fait mine d'être gentil est comme les autres en réalité. C'est un *mamu*. Ce sont tous des *mamu*, Djunga le sait. Elle sait aussi qu'on lui a jeté un sort, ainsi qu'à son enfant à naître.

Chapitre 10

L'essai One Tree avait été un succès incontestable et l'opération Buffalo commençait sous les meilleurs auspices.

À la cantine et à la buvette de Maralinga, ceux qui avaient eu la chance d'être témoins de l'événement faisaient l'envie des autres.

— On la sentait carrément ! La chaleur était incroyable !

— Et les ondes de choc ! Un vrai coup de poing dans le dos.

— Oui, c'est incroyable, non ? J'ai failli tomber par terre.

Les hommes n'avaient que ce sujet à la bouche. Les malchanceux qui se trouvaient loin de l'action étaient déjà volontaires pour des tâches qui les rapprocheraient le plus possible de la prochaine mise à feu.

Il y aurait deux autres explosions dans le mois à venir et, si les conditions météorologiques le permettaient, le prochain essai, dont le nom de code était Marcoo, aurait lieu dans une semaine. La vie avait pris un autre sens pour les hommes de Maralinga. L'ennui faisait partie du passé, désormais.

*

Dans la grande salle de conférence du service d'information du gouvernement australien (AGIO), au deuxième étage d'un séduisant bâtiment géorgien de Rundle Street, à Adelaide, Nick Stratton se félicitait de la tournure des événements. Deux jours après l'explosion, c'était la première des conférences de presse qui suivraient chaque essai de la série Buffalo, organisées par l'AGIO. Nick serait le principal intervenant, avec parfois un représentant de l'AWTSC, voire une apparition de sir William Penney en personne, si elle était jugée nécessaire. Pour l'heure, tout se déroulait sans heurts.

Nick connaissait la plupart des journalistes australiens présents et, deux jours plus tôt, il avait rencontré les cinq journalistes britanniques qui couvraient la série d'essais lors de l'explosion de One Tree. Il lui avait d'emblée paru évident qu'ils faisaient tous les cinq partie de ce qu'il appelait la presse « docile ». Les Britanniques les avaient sélectionnés avec soin. S'il s'y attendait, il s'en réjouissait néanmoins. Nick avait choisi les journalistes australiens invités à assister à l'explosion. Il s'était montré très strict dans son choix, les règles avaient été clairement établies. Les journalistes ambitieux et trop curieux étaient souvent des fauteurs de troubles. Le sensationnalisme ne pouvait être toléré. Tout journaliste ayant eu le privilège d'assister à un essai nucléaire le faisait avec la permission conjointe des gouvernements britannique et australien. Un invité se devait de respecter les limites.

À présent, il était soulagé de constater que, lors de cette première conférence, la presse semblait prête à faire preuve de responsabilité en respectant les règles. Il s'attendait à quelques questions un peu délicates, or ses réponses rassurantes avaient été bien acceptées, sans doute parce qu'ils espéraient tous être conviés la prochaine fois.

— A-t-on détecté un taux de radioactivité en dehors de la zone de Maralinga, colonel ?

Nick reconnut Bob Swindon, du *Sydney Morning Herald*, qui n'avait pas été invité à l'explosion et ne le serait sans doute jamais. Nick respectait son travail en temps normal, ce qui n'était pas le cas ici.

Il lui répondit avec une politesse qu'il estimait toujours efficace :

— Comme vous le savez, monsieur Swindon, je ne suis pas un spécialiste des données scientifiques, mais je peux vous assurer qu'il n'existe aucun danger pour les environs.

Après tout, il disait la vérité. Les rapports qu'il avait reçus étaient catégoriques : les niveaux de radioactivité décelés à de longues distances étaient minimes et ne présentaient aucun risque. Une réaction excessive ne ferait qu'affoler les gens pour rien.

— Les mesures de sécurité très strictes ont été respectées à tout moment et elles le seront tout au long de la série d'essais, assura-t-il.

S'il n'en était pas certain à cent pour cent, c'était ce qu'on lui avait dit. Il ne pouvait qu'espérer qu'on ne lui avait pas menti.

Maurie et Len avaient des doutes sur les mesures de sécurité. En fait, Maurie avait été plutôt secoué par ce qui était arrivé après leur retour à la base.

Conformément aux ordres, ils avaient posé leur bombardier Canberra à l'extrémité sud de la piste, où les récipients contenant les échantillons d'air furent détachés des ailes. Guidé par le personnel au sol, Maurie avait roulé jusqu'à sa position mais, quelques minutes plus tard, ils s'étaient retrouvés face à des hommes en combinaison équipés de masques à gaz.

— Seigneur ! avait murmuré Maurie.

— Restez à bord ! avait lancé l'un des hommes en combinaison.

Ils avaient refermé la cabine pour demeurer immobiles sur leurs sièges, n'osant broncher.

Ensuite, les événements avaient pris une tournure surréaliste digne d'un film de science-fiction de seconde zone, selon Maurie. C'était comme assister à ce qui allait devenir son propre cauchemar. Des engins dotés de bras électroniques s'étaient approchés de l'avion, conduits par des hommes en combinaison. D'autres hommes en combinaison avaient scellé puis chargé les récipients à bord d'un camion afin que les échantillons subissent des analyses radiochimiques. Ensuite, le processus de décontamination de l'avion avait débuté.

La science-fiction avait fait place à l'épouvante, au point que Maurie commençait à se poser des questions.

Pourquoi ne portaient-ils pas de combinaison de protection, eux? C'était eux qui étaient montés là-haut et l'avion n'était pas hermétique. Il n'était même pas pressurisé! Il avait alors remarqué que les hommes qui arrosaient l'appareil étaient en short et en chemise. L'eau sale les éclaboussait et ils ne portaient pas de combinaison, eux non plus. *Ils ne nous disent pas tout*, songea-t-il en se tournant vers Len. Celui-ci était visiblement en proie aux mêmes interrogations.

— Débarquez! avait ordonné le responsable en combinaison.

Ils avaient obéi. En sautant à terre, Maurie avait remarqué la rigole de boue noire qui coulait vers le fossé d'écoulement des eaux pluviales, mais il fut vite distrait par le compteur Geiger que l'on brandissait vers lui et dont l'aiguille s'affolait. Pareil pour Len. Le cauchemar était alors devenu réalité avec la douche qu'ils avaient subie. On les avait contraints à se frictionner encore et encore, jusqu'à avoir la peau presque à vif, jusqu'à ce que le niveau de radioactivité affiché redevienne « raisonnablement acceptable ».

Pour les scientifiques, cela signifiait que les mesures de sécurité avaient été appliquées. Maurie et Len gardaient la nette impression qu'elles n'étaient pas les mêmes pour les chercheurs et pour les simples soldats.

Après la découverte d'une famille aborigène dans la zone d'explosion, deux jours après l'essai, un agent d'observation munie de jumelles avait été posté à moins de deux kilomètres du « ground zero », chargé d'avertir par radio une patrouille au cas où quelqu'un, quelle que soit sa couleur de peau, s'aventurerait près du site contaminé.

Bon sang! songea le jeune Paddy, qui ne croyait pas à ce qu'il voyait dans ses jumelles.

Le soldat Paddy O'Hare, 18 ans, des Royal Engineers, le corps des Sapeurs, avait participé à la construction de la tour. Il n'avait pas eu la chance d'être aux premières loges, à Roadside. En revanche, il avait vu le site dans toute sa splendeur, avant l'essai. La tour en aluminium de trente mètres avait tout d'une merveille de technologie au milieu de ce désert. Paddy était fier d'avoir pris part à cette aventure, même si son rôle était mineur.

Où était passée la tour? Et les broussailles? Il n'y avait plus la moindre trace de végétation, rien qu'une surface d'un noir verdâtre, brillante comme le verre. Paddy songea à la conversation qu'il avait eue à la buvette. L'un des Australiens qui se trouvait à Emu Field leur avait parlé d'un «dépôt». Il scruta la zone à l'aide de ses jumelles. Peut-être s'était-il trompé d'endroit. Paddy ne décela aucun signe de la tour.

Seigneur! songea-t-il, *cette petite famille noire, avec de jeunes enfants, a traversé ça pieds nus et presque nus. Pas étonnant que les scientifiques aient posté un observateur.*

— Tu as une idée des conséquences psychologiques sur ce peuple primitif? Ils n'étaient jamais montés dans un camion, alors la douche et la friction... La femme était enceinte, pour l'amour du ciel!

Assis dans leurs fauteuils pliants, devant le baraquement, Daniel et Pete buvaient du thé qu'ils avaient rapporté du mess. C'était l'heure du déjeuner et, de retour de la zone DC/RB, Pete avait grand besoin de se confier. Sans un mot, Daniel le laissa parler.

— La femme était terrorisée. Le temps que j'arrive là-bas, elle était presque catatonique. Je n'ai pas pu communiquer avec elle. Ils ont mis tout le monde dans le camion pour les conduire à la mission de Yalata. C'étaient des Yankuntjatjara qui se rendaient au point d'eau d'Ooldea. Yalata se trouve à des centaines de kilomètres de leurs terres. On n'aurait pas dû leur imposer ça. C'est mal!

Daniel se demanda comment l'armée ou les scientifiques auraient pu procéder. Cette famille devait être décontaminée, car elle avait été exposée aux radiations. Il leur était impossible de rentrer chez eux. De plus, la zone d'Ooldea était bouclée. Yalata, la mission la plus proche, était l'unique solution, surtout pour la femme enceinte. Pete n'était pas réaliste.

— Ce n'est pas notre faute, même si c'est mal.

La tirade de Pete s'interrompit. Il ne s'était pas laissé aller à la culpabilité, mais le gamin avait raison. Les patrouilles qu'il dirigeait auraient dû repérer cette famille bien avant les risques d'exposition.

— Tu fais tout ce qui est humainement possible, Pete. Tu ne peux pas ratisser chaque mètre carré de terrain.

— Ils n'avaient pas besoin d'aller jusque-là, rétorqua Pete non sans sarcasme. Une famille avance lentement. Ils devaient être dans le secteur depuis plusieurs jours.

— Tu m'as dit toi-même qu'ils avaient le don de se rendre invisibles.

— C'est vrai. Donc c'est de leur faute, maintenant! Enfin, je ne peux plus rien y faire, à présent.

Il se leva et versa son thé sur le sol.

— J'ai besoin d'un verre, annonça-t-il.

Il rentra remplir sa tasse de whisky en puisant dans sa réserve.

Une fois encore, Daniel se trouva déconcerté par les sautes d'humeur de Pete. Quel personnage complexe! Ce qui ne l'empêchait pas de l'admirer.

En vérité, Petraeus Mitchell n'avait rien de complexe. Il était en colère. Il l'avait été toute sa vie. Il était furieux que son père, qui avait participé à la guerre des Boers, soit reparti au combat quinze ans plus tard pour périr dans la Somme. Une guerre ne lui avait donc pas suffi? Pete était en colère parce que sa mère adorée avait été exilée de son pays et laissée seule avec cinq enfants. Elle s'était littéralement tuée au travail et était morte à 43 ans.

Mais c'était l'armée qui avait vraiment attisé sa rage. La frustration et les regrets de sa jeunesse avaient fait place à de l'amertume. La plupart de ceux qui avaient servi en tant que gardes-côtes, pendant la guerre, et avaient survécu, présentaient le même désenchantement. Ils étaient seuls et reclus, à la merci d'un ennemi sans pitié. Pete avait tenu trois ans, ce qui relevait du miracle, mais il était devenu cynique. *Si tu ne veilles pas sur toi-même, personne ne le fera*, se disait-il. *Pourquoi les autres le feraient-ils, d'ailleurs?*

Autrefois, il ne voyait pas les choses ainsi. Il avait soif de savoir, de devenir l'homme que sa mère aurait voulu qu'il soit.

Johanna Mitchell avait été pour lui un modèle. Cette femme intelligente, enseignante, l'avait encouragé à fréquenter les enfants des familles noires qui venaient régulièrement dans leur propriété isolée. Elle lui avait transmis les valeurs de ses propres parents, qui avaient lutté contre les injustices infligées aux autochtones d'Afrique du Sud. On a beaucoup à apprendre des gens différents de nous, lui disait-elle. Et la culture aborigène est la plus ancienne que l'on connaisse.

Pete s'était lié d'amitié avec de nombreux jeunes Unmatjera, peuple du désert du centre qui vivaient près de chez lui. À 12 ans, il parlait couramment la langue Arrernte. À 15 ans, sa mère l'avait encouragé à passer le GAE, un examen de connaissances du gouvernement d'Australie-Méridionale, un programme éducatif vite abandonné à cause de la crise économique. Pete avait obtenu une bourse et un nouvel univers s'était ouvert à lui. Dès lors, Pete avait su quelle voie il voulait suivre.

Malheureusement, Johanna Mitchell n'avait pas vu son fils poursuivre ses études sur cette culture aborigène qu'ils estimaient tant. Elle était morte peu avant son seizième anniversaire, avant sa licence en anthropologie, avant son parcours professionnel auprès de T.G. H. Strehlow, un expert des peuples du désert d'Australie. Néanmoins, elle était présente dans le cœur de son fils qu'elle accompagnait en permanence… jusqu'à ce qu'il intègre l'armée.

Après ses expériences en Nouvelle-Guinée, même l'inspiratrice qu'était sa mère parvenait à l'irriter. À quoi bon tenter de réaliser les rêves de sa mère ? Elle était morte, nom de Dieu ! Et à quoi pouvaient servir ces rêves, de toute façon ? Il n'avait aucune importance aux yeux des Aborigènes. Il n'était qu'un rouage de la bureaucratie. Petraeus Mitchell était rongé par sa colère.

Pete réapparut avec sa tasse pleine de whisky. Il ne dit plus un mot sur cette famille aborigène. Daniel jugea plus avisé de ne plus aborder le sujet. Pete aurait-il envie d'en reparler ? Difficile à dire. Son air renfrogné était coutumier et ne signifiait pas grand-chose.

Le lendemain matin, à son réveil, Daniel constata que Pete n'était pas là. Il réapparut un quart d'heure plus tard, rasé avec soin.

— Tu es bien élégant, dit Daniel, même s'il le trouvait un peu bizarre, sans sa barbe de deux jours.

Pete lui répondit d'un grommellement. Sans un mot de plus, Daniel se rendit à son tour aux sanitaires. À son retour, Pete s'était volatilisé. Il n'était pas là non plus quand Daniel prit son petit-déjeuner. Sans doute était-il parti en patrouille… Il fut étonné de voir le camion stationné près des habitations des cheminots.

— C'est le véhicule de Pete, indiqua-t-il à Gideon en garant la Land Rover près du hangar en tôle servant de gare ferroviaire à Watson.

Derrière eux, dans un nuage de poussière, deux camions s'arrêtèrent. L'équipe de Gideon sortit des bâches et des cordes destinées au chargement des caisses de provisions qui arriveraient bientôt par le train provenant d'Adelaide.

À 150 mètres de la voie se dressaient six habitations pleines d'amiante avec une toiture en tôle ondulée. Elles abritaient les familles des employés des chemins de fer de la Trans-Australian Railway. Elles étaient délabrées quoique sophistiquées par rapport aux bidonvilles de cheminots qui parsemaient le parcours de cette ligne.

— Qu'est-ce qu'il fait là ? demanda Daniel, intrigué.

L'utilitaire était stationné juste devant la deuxième maison. Que pouvait faire Pete avec les cheminots ?

Près de lui, Gideon afficha un sourire entendu.

— Ce cher Pete sait faire passer le temps. Il a de la chance, le bougre !

Une fois encore, Daniel fut intrigué. Pourquoi Pete voudrait-il faire passer le temps ? L'essai Marcoo aurait lieu dans quelques jours, il aurait dû se trouver en patrouille.

— J'aimerais bien être à sa place, reprit Gideon. Elle est très belle, mais il cherche les ennuis, à mon avis.

— Qu'est-ce que tu racontes ?

Gideon parut ne pas l'entendre.

— Il manque de discrétion, je trouve. En général, il se gare plus près de la gare pour avoir l'air d'attendre le train. Cette fois, il est juste devant le cottage. Quelle audace !

— Tu veux dire que Pete a une liaison ?

Ils échangèrent un regard surpris.

— Je te croyais au courant. Cela fait des mois qu'il fricote avec la femme d'un des cheminots.

Pourquoi avait-il cru que Daniel était au courant ? Les deux hommes cohabitaient, certes, mais Daniel était naïf et Pete discret. Puisque le pot aux roses était découvert, autant tout lui raconter. Ce serait peut-être mieux pour Pete, car Daniel était capable de le ramener à la raison. Pete Mitchell jouait un jeu dangereux.

— L'épouse est de mèche avec Tommo, le contremaître, expliqua-t-il. Elle lui donne une bouteille de whisky fournie par Pete et le contremaître envoie le mari le plus loin possible le long de la ligne, parfois pour plusieurs jours. C'est très bien organisé.

Daniel posa sur Gideon un regard méfiant. Comment pouvait-il savoir tout ça ? Pete ne le lui aurait pas confié. Il était l'un des rares à ne pas apprécier Gideon qu'il trouvait un peu trop exubérant.

Cependant, Gideon ne trahissait là aucun secret.

— Tu peux me croire, c'est la vérité. Tu ne t'es jamais demandé pourquoi il se rasait une fois par semaine ? Pourquoi il ne se laissait pas pousser la barbe ?

Daniel n'en revenait pas.

— C'est pour Ada qu'il se rase. Ada Lampton.

Il n'avait rencontré Ada qu'une seule fois. « C'était pas la peine d'apporter une bouteille de whisky, Gideon, avait-elle déclaré. Allez viens, beau gosse. » Elle l'avait dragué ouvertement pendant que les hommes déchargeaient les fournitures du wagon. « Je n'ai jamais couché avec personne d'aussi beau. » Gideon avait refusé ses avances. Elle était tentante et bien trop dangereuse, car elle aimait semer le trouble. D'ordinaire, ce côté dangereux l'aurait émoustillé. Au vu des circonstances, c'était exclu. Il avait un travail à faire et des ordres stricts. Pas question de désobéir à Harold Dartleigh.

Dans le désert, là où les rails disparaissaient à l'horizon, un petit nuage de vapeur s'éleva.

— Eh bien! On dirait que le train sera à peu près à l'heure, pour une fois, railla Gideon en ouvrant la portière de la Land Rover. Je ferais bien de rassembler les hommes.

Cependant, il ne descendit pas de la voiture. Il était près de midi. Pourquoi endurer le soleil torride plus que nécessaire? Les hommes étaient assis à l'ombre du camion et fumaient. Inutile de les déranger tout de suite.

— Tu rendrais un fier service à Pete si tu lui conseillais la prudence, dit-il. D'après ce que j'ai entendu, Harry Lampton est une vraie teigne. Mieux vaut ne pas le fâcher.

Les deux hommes observèrent un instant les maisons délabrées. Le seul signe de vie était la présence de quelques chiens décharnés et pleins de puces avec lesquels les cheminots chassaient le kangourou.

Gideon n'en dit pas plus et Daniel ne fit aucun commentaire, mais il savait qu'il ne suivrait pas ce conseil pourtant avisé. Jamais il ne se mêlerait des affaires de Pete. Il était déjà mal à l'aise, comme s'il l'avait épié par le trou d'une serrure. De quel droit lui donnerait-il des conseils? Pete Mitchell savait ce qu'il risquait. La société de chemins de fer engageait ses cheminots sans se soucier de leur passé. Beaucoup étaient même en cavale.

— J'ai besoin de me dégourdir les jambes, annonça-t-il en sortant de la Land Rover.

Il avait l'impression d'être un espion. Tournant le dos aux habitations, il se dirigea vers les hommes qui attendaient le train. Si seulement il n'avait pas appris le secret de Pete…

*

Derrière les volets de la deuxième maison de la rangée, Ada faisait des merveilles. Son corps mince et brun luisait de sueur tandis qu'elle chevauchait Pete, les muscles tendus. Ses mouvements de va-et-vient n'étaient ni trop lents, ni trop rapides, et réguliers pour faire durer le plaisir.

C'était la deuxième fois qu'ils faisaient l'amour en moins d'une heure. La fin serait explosive, car elle éveillait en lui un désir dont il ne se serait pas cru capable. Il n'avait rien d'un étalon mais, avec Ada, il vivait une seconde jeunesse.

Leur première fois était toujours un peu tourmentée. Elle frottait son corps nu contre le sien. Elle se donnait à lui avec abandon. Sa bouche, ses cuisses, ses fesses... Elle le rendait fou. Quand il était sur le point d'exploser, elle se refermait et le torturait de ses lèvres et de la langue. Ada savait exactement à quel moment s'arrêter, puis recommencer. Enfin, elle s'ouvrait et, dans un ultime spasme, il trouvait la délivrance de l'extase.

Ensuite, elle lui accordait le temps d'un whisky et d'une cigarette. Elle allait chercher une bouteille dans sa réserve secrète dont son mari n'avait pas connaissance. Dès qu'il avait fini son verre, elle l'attirait à elle et obtenait ce qu'elle voulait grâce à ses caresses expertes.

Ce jour-là, elle voulait s'amuser, ce qui se produisait quand elle s'ennuyait plus que de coutume.

— J'ai envie de faire un tour en voiture, avait-elle déclaré dès l'arrivée de Pete.

— D'accord, avait-il soupiré, un peu à contrecœur, car il voulait faire l'amour.

Il lui suffisait de voir la jeune femme pour s'enflammer de désir. Elle était encore belle, à l'aube de la quarantaine, avec une note d'exotisme héritée de son père indonésien. Il ne se lassait pas du plaisir qu'elle parvenait à lui donner.

Il avait ignoré le soupçon de culpabilité qui s'emparait de lui, car il aurait dû se trouver en patrouille.

Il avait roulé sur la piste d'une vingtaine de kilomètres reliant Watson à Ooldea. Ada voulait qu'il roule vite et riait aux éclats chaque fois qu'ils passaient dans un trou de sable.

— Plus vite ! Plus vite !

— Je suppose qu'on n'a aucune chance de tomber sur ton mari.

Il ne voulait pas croiser Harry Lampton en train de travailler sur la voie ferrée entre Watson et Ooldea.

— Non ! Tommo l'a envoyé très loin. Il ne rentrera pas avant plusieurs jours.

Elle posa une main sur son entrejambe.

— Allez mon chou, dit-elle en provoquant immédiatement une érection. Plus vite…

Il avait roulé à tombeau ouvert jusqu'à Ooldea, pas seulement pour lui faire plaisir, mais pour rentrer plus vite chez elle et se mettre au lit.

Durant le trajet de retour, elle avait poursuivi ses caresses jusqu'à ce qu'il soit sur le point d'éjaculer. Alors, elle avait cessé de le toucher pour se masturber. Elle ne portait jamais de culotte. Pete avait failli perdre le contrôle du véhicule.

S'arrêtant devant la maison, il avait attendu qu'elle descende pour aller se garer à sa place habituelle.

— Laisse-la ici.

Il avait hésité, puis elle avait à nouveau posé la main sur son sexe et le désir l'avait emporté.

— Les gars sont au boulot, on n'attend pas de train et j'ai envie de baiser, avait-elle ajouté.

Au diable la voiture ! Il s'était précipité à l'intérieur.

À présent, proche de l'extase, il la fit rouler sur le dos et intensifia ses coups de boutoir. Soudain, il entendit siffler le train. Ada n'avait-elle pas dit qu'aucun train n'était prévu ? Il sentit les spasmes de ses hanches. Elle allait basculer, elle aussi. Son esprit s'embruma. Les ongles d'Ada dans son dos, ses plaintes rauques qui montaient, se mêlant à ses propres râles. Très vite, ce fut terminé.

Elle se ressaisit vite et, au bout de quelques secondes, alla regarder par la fenêtre, derrière le store déchiré. Le train venait d'entrer en gare.

Pete se redressa, haletant.

— Tu m'avais dit qu'il n'y aurait pas de train.

— J'avais oublié, mentit-elle en haussant les épaules avec une indifférence éhontée.

Le regard d'Ada était rivé sur le responsable de l'équipe qui déchargeait les caisses. Ce Gideon était si beau ! Si seulement il regardait dans sa direction ! Ce qu'il fit. Elle aurait juré qu'il la regardait dans les yeux. Pourtant, il ne pouvait la voir. Elle aurait parié qu'il fantasmait sur elle. Il savait ce qui se passait à l'intérieur, car il avait remarqué l'utilitaire de Pete. C'était ce qu'elle voulait. *En cet instant, il doit regretter de ne pas avoir accepté mes avances*, songea-t-elle avec satisfaction. Soudain, elle remarqua que plusieurs autres hommes s'étaient tournés vers la maison. Ils avaient tous repéré l'utilitaire et fantasmaient aussi sur elle. Cette pensée l'excitait au plus haut point.

Pete la rejoignit à la fenêtre.

— Merde, marmonna-t-il en voyant Daniel.

C'était la troisième fois qu'il se laissait surprendre par l'arrivée d'un train. Les deux autres fois, il avait vu Gideon et ses hommes. Un autre officier des transports accompagnait l'équipe. Pourquoi fallait-il que Daniel vienne précisément le jour où il s'était garé devant chez Ada ? Il en était agacé, sans savoir vraiment pourquoi. Était-ce vraiment grave que le gamin soit informé de ses petits arrangements avec la femme du cheminot ? Ou bien était-il contrarié d'être surpris en flagrant délit de négligence de son travail ? Quelle que soit la raison, il se sentait coupable, comme s'il avait trahi Daniel.

— Pourquoi tu m'as menti, Ada ?

Il défoula sa colère sur la jeune femme.

— Tu savais bien qu'il y aurait un train ! Pourquoi tu m'as menti ?

— Tu n'aimes pas que tes copains sachent ce que tu fais, Pete ?

Sans prendre la peine de répondre à la question, elle le titilla de plus en plus :

— Tu devrais être fier. Ils doivent être verts de jalousie. Ils m'ont tous vue et ils veulent coucher avec moi.

— Nom de Dieu !

La garce l'avait piégé. C'était un de ses petits jeux sexuels.

Ada observait toujours les hommes, en bas.

— Ils vont mettre un moment à tout décharger. Autant que tu restes ici.

Elle posa sur lui un sourire de prédateur.

— Et si on prenait un autre whisky, mon chou ? J'arriverai peut-être à te faire bander une troisième fois, qu'est-ce que tu en dis ?

Consciente de sa colère, elle le provoquait. Si elle ne parvenait pas à l'exciter une troisième fois, elle le chaufferait pour une bonne bagarre, comme elle le faisait avec Harry. Sa capacité à mettre les hommes en rage au point de leur faire perdre tout contrôle excitait Ada. L'œil au beurre noir ou la lèvre fendue qu'elle récoltait parfois n'étaient pas cher payés pour sortir de son ennui. De plus, elle pouvait se vanter auprès des autres épouses. Elles savaient toutes les cinq que Harry la battait et étaient au courant de la liaison d'Ada avec le militaire. Elles ne la trahiraient pas. Il y avait un code d'honneur chez les femmes de cheminots. Elles admiraient le cran d'Ada.

— Allez viens, mon chou. On va voir un peu ce que tu as dans le ventre.

Elle tendit la main vers son sexe, mais il n'était pas d'humeur à jouer avec elle. Il la gifla du dos de la main. Elle en fut surprise, car il ne l'avait jamais frappée. Elle vacilla sur le côté et heurta une commode.

— Va te faire voir, Ada ! lança-t-il en se rhabillant vivement. Tu ne vaux pas les problèmes que tu me donnes. Va au diable !

Quelques secondes plus tard, il sortit avec fracas et faillit trébucher sur un chien, qui montra les dents. Pete lui assena un coup de pied, puis il monta en voiture sans un regard vers le train ni les hommes. Daniel pouvait aller au diable, lui aussi. Il n'était pas son père, après tout.

Derrière lui, il entendit le rire d'Ada.

— Tu reviendras ! cria-t-elle, moqueuse.

Pete savait qu'elle avait raison. Il était obsédé autant par Ada que par l'évasion qu'elle lui procurait.

Ce soir-là, de retour au baraquement, il était manifeste que les rapports entre Pete et Daniel avaient changé. Nul n'évoqua la femme du cheminot, mais un mur s'était dressé entre eux. Daniel était mal à l'aise d'avoir découvert ce secret par inadvertance. Cela ne le regardait pas. Pete se méprenait sur la gêne du jeune homme, qu'il prenait pour de la déception, alors qu'il était devenu pour lui une sorte de figure paternelle. Les deux hommes se sentaient coupables, et tous les deux pour de mauvaises raisons.

Au matin du 4 octobre, les conditions météorologiques étaient favorables et peu de changements étaient prévus. L'essai Marcoo était programmé pour la fin d'après-midi et le compte à rebours avait commencé.

— On aura une vue panoramique, pas vrai, Colin ?

— Et comment !

— On aura des choses à raconter en écrivant à la maison.

— Oh oui, surtout si on veut se retrouver en cour martiale !

Colin Rogerson se mit à rire, imité par son camarade.

Les deux soldats, Michael « Bud » Barton et Colin Rogerson faisaient partie du groupe d'Australiens, de Britanniques et de Canadiens exaltés à la perspective de se rapprocher de l'explosion. Plusieurs sous-officiers de leurs régiments s'étaient inscrits pour faire partie de la Commonwealth Indoctrination Force (CIF), unité de création récente et qui, avec des tenues de protection, se tiendrait à moins de deux kilomètres de l'explosion. Le groupe de simples soldats, une quarantaine en tout, serait posté à plus d'un kilomètre en retrait de cette première ligne, vêtus de divers styles d'uniformes. L'objectif était de déterminer si la tenue de combat traditionnelle était adéquate en cas de guerre nucléaire. Tous les participants à cette opération avaient reçu la garantie qu'ils seraient en sécurité, qu'ils ne risquaient pas d'être surexposés et qu'ils seraient en aval des retombées. Les chanceux qui avaient été assignés à cette tâche étaient enthousiastes à l'idée d'être dans l'action.

Les préparatifs étaient les mêmes que pour l'essai One Tree. Après l'explosion, le sol serait analysé en plusieurs endroits pour mesurer sa radioactivité. Animaux et appareils étaient installés en des lieux stratégiques, à plusieurs distances de « ground zero ». Marcoo se distinguait par l'absence d'une tour de lancement, car la bombe exploserait au niveau du sol, et par la présence de soldats à des fins expérimentales. La bombe elle-même était plus petite que One Tree, avec une puissance prévue d'une kilotonne et demie, et la sécurité serait assurée, pensait-on.

Des centaines d'hommes étaient présents pour assister à la détonation. Toutefois, l'exaltation engendrée à Roadside était loin de celle qui régnait parmi les hommes réunis à moins de trois kilomètres de l'explosion.

— On croise les doigts, dit Bud à Colin sur le ton de la plaisanterie alors qu'il éprouvait une légère appréhension.

— C'est ça, mon vieux. Personne n'a envie de se faire cramer, répondit Colin, ce qui ne fit rien pour rassurer Bud.

Colin n'avait pas peur. Il était très enthousiaste. Ils n'étaient pas en guerre, après tout. L'armée ne les mettrait jamais en danger et il pourrait raconter tout ça à sa petite amie quand il retournerait à Perth. Tant pis pour la clause de confidentialité. Il la soumettrait au secret comme il savait si bien le faire. Il était prêt à tout pour Marge.

Ils se tenaient en position de repos. Colin observa ses camarades, répartis en trois groupes en fonction de l'uniforme qu'ils portaient. Bud, lui et leurs amis arboraient une combinaison d'exercice en toile, d'autres étaient en tenue de combat du désert, et les troisièmes groupes en « battledress » de gabardine. Avec leur tenue légère, Colin et sa clique n'étaient pas avantagés, mais il n'en était pas contrarié pour autant. Ils avaient tous reçu un sous-vêtement de protection homologué par l'Atomic Weapons Research Establishment.

Plus qu'une minute.

À Roadside, la foule était immobile en écoutant le compte à rebours final dans les haut-parleurs.

À trois kilomètres de « ground zero », les soldats étaient attentifs au sergent qui égrénait les secondes. À « dix », tout le monde se retourna et se couvrit les yeux.

— Deux, un, zéro…

L'éclair aveuglant des rayons gamma s'éleva. Malgré leurs yeux fermés, les spectateurs de Roadside s'étonnèrent de voir une lumière blanche. Les hommes postés à trois kilomètres, eux, virent quelque chose de bien plus sinistre.

Nom de Dieu! songea Colin. Sous le choc, il retint son souffle, comme les autres, en voyant le squelette de ses mains. Sous la peau et la chair, chaque os était mis en évidence par les rayons X. C'était si troublant qu'ils remarquèrent à peine la vague de chaleur intense qui suivit.

Quelques secondes plus tard, on leur ordonna de se préparer à l'onde de choc qui fit tomber plusieurs hommes. On leur ordonna de faire face au site.

Au loin, toute végétation avait fait place à un cratère surmonté d'un champignon de fumée. Entre les hommes et le cratère, les hommes virent le CIF émerger, en tenue de protection. Des membres de leurs propres régiments, songèrent-ils, au beau milieu de tout ça. Ils n'eurent pas le temps d'admirer le spectacle, car leur propre travail venait de commencer.

Pendant quarante minutes, les soldats reçurent des ordres. En fonction de leur uniforme, ils furent envoyés dans différentes directions avec l'ordre de traverser les zones broussailleuses afin que leur uniforme soit le plus contaminé possible. Les plus légèrement vêtus furent répartis en deux groupes chargés de ramper sur une trentaine de mètres, le premier groupe dans une zone aride et sablonneuse, le second dans les spinifex. Il fut plus tard déterminé que ces herbes retenaient les particules radioactives bien plus que le sol.

Colin Rogerson ne pouvait s'empêcher de croire que, une fois de plus, son groupe avait hérité de la pire situation, mais pourquoi s'en soucier ? Le lendemain, au petit-déjeuner, Colin et Bud avaient les meilleures histoires à raconter.

— On voyait les os de nos mains, comme sur une radio !

— Oui ! Regardez ça !

Ils comparèrent leurs brûlures à la nuque. Des cloques apparaissaient déjà.

— Blessure de guerre, mon vieux ! se vanta Colin, provoquant l'hilarité générale.

Il en aurait des choses à raconter à Marge…

Ngangala et sa famille sont des Pitjantjatjara, le peuple « spinifex » du désert de l'ouest. Ils voyagent vers le sud depuis un moment.

Durant les bonnes saisons, quand la sècheresse ne menace pas, ils se réunissent avec d'autres à Ooldea. La femme de Ngangala, Pantjiti, aime voir d'autres gens et pense que c'est bon pour les enfants. Nantji a 10 ans, c'est un garçon énergique qui aime fréquenter d'autres garçons, et Minna, 6 ans, est timide. Elle a tout à gagner à être en contact avec des enfants de son âge.

Ces deux derniers jours, ils ont vu plusieurs fois des hommes blancs dans des camions, en contournant des missions et des villages. Les enfants sont désormais autant capables de se fondre dans le paysage que leurs parents. Ngangala et Pantjiti se demandent ce que fabriquent ces hommes blancs en ces lieux, loin du confort de leurs villes. Les hommes blancs ne connaissent pas le désert.

En cette fin d'après-midi de leur septième jour de voyage, ils voient le signal de fumée, précédé par un éclair blanc qui illumine le ciel. Dans un premier temps, Ngangala et Pantjiti croient que c'est un orage. Ils entendent des coups de tonnerre et attendent que l'orage remonte du sud. Mais l'orage ne vient pas. Il y a que ce nuage de fumée qui monte dans le ciel.

C'est peut-être la fumée d'un feu de chasseurs ayant fait une bonne prise. Ces hommes ont de la nourriture à partager, plus qu'il ne leur en faut et ils appellent les autres à se joindre au festin. Ngangala se ravise. Ce nuage est trop énorme pour provenir d'un feu. Il a une forme bizarre et est visible de loin. Il signale un événement cérémonial de grande importance.

Pantjiti est d'accord avec son mari. Cette fumée appelle les gens à des festivités d'importance. Cette perspective l'enthousiasme.

Ngangala décide qu'ils vont dormir et se remettre en route à l'aube. Une bonne journée de marche les attend et il espère atteindre le rassemblement avant la nuit.

Pour marcher vers le signal, Ngangala et sa famille doivent quitter leurs pistes et leurs points d'eau familiers. Ils ne courent aucun danger, car ils pourront survivre grâce à l'eau des racines d'eucalyptus. Comme tous les habitants du désert, Ngangala et Pantjiti savent quel type d'eucalyptus possède de longues racines latérales qu'ils pourront déterrer et écraser pour en extraire les nutriments dont ils ont besoin.

Ils ont marché toute la journée. La nuit est tombée et il fait froid. Ngangala est mal à l'aise. Il n'y a aucun signe du feu ou du rassemblement, rien que de nombreux vestiges du passage de l'homme blanc. Ils ont croisé des véhicules étranges abandonnés dans la nature et la terre porte de nombreuses traces des camions des hommes blancs.

Les enfants sont fatigués et assoiffés et ils se plaignent d'avoir mal aux yeux. Ngangala et Pantjiti ont eux aussi les yeux qui démangent et leur soif intense ne peut être étanchée par l'eau des racines. Ils sont épuisés. Ngangala cherche un lieu de campement dans les broussailles. Il fera du feu pour les réchauffer, mais ils ne prendront pas la peine de faire cuire le wallaby qu'il porte sur l'épaule.

Il l'avait tué de sa lance dans l'intention de l'offrir aux personnes rassemblées, en arrivant. Ils n'ont pas faim.

Dans la pénombre, au loin, il voit une étrange lumière. Ils la voient tous. La terre semble scintiller. Ngangala s'approche avec prudence, Pantjiti et les enfants en retrait derrière lui, prêts à fuir au moindre signal.

Ngangala ne lance aucun signal, alors ils le rejoignent. En silence, ils fixent le spectacle qui s'offre à eux.

La végétation a fait place à un immense cratère dont le sol est luminescent. Ils sont fascinés par cette beauté extraordinaire.

Ngangala veut en savoir plus. Il descend la pente pour pénétrer le trou géant. La terre est étonnamment chaude, bien plus qu'en haut. Ce trou est confortable, accueillant, le campement idéal. Ils n'auront pas besoin de faire du feu, ce soir. À l'aube, ils mettront le cap sur Ooldea. L'eau est désormais leur priorité. En attendant, ils doivent se reposer.

— On campe ici ! lance-t-il à sa femme. C'est un bon endroit. On dormira bien, ici !

Sa famille le rejoint au fond du cratère.

Chapitre 11

Deux jours après l'opération Marcoo, une patrouille militaire fit une macabre découverte.

— Arrête le camion, Charlie ! J'ai vu quelque chose.

Le soldat Charlie Waite obéit, même s'il s'étonnait que Sam ait observé les alentours. Ils ne se trouvaient qu'à huit kilomètres au sud-est du site, entre « ground zero » et Roadside. Il ne pouvait y avoir d'Aborigènes dans le secteur.

Il arrêta le camion et prit les jumelles qui lui tendait Sam.

— Là-bas, dans l'ombre, dit le caporal Sam Farrington en désignant un bosquet d'eucalyptus. Dis-moi si je me trompe.

— Oh ! non, fit Charlie en scrutant les lieux.

Sam comprit qu'il ne se faisait pas des idées.

Ils roulèrent en direction de la femme qui serrait ses deux enfants morts sur son cœur. Adossée à un tronc d'arbre, elle aurait pu sembler vivante sans les mouches et les fourmis qui grouillaient. L'homme était recroquevillé à terre près d'eux. Tous les quatre étaient couverts de plaques rouges qu'ils avaient grattées à vif.

— Ils ont été contaminés, commenta Sam. Mieux vaut ne pas les toucher.

Charlie n'avait pas plus que lui envie de charger les cadavres à l'arrière du camion.

— Les pauvres…

— Ouais, souffla Sam. On dirait qu'ils ne sont pas morts depuis très longtemps.

Au bout d'un moment, Sam appela le QG à la radio.

— Ils envoient une équipe spéciale, dit-il à Charlie. On doit rester là et les raccompagner ensuite à la zone DC/RB.

— D'accord.

Charlie détourna les yeux des cadavres, qu'il trouvait dérangeants. La fillette n'avait que 5 ou 6 ans, à peine plus jeune que sa petite sœur. Charlie adorait les enfants. Il avait 18 ans et était l'aîné de cinq enfants.

Sam appela la patrouille de Pete Mitchell à la radio. D'abord, la nouvelle fut accueillie par un long silence, puis la voix de Pete leur parvint pour demander leur localisation. Il arriva sur place une demi-heure plus tard, quelques minutes avant l'équipe de décontamination, alors qu'il venait de bien plus loin.

Le sergent Benjamin Roscoe, qui patrouillait avec lui, descendit du camion, rassuré d'être encore en vie tant Pete avait roulé vite. Pourtant, il semblait calme. Au vu des circonstances, la placidité de Pete était presque alarmante.

— On ne peut pas dire que ce soit étonnant !

Pete salua Charlie et Sam d'un signe de tête et alla s'agenouiller près des dépouilles, révulsé par ce spectacle. Les autres restèrent en retrait.

— Les malheureux, marmonna Charlie, incapable de dire autre chose.

— Ils ont dû traverser la zone contaminée, hasarda Sam. Pourquoi ? Où allaient-ils ?

— À Ooldea, répondit vivement Pete. En quête d'eau.

Les signes de déshydratation étaient manifestes, mais il demeurait perplexe. Les habitants du désert mouraient rarement de soif. Ils connaissaient toutes les sources secrètes et les méthodes de survie. Avaient-ils perdu leur capacité de réflexion ? En tout cas, ils étaient morts dans de terribles souffrances, à en juger par les lésions.

Pour Pete, la position des corps racontait une histoire. L'homme et la femme semblaient avoir accepté leur destin. Les enfants étaient morts les premiers, c'était évident. La femme les avait pris dans ses bras. L'homme s'était recroquevillé près d'elle et ils avaient attendu la fin.

En entendant un camion s'arrêter, il se leva. Quatre membres du CIF en descendirent, en tenue de protection.

— Écartez-vous, s'il vous plaît, monsieur, dit l'un d'eux.

C'était un ordre. Pete s'éloigna de quelques pas, ce qui fut suffisant.

Deux autres militaires sortirent des caisses plombées de l'arrière du camion tandis que les deux autres notaient les résultats du compteur Geiger, qui étaient particulièrement élevés.

— J'ai l'impression qu'ils sont allés dans le cratère, dit l'un des hommes à Pete. Ils ont des résidus de retombées sur la peau.

Naturellement, songea Pete. La bombe Marcoo avait explosé au niveau du sol, créant un vaste cratère qui avait certainement attiré cette famille. Il constituait un nid chaud et douillet par une froide nuit.

L'homme et la femme furent placés dans deux caisses séparées qui ressemblaient à des cercueils, comme si elles avaient été prévues à cet effet. Les deux enfants partagèrent une troisième caisse.

Les hommes reçurent l'ordre de se présenter dans la zone DC/RB où ils seraient briefés, puis les trois véhicules partirent en convoi, celui du service de décontamination en tête.

Un vrai cortège funéraire, songea Pete, qui se sentait vidé de toute émotion. Il savait que cela se produirait. Ce n'était qu'une question de temps. Un mélange de culpabilité et d'impuissance fut vite submergé par une infinie tristesse.

*

En quittant le quartier général, Nick Stratton n'avait guère envie d'obéir aux ordres de son commandant britannique, mais les ordres étaient les ordres et, même si sa tâche était repoussante, c'était une décision avisée. *Il n'y a pas d'autre solution*, se dit-il en démarrant la Land Rover. Si seulement il n'était pas celui qui devait en faire part aux hommes.

Les caisses garnies de plomb furent directement transportées dans l'un des laboratoires de la zone DC/RB, où le colonel Stratton les attendait. Les quatre membres de la CIF reçurent l'ordre de gagner l'unité de décontamination où ils quitteraient leurs tenues de protection. Stratton leur recommanda de ne rien dire de l'incident durant la procédure. Pete Mitchell et les trois soldats devraient rester au laboratoire jusqu'au retour des officiers. Alors le briefing pourrait commencer.

Charlie, Sam et Benjamin observèrent le laboratoire avec grand intérêt. Ils n'avaient jamais franchi les grilles de la zone DC/RB. C'était donc ici que tout se passait… Était-ce là qu'ils fabriquaient les bombes ?

Pete ne s'intéressait en rien au laboratoire, trop occupé à fixer les cercueils plombés. Qu'allaient-ils faire d'eux ? Les jeter au feu avec le reste des déchets radioactifs ? Probablement. Hélas ! Il n'y pouvait rien. Il en avait marre de tout ça ! Il avait envie de partir. Pourtant, quelque chose l'en empêchait. Il resta là, à fixer les cercueils. Charlie avait raison. C'étaient des malheureux. Des pauvres malheureux qui n'avaient rien demandé.

Il émergea de sa rêverie lorsque les officiers arrivèrent. Nick Stratton prit la parole.

— Repos ! ordonna-t-il aux sept soldats.

Appuyé sur une paillasse en granite, Pete se sentit un peu déplacé. Il ne voulait pas manquer de respect à Stratton, qui ne faisait que son travail et transmettait les ordres, mais il devinait la suite des événements. L'armée voudrait certainement couvrir cette affaire. On leur servirait le baratin d'usage avant de leur rappeler qu'ils étaient tenus au silence.

— Les armées britannique et australienne déplorent cet événement terrible, de même que tous ceux qui sont impliqués dans le projet Maralinga, déclara Nick.

C'est ça, songea Pete. *Allez, viens-en au fait...*

— Toutefois, poursuivit Nick, je me dois de vous rappeler que vous avez prêté serment et que vous devez garder le silence.

Il n'y était pas allé par quatre chemins, songea Pete avec respect malgré lui.

Nick croisa tour à tour le regard de chaque homme :

— Vous êtes tous tenus par l'Official Secrets Act.

Il s'attarda sur Pete pour souligner qu'il était concerné, lui aussi.

— Vous devrez donc garder le silence sur la mort regrettable de ces Aborigènes.

Il ignora le grommellement narquois de Pete.

— Il est de mon devoir de vous prévenir que quiconque désobéira à cet ordre passera immédiatement en cour martiale.

Même Pete s'en étonna. C'était une mesure radicale.

— La violation de l'Official Secrets Act est une trahison, comme vous le savez certainement, poursuivit Nick. Les personnes reconnues coupables sont passibles de trente ans de prison, voire de la peine de mort.

Pete guetta la réaction des soldats. Ils étaient abasourdis. Les quatre officiers ne bougèrent pas, mais Charlie, Sam et Benjamin échangeaient des regards surpris.

Nick s'attendait à leur réaction.

— Faites-leur peur, avait ordonné le général de brigade. Si la presse a vent de l'affaire, on aura de sérieux ennuis.

Nick ne pouvait affirmer le contraire.

— Le projet Maralinga ne doit en aucun cas être menacé, conclut-il. Merci de votre attention, messieurs.

Ayant terminé son briefing, il ouvrit la porte.

— Je vous rends le laboratoire, docteur Crowley, annonça-t-il au scientifique qui entra. Merci de votre patience.

— Je vous en prie, colonel.

Nick s'effaça pour laisser sortir les hommes. Pete demeura immobile. *Crowley*, songea-t-il. Il se souvenait de lui. Il l'avait rencontré une semaine plus tôt, quand il avait été convoqué dans la zone DC/RB pour communiquer avec la famille aborigène ayant subi le traitement de décontamination. Le docteur Melvyn Crowley. Le pathologiste en chef.

— Pete, dit Nick en voyant qu'il ne bougeait pas.

Melvyn Crowley est sans doute chargé de la dissection des animaux exposés aux radiations, songea Pete. Il balaya enfin le laboratoire du regard. La paillasse sur laquelle il s'appuyait était destinée à l'autopsie des cadavres.

Il se redressa, mais ne semblait pas disposé à sortir. Il ne restait plus que les trois hommes dans la pièce. Pete regarda Crowley, qui n'avait d'yeux que pour les cercueils. Il en bavait presque.

— On y va, Pete, ordonna Nick.

— Merde !

Il avait réussi à détourner l'attention de Crowley, qui croisa enfin son regard. *Sale pervers*, songea Pete. *Tu es impatient de commencer, n'est-ce pas ?*

— Il est temps de partir, insista Nick, à bout de patience.

Pete observa les deux hommes, le scientifique exalté et Nick Stratton, le militaire aveuglé par le protocole.

— Allez tous vous faire foutre ! grommela-t-il avant de quitter brusquement le laboratoire.

Ce soir-là, au mess des officiers, Pete Mitchell était ivre mort. Il n'était pas très tard, il avait déjà bu pas mal de whisky dans sa chambre et il continua à se saouler à la bière. Sentant que quelque chose n'allait pas, Daniel voulut s'approcher de lui. Il le chassa d'un geste. Il ne voulait pas de la compagnie des autres. Et les autres n'avaient pas envie de le fréquenter non plus. Il avait le vin triste.

Nick Stratton l'observait depuis l'extrémité de la salle. Il avait de la peine pour lui. Pete Mitchell prenait très à cœur la mort de cette famille aborigène. Sans doute se sentait-il en partie responsable. Mais il ne pouvait rien y faire. Se saouler ne servait à rien. Nick finit sa bière et alla s'attabler près de lui. Pete le foudroya du regard, mais ne le chassa pas.

— Et si tu allais te coucher, Pete. Il ne sert à rien de se morfondre.

Pete tira sur sa cigarette, toujours renfrogné.

— C'était un accident, reprit Nick. Tu n'y pouvais rien.

— Tu es comme les autres, hein, Nick ? Tu penses que, puisqu'ils sont noirs, on peut disposer d'eux.

Nick regretta aussitôt de ne pas avoir tenu sa langue.

— Tu te prends pour qui ? persifla Pete. Et eux, tu les prends pour qui ? Des dommages de guerre ? Tu crois pouvoir justifier leur mort par une noble cause ? Bonne nouvelle, mon vieux : on n'est pas en guerre !

Mais si, songea Nick. Contre le communisme. La course à l'armement nucléaire était une guerre inédite, la raison même de l'existence de Maralinga.

— Va te coucher, Pete, dit-il en se levant.

— C'est ça.

Pete écrasa rageusement sa cigarette dans un cendrier qui débordait de mégots. Il se leva et finit sa bière. Il avait besoin de quelque chose de plus fort, de toute façon.

— Dommage que tu ne puisses pas me menacer de la cour martiale, colonel ! Tu devrais passer par la cour suprême et l'affaire deviendrait publique. Je dois être une vraie source d'inquiétude !

Nick ne dit rien et Pete n'alla pas plus loin. À quoi bon ? Ils savaient tous deux que Pete ne ferait pas de vagues. Pete connaissait son intérêt.

Nick le regarda s'éloigner. Quel dommage… Pete avait perdu toute objectivité et était instable. L'armée n'avait peut-être pas fait le bon choix en faisant appel à lui. Néanmoins, il avait de la peine pour Pete.

Une heure et demie plus tard, en rentrant à la donga, Daniel trouva Pete dans un état de stupeur, assis sur sa couchette, pieds nus, échevelé, à boire au goulot d'une bouteille de whisky.

— Allez, viens boire un coup avec moi, mon vieux !

Il lui tendit sa bouteille, puis se rendit compte qu'elle était vide.

— Attends, attends…

Chancelant, il se leva pour sortir un carton de sous son lit.

— Je n'ai pas envie de boire, Pete. Merci.

— Naturellement !

Il tendit une bouteille neuve à Daniel.

— Tiens !

Il rangea son carton d'un coup de pied.

Daniel sentit qu'il n'avait pas le choix. Pete n'accepterait pas son refus.

Il déboucha la bouteille et alla chercher une timbale sur la commode. Il se servit un doigt d'alcool et laissa la bouteille sur la commode.

— À la tienne ! lança-t-il en s'asseyant.

Pourvu que Pete s'endorme bientôt.

— C'est vraiment la merde, maugréa-t-il. Vraiment la merde.

— Je le suppose, oui, admit Daniel sans lui demander de quoi il parlait.

— Tu sais ce que Crowley et sa clique vont faire à ces pauvres malheureux ?

— Non.

— Ils vont les disséquer de la même façon que les moutons, les chèvres, les lapins et les souris, expliqua Pete avec emphase, en agitant la bouteille. Comme toutes les créatures qu'ils pourront irradier. Ils vont les ouvrir et broyer leurs os au nom de la science et ils en savoureront chaque seconde. Ils doivent être fous de joie d'avoir récupéré plusieurs cadavres humains. Tu aurais vu l'expression de Crowley ! Passe-moi la bouteille !

Daniel s'exécuta. Il n'était pas certain de comprendre ce qu'il entendait, mais Pete avait réussi à capter son attention.

— Et tu sais ce qu'il y a de pire ? Enfin, à mon avis, et ils seraient d'accord avec moi s'ils avaient leur mot à dire, ce qui n'est pas le cas vu qu'ils sont morts.

Il parvint à ôter le bouchon de la bouteille, qu'il jeta à terre avant d'avaler une rasade de whisky.

— Le plus dur, c'est le découpage.

Pete se pencha en avant, les doigts crispés sur le goulot. Il avait grand besoin de communiquer avec Daniel, le seul qui exprime un peu de compassion pour les Aborigènes. Cela dit, les autres avaient été abreuvés de toutes sortes de bêtises. On leur avait dit que la population avait été déplacée et qu'il n'y avait pas grand-monde, de toute façon. Comment avoir de la compassion pour des gens qui n'existaient pas ?

— Le pire qu'on puisse faire à ces gens, Dan, c'est de les découper. Ça, c'est vraiment dur. Tu comprends ?

— Pas vraiment.

Cependant, Pete sentait que le gamin était réceptif.

— On ne peut pas les mutiler. On ne les découpe pas quand ils sont morts. Pour eux, le démembrement, c'est pire que la mort. Ces gens-là doivent rejoindre leurs ancêtres intacts, tu saisis ?

— De qui tu parles, au juste ?

— La famille morte, s'emporta Pete, exaspéré. Le père, la mère et les deux gosses.

Une famille morte ? Quelle famille morte ? se demanda Daniel. Pete délirait. Il parlait sans doute de la famille passée à l'unité de décontamination. S'il y avait eu des morts, la nouvelle aurait fait le tour du mess.

— Je n'ai pas entendu parler d'une famille morte, Pete.

— Bien sûr que non et tu n'en entendras jamais parler. Ils ont menacé toux ceux qui parleront de la cour martiale pour violation de la cause de confidentialité. Je risque de me prendre une balle dans la tête pour t'avoir raconté ça.

Pete constata avec satisfaction que le gamin avait compris. Il rit de sa stupeur.

— Tes chefs sont vraiment implacables, Dan. À l'armée ! La tienne et la mienne. L'une d'elles est composée d'une bande de salauds.

Sur ces mots, il avala une longue rasade de whisky. Daniel était effectivement sous le choc. Ce n'était pas le délire d'un ivrogne, finalement.

— Voilà, c'est comme ça que ça se passe, bredouilla Pete, sur le point de s'écrouler. Une petite famille qui trouve un trou où s'abriter pour la nuit et qui se retrouve découpée en morceaux. C'est pas juste… Vraiment pas juste.

Il lâcha la bouteille qui tomba par terre. Daniel la ramassa.

— Merci, mon vieux, balbutia Pete en tendant la main.

Daniel la posa plutôt sur la commode.

Pete demeura un moment figé, puis il parut oublier le whisky. Il s'écroula sur sa couchette.

— C'est la merde… marmonna-t-il avant de s'assoupir.

Pensif, Daniel souleva les pieds de son camarade sur le matelas et s'assit sur son propre lit.

Ce ne pouvait être arrivé. C'était impossible. Il ne voulait pas y croire. Pete était perturbé. Si l'on avait retrouvé des Aborigènes morts, il l'aurait su. Cela dit, qui parlait des Aborigènes ? Il n'avait entendu parler de la famille contaminée que grâce à Pete. Lui seul lui avait parlé des souffrances des Aborigènes de Maralinga.

Il se rappela du jour où il avait vu cette femme et son enfant, pendant une patrouille. Il y avait vraiment des habitants, dans cette région, qui étaient difficiles à repérer et réellement en danger. Si cette histoire de famille morte était avérée, les autorités iraient-elles jusqu'à menacer les hommes de la cour martiale pour trahison ? Il avait peine à le croire.

Pete ronflait désormais comme un sonneur. Il décida de l'interroger dès le lendemain matin. D'une façon ou d'une autre, il connaîtrait la vérité.

Au matin, Pete avait disparu. Daniel attendit qu'il revienne des sanitaires, en vain. Il était également absent au petit-déjeuner. Daniel se résigna à attendre la soirée pour lui parler.

Pete avait quitté Maralinga avant l'aube. Dans sa Holden FJ, il avait traversé le village. Reviendrait-il un jour ? Au plus profond de lui, il savait que oui. S'il était vraiment en cavale, il aurait bouclé ses valises, non ? Mais il n'avait pas voulu réveiller Daniel. Non. Il n'avait pas *osé* réveiller Daniel. Il avait l'impression qu'il avait craché le morceau, la veille. Peut-être avait-il simplement rêvé qu'il parlait... Il l'espérait vraiment car, sinon, il avait ouvert la boîte de Pandore et il n'avait pas envie d'en affronter les conséquences.

À l'aube, il gara la voiture et en descendit pour admirer la splendeur du soleil levant. Ces premières lueurs étaient une renaissance. En scrutant les dunes rouges et vallonnées de Nullarbor, il se dit que c'aurait pu être le début du monde. Puis il se rappela la famille aborigène, leurs corps étendus qui avaient accepté la mort. Cela n'aurait jamais dû arriver. Qu'avait-on fait pour éviter ça ? Que ferait-il pour les venger ? Comment pouvait-il justifier le sacrifice de leur vie ? C'était impossible. À quoi servait sa propre vie ? Qu'en avait-il fait ? En quoi croyait-il ? En rien.

Il ne voyait plus la beauté de l'aube. C'était bien la première fois qu'il ne savourait pas ce spectacle. Il avait mal à la tête. Il fallait qu'il cesse de réfléchir.

Il remonta en voiture, désireux d'oublier et, à part le whisky, il ne connaissait qu'un moyen de tout oublier : Ada.

Il roula tranquillement vers Watson pour ne pas arriver avant le départ des cheminots au travail. Il suffisait qu'il pense à Ada pour avoir envie de son corps, de sa bouche qui lui embrumeraient l'esprit.

Deux heures plus tard, il s'arrêta à la gare. Watson était aussi désert que de coutume. Le camion qu'utilisaient les cheminots pour l'entretien des voies des alentours était parti. Cela ne signifiait pas qu'ils étaient tous absents. Pete n'avait aucun moyen de savoir où se trouvait Harry Lampton.

Il descendit de voiture et sortit son paquet de cigarettes. Il n'avait plus qu'à suivre la procédure normale en espérant qu'elle le remarque. C'était la première fois qu'il venait sans prévenir. En général, Ada et lui prenaient rendez-vous à l'avance et elle se postait sur la véranda pour lui signaler que la voie était libre. Leur dernière entrevue s'étant mal terminée, ils n'avaient rien prévu.

Il devait attendre le temps d'une cigarette, puis s'en aller. Jusqu'alors, il n'avait jamais eu le temps de finir de fumer avant qu'elle n'apparaisse.

Il sortit donc une cigarette et prit son temps pour chercher ses allumettes, histoire de prolonger le rituel.

À l'intérieur, Harry prenait son petit-déjeuner, du pain de campagne avec du pâté en boîte et du poivre. Il mangeait la même chose quand il était dans le bush, avec une tasse de thé bien fort, sans lait et très sucré.

— Dépêche-toi, Ada, bon sang!

— Ne t'énerve pas. Il faut bien que le thé infuse!

C'était perdu d'avance. Elle en prendrait pour son grade si le thé n'était pas assez fort. *Tant pis*, songea-t-elle, en soulevant la théière en émail à l'aide d'un torchon. Elle se brûla quand même la main. Elle versa du thé dans la tasse et posa lourdement la théière devant lui.

— Voilà!

— Tu as mis du sucre?

Elle posa brutalement le sucrier sur la table, puis une cuillère.

— Fais gaffe, Ada, prévint-il en mettant quatre cuillères de sucre dans son thé. Fais gaffe.

Elle fait toujours la tête, la garce, songea-t-il. Elle avait déjà de la chance de s'en tirer avec un œil au beurre noir. Il était en droit de la fracasser, non?

Trois jours plus tôt, Harry était rentré et, en couchant avec sa femme, il avait découvert une ecchymose sur son sein gauche.

— Comment tu t'es fait ça? avait-il demandé, méfiant.

— Je suis tombée sur la commode.

C'était la vérité. Son ton n'avait pas plu à son mari qui l'avait frappée, pour la corriger. Elle l'avait provoqué, comme d'habitude, suggérant qu'il n'était pas le seul homme qu'elle pourrait avoir si elle le voulait. Cette fois, avec cette preuve concrète, les soupçons de Harry dépassaient la simple jalousie. Il avait saccagé la maison en quête de preuves de l'infidélité de sa femme. Il avait vite trouvé la réserve de whisky. Il avait battu Ada comme plâtre. Si la seule trace visible était un œil au beurre noir, elle avait deux côtes cassées à la suite de coups de pied.

Depuis trois jours, Harry restait terré chez lui pour guetter le retour de l'amant de sa femme. Il n'avait pas justifié son absence au travail mais, vu l'état d'Ada, Tommo, le contremaître, avait sa petite idée. Il avait noté que Harry était « malade ». Il se réjouissait qu'Ada n'ait pas parlé à son mari de sa propre implication. Tommo avait peur de Harry Lampton.

— Il est pas assez fort, ce thé ! protesta Harry dès la première gorgée.

— Je t'avais bien dit qu'il n'était pas infusé. On ne peut pas aller plus vite.

En le voyant se lever, elle eut un mouvement de recul. Elle avait la partie gauche du visage boursoufflée et elle ne voyait plus de cet œil. Elle était fourbue et incapable d'encaisser une nouvelle raclée.

— Jette-le et donne-m'en un autre !

En se tournant, Harry regarda par la fenêtre ouverte. Il vit une Holden FJ garée près du quai. Il se leva vivement et se plaqua contre le mur pour ne pas être vu, puis il jeta un coup d'œil dehors. Un homme était appuyé sur la voiture et fumait une cigarette.

— C'est lui, hein ?

Ada avait remarqué Pete, elle aussi. Elle s'attendait à ce qu'il apparaisse, mais pas à ce qu'il soit si matinal.

— Alors, c'est lui ? Réponds !

Elle se contenta de hocher la tête.

— Sors sous la véranda et donne-lui le signal !

Bon sang! songea Ada en regardant par la fenêtre, *comment savoir s'il vient d'allumer sa cigarette ou s'il l'a bientôt finie*? Si elle gagnait un peu de temps, peut-être...

Elle versa le thé de Harry dans l'évier et entreprit de lui en servir un autre...

— Tu m'as entendu, Ada! Ne traîne pas comme ça.

Si elle s'était trouvée à portée de main, il l'aurait frappée.

— Allez! Sors, je te dis!

Il prit son .22 Long Rifle posé contre le mur, chargé, prêt à tirer.

— Fais-le entrer!

Ada haussa les épaules et se dirigea vers la porte. À quoi bon, de toute façon? Elle ne faisait que repousser l'inévitable. Pete serait revenu un autre jour et Harry serait là. Elle ouvrit la porte.

— Tiens-toi droite, pauvre conne! Et ne lui montre pas ton cocard!

En se redressant, elle sentit une douleur lui transpercer les côtes. Derrière elle, Harry arma son fusil.

— Fais gaffe, Ada. S'il s'en va, c'est toi qui es dans ma ligne de mire.

Elle se tint devant la fenêtre, qu'elle avait dans le dos, consciente que le canon du fusil était appuyé sur le rebord. Elle se tourna vers le quai, le visage incliné vers la gauche pour rester dans l'ombre.

Pete fit tomber à terre son mégot. Il était sur le point de partir, car il avait fumé sa cigarette jusqu'au bout, quand il vit la jeune femme. *Sauvé!* songea-t-il en écrasant le mégot de son talon. Il était là, son oubli, son remède. Il marcha en direction de la maison.

Ada le regarda sans broncher, sans le prévenir. C'était elle ou lui. Elle n'avait pas le choix.

Harry visa sa cible. *Allez, viens, salaud. Approche...*

À moins de cinquante mètres de l'habitation, Pete remarqua quelque chose de bizarre chez Ada. La partie gauche de son visage. Il ralentit le pas.

— C'est ça, murmura Harry. Tu es foutu, ordure!

Ada vit Pete hésiter. S'il s'enfuyait, Harry penserait qu'elle l'avait prévenu. Elle afficha un sourire aguicheur, un peu de travers.

Pete comprit qu'elle avait été battue, ce qui ne pouvait signifier qu'une seule chose…

Un coup de feu retentit.

Pete Mitchell trouva l'oubli qu'il recherchait. En touchant le sol, il était mort, une balle dans la tête. Harry Lampton était un excellent tireur. Cela dit, la cible était facile.

Il y eut du mouvement derrière les rideaux miteux des autres maisons de cheminots. Du mouvement, pas un bruit. Nul ne donna l'alarme.

Plusieurs paires d'yeux observèrent Harry qui traînait le cadavre vers les broussailles, une pelle sur l'épaule. Quarante minutes plus tard, ces mêmes yeux le virent charger ses rares effets dans la Holden FJ. Sa femme à son côté et le chien à l'arrière, Harry Lampton quitta Watson.

Derrière leurs fenêtres, les épouses des cheminots n'en manquèrent pas une miette. Tommo, le contremaître, et sa femme non plus. Ils avaient tout vu, mais n'avaient rien vu. Les cheminots étaient aveugles à tout ce qui risquait de déclencher une enquête.

Chapitre 12

Daniel était déconcerté et un peu inquiet de ne pas avoir retrouvé Pete au baraquement, le soir venu.

Le lendemain matin, il chercha la Holden FJ de son camarade et se rendit compte qu'elle avait disparu. Il se renseigna discrètement auprès des patrouilleurs. Il ne voulait pas être alarmiste en signalant l'absence de Pete. Le sergent Benjamin Roscoe, qui accompagnait d'ordinaire Pete en patrouille, était aussi intrigué que Daniel.

— Il n'est pas venu hier, déclara Benjamin. Je ne l'ai pas vu de la journée.

Il s'était même demandé si cette absence n'avait pas un rapport avec la mort de cette famille aborigène, sans oser en parler. Il n'avait même pas abordé le sujet avec Charlie et Sam, qui auraient refusé une telle conversation. Ils étaient tous terrifiés par les conséquences éventuelles. Chacun d'eux avait tourné la page. Ces décès d'Aborigènes n'étaient pas survenus.

— Ne vous en faites pas trop, lieutenant, conclut Benjamin. Pete a tendance à bafouer les règles. Il est un peu imprévisible, si vous voyez ce que je veux dire.

Daniel hocha la tête. Il ne le comprenait que trop bien.

— Son utilitaire n'est plus là, dit-il. Il n'a pas emporté son matériel. J'espère qu'il n'a pas eu un accident.

Mille pensées se bousculaient dans la tête de Daniel. Si les accusations folles de Pete étaient avérées, Benjamin devait être l'un de ces militaires qui risquaient la cour martiale s'ils brisaient le silence. Daniel n'osait pas l'interroger. Si Pete avait dit vrai, il mettrait Benjamin en danger, même si ce dernier ne semblait pas sous la menace du peloton d'exécution. Toute cette histoire était ridicule !

Benjamin et Daniel s'accordèrent pour dire que si Pete était tombé en panne ou avait eu un accident, la police militaire devait être informée. Il ne faisait pas bon se retrouver coincé en plein désert.

— Attendons jusqu'à demain, lieutenant, suggéra Benjamin. Pete est habile et il connaît le bush. Il peut y survivre un jour ou deux. Il ne faudrait pas lui imposer des ennuis.

— Quels ennuis ?

— Eh bien !... pas vraiment des ennuis, mais de l'embarras, disons.

Daniel ne masqua pas son étonnement.

— Il a peut-être passé la nuit à Watson, ajouta Benjamin.

— Ah oui, bien sûr ! Vous avez sans doute raison.

Daniel se sentait un peu ridicule. Il avait oublié l'épouse du cheminot. Était-il donc le seul à ignorer la liaison de Pete ?

— S'il n'est pas de retour demain, on alertera la police militaire, ajouta-t-il.

C'est ce qu'ils firent. Benjamin suggéra à la police militaire de commencer leurs recherches à Watson. Aucun signe de Pete ou de sa Holden FJ, là-bas.

— Non, fit Tommo, le contremaître, en voyant la photo. Je ne l'ai pas vu. Et toi, Mavis ?

Il tendit le portrait à sa femme.

— Non plus, affirma Mavis. Jamais vu.

Les épouses de cheminot eurent la même réaction. Les policiers trouvèrent bizarre que personne ait vu Pete, qui se rendait régulièrement à Watson. Les cheminots n'aidaient pas les autorités, c'était notoire.

La police militaire fouilla la région en quête de l'utilitaire et envoya des avis de recherche à Ceduna et à Adelaide, en vain. Apparemment, il s'était volatilisé.

Daniel était inquiet. Si Pete avait décidé de mettre les voiles, il l'aurait prévenu et n'aurait pas laissé son matériel. Il lui était arrivé quelque chose. Un accident, c'était certain.

Nick Stratton se souciait également de la sécurité de Pete, avec un raisonnement bien différent. Il ne croyait pas à la thèse de l'accident. Selon lui, le fantasque Pete avait craqué. Se sentant coupable de la mort des Aborigènes, il avait pu s'enfoncer dans le désert pour se suicider. C'était tragique, mais plausible.

La disparition mystérieuse de Pete Mitchell fut éclipsée par un événement bien plus exaltant. Quatre jours plus tard, commença le compte à rebours du troisième essai de l'opération Buffalo, dans une atmosphère d'anticipation.

L'essai portait le nom de code de Kite et différerait des autres par le mode de détonation. Cette fois, une bombe Blue Danube serait larguée par un Vickers Valiant de la RAF d'une hauteur de 35 000 pieds et exploserait à environ 400 pieds au-dessus du sol.

Au départ, la bombe devait avoir un noyau de quarante kilotonnes, puis le projet avait été modifié.

— Et si le système d'explosion en vol échouait ? avait suggéré un physicien. Une explosion en surface avec une bombe de cette portée poserait d'énormes problèmes de contamination.

Sir William Penney avait admis qu'il y avait matière à s'inquiéter, d'où le recours à une bombe à faible portée de trois kilotonnes, au cas où.

L'essai Kite donnait des raisons particulières d'exaltation. Ce serait la première fois qu'une bombe atomique britannique serait larguée d'un avion. Le 11 octobre 1956 serait une date historique pour les militaires et pour les scientifiques.

Ce matin-là, les conditions météorologiques étaient favorables, mais, au fil des heures, les vents tournèrent, de sorte que l'horaire fut avancé d'une heure. Le largage aurait lieu vers 14 h 30.

À Roadside, des centaines de spectateurs étaient rassemblés, jumelles braquées sur le bombardier Valiant, dans le ciel. Pour les dix dernières secondes, ils tournèrent tous le dos au site.

Dans le cockpit, régnait une certaine tension. Le décompte résonnait dans les écouteurs de l'équipage :

— Deux, un, zéro…

Puis retentit la voix posée du bombardier :

— Largage.

Ils ressentirent une légère secousse lorsque la bombe se détacha de l'appareil, puis le pilote et son équipage passèrent à l'action. Ils devaient éloigner l'avion de l'explosion tout en faisant un décompte des secondes le temps de la chute. La dernière seconde serait celle de l'explosion, du moins l'espéraient-ils.

Durant le compte à rebours, les membres d'équipage attendirent l'éclair aveuglant, priant pour qu'il se produise au moment prévu. Si l'explosion survenait en avance, ils auraient de gros problèmes.

À la seconde prévue, le ciel devint blanc. La bombe avait bien explosé à 400 pieds du sol.

Des cris de joie retentirent dans les écouteurs. L'essai Kite était un succès sur toute la ligne.

Le lendemain, toutefois, il y eut des raisons de s'interroger, mais seuls quelques initiés en étaient informés.

Les conditions météorologiques avaient été défavorables. Les vents avaient tourné de façon alarmante et des résidus radioactifs étaient allés bien plus loin vers le sud que prévu. De plus, de la pluie était prévue au sud-est de l'État, une région qui n'aurait pas dû être touchée par les retombées. La réalité était autre.

Le 12 octobre, le lendemain du troisième essai de l'opération Buffalo, la ville d'Adelaide, à environ 900 kilomètres au sud-est de Maralinga, subit une pluie radioactive. La presse ne publia aucun article sur ses dangers. Le public ne fut pas alerté sur les taux de radioactivité neuf cents fois plus élevés que la normale, enregistrés secrètement dans la région. Seule une poignée de scientifiques était au courant. Et l'un d'eux s'apprêtait à prendre la parole en public.

— J'ai reçu un appel troublant de Hedley Marston, du CSIRO, à Adelaide, annonça Nick lors d'une réunion avec Titterton, Butement et Martin, sur la commission de sécurité.

Deux jours après le largage, il était venu recevoir ses consignes avant la conférence de presse du lendemain, à Adelaide.

— M. Marston voulait savoir si nous avions l'intention de parler des analyses d'Adelaide.

Nick les observa tour à tour d'un air de demander : *Quelles analyses ? Qu'est-ce que vous me cachez ?*

— Marston est un alarmiste, lança Titterton, le directeur de l'AWTSC. On a détecté de faibles quantités de particules radioactives dans l'atmosphère, au-dessus d'Adelaide. Elles ne présentent aucun danger. Ce type est vraiment une menace.

Titterton dénigrait un peu vite l'éminent biochimiste. Selon lui, ils n'auraient jamais dû convier la Commonwealth Scientific and Industrial Research Organisation à participer aux expériences. Et encore moins donner carte blanche à Marston pour les analyses sur les effets de la radiation sur les animaux en dehors de la zone test. Certes, ses découvertes sur les effets des retombées sur des zones très vastes étaient essentielles, mais l'homme lui-même devenait incontrôlable. Sir William Penney et le professeur Ernest Titterton s'accordaient à dire que Hedley Marston était un désastre sur le plan politique. Grâce à ses expériences, Marston obtenait des données potentiellement scandaleuses sur les retombées radioactives. Pire encore, il n'était pas tenu par la clause de confidentialité en vigueur à Maralinga.

« Il ne comprend pas la situation politique, protestait Penney de temps à autre. Si un scientifique aussi reconnu déclare que ces essais sont nocifs, vous imaginez le raffut ? Les communistes et les fauteurs de troubles politiques s'en donneront à cœur joie. Il faut garder le silence à tout prix. »

— Je vous préviens, colonel Stratton, dit Titterton. Marston va mettre toute l'opération en péril.

Le grommellement de réprobation qui suivit semblait adressé autant à Nick qu'à Marston.

— Je dois dire, reprit Titterton, que je ne suis pas étonné qu'il soit entré en contact avec vous alors qu'il aurait dû passer par le comité. Ce type semble déterminé à saper notre crédibilité. C'est irresponsable.

— Je suis d'accord. C'est un risque que nous ne pouvons pas prendre pour notre sécurité, intervint Alan Butement, qui soutenait systématiquement Titterton.

Nick se tourna vers Leslie Martin, l'Australien. En général, il s'efforçait de jauger la situation à travers Martin, qui n'avait pas les mêmes intérêts que les scientifiques britanniques, même si Nick se demandait parfois à quel point Martin était laissé en dehors du coup. En l'occurrence, l'Australien semblait sincèrement du côté de ses collègues.

— C'est un rebelle, admit Martin. Et il a tendance à exagérer.

— C'est ce que je dois dire lors de la conférence de presse lorsque son nom sera cité ? rétorqua Nick d'un ton volontairement agressif.

— Son nom ne sera pas cité, assura Titterton. La presse ne sait même pas qui il est. Vous n'entendrez pas un mot sur Marston.

Ernest Titterton était en droit d'être confiant. Hedley Marston savait que, s'il tentait de publier ses propres découvertes, il serait contredit pas ses homologues et ridiculisé. Sir William Penney avait, de plus, exigé que toute référence à Adelaide soit effacée de l'article que Marston rédigeait pour un journal scientifique. Il avait eu un avertissement dans l'intérêt de la sécurité nationale. Tout propos diffamatoire serait aussitôt supprimé et la réputation de Marston anéantie.

— Je me charge de la conférence de presse, colonel, annonça Titterton. Vous ferez votre déclaration aux journalistes et, avant de passer aux questions, vous me présenterez. En attendant, vous pouvez chasser Marston de votre esprit.

Nick était soulagé, mais il appréciait de moins en moins Ernest Titterton.

Au deuxième étage du service d'information gouvernemental de Rundle Street, à Adelaide, tout se déroulait comme prévu.

— À présent, je passe la parole au professeur Ernest Titterton, directeur de l'Atomic Weapons Tests Safety Committee, la commission de sécurité des essais sur les armes atomiques, conclut Nick. Il se fera un plaisir de répondre à vos questions.

— Merci, colonel.

Nick s'écarta pour permettre à Titterton de s'adresser à l'assemblée.

— D'abord, j'aimerais répéter que toutes les mesures de sécurité ont été respectées durant l'essai Kite. Les conditions météorologiques étaient satisfaisantes pour le largage. Le comité australien et le directeur des essais se sont accordés sur l'absence de risque de retombées importantes en dehors de la zone cible.

Il poursuivit dans cet esprit pendant quelques minutes, avant de donner sa garantie personnelle que le comité continuerait à surveiller avec attention toutes les expériences. Il donna ensuite le coup d'envoi des questions. Il n'y en eut que quelques-unes, sans un mot sur les taux de radiation d'Adelaide.

— Merci, colonel Stratton.

En rendant la parole à Nick pour la conclusion de la conférence, il parvint à donner l'impression que c'était un ordre.

Quel arrogant! songea Nick qui avait envie de le frapper.

Nick passa la nuit à Adelaide. Il avait une autre conférence de presse à Canberra le lendemain et avait une place réservée sur un vol commercial à l'aube. Il aurait pu partir dans l'après-midi, mais il préférait passer le moins de temps possible dans la capitale, une ville sans intérêt à ses yeux.

Il revêtit une tenue civile et dîna à l'hôtel, puis il mit le cap sur les bars à hôtesses et les clubs de Hindley Street avec la ferme intention de se saouler. Cela lui arrivait rarement. Il en avait assez de ce petit jeu et un grand besoin de se changer les idées. Il méritait bien une bonne cuite. Garder des secrets militaires et protéger le projet Maralinga était une chose, mais recevoir des ordres de ces maudits chercheurs anglais si arrogants et si hypocrites en était une autre.

Il but une ou deux bières, puis se rendit dans un piano-bar et commanda un Scotch.

Dans la petite salle à moitié vide, la clientèle était masculine et le personnel féminin, à l'exception des deux videurs tapis dans l'ombre. Même la barmaid et la pianiste. Plusieurs « hôtesses » étaient installées au bar, seules ou avec un client. C'était un club pour messieurs solitaires.

Lorsque la jolie brune qui jouait du piano entonna une valse, un couple se leva pour danser sur la piste minuscule. Un client servit une coupe de champagne à la musicienne. Vendait-elle ses charmes, comme la plupart des autres ?

— Bonsoir… Tu as envie d'un peu de compagnie ?

Dans la lumière tamisée, il distingua un beau visage encadré de cheveux blond platine, des lèvres pulpeuses et rouges, une silhouette voluptueuse… Elle lui sembla vaguement familière. Soudain, un rapport sexuel lui parut une excellente idée.

— Volontiers… Assieds-toi. Champagne ?

Nick connaissait les règles du jeu. Ces hôtesses touchaient une commission sur chaque bouteille de mauvais mousseux.

— D'accord, susurra-t-elle en s'asseyant.

— Comment t'appelles-tu ?

— Marilyn.

Elle afficha un sourire radieux.

Naturellement, songea-t-il.

— Tu es militaire, non ?

— Comment tu as deviné ?

— Facile. Je devine toujours. C'est une question d'attitude. Moi, je suis chanteuse.

— Ah oui ? Tu chantes où ?

— Ici.

Cinq minutes plus tard, la pianiste lui fit signe d'approcher.

— Cela t'ennuie que je porte du champagne à Bella ?

Elle prit la bouteille et sa propre coupe, qui était pleine.

— Pas du tout, répondit-il aimablement. Je vais en commander une autre.

— Parfait.

Tandis qu'elle s'éloignait, il fit signe à la serveuse. La première bouteille allait sans doute disparaître et Marilyn verserait son « champagne » dans les toilettes ou ailleurs. Cela faisait partie du jeu. C'était ainsi que le club gagnait de l'argent.

Marilyn chanta en duo avec la pianiste, imitant Marilyn Monroe de son mieux, sans oublier les battements de cils, la moue et les ondulations de hanches.

Au bout de deux chansons, elle revint vers la table.

Nick l'applaudit.

— Excellent, commenta-t-il.

Il lui servit du « champagne ».

— Je suis désolée, je crois que j'ai perdu mon verre, dit-elle.

— Pas de problème. La serveuse en a apporté un autre.

Il leva son Scotch.

— Tu chantes très bien.

Il se garda d'évoquer la ressemblance avec Marilyn Monroe pour ne pas la contrarier si elle souhaitait être perçue comme une artiste à part entière.

— Tu vas aimer les prochaines chansons encore davantage, promit-elle.

Il s'agissait de *Diamonds are a Girl's Best Friend* et *The River of No Return*. Il ne risquait pas de gaffer avec Marilyn Monroe.

— C'est mon idole. Elle m'inspire beaucoup.

— Oui, j'avais remarqué la ressemblance.

Ravie, elle se mit à rire.

Ils bavardèrent et burent encore, puis ils dansèrent. Il l'invita à dîner, puis discutèrent encore. Enfin, ce fut surtout Marilyn qui parla.

Après tout, parler faisait partie de son travail. Mais elle était avant tout une chanteuse qui distrayait les clients. Et elle ne pouvait boire et manger sans offrir en échange un peu de conversation. Il fallait qu'il en ait pour son argent. Sa franchise était désarmante. Elle se nommait en réalité Edie Smith de Mount Barker, lui confia-t-elle. Marilyn était son nom d'artiste…

— Marilyn a fini par prendre le dessus sur Edie, fit-elle avec un rire un peu rauque.

Nick la trouvait intrigante, amusante. Il appréciait sa compagnie. Malgré son impatience de passer aux ébats sexuels, sa présence lui suffisait pour l'heure.

Nick Stratton avait pour règle d'éviter les complications dans ses relations sentimentales. Une seule fois, il avait failli se marier. Il était stationné à Séoul et elle était chiffreuse au service de renseignements de l'armée américaine. Ils avaient vécu une histoire d'amour passionnée et il souhaitait épouser Jennifer, du moins le croyait-il à l'époque. Finalement, ils se ressemblaient trop.

— Vois les choses en face, Nick, nous sommes tous les deux mariés avec l'armée.

Elle avait refusé de renoncer à sa carrière et, après la guerre, elle était retournée aux États-Unis. Avec le recul, Nick jugeait que c'était mieux ainsi. Depuis, il avait eu plusieurs aventures, mais se contentait très bien des relations sexuelles tarifées. C'était plus facile.

— Tu veux rentrer avec moi à mon hôtel ? proposa-t-il après le dîner.

— Ce serait mieux chez moi. C'est tout près.

— D'accord, dit-il avant de régler l'addition.

— Je ne peux pas partir tout de suite, reprit la jeune femme avec un sourire contrit. J'ai encore un tour de chant. Minuit, ça ira ?

Il consulta sa montre. Encore une heure… C'était sans doute la politique de la maison. Les filles devaient rester jusqu'à minuit pour faire consommer les clients. Ce qui expliquait pourquoi il y avait tant de monde, soudain. Les hommes en quête de sexe n'avaient qu'une heure à passer avant de partir avec la fille de leur choix.

— Très bien, dit-il. Je commande encore une bouteille ?

— Avec plaisir.

Dans le taxi qui les conduisait vers l'appartement, elle embrassa Nick de façon provocante et prometteuse. Il fut aussitôt excité, car cela faisait longtemps qu'il n'avait pas couché avec une femme.

Ils se déshabillèrent mutuellement. À la lueur de la lampe de chevet, il découvrit qu'elle était bien plus âgée qu'elle ne le semblait au club. Sans doute frisait-elle la quarantaine. Aucune importance, car leurs ébats furent très satisfaisants. Là encore, il en eut pour son argent.

Quand ce fut terminé, Nick se rendit compte qu'ils n'avaient pas évoqué l'argent, justement. Elle n'avait pas évoqué de tarif et, bêtement, il ne lui avait pas posé la question. Il resta couché, à fixer le plafond, pendant un long moment, le temps de reprendre son souffle. À côté de lui, elle pantelait aussi. Elle avait sans doute simulé un orgasme, mais elle était excellente actrice. Il aurait juré qu'elle prenait du plaisir, ce qui avait rendu l'expérience d'autant plus agréable.

— C'était vraiment bon, commenta-t-elle en s'étirant langoureusement.

— Je trouve aussi.

Il se leva et entreprit de se rhabiller. Il ne voulait pas parler d'argent dans le plus simple appareil.

Elle s'assit et se couvrit la poitrine de son drap.

— Merci pour le dîner et le champagne, dit-elle. J'ai beaucoup aimé ta compagnie, vraiment.

— C'est réciproque.

C'était un peu un rendez-vous. Il allait avoir du mal à lui demander combien. Il était plus facile de laisser un cadeau. Il avait connu des femmes qui préféraient ignorer qu'il s'agissait d'une transaction. Il sortit un billet de dix livres de son portefeuille et le glissa sous une statuette, sur la cheminée. Il s'attendait à ce qu'elle fasse semblant de ne rien voir. Il se trompait.

— Quelle générosité ! s'exclama-t-elle avec enthousiasme. Merci !

Elle lui envoya un baiser.

— De rien. Au revoir, Marilyn !

En s'en allant, il se rendit compte que cette nuit lui avait coûté près d'une semaine de salaire. Cependant, pour une raison étrange, il n'avait pas l'impression de s'être fait avoir.

Edie Smith de Mount Barker avait joué le jeu selon ses propres règles. Elle observait ses clients potentiels avec grand soin. Parfois, elle leur racontait un élément de vérité, comme la veille, parfois elle inventait une histoire pour les distraire pendant tout le dîner. Elle ne ramenait chez elle que ceux qui lui plaisaient, car elle aimait le sexe. Edie se contentait de son salaire de chanteuse et de la commission du club et ne cherchait pas à faire une passe par soir. Si elle n'indiquait jamais de tarif, c'était parce que ce n'était pas nécessaire. La plupart des filles demandaient cinq livres pour une passe « de courte durée ». Ses gentlemen lui donnaient généralement le double. C'était très généreux, en plus de ses commissions. Edie savait toutefois qu'elle les valait. Ils en avaient pour leur argent. Ne s'offraient-ils pas Marilyn, après tout ?

De retour à l'hôtel, Nick dormit quatre heures, puis il prit un taxi pour l'aéroport. Il avait trop bu la veille, mais il se sentait aussi beaucoup mieux.

À l'heure où le taxi de Nick arrivait à l'aéroport, Gideon Melbray et son équipe atteignirent la gare de Watson. Ils avaient quitté Maralinga avant l'aube pour attendre le train et la livraison.

Gideon descendit du côté passager et se dégourdit les jambes. En réalité, il voulait échapper au jeune soldat qui conduisait la Land Rover. Si seulement les Transports lui avaient attribué Daniel ! La journée commençait à peine et ce garçon était une vraie pipelette. Il ne pouvait pas la fermer un peu ?

Toby, 19 ans, descendit à son tour. Gideon ignora son babillage incessant. Derrière eux, deux camions se garèrent. Gideon fit signe aux hommes, ravi de se débarrasser de Toby.

— Vous avez du papier toilette ? s'enquit le jeune homme. J'aurais dû y aller avant de partir, mais j'avais pas envie.

Il prit le rouleau que lui tendait Gideon.

— Et je ne voulais pas vous retarder, avec l'arrivée du convoi, et tout…

— La pelle est à l'arrière, coupa Gideon.

Toby prit l'outil sur son épaule.

— Je n'en ai pas pour longtemps, dit-il en s'éloignant vers un bosquet, à cent mètres de là.

— Prends ton temps !

À vingt mètres des arbres, Toby hésita, certain d'avoir entendu des grognements dans les eucalyptus. C'est alors qu'il vit surgir un gros chien maigre et galeux, un chien chasseur de kangourous qui appartenait à un cheminot. Il tenait dans sa gueule ce qui ressemblait à un os de jambon. À quelques mètres du jeune homme, il se coucha pour le ronger. En y regardant de plus près, Toby se rendit compte que c'était en fait l'os d'un bras humain, avec un bracelet-montre.

Toby lâcha sa pelle. Il sentit son estomac se retourner et fut pris d'une violente nausée. Il repartit vers le convoi en hurlant :

— Hé !

Les hommes le virent courir en gesticulant comme un dément, tenant toujours son rouleau de papier. Il était ridicule.

Gideon fit signe à un homme et ils se précipitèrent à sa rencontre. Avait-il été mordu par un serpent ? Il comprit vite que ce n'était pas le cas. Toby se mit à bredouiller qu'un chien avait un bras humain dans la gueule.

Ils voyaient le chien. Gideon dit à Toby de retourner auprès des autres, puis il s'avança en compagnie de l'autre soldat. Effectivement, l'animal rongeait un bras humain, un bras blanc, en état de décomposition. Il savait à qui il appartenait.

Près de lui, le soldat désigna les arbres. Gideon hocha la tête. Il entendait les grognements, lui aussi. Il prit la pelle et la brandit, avant de se diriger vers le bosquet d'eucalyptus.

Ils découvrirent un spectacle macabre. Trois chiens dévoraient les restes d'un cadavre. Des dingos avaient creusé la fosse peu profonde au cours de la nuit et les chiens avaient reniflé l'odeur de la chair.

Et s'ils n'étaient pas agressifs les uns envers les autres, leurs grognements étaient destinés aux intrus. Dans la meute, chacun connaissait sa place. Le dominant se régalait de la carcasse tandis que les deux autres se contentaient d'un membre chacun.

Pour eux, les êtres humains ne semblaient pas constituer une menace. Lorsque Gideon s'approcha pour inspecter la fosse, le dominant grogna, mais uniquement pour lui intimer de ne pas toucher la carcasse. Gideon n'en avait aucune intention. Il ne restait pas grand-chose de la dépouille, sauf la tête, qui était manifestement celle de Pete Mitchell.

Harry Lampton l'a donc vraiment tué, songea Gideon. Pete avait disparu depuis huit jours et Gideon n'avait envisagé que deux scénarios : soit Pete était parti avec Ada, qui demeurait invisible ces derniers temps, soit Harry avait découvert la liaison et les avait tués. Ada avait peut-être été épargnée, car il ne décelait aucune trace d'un second cadavre.

Gideon n'avait pas jugé de faire part de ses réflexions à la police militaire. Il n'avait même pas mentionné le nom d'Ada. Il ne voulait pas être impliqué dans une enquête. *Cette fois, c'est inévitable*, se dit-il en voyant les chiens dévorer la victime.

— Je vais envoyer un appel radio à la police militaire pendant que toi et les hommes faites dégager les chiens, annonça-t-il.

Le ciel est limpide et la lune luit. Dans une heure, le jour se lèvera. Djunga est en train d'accoucher. Elle a quitté la mission de Yalata et s'est enfoncée dans le désert en compagnie de deux femmes. La plus jeune épouse de son mari, Mundapa, n'est pas là, car elle manque d'expérience. Elle doit d'abord mettre au monde un enfant. Les femmes qui s'occupent de Djunga ne font pas partie de son clan, mais cela n'a pas d'importance. Dans ces moments-là, toutes les femmes sont sœurs.

Elles se tiennent de part et d'autre de Djunga, la tenant par les mains pour la soutenir pendant qu'elle s'accroupit et pousse très fort. Elle pousse depuis longtemps et, malgré la fraîcheur de la nuit, elle est en sueur. Ses trois premiers accouchements n'étaient pas aussi éprouvants. Au bout de quelques heures, elle avait pu reprendre ses activités quotidiennes. Par le passé, ses bébés l'avaient aidée. Ils étaient désireux de venir au monde et elle n'avait pas poussé longtemps. Celui-ci ne veut pas sortir. Ce bébé ne l'aide pas.

Djunga se rappelle la dernière fois où elle a senti des coups de pied, il y a quelques jours. Il s'agitait tellement qu'elle avait cru que le moment était venu. Elle était prête à partir dans le désert avec les femmes, mais la douleur avait cessé. Depuis, les mouvements étaient plus faibles dans son ventre. En poussant, elle se dit que ce bébé est bien paresseux. Elle lui en veut de ne pas vouloir venir au monde. Elle a peur, car elle sent que quelque chose ne va pas. Elle n'ose pas penser à ce qu'elle redoute le plus.

Elle pousse de plus en plus fort, les dents serrées, la tête rejetée en arrière, les muscles tendus. Elle est au bord de l'épuisement. Si elle n'a pas encore crié, un son rauque surgit à présent de sa gorge.

Quand la tête du bébé apparaît, la perspective d'avoir bientôt terminé donne un regain de courage à Djunga. Quelques minutes plus tard, elle rassemble des dernières forces pour expulser l'enfant.

Il glisse dans les mains de l'une des femmes et Djunga s'écroule à terre. Elle voit l'autre femme s'agenouiller entre ses jambes pour couper le cordon. Le bébé n'émet aucun son. La femme le tapote, mais il ne pleure pas. Il est mort.

Dans le clan de Djunga, de nombreuses femmes ont déjà perdu un enfant, surtout durant les saisons de sécheresse, car elles sont malnutries. Elles ont des enfants prématurés ou mort-nés. Pas Djunga. Elle a toujours eu des enfants sains.

À présent, dans les premières lueurs de l'aube, elle observe le petit corps et entend le cliquetis des bâtons des *mamu*. Cela faisait presque trois semaines qu'ils avaient subi cette terrible épreuve qu'elle n'avait pas réussi à chasser de sa mémoire. La vie qu'elle portait en elle la rassurait, pourtant. Depuis quelques jours, le bébé qui bougeait moins l'inquiétait. Sa peur était justifiée. Les *mamu* lui avaient jeté un sort. Cet enfant était condamné depuis le moment où ils avaient passé leurs bâtons de malheur sur son ventre.

Les femmes aident Djunga à creuser un trou, puis elle enterre l'enfant. Enfin, elles repartent vers la mission.

Chapitre 13

À Maralinga, on ne parlait plus que de la découverte du cadavre de Pete Mitchell. On racontait qu'il avait reçu une balle dans la tête, qu'il avait une liaison avec la femme du cheminot. C'était nouveau, pour les hommes, d'avoir des ragots à échanger. L'infidélité, la jalousie et le meurtre étaient des sujets de conversation acceptables, bien plus que les secrets de Maralinga.

À Watson, les conversations allaient bon train.

— Ouais, ça doit être Harry Lampton, c'est sûr. Il a un casier, vous savez. Il a fait de la taule. Pas vrai, Mavis ?

L'enquête de police étant centrée sur la petite communauté de la gare, et Tommo avait changé d'attitude. Il faisait de son mieux pour se rendre utile. Sa femme aussi.

— Pourri jusqu'à la moelle, renchérit Mavis. Et Ada ne vaut pas mieux. Une vraie traînée, celle-là. Je parie que c'est elle qui a provoqué les ennuis.

— On n'a rien vu, remarquez, coupa Tommo en foudroyant Mavis du regard. C'est juste une impression, voyez.

Les interrogatoires des épouses de cheminot furent du même ordre. Tout le monde s'accordait à désigner Harry et à parler des mœurs légères d'Ada. En revanche, il n'y avait pas un témoin.

La police militaire tenait son principal succès. Un signalement de Harry Lampton et les détails de son casier furent largement diffusés. La chasse était ouverte.

La nouvelle se répandit comme une traînée de poudre. Deux jours après la découverte du corps, Gideon lança des paris sur le lieu où Harry Lampton serait appréhendé. Les paris affluèrent. Dans la mort, Pete Mitchell devenait une distraction idéale pour un village d'hommes qui s'ennuyaient. Les ragots et les jeux d'argent n'avaient jamais lieu en présence de Daniel Gardiner, qui prenait la mort de Pete très à cœur. Le chagrin de Dan était compréhensible, car les deux hommes partageaient leur donga. Ils étaient amis. Enfin, si l'on pouvait être l'ami d'un vieux loup solitaire tel que Pete.

Daniel était tourmenté, mais moins par la mort d'un ami que par la cause de la mort et l'auteur du meurtre. Depuis une semaine, il s'efforçait de se convaincre que ce que Pete lui avait raconté, la veille de sa disparition, n'était que le délire d'un ivrogne. À présent, le doute le rongeait. D'après les rapports, Pete avait pris une balle dans la tête. La coïncidence était glaçante.

Je risque de me prendre une balle dans la tête pour t'avoir raconté ça… Il entendait encore la voix de Pete. *Tes chefs sont vraiment implacables, Dan.* Il voyait son visage tandis qu'il levait la bouteille de whisky. *À l'armée! La tienne et la mienne. L'une d'elles est composée d'une bande de salauds.*

Ces mots résonnaient encore et encore dans sa mémoire, faisant naître un terrible soupçon. *Je risque de me prendre une balle dans la tête…* Harry Lampton était-il un bouc émissaire? Certains savaient que Pete avait une maîtresse. Un meurtre par un mari jaloux était le moyen idéal de se débarrasser de lui. *Tes chefs sont vraiment implacables… Non,* se dit Daniel, *une telle conspiration était impossible. À l'armée!… Une bande de salauds…*

Pendant deux longues nuits sans sommeil, Daniel fut torturé par ses soupçons et ce qu'ils impliquaient. Si Pete était considéré comme une menace pour la sécurité militaire et si on l'avait éliminé, ce qu'il lui avait raconté était vrai. Une famille aborigène avait été irradiée et leur mort était classée top secret. Les hommes avaient été menacés d'être traduits en cour martiale s'ils parlaient... Tout cela ne semblait pas plausible. Pete Mitchell était un homme tourmenté et il avait bu, ce soir-là. Sa mort devait être une coïncidence. Quoi qu'il en soit, Daniel ne trouverait pas le repos avant de connaître la vérité. Mais un problème se posait. Comment s'y prendre? À qui s'adresser? S'il s'agissait bien d'une conspiration, il se trouvait dans une situation délicate. Il ne voulait pas subir le même sort que Pete.

Il décida de ne pas se renseigner auprès des militaires. Pas encore. Pas tant qu'il ne se sentirait pas en sécurité. Il commencerait par les cheminots. Ils savaient peut-être des choses qu'ils cachaient à la police. Ils avaient la réputation de ne pas apprécier les autorités.

Le lendemain matin, de bonne heure, avant le petit-déjeuner, Daniel fit un saut au bureau des transports et salua le sergent de service.

— Salut, Norman!

— Bonjour, lieutenant.

— Inscris-moi pour le trajet de midi à Watson.

— Désolé, c'est impossible. Vous êtes déjà affecté ailleurs.

— Ah bon? Eh bien, sois gentil, efface-moi!

— Je voudrais bien, mais ce n'est pas en mon pouvoir, fit Norman en exprimant des regrets qu'il ne ressentait pas. Lord Dartleigh veut que vous le conduisiez à Ceduna.

— Ceduna?

C'était étonnant. La ville se trouvait à une demi-journée de voiture, au moins six heures, sur des routes qui étaient plutôt des pistes.

— C'est ça, confirma Norman en consultant son planning. L'ordre est arrivé hier soir. Vous devez passer le chercher à 8 heures dans ses quartiers, en civil. Vous passerez une nuit là-bas. Vous avez une réservation au Ceduna Community Hotel.

— Je vois.

Norman comprit que le jeune lieutenant n'était pas enchanté par cette mission. Il eut de la peine pour lui. Il n'aurait pas aimé se retrouver coincé avec ce snobinard de Dartleigh. Il n'appréciait guère les « gens de la haute », une bande de coincés.

— On dirait bien que sa Seigneurie s'ennuie entre deux bombes, commenta-t-il. Il a besoin de se détendre un peu. Comme nous tous… J'aimerais bien être à sa place.

— Merci, sergent.

Norman avait tendance à franchir les limites.

— Désolé de ne pas pouvoir vous aider, lieutenant.

Norman sentait le ton de reproche du lieutenant et s'en moquait. Il ne lui restait que trois mois à tirer. Ensuite, il empocherait son argent et quitterait ce trou perdu.

— Je répartis les véhicules et c'est tout. Vous savez ce que c'est.

Norman avait raison à propos de Harold Dartleigh : il s'ennuyait entre deux bombes et avait besoin de se détendre. Il mourait d'envie de quitter Maralinga. Au contraire de Norman, il n'aurait pas à attendre trois mois.

Plus qu'un essai, songea Harold en observant le désert par la vitre du siège passager de la Land Rover. Plus que quatre jours avant l'ultime essai de l'opération Buffalo et il prendrait un avion pour rentrer chez lui Il comptait les jours depuis un moment. Il devrait revenir à Maralinga tous les trois ou quatre mois, pour faire acte de présence. Gideon le tiendrait informé régulièrement et ses déplacements seraient de courte durée, pas plus d'une semaine. Bien sûr, il y aurait l'opération Antler, une nouvelle série d'essais, heureusement prévue dix mois plus tard.

Les plaines de spinifex firent place au territoire des lacs salés, mais rien de tout cela n'impressionnait Harold. Quel enfer ! Il était coincé dans ce trou perdu depuis quatre longues semaines, ce qui était bien trop long. Comment ces hommes tenaient-ils le coup ?

— La fin est encore loin, Dan ?

— Oui, monsieur.

La question le fit émerger de sa rêverie.

— Nous ne sommes qu'à mi-chemin de Yalata, donc il reste encore trois heures, je dirais. En atteignant la route d'Eyre, on pourra accélérer.

— Non, non ! Ce n'est pas ce que je vous demandais. Je voulais savoir combien de temps il vous reste à servir à Maralinga.

Le jeune homme lui semblait un peu distrait.

— Ah ! pardon, monsieur. J'avais mal compris. Encore six mois. Je finis fin avril.

— Six mois !

Harold regarda de nouveau par la fenêtre. À ses yeux, la terre rouge couverte de sel ressemblait un affreux paysage lunaire.

— Seigneur !... murmura-t-il pour lui-même. Comment allez-vous le supporter ?

— J'aime bien le désert.

— Ah bon ? s'étonna Harold comme si Dan avait perdu la raison.

— C'est un paysage très primitif.

— Justement.

— Et très varié.

— Vous trouvez ? fit Harold en regardant par la fenêtre.

Il ne décelait aucune variété. Dan était du genre sensible, une qualité très séduisante, chez un jeune homme.

— Je suis peut-être agoraphobe, reprit-il, mais il y a un peu trop d'espace à mon goût.

Il s'adossa plus confortablement sur son siège. La compagnie de ce jeune homme compenserait l'ennui que lui inspirait ce cadre. C'était la raison pour laquelle il avait choisi Dan, après tout. Il n'aurait pas pu rester enfermé pendant six heures avec Ned Hanson ! Et six heures de plus au retour.

— Dans six mois, vous brûlerez d'impatience quand vous monterez dans l'avion, je parie.

— Vous avez raison, ce sera bon de rentrer à la maison.

— Non, non, je faisais allusion à votre mariage. Elizabeth, c'est ça ? Elle n'est pas attachée aux traditions, elle ne veut pas d'un mariage en blanc et vous l'épouserez dès votre descente d'avion, m'avez-vous dit.

— C'est vrai, monsieur. Vous avez bonne mémoire !

Flatté, Daniel sourit à Harold.

— Je me rappelle toujours ce qui concerne les gens qui m'intéressent, Dan.

C'était la vérité. Et il ne se rappelait rien des gens qui l'ennuyaient. Il ignorait par exemple si Ned Hanson était marié, alors qu'il travaillait avec lui depuis des années.

— Parlez-moi d'Elizabeth. Elle doit être merveilleuse !

— Elle est journaliste, monsieur.

— Ah ! Une femme libérée.

— C'est ça, très libérée. En fait, je n'ai jamais connu de femme aussi libérée.

— C'est admirable. Pour qui écrit-elle ?

Elizabeth n'intéressait pas du tout Harold, mais il cherchait à se distraire et le jeune Dan ne demandait pas mieux que d'évoquer sa fiancée.

Lord Dartleigh était d'humeur à bavarder. Daniel aurait préféré rouler en silence, perdu dans ses pensées. Flatté par l'intérêt de Dartleigh, il lui parla, non sans fierté, du travail d'Elizabeth pour le *Guardian*.

— Le *Guardian* ? s'étonna Harold.

Elizabeth lui était toujours aussi indifférente, mais il ne s'était pas trompé : Daniel était radieux.

— Elle écrit des articles de fond, en plus ? Je suis impressionné. Ce doit être une fille très intelligente.

Daniel imaginait sans peine la réaction d'Elizabeth si elle l'entendait la qualifier de « fille ». Elle le trouverait condescendant.

— C'est vrai. Très intelligente.

Cette conversation attisa la nostalgie de Daniel. Elizabeth ne quittait pas ses pensées, mais cela faisait longtemps qu'il n'avait pas prononcé son nom à voix haute et le fait de parler d'elle ne faisait rien pour apaiser son manque. Leur correspondance ne suffisait pas à cause de son aspect superficiel. Il lui avait décrit l'effet que le désert produisait sur lui. Ces derniers temps, il n'évoquait que des sujets banals. À quoi bon se lancer dans la composition de poèmes romantiques quand on n'en avait pas le talent ? Elizabeth n'était pas sentimentale. À part son amour pour elle, qu'aurait-il pu exprimer ? Il ne pouvait rien révéler sur Maralinga. Jamais il ne s'était senti aussi isolé, sans personne à qui se confier. Et il avait désespérément besoin d'une écoute.

— Où l'avez-vous rencontrée ?

Le jeune homme s'était tu, ce qui irrita Harold.

— Racontez-moi. Je suis fasciné.

Daniel n'avait pas entendu la question. Une idée venait de germer dans sa tête. Bien sûr qu'il pouvait se confier à Elizabeth ! Ce déplacement était une occasion unique. Il pouvait poser une lettre à Ceduna. Il se sentit soudain soulagé d'un grand poids.

— Allez, Dan. Ne soyez pas timide, insista Harold avec un sourire figé.

Ce garçon devrait être flatté par l'attention qu'il lui accordait. Cependant, il semblait ailleurs. Comment osait-il ?

— Où avez-vous rencontré Elizabeth ?

En décelant une note de dureté dans sa voix, Dan comprit qu'il devait rattraper ce moment d'inattention.

— À Aldershot, monsieur. Au printemps de 1954, le jour des célébrations du centenaire. Elle travaillait pour le *Courier-Mail* d'Aldershot et moi, je défilais.

— Très romantique. Continuez...

Harold s'était calmé. Il avait failli céder à sa susceptibilité.

Daniel lui décrivit Aldeshot, ce jour-là. Il revoyait High Street et le défilé militaire... et la seule femme parmi les journalistes groupés à l'entrée du parc.

— Je parie que tous les autres n'avaient d'yeux que pour elle, dit-il en riant.

— C'est charmant, dit Harold en s'adossant plus confortablement pour fermer les yeux. Réveillez-moi quand on sera sur la grande route.

Ce jeune homme était délicieux, mais le trajet était long. Il décida de faire un petit somme pendant une heure ou deux.

Ceduna était une ville attrayante qui surplombait Murat Bay, sur la Grande Baie australienne, et entourée de fermes. La côte était jalonnée de criques rocheuses et de plages de sable blanc. Ceduna était aussi la dernière agglomération de la partie est de la plaine de Nullarbor, un lieu de rencontre pour les voyageurs et le point de départ pour une traversée du désert. C'était également un refuge pour les voyageurs en provenance de l'ouest.

Harold trouva la ville enchanteresse. En fait, dès qu'il avait vu la mer, il s'était senti envahi d'une allégresse indescriptible. Le désert l'oppressait et ce bord de mer lui procurerait une évasion bienfaisante. Il regretta de ne pas être venu plus tôt.

Daniel entra en ville et longea le front de mer bordé de majestueux pins de Norfolk. Une longue jetée traversait une plage de galets blancs et se prolongeait dans la baie. Le Ceduna Community Hotel était une élégante maison en pierre donnant sur la mer. Construite en 1902, elle avait été restaurée plusieurs fois. Sur le plan architectural, c'était la plus belle bâtisse de la ville et elle faisait la fierté des riverains.

— Seigneur ! c'est beau, dit Harold en descendant de voiture.

Les choses se présentent de mieux en mieux, songea-t-il.

— Venez, Dan, je vous offre une bière.

— Si cela ne vous ennuie pas, monsieur, j'aimerais me rafraîchir un peu d'abord, répondit-il, épuisé.

— Ah oui, bien sûr ! vous devez être un peu fatigué.

Harold consulta sa montre. Presque quinze heures. Le gamin avait bien roulé.

— Vous voulez faire un somme, sans doute.

— J'aimerais bien, monsieur.

— D'accord. On se retrouve pour le dîner.

Ils se dirigèrent vers la réception.

— Dartleigh et Gardiner, dit Harold à la réceptionniste. On a réservé deux chambres.

Daniel s'étonna d'entendre Harold Dartleigh s'annoncer aussi sobrement, mais il comprit vite pourquoi il n'avait pas précisé son titre. Un pair du royaume ferait sensation, à Ceduna, et Dartleigh n'avait aucune envie d'attirer l'attention. Pas plus qu'il ne voulait déclencher un débat sur Maralinga. En tant que directeur adjoint du MI6, il avait décrété qu'ils voyageraient incognito, sans titre ni rang militaire. Daniel comprenait pourquoi il avait reçu l'ordre de s'habiller en civil.

L'employée leur remit leurs clés. Dartleigh bénéficiait de la seule suite et Daniel se vit attribuer l'avant-dernière single, au bout du couloir. En dépit de la splendeur de l'architecture, le confort était minimal, presque militaire.

— On se retrouve à 19 heures dans la salle à manger. Dormez bien, dit Harold avant de disparaître dans sa chambre.

Il avait l'intention de se promener sur la plage. Après une sieste de trois heures dans la voiture, il était en pleine forme.

Daniel se rafraîchit dans la salle de bains commune, dans le couloir, et alla chercher du papier à lettres et une enveloppe à la réception. Il regagna sa chambre pour écrire à Elizabeth, mais il tombait de sommeil. Il décida d'écrire sa lettre après le dîner. Il aurait les idées plus claires. Il s'assoupit en quelques secondes sur son lit.

Le soir venu, Harold débordait d'enthousiasme. Cette escapade à Ceduna l'avait visiblement requinqué.

— L'air marin fait un bien fou, déclara-t-il avec emphase, tandis qu'ils buvaient une bière en guise d'apéritif. Vous devriez faire un tour au bord de l'eau, soit après le dîner, soit avant de partir demain matin.

— Je n'y manquerai pas, monsieur. J'ai hâte.

— Je meurs de faim ! Et si on buvait du vin avec notre repas ?

— Si vous voulez, monsieur.

— Je veux !

Harold claqua des doigts. La serveuse, qui était occupée, ne vit rien. La salle était bondée. L'hôtel était prospère.

— Pardon, mon petit ! lança-t-il en tapant sur la table à l'aide de la salière pour attirer son attention. On voudrait commander !

L'hôtel servait un menu fixe.

— Soupe de légumes en entrée, du vivaneau en plat de résistance et du riz au lait pour le dessert, récita la serveuse.

Le vin, lorsqu'il leur fut enfin servi, ne se révéla pas à la hauteur. Harold ne s'en plaignit pas. En revanche, le repas était succulent. La soupe manquait peut-être de substance et tenait plus du bouillon. Le poisson était frais et délicieux. Il renonça au dessert, contrarié qu'on ne lui propose pas de fromage à la place. Là encore, il ne dit rien, car il était de bonne humeur.

— Une réussite, Dan, vous ne trouvez pas ?

— Oui, monsieur. J'ai très bien mangé.

Il s'était régalé, mais aurait volontiers troqué le vin contre une bière.

— L'excursion, mon garçon. Je parlais de cette escapade. Une merveilleuse idée. Pourquoi n'y ai-je pas pensé plus tôt ? Nous aurions pu faire un saut ici entre chaque essai. C'est un lieu d'évasion idéal, non ?

Faire un saut ? Daniel fut choqué par cette expression désinvolte. Harold Dartleigh n'avait-il pas remarqué combien la conduite avait été pénible ?

— C'est très joli, en effet, monsieur.

Lord Dartleigh vivait décidément sur une autre planète, un monde de privilégiés où il y avait toujours des serviteurs pour céder à leurs moindres caprices sans discuter. Daniel connaissait la société anglaise et surtout la hiérarchie militaire. Lui qui n'avait jamais fréquenté l'aristocratie était fasciné.

Après le dîner, Harold voulut faire une promenade digestive et insista pour emmener Daniel avec lui. Ils marchèrent d'un bon pas sur le front de mer, puis longèrent l'interminable jetée. Ensuite, Daniel se sentit en droit de se retirer. Hélas ! Harold ne l'entendait pas de cette oreille.

— On prend un porto au salon, qu'en dites-vous ?

Harold avait mené son enquête. Les bars d'hôtel respectaient la loi qui imposait une fermeture à 18 heures, mais les salons restaient ouverts aux clients de l'hôtel et aux voyageurs de bonne foi prêts à signer un document attestant qu'ils avaient parcouru au moins 90 kilomètres. Inutile de préciser que les voyageurs ne manquaient pas.

— Allez, mon vieux, ne vous faites pas prier!

Harold s'éloignait déjà vers le grand salon. Daniel n'eut d'autre possibilité que de le suivre.

Faute d'une table libre, ils durent se joindre à deux autres clients, un couple de quadragénaires, d'apparence très respectable, qu'ils avaient vus dans la salle à manger. Harold commanda un porto pour lui-même et une bière pour Daniel à la serveuse, puis il se chargea des présentations.

— Harold Dartleigh, enchanté, dit-il en tendant la main. Et voici le jeune Daniel Gardiner. Nous sommes anglais, comme vous l'aurez compris. Et vous êtes... ?

D'une phrase, il venait de les obliger à s'expliquer. Vic et Gloria Davison venaient d'arriver à Ceduna, en provenance de Perth. Ils étaient en route pour Adelaide où vivait leur fille, une jeune mariée. Ils étaient fatigués par cinq jours de voyage.

— Et la poussière! dit Gloria. C'est épouvantable! Elle s'insinue partout, vous ne trouvez pas?

— Oh oui! admit Harold.

Désireux de s'échapper au plus vite, Daniel but quelques gorgées de bière. Par chance, Dartleigh semblait trouver le couple intéressant.

— On s'est dit que ce serait une aventure de faire le trajet en voiture, expliqua Gloria, mais cela me servira de leçon. La prochaine fois, on prendra le train, n'est-ce pas, Vic?

Il hocha la tête.

— D'autant que je ne conduis pas. C'est un peu injuste pour lui, reprit-elle. Il est épuisé, le pauvre chéri.

Harold dégusta son porto et reposa son verre avec une grimace.

— Je congédierais un cuisinier qui se servirait de ça dans un plat, marmonna-t-il.

Gloria se mit à rire.

— Vous avez presque fini votre bière, Dan, dit Harold en faisant signe à la serveuse. Vous en voulez une autre ?

— Non merci, monsieur. Je crois que je ne vais pas tarder à me retirer, si cela ne vous ennuie pas.

Il sous-entendait qu'il voulait être en forme pour les six ou sept heures de route du lendemain. Cependant, il ne voulait pas dire quoi que ce soit que le couple puisse mal interpréter. Les Davison s'étonnaient qu'il l'ait appelé « monsieur ». Que dire d'autre ?

Harold ne semblait en rien contrarié.

— Bien sûr, mon garçon. Vous avez bien mérité une bonne nuit de repos. Vic, Gloria, ajouta-t-il à l'arrivée de la serveuse, puis-je vous offrir un verre ?

— Pas pour moi, merci, répondit Vic. Je ne vais pas tarder à me coucher, moi aussi.

— Une bière, s'il vous plaît, dit Harold.

Avant que la serveuse ne s'éloigne, il lui tendit le verre de porto. Son absence de commentaire était éloquente, mais la serveuse ne semblait pas s'en soucier le moins du monde.

En dépit de sa fatigue, Vic eut soudain une lueur de curiosité dans le regard.

— Que faites-vous, dans la vie, Harold ?

Gloria hocha la tête face à l'homme le plus intrigant et le plus charismatique qu'elle ait rencontré.

— Ah ! fit Harold avait un sourire énigmatique. C'est confidentiel, je le crains. Top secret, n'est-ce pas, Dan ?

— Absolument, monsieur.

Il est en train de jouer avec eux, songea le jeune homme.

Vic et Gloria rirent, un peu hésitants. Plaisantait-il ?

— Je suis très sérieux, assura Harold. Très sérieux, croyez-moi.

Il y eut un moment de silence gêné, puis Harold reprit :

— Parlez-moi de Perth. Je n'y suis jamais allé. C'est une belle ville, paraît-il.

Pour la première fois, Daniel perçut la double personnalité de Dartleigh : d'un côté, l'aristocrate oisif, et de l'autre le manipulateur impitoyable capable de terroriser les gens sans qu'ils sachent pourquoi ni comment.

Il finit sa bière et attendit le moment propice pour s'éclipser. Désireuse de se racheter de son indiscrétion, Gloria faisait l'éloge de Perth.

— Excusez-moi, Gloria, mais Dan veut aller se coucher, coupa Harold sans vergogne. Allez-y mon garçon.

Daniel se leva.

— Disons 10 heures, demain matin. Non ! Dix heures et demie, plutôt. J'ai envie d'explorer la ville avant de partir. Il ne sert à rien de se mettre en route trop tôt.

— Très bien, monsieur.

Parfait, songea Daniel. Il pourrait ainsi poster sa lettre directement au bureau de poste. Il préférait ne pas la confier à la réceptionniste.

Il souhaita donc bonne nuit au trio et regagna sa chambre.

Très chère Elizabeth,

Excuse-moi de t'inquiéter en t'écrivant ainsi, mais j'ai un sérieux problème et je n'ai personne à qui confier mes tourments. Tu auras compris que je ne t'envoie pas cette lettre de Maralinga. Depuis un certain temps, je suis le chauffeur attitré de lord Dartleigh, qui a décidé de faire une petite virée à Ceduna, une bourgade côtière située à des centaines de kilomètres de Maralinga. Ce faisant, il me donne l'occasion, bien malgré lui, de t'écrire sans être censuré. Je ne résiste pas à la tentation. Tu es la seule à qui je puisse me confier, ma chérie, bien que tu ne puisses m'apporter de réponse. T'écrire me soulagera d'un fardeau.

Voici ce qui s'est passé, je m'efforcerai d'être succinct.

Mon compagnon de chambrée était un ancien lieutenant de l'armée australienne du nom de Petraeus Mitchell. Il était agent de liaison auprès des Aborigènes pour un organisme gouvernemental australien. Il était chargé de déplacer la population locale éventuelle de la zone.

Pete était un homme tourmenté à bien des égards. Il buvait, avait des sautes d'humeur, mais je l'appréciais et le respectais beaucoup. Nous avions sympathisé. Il y a une semaine, ivre mort, il m'a raconté des événements inimaginables survenus à Maralinga, des événements choquants. Il m'a dit que des hommes risquaient la cour martiale s'ils racontaient ce qu'ils avaient vu.

Daniel s'interrompit. Il n'évoquerait pas les Aborigènes morts car, si l'histoire de Pete était vraie, il violerait l'Official Secrets Act, un crime passible de la cour martiale.

Je ne puis te fournir de détails pour des raisons évidentes que tu comprendras, mais je n'arrivais pas à croire ce qu'il me racontait. Il était en plein délire. Il s'est même mis à rire en affirmant qu'il risquait de prendre une balle dans la tête pour m'avoir parlé. Ce sont ses mots.

Le pire, c'est que c'est arrivé. Pete a été assassiné d'une balle dans la tête, par un mari jaloux dont la femme avait une liaison avec Pete. Cette liaison existait bien. En d'autres circonstances, ce drame aurait eu un sens, malgré son côté sordide. Dans l'outback, les travailleurs itinérants tels que Harry Lampton, le cheminot actuellement recherché pour le meurtre de Pete, sont durs et sans pitié. Cette coïncidence me hante.

J'ai décidé de mener ma propre enquête, ne serait-ce que pour la paix de mon esprit. Je ne crois pas qu'il s'agisse d'un complot. En t'écrivant, je commence à me dire que j'ai sans doute dramatisé la situation. Tu vois à quel point tu m'aides, ma chérie ? Il n'empêche que cette coïncidence cruelle me tourmente. Si seulement je pouvais trouver une preuve irréfutable que Harry Lampton est l'assassin, un témoin parmi les cheminots, peut-être, alors je saurai que je me suis fait des idées et que mes peurs étaient infondées.

Pardonne-moi, ma chérie, de m'épancher ainsi, mais, comme je te l'ai dit, je n'ai personne à qui me confier et je suis soulagé de pouvoir enfin écrire librement. Je dormirai mieux cette nuit, car je me suis libéré d'un grand poids. Je me rends compte que c'est très égoïste de ma part. Je ne voudrais pas t'inquiéter et je ne me mettrai pas en danger. Je ferai preuve de discrétion durant mes recherches.

Comme tu me manques, mon Elizabeth, et comme je t'aime!

Je suis à toi pour toujours,

Danny

Le lendemain matin, Daniel se présenta au bureau de poste dès l'ouverture. Il acheta un timbre pour l'étranger et glissa sa lettre dans la boîte. Cela faisait longtemps qu'il ne s'était pas senti aussi heureux.

Lorsque les deux hommes se mirent en route pour Maralinga, Harold Dartleigh était toujours d'humeur joyeuse.

— Je me sens renaître, dit-il. Je reviendrai à Ceduna l'an prochain, quand je serai de retour pour les essais Antler. L'air de la mer m'a fait un bien fou.

Cette nuit aussi, songea-t-il. Il n'y avait rien de plus jubilatoire que de savoir que l'on pouvait avoir une femme sous le nez de son mari.

— Quel dommage d'être laissée toute seule, avait-il dit quand Vic était monté de coucher. Puis vous offrir un dernier verre?

Vic avait vu sa femme hésiter.

— Tu peux rester boire un verre si tu veux, chérie, avait-il proposé. Moi, je monte.

Un homme suffisant, certain de la fidélité de sa femme, avait songé Harold. Une erreur fatale.

Gloria était restée.

— Enfin seuls, avait dit Harold sur le ton de la plaisanterie.

Était-ce vraiment une plaisanterie? Gloria avait émis un rire un peu enfantin qu'il reconnut sans peine. Les femmes mûres le trouvaient irrésistible.

Gloria était à lui, il l'avait su à l'instant où il s'était attablé avec le couple. Bien sûr, il ne l'avait pas prise. Il ne les prenait jamais. Il restait fidèle à Lavinia. Mais il aimait ce petit jeu. Harold était un provocateur-né.

— Bonne nuit, Gloria, avait-il déclaré quarante minutes plus tard. J'ai beaucoup apprécié votre compagnie.

La déception de Gloria avait été palpable et Harold jubilait à la pensée qu'elle ait été prête à tromper son mari, sans doute pour la première fois en vingt-cinq ans de mariage. Ces moments-là flattaient l'ego de Harold.

— Vous avez assez dormi, Dan ?

— Oui, monsieur.

— Je dois dire que vous avez l'air reposé. L'air marin vous fait du bien, à vous aussi. Vous ne me sembliez pas dans votre assiette, à l'aller.

La décontraction de Harold n'avait apparemment pas de limites.

— C'est vrai, j'étais un peu patraque, monsieur, mais ça va mieux.

— À la bonne heure ! Un peu de changement ferait du bien à tous les hommes de Maralinga, je trouve.

Comment pouvait-il qualifier de « changement » plus de douze heures de conduite dans des conditions difficiles ? Daniel ne discuta pas, car Dartleigh avait raison : cette escapade à Ceduna lui avait été bénéfique.

Harold jeta un ultime regard vers la côte.

— Ce doit être dur parfois, pour vous autres, dit-il.

Dès que la mer eut disparu, il se tourna vers la route poussiéreuse.

— Très dur, d'être coincés au milieu de nulle part, sans famille, sans femme. Vous devez vous sentir seuls…

Daniel ne pouvait affirmer le contraire. Il se sentait d'autant plus seul que Pete n'était plus là. Sa compagnie lui manquait. Cependant, il se sentit obligé de donner une réponse positive :

— Oh ! je ne sais pas, monsieur. On rigole bien. Il règne un esprit de camaraderie…

— Tu parles ! De la camaraderie, mon cul !

La véhémence de Dartleigh était si surprenante qu'il ne sut que faire.

— Il devrait y avoir bien plus de camaraderie, mon garçon.

Harold commençait à s'échauffer et n'attendait aucune réaction précise.

— L'armée est en train de démoraliser ses hommes, selon moi. La politique du secret est si extrême qu'elle vous prive de toute liberté de vous lier d'amitié.

Harold faisait allusion à la politique de William Penney plus qu'à celle de l'armée. Son insistance à laisser les hommes dans l'ignorance irritait Harold. Parfois, il refusait même d'informer Harold, tout cela parce qu'il était obsédé par son propre pouvoir. Heureusement qu'il avait infiltré Gideon et exploité cet odieux Melvyn Crowley. Dans sa mégalomanie, William Penney fermerait la porte au MI6 s'il le pouvait. Qu'il aille au diable !

— Les hommes ont besoin de se défouler, Dan.

Harold observa le paysage désolé qui les entourait. En quelques minutes, le désert les avait engloutis.

— Surtout dans un trou tel que Maralinga, poursuivit-il.

Les propos de Dartleigh étonnaient Daniel. La politique de confidentialité devait être du goût du MI6, non ?

— Vous n'êtes pas d'accord, Dan ?

Harold voulait connaître son avis, à présent.

— La camaraderie entre les hommes est essentielle dans un lieu tel que Maralinga, vous ne pensez pas ?

— Oui, monsieur.

— Alors pourquoi une telle réticence ? Allez, Dan, dites-moi ce que vous en pensez. J'ai envie de bavarder.

— Je suppose que je suis un peu étonné, monsieur, compte tenu de votre profession. J'aurais cru que le secret serait prioritaire à vos yeux.

— Il l'est, mon garçon, croyez-moi. Mais l'isolement de Maralinga assure sa sécurité. C'est une véritable forteresse. Savez-vous quel est le facteur essentiel de la sécurité, après le choix du site ?

Harold s'interrompit. Était-ce une question piège ?

— La loyauté envers l'équipe, Dan, reprit-il, triomphal. Et savez-vous d'où vient la loyauté ?

— De la camaraderie, monsieur ?

— Exactement !

Harold l'applaudit, donnant à Daniel l'impression d'être le premier de la classe.

— La loyauté et la camaraderie doivent être encouragées à tous moments, surtout dans les conditions qui sont celles de Maralinga.

Harold passait un bon moment. Il aurait dû être à la tête de Maralinga, en réalité. Sir William Penney et les militaires se trompaient de tactique.

— Entretenir l'ignorance, c'est induire l'inefficacité. Et entretenir la peur, comme l'a fait l'armée, est contreproductif à tous les niveaux.

Et entretenir la peur, comme l'a fait l'armée. Ces mots résonnèrent aussitôt dans l'esprit de Daniel. Dartleigh faisait-il allusion de façon indirecte aux menaces de cour martiale ? Il semblait très convaincu et si ces soldats avaient bien été menacés de la cour martiale, le directeur-adjoint du MI6 devait être au courant.

— Que se passe-t-il, Dan ?

L'attention du jeune homme vagabondait autant qu'à l'aller. Harold était si enjoué que, au lieu de s'en agacer, il ressentit une légère inquiétude.

— Vous êtes bien silencieux, mon garçon. Que se passe-t-il ?

— Désolé, monsieur. Je ne voulais pas…

— Vous êtes préoccupé. Allez, crachez le morceau. Qu'est-ce qui vous tourmente ?

Harold se sentait plein de sollicitude. Si le jeune Dan avait un problème, il voulait l'aider. Peut-être était-il harcelé ? À moins que quelque officier supérieur ne lui fasse des misères.

Daniel hésitait à tester sa réaction. En abordant le sujet, il observa Dartleigh du coin de l'œil en quête d'un signe révélateur.

— J'ai perdu un ami récemment, monsieur, et sa mort m'a touché.

— Eh oui ! la mort nous bouleverse tous, n'est-ce pas ?

L'intérêt de Harold s'envola d'un coup. Il regarda par la fenêtre. *Quelle déception !* songea-t-il.

Impassible, Daniel continua :

— Il s'appelait Pete Mitchell. C'était mon compagnon de chambrée au baraquement.

— Ah ! Pete Mitchell...

Le regard de Harold s'illumina aussitôt :

— L'agent de liaison responsable de cette histoire d'Aborigènes ? Ah oui !...

Daniel sentit sa gorge se nouer. Harold Dartleigh ne pouvait évoquer les morts aborigènes. Lui qui espérait obtenir des indices sur la véracité de l'histoire de Pete... Quel choc d'entendre Dartleigh en parler aussi ouvertement !

— Quelle histoire d'Aborigènes, monsieur ? demanda-t-il, les yeux rivés sur la route.

— Vous savez... les localiser... leur faire quitter la région... ce genre de choses...

Harold esquissa un geste désinvolte. Il n'avait aucune idée de ce que faisait un agent de liaison avec les Aborigènes, en réalité.

Daniel se rendit compte que Dartleigh avait énoncé des généralités. Il hocha la tête un peu trop vite et avec un peu trop d'enthousiasme.

— Oui, c'est ça, monsieur. C'est le travail de Pete.

Pourvu qu'il n'ait pas remarqué sa réaction.

Mais rien n'échappait à Harold Dartleigh, ou presque. *Donc le gamin est au courant des morts aborigènes,* songea-t-il. Très intéressant... Il n'en savait rien lui-même avant que Melvyn Crowley ne lui en parle. Pour lui, ces morts représentaient un progrès majeur dans ses recherches, mais Melvyn était un vampire. C'était un allié très utile, toutefois. Sans lui, Harold n'aurait pas été informé de ces menaces de cour martiale. En dépit de ses nombreux contacts, Gideon n'avait rien appris. Les hommes avaient trop peur pour parler. Une chance que Melvyn ait eu l'oreille collée au mur du laboratoire et ait tout entendu. Il lui avait fourni un rapport complet, sans oublier le témoignage de toutes les personnes présentes. Ce bon vieux Melvyn ! Il lui devait une fière chandelle. Personnellement, il se souciait comme d'une guigne des autochtones, ce qui était sans doute nécessaire, au vu des circonstances. En revanche, il détestait qu'on lui cache des choses.

— Une bien triste histoire, dit-il. Terrible…

— Quelle histoire, monsieur ?

Daniel était inquiet. Dartleigh était soudain d'humeur pensive, ce qui n'était pas rassurant. Ce n'était pas du tout ce à quoi il s'attendait.

— Le meurtre de votre ami, bien sûr.

Harold n'avait aucune intention de mettre le jeune Dan dans l'embarras. De toute évidence, Pete Mitchell lui avait parlé des Aborigènes morts, ce qui n'était pas très avisé, car il lui fournissait là des informations qui risquaient de le conduire devant la cour martiale.

— J'ignorais que Pete Mitchell et vous étiez compagnons de chambrée, Dan. Pas étonnant que vous soyez bouleversé, dit-il avec empathie. Une sale affaire.

— Vous êtes au courant de la mort de Pete, monsieur ?

— Bien sûr. Je connais les moindres détails de cette affaire. Comme tout le monde à Maralinga.

Ce garçon devait être informé que Gideon Crowley prenait des paris. Sur l'arrestation du meurtrier de Pete Mitchell, notamment. Les hommes avaient peut-être évité d'en parler à Dan pour le ménager.

— Je crois que le tueur est un type de Watson, dit-il. Un cheminot du nom de Harry Lampton.

Il avait parié dix livres sur la présence de Lampton à Kalgoorlie, une ville minière qui, selon Harold, se prêtait à une cavale.

— Oui, monsieur. Harry Lampton est le suspect numéro un.

L'instinct de Harold fut aussitôt en alerte. Quelque chose dans le ton de sa voix…

— Vous avez des doutes, hein, Dan ?

— À quel propos ?

— Vous croyez que ce n'est peut-être pas le cheminot ?

— Je n'ai pas dit ça, monsieur, bredouilla Daniel. Enfin, tout désigne Lampton, bien sûr.

— Oui, mais vous voudriez en être sûr, n'est-ce pas ?

Harold avait des antennes. Tout interrogatoire était inutile. Il savait exactement qui Dan soupçonnait.

— Vous voudriez en être sûr parce que Pete Mitchell était votre ami. Et quand un ami connaît un aussi triste sort, on veut être sûr que le vrai coupable a été appréhendé, n'est-ce pas ?

— En effet, monsieur.

C'était la vérité et Harold Dartleigh semblait si compréhensif que Daniel n'eut aucun mal à l'admettre.

— Plus vite on retrouvera Harry Lampton, plus vite il sera reconnu coupable, mieux ce sera.

— Dans ce cas, on va devoir s'y mettre, alors.

— Pardon ?

— Le seul problème, d'après ce que j'ai entendu, c'est que la police militaire n'a trouvé aucun témoin. J'ai l'impression que ces cheminots se serrent les coudes quand la police enquête.

— C'est sûr, monsieur.

Cette conversation prenait une tournure étrange, mais il semblait que Daniel ait trouvé un allié en la personne de Dartleigh.

— J'ai pensé faire quelques recherches à Watson moi-même, avoua-t-il.

— Ah non, Dan ! Mauvaise idée ! Les cheminots ne se confieraient pas plus à vous qu'à la police. En revanche, un civil avec une somme rondelette en espèces, c'est une autre histoire… Je vais mettre quelqu'un là-dessus. Faites-moi confiance.

Daniel était soulagé. Son tourment des derniers jours se dissipa. S'il y avait eu la moindre conspiration pour faire taire Pete, Dartleigh serait au courant. Or il ne savait rien. La mort de Pete devait être une coïncidence.

— Je ne sais pas quoi dire, monsieur. Je vous suis très reconnaissant.

— Ce n'est rien, Dan. Je ne voudrais pas que mon chauffeur soit distrait de sa tâche. Ne vous inquiétez pas. On aura le fin mot de cette affaire. Il ne se passe rien à Maralinga dont je ne sois informé. Venez me voir dans mon bureau dans quelques jours et je vous dirai ce que j'ai trouvé.

— Bien, monsieur. Merci.

— À présent, si cela ne vous ennuie pas, je vais faire un petit somme avant d'arriver sur la piste. D'accord ?

— Bien sûr.

Harold se détendit et fit semblant de dormir. Il n'était pas fatigué, mais il n'avait plus envie de parler. En tout cas, il comprenait pourquoi le jeune Dan était aussi préoccupé. C'était très intéressant...

Il songea à la suite des événements. Les autochtones tués, les soldats menacés de cour martiale, Pete Mitchell qui crache le morceau au gamin et qui finit avec une balle dans la tête. Pas étonnant que le jeune Dan soit persuadé que l'armée avait éliminé son ami. Et il avait peut-être raison. Pete Mitchell n'était pas militaire, après tout. On ne pouvait pas se débarrasser de lui proprement grâce à une cour martiale dont nul n'entendrait parler. Le moyen le plus rapide et le plus efficace de le réduire au silence était de le tuer. Dans des circonstances similaires, c'est ce que Harold aurait fait.

Il avait de la gratitude pour le jeune Dan et il avait l'intention de tenir sa promesse. Il mettrait Gideon sur le coup. S'il y en avait un qui était capable de faire parler les cheminots, c'était bien lui. Pour sa part, il se moquait éperdument que Pete Mitchell ait été tué par l'armée ou par un mari jaloux, mais Harold refusait d'être mis à l'écart. D'abord Penney, et maintenant l'armée. Il ne l'accepterait pas.

Trois jours plus tard, une effervescence désormais familière s'empara de Maralinga. Une fois encore, la routine militaire faisait place à l'exaltation d'une explosion nucléaire.

L'ultime essai de l'opération Buffalo portait le nom de code de Breakaway. La bombe de dix kilotonnes serait suspendue à une tour, comme lors de l'essai One Tree. Ce qui changeait, cette fois, c'était l'heure de la détonation. Breakaway aurait lieu en pleine nuit.

— Eh bien, on cherche vraiment les ennuis ! marmonna Bud.

Au lieu d'attendre d'être désignés, les soldats Bud Barton et Colin Rogerson s'étaient portés volontaires.

— Il fallait qu'on en soit, mon vieux, avait dit Colin, toujours partant. Il paraît que l'explosion est spectaculaire, de nuit.

— Ah oui ? Qui ça, « on » ?

— Tu sais… C'est ce qui se dit.

Peu après 1 heure du matin, une dizaine d'hommes furent rassemblés dans le périmètre extérieur de la zone avancée. Ils portaient un uniforme d'un nouveau genre que l'armée était désireuse de tester. Un croissant de lune se dessinait dans un ciel sans nuage et les étoiles luisaient comme des pierres précieuses. La sérénité de la nuit n'était rompue que par la voix de l'officier qui égrenait les secondes.

— On est vraiment des crétins, grommela Bud, faute de réponse de Colin.

Pourquoi se laissait-il embarquer là-dedans ? Imperturbable, Colin sourit :

— Arrête de pleurnicher et imagine les histoires que tu pourras raconter.

Colin était enthousiaste à l'idée de narrer ses aventures à Marge, quand il rentrerait à Perth.

À « dix », les hommes se retournèrent.

— Trois, deux, un, zéro…

Cette fois, Bud et Colin n'avaient pas les mains posées sur le visage, mais les poings fermement appuyés sur leurs orbites. Fait étrange, lorsque tout devint blanc, ils virent quand même les os de leurs phalanges.

Pour l'assemblée postée à Roadside, à plusieurs kilomètres de là, ce fut spectaculaire. Après les ondes de choc, les hommes se retournèrent pour observer un ciel extraordinaire. Il faisait aussi clair qu'en plein jour et une boule de feu rouge et or était suspendue en l'air.

Les spectateurs de la zone avancée eurent droit à un tout autre spectacle. Ils se découvrirent les yeux sans se retourner, pétrifiés d'effroi face au chaos.

— Merde ! marmonna Colin.

Ils étaient entourés de dizaines de lapins aveuglés.

L'officier responsable prit une décision. Il n'ordonna pas aux hommes de ramper à terre, comme il en avait reçu la consigne. Une marche rapide de dix minutes suffit, puis ils montèrent dans les camions pour retourner à Maralinga.

À l'aube, en tenue de protection, avec un masque à gaz, une équipe de scientifiques et plusieurs groupes du CIF ainsi que l'unité de détection des radiations arrivèrent sur la zone avancée, à plusieurs kilomètres de « ground zero ». Les scientifiques prirent leurs appareils de mesure et les officiers commencèrent leur examen laborieux des véhicules et des équipements brûlés, placés stratégiquement à cet effet.

Au loin, dans la vallée peu profonde, là où s'était dressée la tour, le sol était d'un vert vitreux de mauvais augure. Les équipes ne s'aventureraient pas aussi loin. Il n'y aurait pas de prélèvements ni de mesures à « ground zero » avant plusieurs jours.

C'est le capitaine Brian Fadden, ingénieur canadien de l'unité de détection des radiations, qui fut le premier à remarquer la Land Rover noircie. Il en fut troublé. Le matériel qui servait généralement aux expériences n'avait aucune valeur. Pourquoi détruire un véhicule aussi coûteux ? Quel imbécile avait pu prendre une décision aussi stupide ?

Le même abruti avait placé un mannequin dans la voiture, constata-t-il en s'approchant. Un génie ! L'uniforme et l'équipement seraient forcément carbonisés, comme le mannequin, méconnaissable. Ce n'était qu'une forme humaine noircie.

Sauf que ce n'était pas un mannequin… *Oh, non !* songea Brian, avant de donner l'alerte.

Chapitre 14

Le 23 octobre, Kenneth et Prudence Gardiner reçurent la visite du major Neville Chadwick, qui se présenta en tant qu'aide de camp du lieutenant général Barraclough, de l'armée britannique.

— Vous êtes le père du lieutenant Daniel Gardiner, monsieur? demanda le major lorsque Prudence eut appelé Kenneth à la porte d'entrée.

Soulagé de ne pas être confronté à la mère seule, il poursuivit:

— J'ai le regret d'avoir une mauvaise nouvelle à vous annoncer.

Il marqua une pause imperceptible. Il n'y avait pas de manière douce. Autant aller droit au but.

— Il est de mon devoir de vous informer que votre fils Daniel a été tué le 21 octobre vers 14 h 30 GMT à Maralinga, en Australie-Méridionale.

Il n'y eut pas de cris, rien que de la torpeur, de l'incrédulité qui les privèrent de toute émotion. En écoutant le major, ils se mirent même à poser des questions cohérentes qu'ils n'entendirent pas eux-mêmes et dont ils saisirent encore moins les réponses. Plus tard, ils se rendraient compte que chaque parole prononcée restait gravée dans leur mémoire.

Dix minutes plus tard, le major prit congé en leur laissant ses coordonnées. L'armée les contacterait sous peu à propos des obsèques et ils pouvaient lui téléphoner n'importe quand, même la nuit, s'ils avaient des questions.

Pendant les vingt-quatre heures qui suivirent, Kenneth et Prudence discutèrent longuement des paroles du major. Ils décortiquèrent les informations en essayant de trouver une logique aux événements, prêts à tout pour fuir la terrible réalité. Il leur faudrait du temps pour accepter la mort de leur fils.

En conséquence, Elizabeth n'apprit la nouvelle que deux jours plus tard. Une fiancée n'étant pas considérée comme la famille proche, elle ne fut pas prévenue par l'armée. Cette tâche épouvantable incomba à Prudence.

— Je suis désolée de vous téléphoner de si bon matin, Elizabeth…

Prudence se sentait coupable à la perspective d'attendre plus longtemps. Elle l'avait donc appelée chez elle à 8 heures.

— Je ne savais pas à quelle heure vous partiez travailler. Je suis désolée, nous avons reçu une terrible nouvelle… Dan a été tué…

N'obtenant aucune réponse à l'autre bout du fil, elle poursuivit vivement :

— Je regrette d'être porteuse d'une nouvelle aussi épouvantable. Ce doit être un choc pour vous, comme pour nous.

Prudence Gardiner avait de la compassion pour la jeune femme, mais elle n'osait s'attendrir de peur de s'effondrer. Kenneth et elle gardaient leur chagrin pour eux. Ils n'en parlaient même pas ensemble, ce qu'elle trouvait un peu dur. Elle aurait voulu partager ce fardeau au moins avec son mari.

— Nous l'avons appris avant-hier. Pardonnez-moi de ne pas vous avoir contactée plus tôt. Nous surmontons à peine le choc…

— Quand… ? Où… ? bredouilla Elizabeth d'une voix à peine audible.

Elle avait peine à assimiler ce qu'elle venait d'entendre. L'Angleterre n'était pas en guerre. Comment Danny pouvait-il être mort ? Il ne livrait aucune bataille.

— Il y a quatre jours. Un accident, d'après le major Chadwick…

Prudence respira profondément et lui répéta les propos du major mot pour mot :

— Un accident survenu à la suite de l'explosion d'une bombe nucléaire. L'armée a proposé d'organiser une cérémonie commémorative avec les honneurs militaires. Je vous ferai part des détails dès que nous aurons fixé une date.

Prudence était soudain plus brusque, désireuse de raccrocher.

— Une cérémonie commémorative ? s'étonna Elizabeth.

— Oui, c'est ça. D'après le major Chadwick, les circonstances de la mort de Dan font qu'il est impossible de rapatrier sa dépouille en Angleterre. Il sera enterré à Maralinga. Encore un coup dur pour nous…

— Mais…

— Je dois vraiment vous laisser, Elizabeth.

Prudence était incapable de parler plus longtemps. Elle avait longuement discuté avec son mari et il n'y avait rien de plus à dire. Si Ken semblait comprendre que leur fils doive être enterré à l'étranger, elle ne s'y faisait pas et en avait assez d'entendre que « l'armée savait mieux qu'eux ».

— Je vous appelle dès que les dispositions seront prises, conclut-elle, avant de s'adoucir un peu. Je suis anéantie, mon petit. Très, très triste pour nous tous. Au revoir.

En raccrochant, Elizabeth eut à peu près la même réaction que Kenneth et Prudence. D'abord, la torpeur, l'incrédulité. Comment pouvait-on s'attendre à ce qu'elle accepte un fait aussi irréfutable que la mort de Danny après un simple coup de fil ? C'était impossible.

Elle demeura un moment assise, à fixer le téléphone, incapable de pleurer, de ressentir quoi que ce soit. Puis elle retrouva en partie ses esprits et se dit qu'elle devait agir. Elle devait découvrir ce qui s'était passé, déterminer les faits objectifs. Elle ne croirait pas à la mort de Dan tant qu'elle ne saurait pas la vérité.

Un accident, d'après le major Chadwick… Le major Chadwick, songea-t-elle. Il fallait qu'elle lui parle. Elle faillit rappeler Prudence pour obtenir ses coordonnées, mais une meilleure idée lui vint. Elle appela le *Guardian*, la ligne directe de Reginald Dempster, responsable des correspondants à l'étranger.

— Reg, c'est Elizabeth. J'ai un service à te demander.

— Bien sûr. Tu vas bien ? Tu as une voix bizarre.

— J'ai besoin de contacter un officier de l'armée britannique, un certain major Chadwick…

— Ah oui, je le connais !

Rares étaient les hauts gradés que Reginald Dempster ne connaissait pas.

— C'est l'aide de camp du lieutenant général Barraclough…

— Tu peux me rappeler pour me donner son numéro de téléphone. Je suis chez moi.

— Pas de problème. Tu es sûre que ça v…

— Merci. Et tu veux bien dire à Lionel que je ne viendrai pas, aujourd'hui.

— D'accord. Ne bouge pas. Je te rappelle dans une minute.

Reginald ne prit pas la peine de lui demander de nouveau si elle allait bien, car ce n'était manifestement pas le cas.

Fidèle à sa parole, il lui fournit les coordonnées de Chadwick en moins d'une minute. Elle appela les bureaux du lieutenant général Barraclough, où on lui répondit que le major n'était pas disponible.

— Vous souhaitez lui laisser un message ?

— Oui, s'il vous plaît, il faudrait qu'il me rappelle dès que possible. Je m'appelle Elizabeth Hoffmann et je suis la fiancée du lieutenant Daniel Gardiner.

Elle lui indiqua son numéro, puis ajouta :

— Dites-lui que je viens de recevoir un appel de la mère du lieutenant Gardiner.

Le major fut aussi prompt à la contacter que Reginald. À 9 h 30 précises, le téléphone de la jeune femme se mit à sonner.

Elizabeth avait surgi de sa torpeur initiale et avait les nerfs à fleur de peau. La vérité commençait à s'insinuer en elle. Une mère n'annonçait pas la mort de son fils sans certitude. Pourquoi s'imposait-elle cette torture ? Parce qu'elle avait besoin de l'entendre, même si elle savait ce que le major allait lui dire.

— Le lieutenant général Barraclough vous transmet ses sincères condoléances, mademoiselle Hoffmann. Si nous avions su que vous étiez la fiancée du lieutenant Gardiner, nous vous aurions informée personnellement.

— Dites-moi ce qui s'est passé, major, je vous en prie.

— Bien sûr.

Une jeune femme solide, songea-t-il, à en juger par son ton du moins.

— Daniel est mort le 21 octobre vers 14 h 30 GMT. Il était stationné à Maralinga, en Australie-Méridionale et son décès est un malheureux accident consécutif à l'explosion d'une bombe nucléaire.

Le major attendit une réaction, en vain. Il poursuivit donc :

— Il est regrettable que les circonstances de ce décès ne nous permettent pas de rapatrier sa dépouille en Angleterre. Il sera inhumé à Maralinga. Je suis sûr que madame Gardiner vous a informée que l'armée va organiser une cérémonie en sa mémoire, avec les honneurs militaires.

Il se tut. Toujours pas de réaction.

— Votre fiancé est mort en servant son pays, mademoiselle Hoffmann, dit Neville Chadwick d'un ton plus doux.

La jeune femme n'était peut-être pas aussi forte qu'elle en donnait l'impression. Si seulement elle disait quelque chose…

— L'armée respecte son sacrifice suprême et, en reconnaissance…

Elizabeth ne l'écoutait plus.

— Merci, major, dit-elle avant de raccrocher.

À l'instant même où elle avait entendu la voix du major, au téléphone, elle avait compris qu'elle entendrait mot pour mot les paroles de Prudence. Cette fois, en revanche, la terrible réalité la frappait de plein fouet.

Elle s'écroula dans un fauteuil en agrippant les accoudoirs, le souffle court. *Danny est mort, Danny est mort…* Soudain, elle s'entendit répéter ces mots à voix haute et non plus dans son esprit, en se balançant d'avant en arrière, les joues inondées de larmes.

— Danny est mort, Danny est mort…

Si Prudence Gardiner avait vu Elizabeth extérioriser son chagrin, elle l'aurait enviée. Parfois, elle mourait d'envie de verbaliser sa souffrance, mais l'orgueil et le stoïcisme étaient de rigueur chez les Gardiner. Prudence veillait à ne rien trahir des larmes qu'elle versait pendant la nuit. Elle le faisait pour épargner Kenneth, un homme fragile, sous sa carapace.

Ce matin-là ne faisait pas exception.

— Ça vient du Premier ministre, annonça Kenneth en la rejoignant à table avec le courrier. Écoute un peu.

Elle s'assit.

— *Cher monsieur*, lut Kenneth. *Permettez-moi de vous adresser mes sincères condoléances. Votre fils, le capitaine Daniel Gardiner…*

Il leva les yeux. Ils avaient été informés que, en reconnaissance de son sacrifice ultime, Daniel serait promu à titre posthume.

— Tu as entendu, Prudence ? *Capitaine* Daniel Gardiner !

Elle hocha la tête. Oui, elle avait compris.

— *Votre fils, le capitaine Daniel Gardiner, officier et gentleman ayant fait le sacrifice ultime pour sa patrie, mérite toute la gratitude et le respect de la nation. Mes pensées vous accompagnent, vous et votre famille, en ces temps difficiles. Sir Anthony Eden, Premier ministre.* Tu as vu ? Il a signé de sa main ! Ce n'est pas un tampon.

— Très impressionnant, admit Prudence.

— Et comment !

Elle laissa son mari à table avec la lettre du Premier ministre, sachant qu'il allait la relire jusqu'à la connaître par cœur.

Sur le seuil de la cuisine, elle se retourna. Kenneth n'avait même pas remarqué son absence. Devait-elle lui dire qu'elle avait téléphoné à Elizabeth dans la matinée ? Elle n'en prit pas la peine. Cela ne voudra rien dire, pour lui. *Ken vit dans son monde, un monde où la mort de son fils a un sens*, songea-t-elle amèrement. Son fils était un héros tombé pour l'Angleterre. La lettre du Premier ministre en attestait.

Prudence disparut dans la cuisine pour se préparer du thé. Elle n'était pas d'accord avec Ken et le Premier ministre. Pour elle, la mort de son fils n'était que le gâchis insensé d'une jeune vie pleine de promesse. Elle se garda bien d'exprimer ses pensées pour ne pas briser les illusions de son mari.

Le lendemain matin, Elizabeth reçut une lettre, elle aussi, mais qui ne venait pas du Premier ministre. Épuisée par des nuits sans sommeil, à pleurer toutes les larmes de son corps, elle regarda fixement l'enveloppe. Cette écriture lui était par trop familière. Elle ouvrit l'enveloppe de ses doigts tremblants.

Très chère Elizabeth,

Excuse-moi de t'inquiéter en t'écrivant ainsi, mais j'ai un sérieux problème et je n'ai personne à qui confier mes tourments...

La poste était efficace, car la lettre lui parvenait huit jours après qu'il l'eut glissée dans la boîte, au bureau de Ceduna.

Reginald Dempster s'apprêtait à déguster la salade que sa secrétaire lui avait apportée dans son bureau. Cet homme d'une quarantaine d'années, robuste, au visage avenant, avait en permanence ses lunettes de lecture relevées sur la tête. Fin gourmet, il mettait un point d'honneur à déjeuner dans son club de Fleet Street, à quelques rues des locaux du *Guardian*. Depuis un mois, il essayait de perdre du poids. Deux fois par semaine, sa secrétaire lui apportait une salade. Il observa l'assiette avec regret, rêvant des viandes succulentes que servait le club. Il détestait les salades et son régime ne fonctionnait pas. Il n'avait pas perdu un gramme.

Il entendit quelqu'un frapper à la vitre de son bureau et eut la surprise de voir Elizabeth Hoffmann. Il se leva d'un bond.

— Seigneur ! Qu'est-ce que tu fais là ? demanda-t-il en la faisant entrer.

Il lui désigna une chaise, face à lui. Elle l'avait appelé plus tôt pour lui annoncer la nouvelle.

— Daniel est mort, avait-elle déclaré sans préambule. Tu diras à Lionel que je ne viendrai pas aujourd'hui. En fait, dis-le à tout le monde. Je serai absente un certain temps.

Reginald était inquiet pour elle.

— Rentre chez toi, Elizabeth. Tu as besoin de repos.

Elle avait une mine épouvantable. Sans doute n'avait-elle pas fermé l'œil de la nuit.

— Tu n'aurais pas dû venir, insista-t-il.

— Je ne suis pas là pour travailler. J'ai un service à te demander.

— Je t'écoute. Qu'est-ce que tu cherches ?

Reginald décelait une lueur de combativité dans son regard, en dépit de sa tristesse. Ils avaient souvent travaillé ensemble et, ce jour-là, son expression avait quelque chose de maniaque. Il retourna à son bureau et chaussa ses lunettes.

— Un dénommé Harry Lampton, cheminot de son état, est le suspect numéro un d'un meurtre commis en Australie-Méridionale. Il a tiré sur l'amant de sa femme.

Reginald en prit bonne note.

— La victime s'appelait Petraeus Mitchell, Pete, et il travaillait pour une organisation gouvernementale en tant qu'agent de liaison avec les Aborigènes, à Maralinga.

Reginald leva vivement les yeux. Daniel, le fiancé d'Elizabeth, était stationné à Maralinga. Il observa la jeune femme par-dessus ses lunettes.

— Oui, dit-elle, lisant ses pensées. Danny et Pete Mitchell étaient compagnons de chambrée et amis. Je veux savoir ce qui est arrivé.

— À Danny ou à Pete Mitchell ?

— Aux deux, mais commençons par Harry Lampton. Tu peux te renseigner ?

— Bien sûr. Tu es bien mystérieuse, Elizabeth. Tu peux me dire de quoi il s'agit ?

— Je n'en suis pas très sûre moi-même, avoua-t-elle en toute sincérité. Ce matin, j'ai reçu une lettre de Danny…

— Oh !…

Reginald remonta machinalement ses lunettes, l'air soucieux.

— Oh ! ce doit être terrible pour toi.

— Danny n'était pas persuadé de la culpabilité de Harry Lampton, continua vivement Elizabeth, car elle n'avait pas besoin de compassion. Il pensait à une conspiration. Pete Mitchell lui avait raconté des événements hautement confidentiels survenus à Maralinga. Pete étant mort peu après ces révélations, Danny a eu des doutes. Dans sa lettre, il me dit qu'il compte mener une enquête. Et trois jours après avoir posté cette lettre, il est mort. Un accident, à cause d'une explosion nucléaire, soit dit en passant, ce qui signifie que son cadavre ne peut pas être rapatrié.

Un long silence s'installa, durant lequel Reginald observa la jeune femme comme si elle avait perdu la raison. Enfin, il retrouva l'usage de la parole :

— Tu te rends compte de ce que tu dis ?

Le chagrin la faisait peut-être délirer.

— Tu te rends compte de la portée de tes hypothèses ? Tu te rends compte ?

— Bien sûr que je me rends compte, Reginald ! Ne me traite pas de demeurée. Je suis en train de dire que l'armée a peut-être éliminé Danny.

— Bon sang ! C'est de la folie !

Il scruta la pièce comme si les murs avaient des oreilles.

— Peut-être, admit-elle, mais je ne baisserai pas les bras tant que je ne saurai pas.

Elle se leva.

— Si tu ne veux pas m'aider, je comprendrai…

— Bien sûr que je veux t'aider ! s'emporte Reginald en se levant à son tour. Qu'est-ce que tu attends de moi ?

Il baissa d'un ton et se tourna vers le couloir d'un air coupable.

— Je ne peux pas appeler mes contacts militaires à Maralinga pour leur demander s'ils se tuent entre eux.

Se rendant compte de sa bévue, il se reprit :

— Pardon ! Je ne voulais pas t'offenser…

Elizabeth parvint à esquisser un sourire. Si Reg avait un humour particulier, il était parfois très drôle, surtout malgré lui.

— Commençons par Harry Lampton.

— Ça marche. À présent, rentre chez toi, Elizabeth. Je t'appellerai, c'est promis. Avec le décalage horaire, je n'aurai sans doute rien de nouveau avant demain, alors va dormir un peu.

— Merci, Reg. J'apprécie ton aide.

Lorsqu'il ouvrit la porte du bureau, elle hésita un instant.

— Je ne voulais pas te mettre dans l'embarras en te racontant tout ça. Je regrette de ne pas avoir tenu ma langue.

Elizabeth se rendait compte qu'elle s'était montrée injuste. Qu'attendait-elle de Reginald ? Il risquait sa carrière s'il contrariait des précieux contacts.

— Désolée, dit-elle. Je n'ai pas réfléchi. Je ne te demande pas de t'impliquer dans cette affaire. Je ne te compromettrai pas, c'est promis.

Elle lui fit la bise, ce qui le fit craquer, comme d'habitude. Il était désespérément amoureux d'elle, un amour non réciproque, hélas ! une situation qu'il acceptait, sachant qu'Elizabeth voyait en lui une figure paternelle.

— Entre nous, ajouta-t-elle, j'étais sincère en disant que je ne baisserai pas les bras avant de connaître la vérité.

— Je sais.

C'est justement le problème, songea-t-il.

— À présent sois sage et va te coucher.

Elizabeth regagna son appartement, mais n'alla pas se coucher. Elle relut la lettre, encore et encore, même si elle la connaissait par cœur.

Comme toujours, Reginald tint parole. Il appela la jeune femme vingt-quatre heures plus tard. Cette fois encore, une salade était posée devant lui sur son bureau. En revanche, il ne rêvait pas d'un bon petit plat. Son esprit était concentré sur des questions bien plus préoccupantes.

— J'ai du nouveau.

— Ah oui ? souffla-t-elle, tendue.

— Harry Lampton a été appréhendé à Kalgoorlie il y a quatre jours. Il a été transféré à Adelaide où il sera jugé pour le meurtre de Pete Mitchell. D'après ma source, l'affaire est courue d'avance. La femme de Lampton a fourni des preuves contre lui. Elle a été témoin du coup de feu. Je crois que d'autres cheminots vont également témoigner.

La mort de Pete Mitchell était donc une coïncidence, comme l'espérait Danny. Ce fut un soulagement pour la jeune femme.

— Merci, Reg. Danny aurait aimé le savoir.

— Bon, alors ça y est, fit Reginald d'un ton un peu trop enjoué. Rien de suspect. C'est le cheminot qui a fait le coup, un crime passionnel. Tout s'explique, non ?

— On a l'explication de la mort de Pete Mitchell, oui. Mais pas celle de Danny.

— Si, Elizabeth, reprit Reginald en retrouvant son sérieux, car elle réagissait comme il le craignait. Cela confirme qu'il n'y a pas eu de complot à Maralinga. Pete Mitchell a été tué par un mari jaloux et la mort de Danny était un accident, un effroyable accident.

— Je n'y crois pas, Reg.

— Il le faut, ma belle. C'est la vérité.

— Tu n'as pas lu la lettre…

— Je n'ai pas besoin de la lire, répliqua-t-il fermement. J'ai obtenu une confirmation d'une source fiable et très haut placée dans la hiérarchie militaire de Maralinga. Je te garantis que la mort de Daniel était accidentelle.

— Non ! Je n'y crois pas. Et toi non plus quand tu liras la lettre. Je te l'apporterai. Franchement, Reg…

— Laisse tomber.

— Quoi ? fit-elle, abasourdie.

— Ne t'engage pas sur cette voie. Laisse tomber.

— Tu sais quelque chose, insista-t-elle. Qu'est-ce que tu as découvert ?

— Je n'ai découvert que la vérité, Elizabeth. Rien de plus. Daniel a eu un accident ! Cesse de te torturer de la sorte et accepte-le ! Il le faut.

Dans le silence qui suivit, Reginald regretta sa véhémence, surtout au vu des circonstances. Heureusement, il semblait l'avoir convaincue.

— Tu vis une période difficile, reprit-il avec douceur. Je suis de tout cœur avec toi, tu le sais, n'est-ce pas ?

— Oui. Merci.

— Essaie de te reposer.

— D'accord, je vais essayer.

— C'est bien. Appelle-moi si tu as besoin de quoi que ce soit, surtout. On se verra quand tu seras prête à reprendre le boulot.

Il raccrocha et posa les yeux sur sa salade. Soulagé que cette histoire soit réglée, il décida d'aller déjeuner au club. Une heure et demie plus tard, à son retour, Elizabeth l'attendait dans son bureau.

— J'espère que ça ne te dérange pas, mais je ne pouvais pas patienter à la rédaction. Tout le monde veut me présenter ses condoléances et je ne suis pas encore de force à le supporter.

Elle sortit la lettre de la poche de sa veste.

— Elizabeth…

— Lis ça.

Elle la déplia et la posa sur le bureau.

— Lis ça et dis-moi que tu crois toujours que la mort de Danny était accidentelle.

Reginald poussa un soupir et s'assit, puis il prit ses lunettes. Il redoutait la perspective de devoir lui avouer la vérité.

Après avoir lu la lettre avec attention, il remonta ses lunettes sur sa tête et se redressa. Puis il dévisagea la jeune femme d'un air pensif.

— Tu vois ? fit-elle, triomphante. Ça change tout, n'est-ce pas ?

Il ne dit rien. Pour lui, la lettre ne changeait rien du tout. Elle confirmait la vérité, au contraire. Comment lui dire ?

Sentant son désarroi, elle s'empressa de le rassurer.

— Ne t'en fais pas, Reg, je ne te demande rien. Je me charge de ça. Je voulais juste que tu la lises pour...

— Que comptes-tu faire ?

— Je ne sais pas vraiment.

Elle n'en était pas encore là.

— Je vais la montrer à un grand ponte militaire de Londres, sans doute. J'espérais que tu me conseilles quelqu'un...

— Cela ne servirait à rien, coupa Reginald.

Il n'avait plus le choix. Il devait lui dire.

— Tu as découvert quelque chose, c'est ça ?

Elle le dévisagea, persuadée qu'il lui cachait quelque chose.

— Allez, Reg ! Quel est donc le secret de l'armée ?

— Tu ne lâcheras pas le morceau...

— Non et tu le sais bien.

— Oh oui ! En l'occurrence, il vaut mieux que ce soit moi qui te le dise. Daniel s'est suicidé, Elizabeth.

Abasourdie, elle le regarda fixement.

— Je suis désolé, je ne voulais pas avoir à t'en parler. L'armée cache la vérité dans l'intérêt de la famille, donc le tien, aussi.

L'armée cherche surtout à ne pas attirer l'attention sur Maralinga, songea-t-il. Ces événements n'étaient pas bons pour l'image des militaires. Ce ne serait pas le premier suicide dissimulé « dans l'intérêt de la famille ».

— Il est regrettable que tu l'apprennes, ma belle.

— Pourquoi diable les militaires croiraient-ils à un suicide ? s'étonna Elizabeth, plus sidérée que blessée.

— Il semblait très affecté par la mort de son ami.

Reginald aurait préféré ne pas répondre à cette question. « D'après le rapport, Gardiner était très perturbé », avait déclaré son contact. « Il a craqué en apprenant que son ami avait été dévoré par les chiens. Une sombre affaire. En tout cas, le malheureux était déterminé à en finir. Il a roulé vers la zone avancée au milieu de la nuit et a garé la voiture là où ils seraient carbonisés. Une histoire épouvantable. On préfère garder le secret, Reg. Dans l'intérêt de la famille, tu comprends. Alors pas un mot là-dessus, hein, tu seras gentil.

— On m'a dit qu'il était traumatisé après le meurtre de Pete Mitchell.

Pourvu qu'elle ne veuille pas en savoir davantage.

Elizabeth était outrée. Elle prit la lettre et la brandit devant lui.

— Tu as lu la lettre, nom de Dieu ! Ce n'est pas celle d'un suicidaire !

— C'est la lettre d'un homme perturbé, Elizabeth.

— Perturbé, peut-être, mais pas au bord du suicide.

Elizabeth lui cita un extrait :

— *En t'écrivant, je commence à me dire que j'ai sans doute dramatisé la situation,* lut-elle, très agitée. Ce n'est pas un commentaire de dépressif.

— Non. C'est le commentaire d'un homme qui masque ses tourments pour ne pas inquiéter sa fiancée.

Reginald trouvait particulièrement suspect que Daniel ait écrit ce genre de lettre, celle d'un jeune soldat seul, loin de chez lui. Le journaliste avait été correspondant de guerre dans de nombreux pays et il avait vu beaucoup de jeunes militaires en plein désespoir. La seule différence, cette fois, c'était qu'il n'y avait pas de bataille.

La jeune femme se figea. Comment Reg pouvait-il croire une seconde à cette théorie ridicule ? Car il y croyait.

— Tu es persuadé qu'il s'est suicidé, n'est-ce pas ?

— Oui. Désolé.

— Je vois, fit-elle en se levant. Je ne l'accepterai pas, tu sais.

— C'est ton droit.

— Je vais me battre. Je vais exiger que l'armée mène une enquête.

— Tu n'obtiendras rien, ma belle. Le dossier est clos. L'armée ne fera rien. Ils ne t'écouteront pas.

— Dans ce cas, je demanderai aux parents de Daniel de m'aider. Les autorités devront les écouter, eux.

— Elles feront semblant, oui, mais c'est sans issue. Tu ferais souffrir la famille encore davantage. Il vaut mieux ne rien dire.

— Que devrais-je faire, d'après toi ?

— Je te conseille d'accepter la vérité. Daniel s'est suicidé.

— Non ! Il ne s'est pas suicidé !

Elle replia la lettre avec soin et l'empocha.

— Je te garantis que je trouverai qui l'a tué, ajouta-t-elle.

Sur ces mots, Elizabeth prit congé. Reginald la suivit un instant des yeux tandis qu'elle traversait une salle de rédaction en pleine effervescence. Elle ignora les regards compatissants de ses collègues. *Cette femme est en mission*, songea-t-il. Une mission qui risquait de ruiner sa carrière. Tout le monde se douterait qu'il était son informateur. Il allait perdre sa crédibilité.

Elle salua d'un signe de tête le journaliste qui venait de lui ouvrir la porte et disparut. Reginald ne put que l'admirer, en dépit de la menace qu'elle constituait désormais pour son avenir professionnel. Elizabeth Hoffman était en mission, et c'était son droit.

Finalement, Elizabeth n'entrava en rien la carrière de Reginald Dempster, mais pas à la suite d'une décision prise en toute conscience. Elle lui était reconnaissante de l'aider et d'être son ami, mais elle ne songeait pas une seconde à l'avenir de Reg en assistant à l'interminable cérémonie d'hommage. Que faire ? Les conseils de Reginald finirent par l'emporter.

— Mon fils a servi son pays avec honneur, dit Kenneth Gardiner à l'assemblée. Et il est mort au service de son pays. Que ce soit en temps de paix ou en temps de guerre, un homme ne peut faire plus que de donner sa vie pour ses compatriotes…

Elizabeth le trouvait outrageant. Sa solennité faisait enrager la jeune femme. Comment pouvait-il croire une seconde que la vie gâchée de son fils était héroïque ? Comment réagirait-il s'il savait que l'armée avait classé ce décès en tant que suicide ? Elle avait envie de se lever et de crier à ce pauvre imbécile que l'armée ne considérait pas son fils tel un héros. Elle résista toutefois à la tentation.

À côté d'elle, était assis le jeune Billy, en uniforme. À 20 ans, il venait de sortir de Sandhurst avec le grade de lieutenant, comme son frère aîné. Les yeux levés vers son père, il retenait ses larmes. S'il n'affichait pas l'air pompeux de Kenneth, il était tout aussi dans l'erreur en croyant que son frère avait péri avec noblesse.

Près de Billy, se tenait Prudence, bien droite, les yeux secs. Elle ne croyait pas une seconde à une mort héroïque et cette vie gâchée l'avait plongée dans l'amertume. Elizabeth l'avait lu furtivement dans ses yeux, la veille, lors du dîner.

Elizabeth était arrivée à Crewe le jour précédant la cérémonie dans l'espoir d'obtenir le soutien de la famille dans sa quête. Elle voulait exiger de l'armée une enquête sur la mort de Daniel. Elle ne comptait pas aborder le sujet avant la cérémonie et avait longuement réfléchi à son approche. D'abord, elle leur montrerait la lettre afin de les convaincre que Daniel n'était pas mort dans des circonstances normales. À présent, elle n'était plus si certaine de l'impact de la missive.

Durant la semaine qui avait suivi son entretien avec Reg, Elizabeth s'était efforcée d'avoir une lecture objective de la lettre. Au départ, il s'agissait pour elle d'une preuve concrète, son atout principal dans son combat pour être entendue. Reginald, lui, l'avait interprétée très différemment et Elizabeth se rendait compte à présent que les autres pourraient en faire autant. Si elle restait sur ses positions, son œil de journaliste d'investigation admettait que la lettre était ambiguë. Le meurtre de Pete Mitchell étant un crime passionnel, l'obsession de Daniel pour cette affaire pouvait sembler excessive, voire paranoïaque.

Elle ne pouvait qu'espérer que les parents, en lisant la lettre, auraient la même réaction qu'elle. Au lieu de leur dire de but en blanc que l'armée couvrait la mort de leur fils, comme elle en avait la certitude. Leur faire part de cette information serait l'étape suivante, et elle l'appréhendait.

Le soir de son arrivée, ils étaient quatre à table. Billy avait une permission d'une semaine ; Elizabeth ne l'avait jamais rencontré. À l'instar de Daniel, il avait été posté à Aldershot à sa sortie de Sandhurst, de sorte qu'ils avaient un sujet de conversation tout trouvé. Pendant que Prudence découpait sa tourte à la viande et que Kenneth allait chercher une bière, Elizabeth et Billy discutèrent de l'Hippodrome et des défilés militaires de Princes Gardens, sans oublier le salon de thé proche de la poste, sur Victoria Road.

— Ils servent le meilleur cheesecake de la ville, déclara Billy, dont le côté juvénile lui rappelait douloureusement Daniel. Il y a tellement de parfums qu'on ne sait que choisir.

— Oui, c'est le seul problème, admit-elle. Danny et moi hésitions toujours.

Il y eut un moment de gêne. Avait-elle fait une gaffe ? Prudence s'interrompit et Kenneth resta figé, sa bouteille à la main.

— On y allait souvent, expliqua la jeune femme, contrite.

Ne pouvaient-ils pas citer le nom de Daniel ?

— Oui, je sais, répondit Billy avec un sourire rassurant. Dan me l'avait dit. C'est là que tu as enfin accepté de l'épouser, non ?

— C'est vrai ! En dégustant un cheesecake.

La gêne se dissipa et les deux jeunes gens échangèrent des souvenirs avec Daniel. Plus détendue, Prudence garnit les assiettes. Elle semblait apprécier d'entendre ces évocations pleines de tendresse. Kenneth ne paraissait pas de cet avis.

— Une bière, Billy ? gronda-t-il.

— Merci, papa.

— Elizabeth ?

— Non, merci, monsieur Gardiner.

Tandis que Kenneth servait les bières, Billy poursuivit ses anecdotes comme s'il n'avait pas perçu la réprobation de son père.

— Un jour, Dan m'a surpris en train de cueillir des pommes chez monsieur McClusky. Il avait 12 ans et moi 10. J'avais peur d'aller dans le verger parce que monsieur McClusky avait trois rottweilers. Bref, les chiens ont poussé Dan à se réfugier dans un arbre où il est resté plus d'une heure, jusqu'à ce que le vieux monsieur revienne avec un agent de police.

— Pourquoi a-t-il pris ce risque?

— C'était un défi.

— Qui le lui a lancé?

— Moi. Je lui créais toujours des ennuis. Il relevait tous mes défis. Je me rappelle que, un jour, il a pris son vélo...

— J'ai quelque chose à vous montrer, Elizabeth, coupa Kenneth.

Cette fois, Billy encaissa la réprimande, sans comprendre ce qu'il avait fait de mal.

Kenneth Gardiner s'absenta brièvement avant de réapparaître avec une feuille de papier.

— Lisez donc ça, dit-il fièrement en tendant à la jeune femme la lettre du Premier ministre.

Elizabeth obéit et, en relevant les yeux, se demanda ce qu'elle était censée dire. Rien, apparemment.

— Impressionnant, non? fit Kenneth en désignant la signature. Il a signé de sa main.

— Oui, je vois ça.

Kenneth reprit sa lettre et la posa sur le buffet pour ne pas l'abîmer ni la salir. Il avait l'intention de la faire encadrer. En revenant vers la table, il ne s'assit pas.

— Je propose un toast, dit-il en levant son verre. Au capitaine Daniel Gardiner, qui a fait le sacrifice ultime pour sa patrie.

Billy se leva, comprenant enfin pourquoi il avait contrarié son père. Il se sentit coupable d'avoir à ce point manqué de décence, la veille de la cérémonie.

Prudence et Elizabeth se levèrent à leur tour.

— À Dan! lança Kenneth.

— À Dan! reprirent les autres en chœur.

Kenneth venait de priver sa femme de ce petit moment de plaisir. Elle le foudroya d'un regard chargé de ressentiment. Les jeunes avaient célébré la vie de Dan avec leurs souvenirs et Ken le réduisait au néant d'une existence sacrifiée. Elle lui en voulait.

C'était alors qu'Elizabeth avait lu le regard de Prudence.

— C'est un coup dur pour nous tous que la dépouille de Dan ne puisse pas être rapatriée en Angleterre, dit Kenneth à Elizabeth. Prudence est bouleversée et vous aussi, sans doute.

— Bien sûr, répondit Elizabeth en se tournant vers Prudence.

Son masque d'impassibilité était de retour.

— En fait, ajouta-t-elle, encouragée par sa compassion pour cette femme, je me demandais s'il n'y aurait pas matière à lancer une procédure pour annuler cette décision.

Agacé, Kenneth se ressaisit vite. Les femmes ne pouvaient pas comprendre ces choses-là, après tout.

— Je ne crois pas, mon petit, dit-il d'un ton condescendant. Dan est mort après un essai nucléaire, après tout.

Billy et lui échangèrent un regard entendu. La dépouille ou ce qu'il en restait devait être radioactive, mais on ne disait pas ce genre de choses en présence des dames.

— Je suis au courant des effets d'une explosion nucléaire, monsieur Gardiner. Je pense qu'un appel aux autorités...

— L'armée sait mieux que nous, Elizabeth ! coupa Kenneth.

Il savait que Billy partageait son avis.

Une fois encore, Elizabeth se tourna vers Prudence, qui évita son regard.

— Je vais sortir l'apple crumble du four pour qu'il tiédisse, annonça-t-elle.

Dans l'église, Elizabeth luttait contre son envie de hurler contre Kenneth Gardiner qui concluait son éloge funèbre.

— Mon fils connaissait le prix ultime qu'il risquait de payer en s'engageant dans cette carrière, dit-il. Il était prêt. Dan avait la passion de l'armée et de sa patrie.

Il s'efforça de maîtriser le tremblement de sa voix, comme un homme qu'il était.

— Je suis fier, très fier d'avoir eu un tel fils.

Il retourna à sa place, à côté de sa femme, regardant droit devant lui. Elizabeth s'étonna de voir Prudence prendre la main de Kenneth dans les siennes. Ce simple geste en disait long. S'il n'était pas convaincu que la mort de son fils avait un sens, ce serait un homme brisé. Et sa femme le savait.

La cérémonie se poursuivit. Il y eut d'autres éloges, moins solennels que ceux de Kenneth, par des militaires qui tenaient tous le même discours, au point qu'Elizabeth ne les entendait plus. Elle avait l'esprit ailleurs. Si, quelques instants plus tôt, elle était prête à crever cette bulle de complaisance, elle n'en était plus si sûre maintenant. Tout était en ordre. Pouvait-elle leur imposer un tel bouleversement, que ce soit à Kenneth, à Prudence ou à Billy ? Daniel était mort accidentellement en servant son pays. La famille n'avait pas besoin de complications. En leur montrant la lettre dans l'espoir d'obtenir leur aide, elle ne ferait que les exposer au rapport de suicide de l'armée. À quoi bon ? Reg avait été catégorique : l'armée ne ferait pas d'enquête, et nul ne connaissait mieux les rouages de l'armée britannique que Reginald Dempster. Qu'avait-il dit ? *C'est sans issue. Tu ferais souffrir la famille encore davantage. Il vaut mieux ne rien dire.*

Forte des conseils de Reg, Elizabeth prit sa décision. Elle ne dirait rien à la famille et n'accepterait pas non plus la thèse du suicide. Elle aurait le fin mot de cette histoire, mais seule. Et elle avait besoin d'être seule. Si l'armée n'était pas susceptible d'écouter la famille, elle l'écouterait encore moins, elle. Il fallait qu'elle infiltre le système.

Sa réflexion fut interrompue par la superbe voix de ténor de Mario Lanza qui envahit l'église et résonna sur la vieille pierre.

C'était une des chansons préférées de Danny, *You'll Never Walk Alone. Un titre très approprié*, songea-t-elle, les larmes aux yeux. Pour la première fois, cette cérémonie la touchait. Billy sourit.

— C'est moi qui ai choisi cette chanson, murmura-t-il. Dan adorait Mario Lanza.

— Je sais.

Elle chercha discrètement son mouchoir.

— Maman aussi, ajouta-t-il avec un signe de tête.

Prudence avait fini par laisser libre cours à ses larmes.

— Excellent choix, Billy, souffla Elizabeth.

Elle se félicita de sa décision. Elle laisserait la famille faire son deuil à sa façon, mais elle découvrirait la vérité, ne serait-ce que pour elle-même, et quoi qu'il en coûte.

Livre III

Chapitre 15

À l'issue de la série d'essais Buffalo, le village de Maralinga subit un changement radical. Du jour au lendemain, ou presque, il ne resta que plusieurs centaines d'habitants sur les milliers d'origine. L'ambiance se détendit. La discipline militaire en vigueur était moins formelle et les tâches, essentiellement de l'entretien, moins ardues. Sans parler des permissions plus faciles à obtenir. Ceux qui avaient la chance d'obtenir une semaine se rendaient à Adelaide pour écumer les pubs, les clubs et les bars de Hindley Street, laissant leurs camarades envieux autour de la piscine. Quand vint le mois de décembre, il faisait de plus en plus chaud.

On ne parlait plus de « l'accident » depuis un bon moment, mais plus par respect pour Daniel Gardiner que dans un souci de confidentialité, même si les soldats étaient tenus au secret. Au départ, malgré les ordres, les hommes ne parlaient que de cela tant ils étaient choqués par le suicide de Daniel. Ceux qui le connaissaient déclarèrent aux enquêteurs qu'il était très affecté par la mort de Pete Mitchell, qu'ils ne s'étaient pas rendu compte à quel point… Gideon Melbray, le dernier à l'avoir vu en vie, le soir de sa mort, l'avait trouvé dans un triste état. Il déclara à la police militaire qu'il ne l'avait jamais vu aussi saoul.

Ce soir-là, en constatant l'absence de Daniel au mess des officiers, Gideon s'était rendu au baraquement pour lui confirmer l'horaire de la livraison du lendemain matin.

— Daniel ne buvait pas beaucoup, en général, mais je l'ai trouvé ivre mort. Il était obsédé par la mort de Pete et croyait à un complot visant à l'éliminer. Ses propos étaient incohérents. Je lui ai dit d'aller se coucher pour cuver son alcool. Je ne me doutais pas qu'il en arriverait là.

Bien que surpris que Dan ait commis un acte aussi désespéré, Harold Dartleigh trouvait également que le jeune homme semblait obnubilé par la mort de Mitchell.

— J'ignore pourquoi il avait des soupçons, dit Harold. Pour moi, l'affaire était simple. Un type qui couche avec une femme mariée et qui se fait descendre par le mari jaloux. Le crime passionnel classique. Le jeune Gardiner refusait de croire en la culpabilité du cheminot. J'ai même accepté de me renseigner pour lui, histoire de le rassurer, le pauvre.

Harold n'avait pas jugé nécessaire de préciser à la police militaire que, non seulement il avait mené une enquête, empiétant sur son territoire au passage, mais il avait fait des progrès. Moyennant une somme rondelette, Tommo le cheminot avait avoué avoir tout vu et promis de témoigner, en échange d'un nouveau versement, uniquement lorsque Harry Lampton serait sous les verrous.

— Je ne dirai pas un mot tant que Lampton sera en cavale. Et les autres non plus.

Harold avait tenu parole. Dommage que Dan n'ait pas vu les efforts qu'il avait consentis pour lui. Certes, ses motivations n'étaient pas totalement altruistes. Il éprouvait une certaine satisfaction à savoir que l'armée n'avait pas éliminé Pete Mitchell, comme Dan le soupçonnait. Il était soulagé que l'armée ne lui ait pas fait de cachotteries.

On ne parlait plus de la mort de Daniel, mais de « l'accident ». Les hommes avaient reçu l'ordre d'employer ce terme dans l'intérêt de la famille, mais ils avaient aussi envie – et besoin – de croire que c'était un accident, tant ils se sentaient coupables de ne pas avoir vu la détresse d'un camarade.

Si la vie était plus facile pour les soldats, les scientifiques étaient plus occupés que jamais. Les expériences sur le nucléaire ne s'arrêtaient pas avec la fin d'une série d'essais. Après l'exode, ceux qui restaient se consacraient aux essais mineurs.

Ces programmes d'essais portaient les noms de code de Kittens, Rats et Tims, et un autre était prévu sous le nom de Vixens, avec des objectifs spécifiques. Kittens étudiait différentes formes de déclencheurs nécessaires à la réaction en chaîne nucléaire, Rats et Tims mesuraient la compressibilité des matériaux utilisés dans la fabrication d'une arme nucléaire et le futur Vixens examinerait les effets ou les incidents en cas d'incendie dans un site de stockage d'armes nucléaires ou le crash d'un avion transportant une bombe.

Moins spectaculaires que les explosions, ces essais offraient des possibilités infinies, car ils pouvaient être menés dans le plus grand secret et plus librement.

— On dirait que vos hommes n'ont plus de travail, ces derniers temps, dit Nick lors de sa réunion avec les principaux responsables de l'AWTSC, à Adelaide. J'espère qu'on ne nous cache rien.

Il avait fait cette remarque sur le ton de la plaisanterie. Leslie Martin, l'Australien, sourit poliment, mais Ernest Titterton et Alan Butement n'étaient pas du tout amusés. Selon eux, le colonel outrepassait ses droits. Il était là pour assurer la liaison, pas pour faire des commentaires.

— Je ne pense pas, colonel Stratton, rétorqua sèchement Titterton. L'autorisation des membres de la commission de sécurité n'est pas nécessaire pour ces explosions individuelles. Les Britanniques sont simplement censés fournir un rapport de sécurité aux autorités australiennes avant l'essai. Tel est l'accord passé entre les deux gouvernements.

— J'en suis conscient, professeur Titterton…

— J'ai ici un rapport du responsable des essais britanniques, à propos des tirs récents.

Titterton posa un dossier sur la table, devant lui.

— Vous souhaiterez peut-être l'emporter à Canberra pour votre réunion avec le ministre, la semaine prochaine. En cas de conférence de presse, vous trouverez tous les rapports que vous voudrez. Tout est très clair.

— Merci, dit Nick en se levant, le dossier sous le bras. Bonne fin de journée, messieurs.

Ernest Titterton venait de lui dire qu'il n'était qu'un simple chargé de communication et qu'il devait s'y tenir. En théorie, il avait raison, mais il était pénible de se l'entendre dire de façon aussi directe. Une fois de plus, Titterton avait réussi à l'agacer copieusement.

Le docteur Melvyn Crowley et son équipe de pathologistes et de biochimistes n'avaient jamais été aussi occupés. Chaque jour, on découvrait des cadavres d'animaux, lapins, kangourous, émeus et même chameaux sauvages, d'excellents objets d'études. De plus, ils avaient un surcroît de travail à cause de « l'état de santé actuel » du docteur Hedley Marston.

Melvyn Crowley se rendait compte que cette expression était un doux euphémisme et que sir William Penney voulait se débarrasser de ce scientifique engagé de façon indépendante. Marston était considéré comme un risque pour la sécurité et son travail devait être attribué à des scientifiques « maison » dignes de confiance. Cela signifiait qu'un certain nombre de biochimistes sur lesquels Melvyn comptait devaient désormais se déplacer pour recueillir et analyser des données qui relevaient jusqu'alors du docteur Marston. Dans l'intérêt de la recherche scientifique, toutefois, Melvyn n'avait soulevé aucune objection. Il préférait travailler seul, dans la mesure du possible, avec des assistants dévoués qui ne risquaient pas de contester son autorité. Un homme aussi engagé que lui avait besoin d'une totale autonomie.

Melvyn se voyait comme un pionnier et Maralinga était sa porte d'entrée vers des découvertes inédites sur les effets de la course au nucléaire. Ici, loin de toute société, les expériences sur des êtres humains faisaient gagner des années de laborieux travaux en laboratoire. Des tests impliquant l'exposition des soldats à de faibles niveaux de radiation avaient déjà été effectués et Melvyn brûlait de passer à la vitesse supérieure. Il avait secrètement espéré un incident lors d'une explosion – rien de catastrophique, mais de quoi tuer une ou deux personnes. Pour Melvyn Crowley, l'objet d'expérimentation le plus précieux était l'être humain exposé aux effets d'une radiation. Six semaines plus tôt, la perte de ce type de matériel avait été une grande déception.

— Quel gâchis, Harold, avait-il déclaré à l'époque. Il doit y avoir quelque chose que vous puissiez faire, non ?

Il avait contacté Harold Dartleigh en urgence dès que le cadavre avait été livré dans la zone DC/RB. D'après l'étiquette, il s'agissait d'un jeune lieutenant du nom de Daniel Gardiner.

— Il paraît qu'ils ne vont pas me confier le cadavre, s'était plaint Melvyn à Harold, dans un bureau attenant à son laboratoire.

Le jeune Trafford, son assistant, rangeait des dossiers dans un placard.

— Apparemment, je n'aurai pas le droit de l'examiner… poursuivit-il.

— Par « examiner », vous voulez sans doute dire « disséquer », avait coupé Harold avec une moue de dégoût.

— Eh bien, je suis pathologiste, après tout ! avait rétorqué le scientifique avec autant de dédain qu'il osait en exprimer à l'encontre d'un aristocrate.

— Pour l'amour du ciel, mon vieux, le lieutenant Gardiner était votre compatriote.

— Le cadavre peut nous fournir des informations précieuses. L'armée devrait admettre la nécessité…

— L'armée admet la nécessité que ses officiers soient enterrés avec les honneurs militaires et intacts, dans la mesure du possible !

— Nous sommes des hommes de sciences, lord Dartleigh, avait rétorqué Melvyn d'un ton supérieur. Nous ne faisons pas dans les sentiments. Notre but est de faire avancer le savoir dans l'intérêt de l'humanité.

Il avait compris trop tard qu'il n'aurait pas dû adopter ce ton. Le genre d'erreur que, en d'autres circonstances, il aurait regretté. Harold Dartleigh partait pour l'Angleterre le lendemain et, par chance pour Melvyn, n'avait pas pris la peine de riposter. Il avait simplement refusé de l'aider.

— Je crains de ne pouvoir intervenir en votre faveur, avait-il déclaré. L'armée ne vous remettra pas le cadavre et, dans votre intérêt, je vous déconseille vivement d'insister. Les hommes n'apprécient pas ceux qui veulent découper leurs amis, que ce soit pour faire avancer la science ou non.

Harold s'était levé et avait souri au jeune Trafford.

— Vous devriez faire attention, jeune homme. Dieu sait où vous pourriez vous retrouver si vous aviez un accident.

Melvyn, furibond, avait raccompagné Harold, mais restait désireux de ne pas le vexer davantage.

— Travaillez bien, Melvyn ! Envoyez-moi vos rapports à Londres. En attendant, je vous soutiens à tous les égards, comme vous le savez, sauf pour le démembrement de nos compatriotes, avait-il ajouté en riant.

— Bien sûr, Harold, avait-il répondu, un peu servile.

Dès le départ de l'Anglais, il avait repris son attitude autoritaire.

— C'est fichu. Si Dartleigh ne peut nous faire livrer le cadavre, personne ne le pourra, avait-il déclaré à son assistant. L'armée n'acceptera jamais. Heureusement qu'ils ferment les yeux sur les noirs.

À présent, six semaines plus tard, Melvyn restait déterminé à obtenir un cadavre humain. Sa dernière cible était l'enfant de la femme irradiée après l'essai One Tree. Il s'attendait à ce qu'elle accouche prématurément d'un mort-né et était désireux de s'approprier la dépouille. Étonnamment, cette femme avait mené sa grossesse à terme, mais elle avait accouché en secret. Depuis, il n'y avait aucune trace de l'enfant. Pour l'heure, ils n'avaient pas trouvé l'endroit où elle l'avait enterré. Cependant, Melvyn ne perdait pas espoir.

— Vous vous êtes renseigné à Yalata ?

Il posait la même question tous les deux ou trois jours, en arrivant à son bureau, et la réponse était invariable.

— Oui, disait Trafford. Toujours aucune trace du cadavre.

Ce jour-là, toutefois, il en fut autrement :

— Oui, je les ai rappelés, dit Trafford, sans lever les yeux de son dossier. Ils ont fouillé les environs de la mission et il n'y avait rien.

— Dites-leur de continuer ! lança Melvyn.

— Ils affirment que c'est inutile. Elle a pu enterrer le bébé n'importe où.

— Vous voulez dire qu'ils laissent tomber ?

— Oui.

— Nom de Dieu ! Encore une occasion de perdue.

Furieux, il entra dans son laboratoire.

Trafford Whitely continua son travail, sans le moindre remords d'avoir menti au docteur Crowley. Il ne s'était pas renseigné à Yalata. De toute façon, cela n'aurait mené à rien. On ne retrouverait jamais cet enfant mort-né.

Trafford s'en réjouissait. L'idée de voler un cadavre le révulsait. Les autopsies pratiquées sur la famille aborigène morte dans le cratère laissé par l'essai Marcoo étaient une autre histoire. Leur dissection avait été essentielle, selon lui. En revanche, déterrer un bébé sans l'autorisation de sa famille était macabre et invasif.

Trafford avait trouvé les ordres de Crowley aux membres de son équipe travaillant sur le terrain tout aussi implacables.

— Il est possible qu'il y ait d'autres noirs morts, là-bas. Restez en alerte. Si vous trouvez un cadavre, prévenez-moi pour que nous puissions le récupérer en secret. Personne ne devra le savoir et nous rendrions service à l'armée, de toute façon.

Trafford Whitely était un jeune homme ambitieux. S'il avait sollicité un poste au sein de l'équipe de recherche médicale, c'était uniquement pour gravir les échelons. Il savait que, dans le désert, les conditions de vie étaient difficiles, et le travail exigeant, deux aspects qu'il assumait. En revanche, il avait parfois du mal à supporter le code de déontologie de son supérieur.

Les soldats britanniques postés à Maralinga passèrent un Noël un peu bizarre, car ils rêvaient de neige, de froid. L'attitude des Australiens ne fit qu'ajouter à leur trouble.

— Et voilà ! Regardez un peu ce sapin ! lança Colin Rogerson.

Colin et son ami Bud Barton étaient à l'origine des préparatifs. Ils avaient abattu un eucalyptus et l'avaient planté dans un tonneau coupé en deux avant de le décorer de guirlandes et de boules achetées à Adelaide lors de leur dernière permission. Une semaine avant Noël, ils avaient transporté leur sapin de fortune à la buvette, histoire de mettre leurs camarades dans l'ambiance. Le malheureux arbre noueux était ridicule, d'autant qu'on avait accroché du coton hydrophile à ses branches.

Une vingtaine d'hommes l'entourèrent. Les Australiens applaudirent Colin et Bud avec chaleur, tandis que les autres semblaient intrigués.

— À quoi sert le coton ? s'enquit Paddy O'Hare.

— C'est la neige, abruti d'Irlandais !

— Ah ! je vois, fit Paddy avec un large sourire. Eh bien, c'est magnifique !

Il était touché que Colin et Bud se soient donné tant de peine.

— C'est très gentil, les gars. Et créatif, en plus.

— On fait ça tous les ans, répondit Colin en se tournant vers les Australiens présents, qui opinèrent. Tout le monde fait ça.

— Tout le monde fait quoi ? demanda le jeune Toby.

— Tout le monde met du coton ! s'agaça Colin, se disant que Toby était idiot.

— Ce sont en général des sapins, intervint Bud. Il faut bien admettre que c'est plus crédible sur un sapin. On devrait peut-être enlever le coton, dit-il après avoir observé leur œuvre. C'est bizarre.

Pourquoi les Australiens voudraient-ils mettre de la fausse neige sur leurs arbres de Noël, quels qu'ils soient ? C'était un mystère insondable. Au cours des jours suivants, d'autres énigmes survinrent. Des centaines de cartes de Noël arrivèrent par la poste. Les soldats en firent des guirlandes pour orner la cantine et la buvette. Les cartes des Australiens étaient similaires à celles des Britanniques : bonshommes de neige, houx et autres rouges-gorges...

Puis un déjeuner de fête fut annoncé quelques jours à l'avance pour donner une perspective aux soldats. Les cuisiniers feraient rôtir des dindes et des jambons entiers et il y aurait du pudding.

Les Australiens étaient fous de joie.

— Ce sera comme à la maison, dit Bud.

— Tu crois qu'ils mettront une pièce dans le pudding, aussi ? demanda Colin, provoquant l'hilarité générale.

Les Britanniques ne parvenaient pas à afficher le même enthousiasme pour un repas de Noël par une chaleur de 38°C. L'Australie avait été colonisée par les Anglais, d'où le maintien de certaines coutumes qui semblaient incongrues dans l'hémisphère sud.

Finalement, le jour de Noël fut un succès. Se laissant aller à l'esprit de fête, ils dégustèrent la dinde, le jambon et le pudding, puis allèrent se prélasser autour de la piscine.

Dans la soirée, un piano du mess des officiers fut transporté à la buvette. Il était d'ordinaire réservé aux gradés et aux invités VIP en visite, lors des essais. Pendant les douces soirées, le piano était sorti pour divertir les VIP fumant le cigare, verre de porto à la main, sous les étoiles. Ce soir-là, l'instrument trônait de façon incongrue dans la buvette, près de l'eucalyptus de Noël, désormais orné de guirlandes électriques.

Plusieurs hommes savaient jouer du piano, certains mieux que d'autres. Nul ne s'en souciait, du moment que les hommes pouvaient reprendre les refrains en chœur. Ils découvrirent que Benjamin Roscoe était non seulement un pianiste de talent, mais qu'il connaissait tous les succès du hit-parade des cinq dernières années.

Shake, Rattle and Roll...

Rock Around the Clock...

Sixteen tons...

Les demandes fusaient. Benjamin passait sans peine d'une chanson à l'autre. Il connaissait aussi toutes les paroles et ne se faisait pas prier pour donner le la.

The Yellow Rose of Texas…

Mambo Italiano…

Heartbreak Hotel…

Benjamin était désormais le seul à pouvoir s'approcher du clavier. Le piano était sa chasse gardée tant qu'il pouvait entonner tous les titres souhaités par ses camarades.

That's Amore…

Mockin' Bird Hill…

Hound Dog…

La bière coulait à flots et les esprits s'échauffaient à mesure que les succès des années 1950 résonnaient dans les plaines du désert.

L'année 1957 commença sans grand changement à Maralinga. Si les chercheurs étaient captivés par leurs essais mineurs, les soldats qui s'ennuyaient étaient de plus en plus agités. Pour beaucoup, les parties de football et de cricket ne suffisaient plus, surtout sous la chaleur accablante de l'été. La principale échappatoire était la piscine. Ils regrettaient tous l'exaltation que procuraient les grands essais. Hélas ! la série Antler n'était programmée que pour septembre. Il faudrait patienter de long mois avant le début des préparatifs.

En février, certains soldats ayant terminé leur mission furent ravis de s'échapper. Des troupes vinrent les remplacer, aussi enthousiastes que leurs prédécesseurs un an plus tôt. Colin Rogerson et Bud Burton avaient fait leur temps et allaient regagner Perth.

La veille de leur départ, leurs camarades portèrent un toast en leur honneur à la buvette.

— Vous avez de la chance, dit Big John. J'aimerais bien être à votre place.

Big John avait tendance à se plaindre, mais Colin et Bud le comprenaient, en l'occurrence. Même Colin, pour qui Maralinga était une aventure exaltante, en avait assez. Depuis six semaines, il avait perdu de son allant. Des problèmes intestinaux chroniques le minaient.

— C'est cet endroit qui rend patraque, avait-il déclaré à Bud lorsqu'il avait présenté les mêmes symptômes. Heureusement qu'on s'en va. J'ai hâte de me jeter dans les vagues de North Cott.

Colin était impatient de retrouver bien plus que les plages de Cottesloe. Dès son retour à Perth, il demanderait Marge en mariage. Il annonça son projet à ses camarades réunis à la buvette.

— La prochaine fois que vous me verrez, les gars, je serai un homme marié.

Ils arrosèrent copieusement la nouvelle.

Ce soir-là, Colin but avec excès. Dans l'avion qui le ramenait à Perth, le lendemain, il ne se plaignit pas de sa gueule de bois, vestige d'une excellente soirée.

En ce début mars, Nick Stratton s'étonnait des ordres de son commandant.

— Pourquoi voudraient-ils une conférence de presse ? demanda-t-il. Il n'y a rien à raconter.

— Il semble que l'*Advertiser* a sollicité un point actualité, répondit le général de brigade, d'un air suggérant qu'il considérait cette requête comme présomptueuse. C'est le journal local. Ils veulent sans doute se donner une image responsable, mais on ne peut pas leur accorder l'exclusivité. Je veux que vous informiez la presse nationale et que vous organisiez une conférence de presse générale pour la semaine prochaine.

— La présence d'un membre de la commission de sécurité sera-t-elle nécessaire ?

— Non, ça ne les intéresse pas et ils ne le jugent pas indispensable. Vous ferez une déclaration générale. Au cas où quelqu'un ait eu vent des essais mineurs, ils pensent que vous devriez aborder le sujet et donner un minimum d'informations, au cas où.

— D'accord.

La semaine suivante, muni de son dernier rapport du responsable britannique des essais, fourni par l'AWTSC, Nick se mit en route pour Adelaide.

Il y avait pas mal de monde dans la salle de conférences de l'AGIO. Il ne s'y attendait pas. *Une pénurie de meurtres et de scandales, peut-être*, songea-t-il non sans cynisme. Il se rappela alors que c'était la première conférence de presse générale depuis le dernier essai majeur. Ce succès n'était pas surprenant.

Il gagna l'estrade, à l'extrémité de la pièce, et salua les journalistes, puis il entra dans le vif du sujet.

— Il n'y a pas grand-chose à dire, donc je vais résumer la situation. Ensuite, je répondrai à vos questions éventuelles.

Il posa le dossier fermé sur le pupitre, car il avait pris connaissance de son contenu.

— J'ai ici le dernier rapport du responsable des essais transmis à la commission de sécurité, l'AWTSC. Vous n'êtes pas sans savoir que les prochains essais majeurs, l'opération Antler, n'auront pas lieu avant six mois. En attendant, vous ne savez peut-être pas que les expériences se poursuivent à Maralinga. Des essais mineurs sont actuellement menés sur différents composants, avec l'approbation des gouvernements australien et britannique, et dans le respect de toutes les mesures de sécurité, bien sûr. À tout moment, le responsable britannique des essais est en relation avec le commandant australien du site. Des rapports complets tels que celui-ci sont régulièrement adressés à la commission de sécurité, dont les membres sont satisfaits. Eh bien, c'est à peu près tout, messieurs ! conclut Nick en souriant d'un air presque contrit. Je crains qu'il ne se passe rien de palpitant à Maralinga.

Quelques rires fusèrent.

— Quelqu'un a une question ?

— Oui, j'ai une question. Et même plusieurs, en réalité.

C'était une voix de femme, forte et claire, qui provenait du fond de la salle. Toutes les têtes se tournèrent dans sa direction.

— Pouvez-vous nous en dire davantage sur ces essais, colonel ?

Elle était assise au dernier rang, à peine visible. En y regardant de plus près, Nick fut déconcerté. Il ignorait qu'une femme était présente dans la salle.

Elle se leva et se présenta :

— Elizabeth Hoffmann de l'*Advertiser*. Vous parlez d'essais « mineurs » menés sur différents composants. Pourriez-vous être un peu plus spécifique, colonel Stratton ? De quels essais et de quels composants s'agit-il ?

Elizabeth avait orchestré avec soin son invisibilité, son effet de surprise. Elle s'était faufilée dans la salle juste au dernier moment, vêtue d'une jupe bleu marine et d'un blazer de coton assorti. Près d'elle, se tenaient Jonathan « Macca » Mackay, son collègue de l'*Advertiser*, et son nouvel ami, Bob Swindon, du *Sydney Morning Herald*. Ils ne s'étaient pas fait prier pour mettre un peu d'animation dans une conférence de presse d'ordinaire guindée. Les deux hommes étaient impatients de voir l'effet que produirait la fougueuse Elizabeth Hoffmann.

Ils ne furent pas déçus. Tout le monde demeura bouche bée face à la jolie jeune femme portant une veste d'homme et aux cheveux bruns coupés court. Elle était grande et se tenait bien droite. Elle défiait le colonel comme peu d'hommes oseraient le faire.

Sa question formulée, elle resta debout. L'effet de surprise était total. Elle lisait sur le visage de Stratton qu'il était désarçonné. Elle attendit sa réponse.

— Je ne suis pas en droit de divulguer des éléments confidentiels… Mademoiselle Hoffmann, c'est ça ?

— Oui, c'est ça.

— Eh bien ! je suis sûr que vous comprendrez, mademoiselle Hoffmann, comme vos collègues…

Nick balaya la pièce du regard pour croiser des visages familiers.

— … que, pour des questions de sécurité, les gouvernements britannique et australien, ainsi que les services militaires, ne peuvent divulguer les détails des essais menés à Maralinga.

Il n'était en rien condescendant, mais c'était une réponse standard qu'il réservait généralement aux journalistes qui ignoraient les règles du jeu. Il était manifeste qu'Elizabeth Hoffmann était novice et il fallait lui préciser les limites. Pourquoi l'*Advertiser* avait-il chargé une femme d'un reportage sur Maralinga ?

— Je saisis le facteur sécurité, colonel, répondit Elizabeth, consciente de ne pas être prise au sérieux. Nous vivons des temps difficiles et il faut être prudent. Cependant, le public a le droit d'être informé sur l'objectif de base de ces essais. Ils font appel au nucléaire, n'est-ce pas ?

— Naturellement, mademoiselle Hoffmann, ce qui n'a rien d'étonnant, cela n'a pas échappé à toutes les personnes présentes ici.

Cette fois, Stratton était condescendant.

— Le site de Maralinga a été établi uniquement à des fins d'expérimentation sur le nucléaire, ajouta-t-il.

Nick n'était en rien déstabilisé par les questions de cette femme, qui s'expliquaient plus par son ignorance que par des faits. Cependant, son physique et son attitude le perturbaient. Elle était saisissante et, même de loin, elle soutenait son regard. Il trouvait ce mélange de féminité et de force très séduisant, ce qui l'agaçait copieusement. De toute évidence, Elizabeth Hoffmann était consciente de l'effet qu'elle produisait sur les hommes et elle l'exploitait à son avantage.

— Comme je l'ai maintes fois répété, je ne peux évoquer les détails de ces essais, mais la sécurité est mon domaine d'expertise, en tant qu'agent de communication. Il est de mon devoir d'informer sur les mesures de sécurité mises en place. Donc, mademoiselle Hoffmann, pour répondre à votre question…

Maintenant qu'il s'adressait à elle, il n'était plus dédaigneux et s'exprimait de façon posée pour ne pas trahir son agacement.

— Si certains éléments nucléaires sont utilisés dans des conditions de sécurité strictes, je vous assure que les essais mineurs n'impliquent aucune explosion.

Ayant répondu à sa question, qu'il jugeait satisfaisante, il s'attendait à la voir s'asseoir. Elle n'en fit rien. Nick porta donc son attention sur le reste de l'assemblée :

— Le directeur britannique des essais est responsable de la sécurité sur ce site…

Il se lança dans une description générale du protocole, déconcerté de voir Elizabeth Hoffmann encore debout. Elle le provoquait ! Mieux valait l'ignorer. Mais il en était incapable. Elle le fixait avec une telle intensité que son regard était inexorablement attiré vers elle. C'était comme si elle lui demandait de s'adresser à elle seule.

— À l'issue de chaque essai, poursuivit-il, et conformément à un accord entre les gouvernements australien et britannique, le directeur remet un rapport détaillé au commandant australien du site qui est chargé de la sécurité en dehors des périodes d'essais…

Elizabeth observait en effet Nick Stratton avec intensité. Quel genre d'homme était-il ? Et quelle approche adopter ? Sa condescendance initiale lui avait donné envie de prendre sa revanche, de le choquer en l'informant qu'elle en savait en réalité pas mal sur ces essais. Elle avait été tentée de lui dire : « je crois qu'ils se concentrent sur les mécanismes de déclenchement et sur la compressibilité des matériaux composant une bombe nucléaire, colonel. »

Elle se réjouissait à présent de ne pas avoir eu une attitude aussi ouvertement hostile, qui l'aurait desservie. Nick Stratton était un militaire qui respectait les règles. S'il voyait en elle une fauteuse de troubles, il la ferait interdire de tout ce qui était en rapport avec le projet. Bob Swindon l'avait prévenue :

— Il est coriace, tu sais, avait dit Bob. Ce n'est pas un mauvais bougre, mais il vaut mieux ne pas le contrarier. Et il n'aime pas les petits malins et je parle en connaissance de cause. J'ai été un peu grande gueule, par moments, et je ne suis pas invité aux tirs.

Bob Swindon avait raison. Elizabeth décida de jouer la prudence.

Elle trouvait Nick Stratton impressionnant, d'apparence intègre. Était-il pleinement informé de tous les aspects de ces essais nucléaires ? Ou bien lui cachait-on des choses, comme à la plupart d'entre eux, selon sa source ? Quoi qu'il en soit, il fallait qu'elle fasse sa connaissance, car il était son lien le plus précieux avec Maralinga.

— Donc, comme vous le voyez, et je l'ai dit tout à l'heure, déclara Nick en guise de conclusion, la coopération et la communication sont totales entre toutes les personnes impliquées, Australiens et Britanniques, conformément aux exigences de la commission de sécurité.

Il décida de finir sur une note d'humour, d'autant qu'Elizabeth Hoffmann demeurait debout.

— Je crois que c'est tout, dit-il avec un sourire. À moins, bien sûr, que vous n'ayez d'autres questions, mademoiselle Hoffmann…

Les rires fusèrent. Elizabeth lui rendit son sourire. Le commentaire n'était pas malveillant, à tel point qu'elle décida de pousser la plaisanterie un peu plus loin :

— J'ai une dernière question, colonel.

Les autres rirent de plus belle, surtout Bob Swindon et Macca Mackay, qui passaient un excellent moment.

— Je crois que ces essais mineurs portent le nom de code de Rats, Kittens et Tims, déclara Elizabeth d'un air candide. Pourquoi ces noms ?

Elle donnait l'impression d'avoir entendu ces appellations un peu partout. C'était un jeu dangereux. Pourvu qu'elle n'aille pas trop loin. Intriguait-elle le colonel, comme elle l'espérait ? Ou bien faisait-elle la maline, selon le terme de Bob Swindon ?

Comment peut-elle être au courant de ça ? songea Nick. Il n'y avait eu aucune annonce, car ils en étaient encore au début. Il croisa son regard pour la jauger. Ce n'était pas une question innocente. À quel petit jeu se livrait-elle ?

— Il n'y a pas d'explication spécifique, mademoiselle Hoffmann, répondit-il en toute décontraction.

À quoi bon nier ou contre-attaquer ? Cela ne ferait qu'empirer les choses. Et il n'y avait rien de mal à ce que ces informations soient divulguées. De toute façon, il n'avait plus le choix.

— L'armée est réputée pour ses noms de codes originaux. Nous voulions être à la hauteur. N'avons-nous pas déjà eu One Tree, Marcoo, Kite et Breakaway dans la série Buffalo ?

— C'est vrai, colonel, concéda Elizabeth avec un large sourire, ravie qu'il soit plus intrigué qu'offusqué. Merci beaucoup.

Quelle réponse intelligente, songea-t-elle en se rasseyant.

Nick prit son sourire comme un compliment, comme si elle voyait en lui un adversaire à sa taille. Devait-il en être flatté ou fâché ?

— Merci à vous, mademoiselle Hoffmann, dit-il en ramassant son dossier. Et merci, messieurs. Cette conférence est terminée.

En regagnant son hôtel de North Terrace, Nick pensait à Elizabeth Hoffmann. Il aurait aimé lui demander comment elle était informée des noms de code, mais il n'avait pas voulu le faire devant ses collègues. Devait-il l'appeler à l'*Advertiser* pour solliciter un entretien ? Il se posait encore la question une heure plus tard, en faisant ses bagages avant de partir pour l'aéroport. Cet après-midi-là, il retournait à Maralinga.

Il posa les yeux sur le téléphone. Encore une heure. Le temps de boire un café ou un verre. Il n'appellerait pas la jeune femme. Qui cherchait-il à tromper ? Il ne s'intéressait pas vraiment à la source de cette femme, mais à la femme elle-même. Mieux valait être raisonnable et rester à distance. Elizabeth Hoffmann n'était pas de celles avec qui l'on avait une aventure sans lendemain. Or il n'attendait pas plus d'une femme qu'une relation passagère.

Il décida de prendre un verre au bar avant de partir. Il se sentait un peu oppressé dans cette chambre d'hôtel.

Le téléphone se mit à sonner.

— Une dame demande à vous voir, colonel, annonça la réceptionniste. Mademoiselle Elizabeth Hoffmann.

— Je descends.

Il prit son sac et se rendit directement dans le hall.

— Colonel, dit-elle en lui tendant la main.

Elle avait la poigne ferme et assurée d'un homme, ce qui ne l'étonnait guère.

— J'espère que vous ne m'en voudrez pas de m'imposer, dit-elle.

— Pas du tout, mademoiselle Hoffmann. Je pars pour l'aéroport dans une heure. Voulez-vous prendre un verre ?

— Volontiers, merci.

Lorsqu'ils furent installés dans la salle du bar, il commanda un Scotch. La jeune femme préféra un thé. Il était un peu tôt pour boire de l'alcool, affirma-t-elle et elle avait du travail à terminer.

— Je dois dire que je suis un peu surpris, déclara Nick, d'un air interrogateur.

— Je le conçois. Mes collègues m'ont appris que vous séjourniez toujours au Grosvenor, alors j'ai décidé de passer à l'improviste pour voir si vous pouviez m'accorder quelques instants.

— Bien sûr. À quel propos ?

— Je voulais m'excuser, répondit-elle.

Elle ne regrettait rien du tout, mais n'avait pas trouvé d'autre prétexte pour venir le voir.

— J'ai perçu votre agacement, pendant la conférence de presse, et j'en suis désolée. Je ne voulais pas être aussi hostile.

Nick s'amusa de sa franchise.

— Bien sûr que si ! Vous mentez. Vous m'avez provoqué dès le départ.

Pas du tout, songea Elizabeth. *J'aurais pu vous provoquer bien davantage, croyez-moi.*

— N'est-ce pas le rôle d'un journaliste, colonel ? fit-elle, tout sourire.

— Alors pourquoi vous excuser ? C'est un peu contradictoire, non ?

— Je le suppose, admit-elle. Je voulais être certaine de ne pas vous avoir offusqué. Je ne travaille à l'*Advertiser* que depuis six semaines. Je suis nouvelle et je ne voudrais pas…

— Vous tirer une balle dans le pied ?

— Oui, c'est ça.

— J'admire votre franchise.

Il ne mentait pas. Elle était dépourvue de tous les artifices qu'il trouvait chez la plupart des femmes. Surtout les belles femmes. Peut-être l'avait-il mal jugée.

Dès que la serveuse se fut éloignée, il passa à son tour aux aveux, ce qui semblait juste.

— J'étais un peu agacé, je l'admets, dit-il. Je vous en voulais de tirer avantage de votre féminité.

— Comment cela ?

Elle ne voyait pas très bien où il voulait en venir.

— Eh bien ! vous êtes restée debout pour attirer toute l'attention sur vous. C'était une provocation.

— Je viens de dire que c'était le rôle d'un journaliste.

— Pas un journaliste ayant votre apparence, mademoiselle Hoffmann. En monopolisant l'attention, vous avez fait diversion. C'est un peu facile.

Elizabeth s'efforça de maîtriser la colère qui montait en elle. Le colonel avait une attitude caractéristique des hommes trop sûrs d'eux.

— Je ne peux rien faire contre mon apparence, colonel, dit-elle sèchement. Je vous assure que je lutte, je ne porte pas de tenues séduisantes, je ne me maquille presque pas et j'ai les cheveux très courts. Franchement, si les hommes ne supportent pas mon apparence, c'est leur problème, pas le mien.

— Oh ! fit-il, se reprochant son manque de délicatesse. À mon tour de m'excuser. Je me suis mal exprimé.

Elizabeth céda de bonne grâce, même s'il ne s'excusait pas pour ce qu'il avait dit.

— Pas de problème, colonel. J'ai débuté à Aldershot. Je suis habituée à l'attitude des militaires envers les femmes qui travaillent.

Elle lui sourit pour lui faire comprendre qu'elle ne lui en tenait pas rigueur.

— Cependant, je vous assure que je suis une journaliste compétente.

— Je n'en doute pas une seconde. Dites-moi, comment avez-vous eu connaissance des noms de code ?

— Ah ! je ne voudrais pas en dire trop. Une bonne journaliste ne révèle jamais ses sources.

Elle but une gorgée de thé, pensive. Que lui dire pour susciter sa curiosité sans l'agacer ? Quelle stratégie adopter ?

Nick n'insista pas. Le silence de la jeune femme lui signifiait que le sujet était clos. Il se moquait de cette source, de toute façon. Il s'intéressait bien plus à la femme qu'à la journaliste. Quelque soldat en permission avait dû fanfaronner pour essayer de coucher avec elle. Il ne pouvait le blâmer.

— Aldershot, dit-il, désireux de rattraper sa bévue. La « maison de l'armée britannique ». Vous auriez sûrement obtenu vos galons en tant que cadet-reporter, là-bas. Et comment êtes-vous devenue journaliste ?

Elle lui raconta son entretien au *Guardian*, qui le fascina. Il imaginait la scène et la trouva à la fois amusante et érotique. Elle ne s'en rendait pas compte. Elle dégageait une sensualité dont elle ne semblait pas consciente.

Ils bavardèrent pendant une demi-heure. Nick posait les questions et Elizabeth parlait. Enfin, il consulta sa montre à regret.

— Je dois malheureusement partir.

Tandis qu'ils se levaient, il ajouta :

— Je reviens la semaine prochaine. Mercredi, pour une nuit. Puis-je vous inviter à dîner à cette occasion ?

Il n'était pas prévu qu'il revienne la semaine suivante, mais il pouvait faire une halte sur le chemin de Canberra. Toute résolution de rester à distance de la jeune femme s'était envolée. Elizabeth Hoffmann l'attirait comme un aimant. Comment résister à un tel défi ?

— Volontiers, oui.

— Parfait. Je pourrais vous appeler à l'*Advertiser* à mon arrivée, sans doute en milieu d'après-midi, et on décidera, d'accord ?

— Très bien, colonel, conclut-elle en lui tendant la main.

— Puis-je vous appeler Elizabeth ? En dehors du travail, bien sûr.

— Je n'y vois pas d'inconvénient, Nick. Merci pour le thé. Bon voyage et à mercredi.

Sur ces mots, elle prit congé.

Elizabeth savait que Nick Stratton la trouvait séduisante. Au départ, elle s'était dit qu'elle l'agaçait et quand il n'avait pas insisté pour savoir qui était sa source, elle avait compris. Elle n'avait plus besoin de l'intriguer, il l'était déjà, et pas par son esprit. Le colonel la décevait un peu. Elle aurait préféré un intérêt plus intellectuel. En temps normal, elle ne l'aurait pas encouragé, mais si elle voulait découvrir ce qui se tramait à Maralinga, elle avait besoin de son aide. La fin justifiait les moyens.

Pour la première fois de sa vie, Elizabeth faisait appel à une féminité qu'elle ne soupçonnait même pas en elle.

Chapitre 16

Depuis la mort de Daniel, quatre mois plus tôt, Elizabeth n'avait rien perdu de sa détermination. Elle découvrirait la vérité sur ce décès qui n'avait rien d'un suicide ou d'un accident, selon elle.

Quand son chagrin s'était un peu atténué, elle avait relu sa lettre en quête d'indices. Ce n'était pas le texte d'un homme perturbé comme le pensaient les autres. Ils ne connaissaient pas Danny. Certes, il était en émoi, en écrivant, mais elle comprenait pourquoi. Danny était un idéaliste, épris de justice et passionné par l'armée. S'il soupçonnait les militaires d'avoir éliminé Pete Mitchell, sa foi en l'armée devait être ébranlée. Un homme tel que Danny ne se serait pas suicidé pour cela. Ni à cause de la perte d'un camarade. Il aurait cherché à trouver la vérité. Était-ce pour cette quête qu'il était mort ?

Elle avait passé la lettre en revue. L'armée avait-elle vraiment menacé des hommes de la cour martiale s'ils racontaient ce qu'ils avaient vu ? Et dans ce cas, qu'avaient-ils vu ?

En dépit des questions qu'elle se posait, elle avait déjà une certitude : elle devrait en apprendre davantage sur ce qui se déroulait à Maralinga. Et c'était impossible depuis l'autre bout du monde.

Elle avait démissionné du *Guardian* et postulé à l'*Advertiser* à Adelaide. Le rédacteur en chef avait été ravi d'engager E. J. Hoffmann, dont il admirait les articles.

L'aventure d'Elizabeth avait commencé dès qu'elle avait embarqué sur le *Strathaird*, à Tilbury Docks, un matin glacial, début décembre. Lorsque le navire s'était éloigné, elle s'était penchée sur la rambarde pour faire signe à ses parents sur le quai. Elle avait continué même quand ils avaient été engloutis par le foule, au cas où. Alfred et Marjorie Hoffmann avait agité la main très longtemps, eux aussi, alors qu'ils ne la voyaient plus parmi les passagers.

La plupart d'entre eux émigraient grâce au programme du gouvernement australien qui finançait le voyage des Britanniques désireux d'émigrer en Australie à condition qu'ils y restent au moins deux ans. Elizabeth avait payé son billet et était libre de rentrer quand elle le voudrait. Néanmoins, elle avait su, dès le départ, que sa vie serait bouleversée.

Elle avait apprécié ce long voyage en bateau, même la traversée houleuse du golfe de Gascogne et la chaleur étouffante de Port Saïd. Elle avait été impressionnée par le canal de Suez. Ils n'avaient pas pu débarquer à cause de la crise, mais elle avait observé les vendeurs en barque qui avaient encerclé le paquebot pour vendre des babioles aux passagers captifs.

Plus que tout, elle avait aimé l'immensité de l'océan, s'était émerveillée en regardant le soleil se lever, seule sur le pont. Elle avait contemplé des étoiles inconnues dans le ciel nocturne, un ciel plus limpide que dans l'hémisphère nord, avec des constellations différentes. Dans ces moments-là, elle pensait à Daniel, à leurs projets d'avenir et n'en était que plus déterminée à atteindre son but. Elle sentait sa présence à ses côtés dans sa quête de la vérité.

Le premier port australien avait été Freemantle, puis Adelaide, où le *Strathaird* avait jeté l'ancre six semaines après avoir quitté Tilbury Docks.

Elle avait acheté un plan de la ville et pris une chambre à l'Ambassadors Hotel dans King William Street. Il était assez confortable et très proche des locaux de l'*Advertiser*, situés dans Pirie Street.

Par le passé, elle avait parfois omis de préciser qu'elle était une femme. En se dirigeant vers l'*Advertiser*, elle s'attendait à des réactions hostiles, non pas du rédacteur en chef, mais de ses collègues journalistes.

— Tiens, vous êtes une femme ! s'étonna le rédacteur en chef, Peter Johnson, alias P. J. Pourquoi ne pas me l'avoir dit ?

— Vous ne m'avez pas posé la question et je ne le jugeais pas nécessaire puisque vous acceptiez mes références, avait-elle répondu plaisamment.

Elle s'attendait au pire. Il n'en fut rien.

— Vous avez raison, avait-il concédé. Bienvenue à l'*Advertiser*, mademoiselle Hoffmann. Ravi de vous avoir dans l'équipe.

Le rédacteur en chef l'avait bien accueillie et ses collègues masculins respectaient son travail. Ils n'avaient pas exprimé l'hostilité des journalistes du *Guardian*, à ses débuts. Naturellement, certains lui avaient témoigné trop d'attention, mais elle avait réussi à les décourager sans les offusquer, si bien qu'elle s'était vite intégrée à l'équipe.

En revanche, elle avait ressenti une animosité immédiate de la part de la seule femme occupant un poste supérieur, Edna Sparks, une Néo-Zélandaise quadragénaire, responsable de la rubrique « Loisirs et Spectacles ». Elle exerçait une forte influence sur tous les sujets légers destinés au lectorat féminin. Elle se méfiait ostensiblement d'Elizabeth, qui ne savait pas pourquoi.

— C'est de la jalousie, avait affirmé Laurie Knight, de la rubrique « Sports ». Edna en veut à toutes les jeunes, surtout quand elles sont jolies. Tu ferais mieux de te méfier, Liz. Elle est dure. Mieux vaut ne pas s'en faire une ennemie...

Si Laurie était bienveillant, il était de ces hommes avec qui il fallait garder ses distances. Les journalistes sportifs étaient toujours les plus dragueurs. De plus, elle n'était pas certaine d'apprécier le surnom de *Liz*, mais les Australiens semblaient apprécier les diminutifs. Elle devrait sans doute s'y faire.

Laurie se méprenait sur Edna Sparks, qui avait dû se battre pour en arriver là. Elle n'en voulait pas particulièrement aux jeunes femmes, jolies ou non, à moins qu'elles ne cherchent à prendre sa place. Dévouée à son entreprise, elle était mariée à son travail et n'avait pas de temps à perdre avec ces petites mesquineries improductives. Son antipathie initiale pour Elizabeth s'expliquait par une crainte qu'elle ne soit un élément perturbateur. Les autres employées étaient secrétaires ou dactylos et connaissaient leur place au sein de la hiérarchie. Elles n'oseraient jamais susciter l'attention des hommes pendant les heures de travail. Tout flirt se déroulait en dehors du bureau. Elizabeth arrivait à la rédaction en tant qu'égale et Edna constatait que les hommes la regardaient. Elizabeth Hoffmann ne tarderait pas à poser problème.

En guettant les signes précurseurs, Edna avait dû admettre qu'Elizabeth n'était en rien un danger. Elle était même très douée pour repousser les avances de ses collègues avec diplomatie. Elle se montrait amicale et strictement professionnelle. En quinze jours, Edna avait changé d'avis. Elizabeth était un atout pour la rédaction et il devrait y en avoir beaucoup d'autres comme elle.

— Tu déjeunes avec moi ? Je connais un petit café qui sert d'excellents sandwiches.

Nul n'osait se moquer de l'accent néo-zélandais d'Edna. Étonnée, Elizabeth leva les yeux de son article. Quelques jours plus tôt, cette femme lui faisait la tête et l'observait tel un rapace qui guette une proie.

— Avec plaisir, répondit-elle.

Elles s'attablèrent face à face pour déguster un sandwich poulet et crudités délicieux. Sans s'excuser, Edna admit ses réticences initiales.

— J'étais certaine que tu sèmerais le trouble, mais j'admire ta façon de gérer les hommes.

— Comment cela ?

— Tu les fais rentrer dans le rang et j'aime ça.

Elizabeth se mit à rire.

— À t'entendre, je suis un sergent-major !

Elle comprenait néanmoins ce que sa collègue voulait dire.

— En fait, les hommes me facilitent la tâche, Edna. Ils semblent respecter mon travail, ce qui n'était pas du tout le cas à mes débuts au *Guardian*. Je ne sais pas pourquoi.

Elle tourna sa cuillère dans sa tasse d'un air pensif.

— Pour une raison inconnue, les Australiens semblent plus tolérants envers les femmes journalistes.

— Les gens des antipodes ne sont pas aussi arriérés que vous le pensez, vous les Britanniques.

Son ton n'était pas aussi dur que le commentaire lui-même. Elizabeth s'attendait à recevoir des critiques. Rien de tout cela. Edna sourit et ses yeux pétillèrent d'une intelligence soudain séduisante.

— D'un point de vue historique, ce n'est pas vraiment étonnant, tu sais. La Nouvelle-Zélande a mené le mouvement en accordant le droit de vote aux femmes en 1893. L'Australie a suivi en 1902. La Grande-Bretagne n'y est venue que seize ans plus tard.

— Tu as raison. Je l'avais oublié.

— Savais-tu que les deux pays comptaient déjà des femmes journalistes avant le tournant du siècle ?

— Oui. Et c'est très intéressant.

— Effectivement, répondit Edna avant de se lancer dans un récit palpitant sur Stella Allan, la première journaliste parlementaire de Nouvelle-Zélande et d'Australie. C'était en 1898. Elle s'appelait Stella Henderson, à l'époque, avant son mariage. Elle avait environ 25 ans.

Après avoir évoqué Stella Allan, elle poursuivit :

— N'oublions pas Louisa Lawson, la pionnière de *The Dawn : A Journal for Australian Women*, en 1888. Elle employait aussi des typographes femmes, ce qui donna lieu à d'autres controverses…

Edna poursuivit sur sa lancée pendant vingt minutes.

— Je me suis laissé emporter, je crois, admit-elle. C'est un sujet qui me tient à cœur. Elle consulta sa montre. Nous ferions mieux de retourner travailler.

— Quel dommage ! dit Elizabeth en toute sincérité. Je pourrais t'écouter pendant des heures. Je me réjouis que les habitants des antipodes aient une longueur d'avance dans le domaine des droits des femmes. Dans la presse, en tout cas. C'est un soulagement.

Elles avaient partagé l'addition et pris congé.

— Tu t'adaptes bien à Adelaide, Elizabeth ? s'enquit Edna tandis qu'elles regagnaient Pirie Street. Tu as trouvé un logement ?

— Non, je suis toujours à l'Ambassadors. J'ai décidé d'y rester tant que je n'aurai pas trouvé l'appartement idéal.

— Quel serait-il, pour toi ?

— Je ne sais pas… Je n'ai pas eu le temps de vraiment chercher. Je songeais au bord de mer. Je sais, cela semble terriblement anglais et irréaliste, mais quand on vient aussi loin, on rêve de la plage.

— Ce n'est pas irréaliste du tout ! J'ai un contact qui gère plusieurs logements locatifs à Glenelg et Brighton.

Edna avait des contacts dans tout Adelaide, surtout des annonceurs désireux de rester ses alliés.

— Je suis sûre qu'il aura quelque chose pour toi. Je vais m'en occuper.

Une semaine plus tard, elle avait emménagé dans un appartement spacieux, à l'étage d'une ancienne demeure de St Johns Row, à Glenelg, convertie en deux logements de vacances. La maison avait perdu de sa splendeur d'antan. Elizabeth jouissait d'un balcon offrant une vue spectaculaire sur la plage.

La bâtisse évoque vaguement ces vieux hôtels de bord de mer un peu miteux des villes côtières anglaises, avait-elle écrit à ses parents. *La plage ne ressemble en rien aux nôtres, toutefois, qui font pâle figure à côté. Ici, pas de galets, rien que des kilomètres de sable blanc, comme sur les cartes postales. La promenade est bordée de superbes pins Norfolk. Chaque matin, je marche pieds nus sur la plage, puis je prends le tramway pour aller travailler. Glenelg se trouve à moins d'une demi-heure de la ville. C'est une merveilleuse façon de commencer la journée…*

Elizabeth était très reconnaissance envers Edna Sparks.

— Je ne te remercierai jamais assez. Vraiment, je…

— Allons ! J'ai simplement passé un coup de fil.

Malgré cette réponse presque abrupte, les deux femmes s'étaient liées d'amitié et en étaient conscientes. Malgré leur différence d'âge et d'origines, elles avaient des affinités, notamment l'absence d'amies. Dans un environnement masculin, elles avaient du mal à se lier avec des personnes du même sexe.

La chaleur qu'elle avait connue lors de son voyage en bateau n'était rien par rapport à l'été torride d'Australie-Méridionale, d'autant que, mi-février, Adelaide subit une canicule de quatre jours. Les températures frôlant les 40°C étaient extrêmement éprouvantes.

Heureusement que j'ai mon appartement, avait-elle écrit à ses parents. *En ville, l'air est irrespirable. Quand je rentre, je savoure la brise marine. Samedi, j'ai même surmonté ma peur de la mer. Au lieu de patauger avec de l'eau jusqu'aux chevilles, je me suis immergée, avec des centaines d'autres personnes qui nagent vers Glenelg chaque week-end. Les Australiens nagent tous très bien et n'ont pas peur de l'eau. Je me suis sentie si ridicule, à barboter, que j'ai décidé d'apprendre à nager. Ce ne doit pas être bien sorcier…*

Elizabeth s'était lancé dans ce changement avec son pragmatisme coutumier et un grand enthousiasme pour son travail et son nouveau pays. Cependant, elle ne perdait jamais de vue son objectif. Après six semaines d'adaptation à l'*Advertiser*, elle avait décidé que le moment était venu de se voir confier le projet Maralinga.

Peter Johnson, le rédacteur en chef, était aussi pragmatique qu'elle. Il avait vite compris qu'un reportage mené par une journaliste anglaise ayant travaillé au *Guardian* à Londres était une idée judicieuse qui ne pouvait qu'impressionner le public.

— Tu seras en contact permanent avec Macca, bien sûr, avait déclaré P. J. C'est lui qui est chargé de couvrir Maralinga, jusqu'à présent. Il sera sûrement ravi de t'avoir dans son équipe.

Jonathan Mackay, alias Macca, journaliste politique chevronné, était plus que ravi d'être envié par tous ses collègues.

— Vous travaillez main dans la main, c'est ça ? Veinard ! avait raillé Laurie Knight, le seul à faire un commentaire un peu grivois accompagné d'un clin d'œil complice.

Par égard pour Elizabeth, Macca n'avait pas répondu, mais il ne s'était pas offusqué non plus. Laurie ne faisait qu'exprimer ce que pensaient ses collègues. S'ils respectaient Elizabeth, ils la désiraient aussi physiquement.

Macca, lui, n'avait aucune attirance physique pour la jeune femme. À l'aube de la quarantaine, il était heureux en ménage et père de deux enfants. Néanmoins, il trouvait Elizabeth séduisante et jubilait à l'idée de faire des envieux parmi ses collègues.

Elizabeth appréciait depuis le départ cet Australien aux cheveux roux, d'origine écossaise, enjoué et agréable. Il lui avait fourni tous les documents relatifs à Maralinga, ainsi que des dossiers sur des essais nucléaires britanniques antérieurs à Monte Bello et Emu Field.

— Tiens, Liz. Voilà de quoi potasser, avait-il annoncé en empilant les archives sur son bureau. Mieux vaut être informée et à jour, tu ne crois pas ?

Elizabeth avait décortiqué chaque document, chaque article. Quelques jours plus tard, elle s'était rendue dans le bureau, qui donnait sur la salle de rédaction. Elle voulait passer à l'étape suivante. Malheureusement, son collègue ne l'entendait pas de cette oreille.

— Qu'est-ce qu'on fait, maintenant, Macca ?

— Comment cela ?

— J'ai fini de potasser. Je sais tout sur l'historique. Je dois parler à qui pour connaître la situation actuelle ?

— Personne. Tu attends que ce soient eux qui te parlent.

Macca avait compati à sa stupeur.

— Désolé de te décevoir, Liz. Je sais que tu as envie d'y aller, mais tu vas devoir attendre leur prochaine conférence de presse.

— Il doit bien y avoir quelqu'un qui répond aux questions, non ? Juste un entretien général, rien qui puisse violer les règles de sécurité.

— Non. Ils n'accordent pas d'interviews particulières. Ils organisent des conférences de presse et publient des déclarations qui nous disent ce qu'ils veulent qu'on sache. Ils sont très secrets.

— Tu parles des militaires, je suppose ?

— Les militaires et les autres, répondit Macca. Le gouvernement britannique, le gouvernement australien, tous les services des forces armées des deux pays, sans oublier les scientifiques. Maralinga est un monde fermé, Liz. Cela n'a rien d'étonnant, quand on y pense. Avec les cocos en embuscade… Tout le pays est terrifié.

Les communistes, avait songé Elizabeth. Les Australiens les redoutaient autant que les Britanniques. Pourquoi s'en étonnait-elle ? Parce que l'Australie se trouvait au bout du monde. Enfin, plus tellement. Les Australiens avaient de quoi s'alarmer si les Britanniques effectuaient des essais nucléaires sur leur sol.

— Dans ce cas, je peux essayer de passer par une voie non officielle, avait-elle déclaré. Je peux essayer d'interviewer un soldat en permission, viser un article axé sur l'humain, du genre « Ma vie sur le site ».

Macca se mit à rire.

— Tu plaisantes, sans doute ?

Il se montrait plus incrédule que moqueur. La suggestion lui semblait d'un irréalisme typiquement féminin, ce qui ne ressemblait pas à la journaliste implacable qu'il voyait en elle. Il s'efforça toutefois de ne pas la froisser.

— Tu ne trouves pas que « Ma vie sur le site » est un peu bizarre, comme titre, Liz ?

Il décela alors une lueur espiègle dans ses yeux.

— Ah ! tu plaisantais vraiment, alors ?

— Tu crois ? Un article sur l'aspect humain serait au moins un point de départ. Et un soldat en permission s'attendrait à ce type d'approche de la part d'une femme journaliste. Qu'en dis-tu ?

Macca avait vite retrouvé son sérieux.

— D'accord, j'ai compris. Tu ne plaisantais pas, tu tâtais le terrain.

Elizabeth avait hoché la tête.

— Alors, tu crois que j'ai une chance ?

— Je crains que non. Les soldats en permission n'ont pas le droit de donner des interviews à la presse. Même à une femme inoffensive, précisa-t-il d'un air entendu. Il leur est interdit de parler de Maralinga à qui que ce soit et quelles que soient les circonstances. Il paraît qu'il y a des espions militaires dans les lieux les plus fréquentés de la ville pour veiller sur la discrétion des soldats.

— Autrement dit, l'approche non officielle n'est pas une bonne idée.

— Pas une bonne idée du tout.

— Je vais peut-être farfouiller du côté des officiels, une stratégie plus agressive.

— N'y pense même pas. Dès qu'ils sentiront que tu es une fauteuse de troubles, ils te mettront à la porte.

— Ce serait affligeant et tu devrais être choqué, toi aussi. Et la liberté de la presse ?

— En pleine guerre froide, elle n'existe plus.

La réponse désinvolte de Macca l'avait agacée davantage encore, mais il ne lui avait pas laissé le temps de protester.

— Sécurité d'État, Liz. Il faut rester prudent si on veut obtenir quelque chose. Tu devras attendre la prochaine conférence de presse.

Conscient de sa frustration, il avait tenté de l'amadouer :

— Et si tu rédigeais un article plus général, en attendant ? Un commentaire politique qui n'offusquera personne.

Il avait réfléchi un instant avant de reprendre :

— Que dirais-tu de « La valeur inestimable de l'Australie aux yeux de la Grande-Bretagne face à la politique de non-prolifération nucléaire des États-Unis » ?

Si Elizabeth appréciait beaucoup Macca, sa complaisance l'enrageait, et cette tentative n'avait fait que l'irriter davantage. Pourquoi écrire un article mou et inoffensif uniquement pour faire plaisir au gouvernement ? Pire encore, comment diable allait-elle obtenir une entrée à Maralinga ? Elle n'était pas venue aussi loin pour entendre qu'elle était pieds et poings liés et dans une impasse.

Quelques jours plus tard, pourtant, Elizabeth avait eu des raisons de remercier Macca Mackay. Le vendredi suivant leur échange frustrant, Macca avait, bien malgré lui, ouvert une brèche qui s'était révélée inestimable. Tout était parti d'une rencontre anodine au Criterion Hotel de King Street, non loin des locaux de l'*Advertiser*, un pub très fréquenté par des journalistes de tous bords.

— Liz, je te présente Bob Swindon du *Sydney Morning Herald*, avait déclaré Macca. On ne lui en veut pas trop, parce qu'il est originaire d'Adelaide. Bob, voici Liz Hoffmann, une ancienne du *Guardian*, à Londres. Liz bosse à l'*Advertiser* depuis six semaines.

— Sept. Enchantée, Bob. Elizabeth Hoffmann, avait-elle ajouté dans l'espoir de faire passer le message.

En vain.

— Salut, Liz

Il avait une poignée de main franche et chaleureuse, à l'image de sa personne.

— J'ai entendu parler de toi. Le monde du journalisme est petit. Ravi de te rencontrer, ma belle.

Elle doit en avoir assez de se faire draguer, avait-il songé.

Avec les jeunes femmes, Bob Swindon avait coutume de jouer les hommes débonnaires. Avec regret, mais lucidité, il avait décidé que ses années de coureur de jupons étaient révolues. La cinquantaine et l'embonpoint ne collaient plus à son image de don Juan, du moins était-ce ainsi qu'il se décrivait, non sans autodérision. C'était la version officielle, car dix ans de traitement contre l'hypertension avaient sérieusement affecté ses capacités à réaliser des prouesses sexuelles.

— Liz et toi avez beaucoup en commun, avait déclaré Macca.

— Ah bon ? s'était étonné Bob, se disant que, s'il avait eu vingt ans de moins, cela aurait été le cas, en effet. Comment cela ?

— Liz est une rebelle, comme toi. Elle adore faire des vagues et elle me critique parce que je n'aime pas en faire. Pas vrai, Liz ?

— Eh bien…

Elle était gênée, car elle ne le lui avait jamais dit en face. Macca n'aurait pu mieux exprimer ce qu'elle ressentait. Il avait ri de bon cœur. Jamais il n'avait rencontré une femme dont les pensées se lisaient aussi facilement. Ce n'était pas pour lui déplaire.

— Qu'est-ce que vous buvez, les rebelles ? C'est ma tournée. Un panaché, Liz, je suppose ?

— Merci, Macca.

Elizabeth buvait du panaché, car c'était la boisson la plus proche de la sempiternelle bière prisée par ses collègues. Elle aurait préféré un verre de bordeaux. Hélas ! ça ne se faisait pas dans un pub.

Bob avait naturellement opté pour une bière. Macca s'était éloigné en direction du bar.

Le vendredi en fin d'après-midi, le pub était bondé, de sorte qu'il s'absenta longtemps. Elizabeth et Bob avaient eu le temps de découvrir qu'ils avaient effectivement beaucoup en commun.

— Bob, puisque tu es un rebelle, dis-moi comment pondre un article décent sur Maralinga. D'après Macca, il faut faire attention. Tu ferais quoi, toi ?

— Je ferais attention. Macca a raison.

— Ah bon ?

Elle l'avait dévisagé d'un air méfiant. Bob Swindon cherchait-il à se débarrasser d'elle parce qu'elle était une femme ?

— Macca est très coincé, je l'avoue, avait-il cru bon d'ajouter, mais c'est un type bien et il a une sacrée belle plume. Il ne vit que pour sa femme et ses enfants. Le danger ne l'attire pas, contrairement à toi et moi. Macca joue toujours la sécurité. Il est connu pour ça. Cette fois, tu ferais mieux de suivre son conseil, toutefois.

— Et dans le cas contraire ?

— Tu te retrouveras sur la touche. Le gouvernement exige que les « rebelles » soient tenus à l'écart du projet.

— C'est ce que m'a expliqué Macca. Tu es à l'écart, toi ?

— Eh bien, je ne suis pas de ceux qu'on invite à assister aux tirs, ce qui en dit long ! Je me rends aux conférences de presse et je ronge mon frein, comme les autres. On n'a pas le choix. Le rebelle a fait son temps, peut-être, soupira-t-il avec emphase.

Elizabeth en doutait fortement.

— C'est du chantage. Je dois jouer le jeu si je veux assister aux tirs.

— Oh ! tu ne verras pas les tirs. Jamais ils ne t'inviteront à Maralinga.

— Je suis une journaliste chargée d'enquêter sur le projet. Pourquoi ne m'inviteraient-ils pas ?

— Parce que tu es une femme.

Bob Swindon se rendit soudain compte que, en bavardant avec elle, il avait oublié qu'elle était une femme. C'était déprimant. Était-il devenu aveugle en plus d'être vieux et bedonnant ?

— Je vois. Donc les femmes n'ont pas accès à Maralinga.

Encore une porte qui se fermait ! Elle aurait dû s'en douter. Si la presse australienne était peut-être plus ouverte envers les femmes, l'armée était la même dans le monde entier.

— On refuserait l'accès à une journaliste d'un journal important uniquement parce que c'est une femme ?

— Absolument.

— Ils ne nous facilitent pas la vie.

Elle avait balayé la salle du regard. À mesure que les consommateurs affluaient, les places se faisaient rares, mais Elizabeth ne voyait plus rien. Elle avait l'esprit en ébullition. Il devait y avoir un autre moyen. Si elle ne pouvait pénétrer Maralinga, il fallait qu'elle entre dans la tête de quelqu'un qui pouvait y avoir accès. Elle reporta son attention sur Bob Swindon et jeta toute prudence aux orties.

— Je veux savoir ce qui se passe à Maralinga, Bob. Entre rebelles… Tu peux m'aider ? Tu as un contact qui pourrait me renseigner ?

Face à cette détermination, Bob comprit pourquoi il avait oublié qu'elle était une femme. Rien à voir avec sa libido en déclin. Elizabeth Hoffmann avait une force qui allait au-delà du sexe. Cette passion était contagieuse. Soudain, il eut une envie irrépressible de l'aider.

— Il y a peut-être quelqu'un.

— Ah oui ?

Dès qu'il croisa son regard, Elizabeth comprit qu'elle avait un allié.

— Un type avec qui je suis allé à la fac. Je ne l'ai pas revu depuis des années. On est tous les deux de Bordertown, on a grandi ensemble. J'ai entendu dire qu'il travaillait en indépendant sur les essais et je l'ai appelé de Sydney, il y a environ six mois. Il a accepté une interview, sans doute en mémoire du bon vieux temps, mais surtout parce qu'il savait qu'il pouvait me faire confiance. J'ai tendance à m'attirer des problèmes à moi-même, pas à mes sources. Bref, il était partant. Et soudain, l'interview a été annulée et je n'ai plus eu de ses nouvelles. Je crois qu'ils l'empêchent de parler.

— Qui est-ce ?

— Il s'appelle Marston. Hedley Marston. Il est biochimiste au CSIRO à Adelaide. Le public ne le connaît pas. En revanche, dans le milieu scientifique, il a une certaine renommée, il me semble. C'est bizarre parce que, à la fac, il était nul en maths.

— Tu crois qu'il accepterait de me rencontrer ?

— Tu serais peut-être la seule journaliste qu'il recevrait.

— Pourquoi ?

— Tu n'es pas connue des autorités, contrairement à moi. Et tu n'as pas l'image stéréotypée du journaliste. Nul ne saurait qu'il a parlé à la presse. Marston veut s'exprimer publiquement, j'en suis certain, mais je pense aussi qu'il a reçu des menaces. Il faudrait gagner sa confiance, bien sûr, le rassurer, mais il préférera peut-être parler à une femme, qui sait ? Une petite touche féminine ne sera pas inutile, en tout cas.

— Je ne suis pas sûre d'être très féminine.

— Si ! Tu peux me croire.

Il avait souri intérieurement. Elle ne plaisantait pas !

— Dans ce cas, je n'en joue jamais.

— J'avais saisi. C'est peut-être le moment de commencer.

Il avait vu Macca fendre la foule en brandissant leurs verres.

— J'appellerai Marston pour préparer le terrain, dit-il. Ensuite, ce sera à toi de jouer.

— Merci, avait-elle dit en lui serrant la main. Je te suis vraiment reconnaissante.

— Ne t'expose pas trop à la déception, ma belle, ajouta Bob en retrouvant son personnage débonnaire. On ne joue pas les cow-boys, ici. Si Marston te fournit des données controversées, tu ne pourras pas les publier. Il y a des lois concernant la sécurité et le journal n'imprime rien de délicat.

— Je sais.

— Tant mieux. Marston le sait aussi. J'ai l'impression qu'il veut s'exprimer. C'est peut-être sa façon de dire « je vous l'avais bien dit » quand ses travaux seront rendus publics. Il te verra comme une alliée. En revanche, pour l'heure, tu ne pourras pas en tirer un scoop.

Macca les avait enfin rejoints.

— Qui a besoin d'un scoop ? Tu trouveras un moyen d'exploiter les informations que tu obtiendras

— Oh oui, c'est certain !

— Quel scoop ? avait demandé Macca en posant les verres sur la table. Vous complotez derrière mon dos ?

— Oh, des histoires de rebelles ! avait raillé Bob. Tu ne peux pas comprendre.

Macca s'était assis et avait levé son verre.

— Alors, qu'est-ce que tu viens faire en ville, Bob ? demanda-t-il. Il ne se passe rien à Maralinga. Qu'est-ce que tu fabriques ?

— Rien. Je ne suis pas là pour le boulot. Enfin, si. C'est personnel.

Il marqua une pause pour faire plus d'effet.

— Ma jument de trois ans participe à la course d'automne à Cheltenham, ce week-end.

— Ah bon ? s'était étonné Macca.

Bob Swindon avait une réputation de passionné d'hippisme et de parieur, mais pas de propriétaire de chevaux.

— Je suis impressionné…

Bob avait souri, ravi. Il avait toujours rêvé d'avoir des chevaux.

— Elle ne m'appartient qu'à moitié, avoua-t-il. L'autre est à mon frère. On l'a achetée l'an dernier et elle a couru chez les 2 ans. Elle est entraînée et logée ici. Soit elle assurera ma retraite, soit elle me ruinera.

— Comment s'appelle-t-elle ? avait demandé Elizabeth.

— Vitesse de la Lumière.

— C'est ambitieux, avait plaisanté Macca en arquant un sourcil.

Bob l'avait pris comme un compliment.

— Oui, c'est un joli nom. Les parieurs vont aimer. Elle est prometteuse. Ce sera sa première course d'adulte et ce sera difficile. Je doute qu'elle finisse placée.

Il avait bu une longue rasade de bière.

— Les chevaux sont comme les hommes, selon moi, reprit-il. Quand ils sont mal entourés, ils prennent de mauvaises habitudes. Confrontés aux meilleurs, ils sont tirés vers le haut. Au fait, Liz, dit-il en sortant une carte de visite. Appelle-moi. Je suis là toute la semaine. J'aimerais bien savoir comment tu t'en sors. J'espère que tu marqueras des points.

— Promis, Bob. Et sans user de ma féminité.

— Tu veux parier cinq livres ? avait proposé Bob, joueur devant l'éternel.

— Si tu veux.

Ils avaient trinqué sous l'œil perplexe de Macca.

Une femme passionnante, songea Bob. Si seulement il avait vingt ans de moins ! Il serait tellement obsédé par l'idée de la conquérir qu'il passerait totalement à côté de sa personnalité. La vie était pleine de contradictions.

Elizabeth avait relevé le défi sans user de ses charmes. Pas par principe, car elle était prête à suivre le conseil de Bob, mais parce que ce n'avait pas été nécessaire. Sa franchise et son intelligence avaient vite convaincu Hedley Marston.

Comme le soupçonnait Bob Swindon, Marston avait rédigé un manuscrit détaillé sur ses découvertes dans l'intention de le publier dans une revue scientifique. Mais il subissait une cabale de la part de scientifiques, de bureaucrates et de politiciens désireux de garder secrets les détails des essais nucléaires et leurs conséquences. Ignorant quand ou si ce manuscrit serait publié, ni quelle part de vérité sortirait au grand jour, Marston était désireux de se confier à une personne de confiance. Étrangement, il avait choisi Elizabeth Hoffmann.

— J'ai reçu un coup de téléphone, comme vous le savez sans doute, mademoiselle Hoffmann. Bob Swindon vous tient en haute estime. J'en conclus que vous le connaissez bien.

Marston l'avait observée avec soin derrière ses petites lunettes à monture en écaille. Cet homme d'une cinquantaine d'années au crâne chauve et bombé avait de grandes oreilles. Elizabeth avait vite compris qu'il la mettait à l'épreuve.

— Je ne le connais pas très bien, non. Nous nous sommes rencontrés il y a quelques jours, vendredi dernier, pour être précise.

— Pourquoi ne tarit-il pas d'éloges sur vous ?

— Il sent que je suis digne de confiance, je crois. Je travaille comme lui. Je ne trahis jamais une confidence, monsieur Marston.

Il avait esquissé un sourire. Il avait une bouche bien dessinée, presque féminine, dans un visage par ailleurs ordinaire.

— Bob est très doué pour jauger les gens. Asseyez-vous, mademoiselle Hoffmann.

— Merci, monsieur.

Hedley Marston avait parlé pendant une heure, pas uniquement de ses découvertes, mais aussi de la façon dont il avait été réduit au silence. Ses propos étaient souvent choquants.

Lors de l'étude sur la radioactivité de l'air au-dessus d'Adelaide, l'échantillon prélevé le lendemain du largage de la bombe présentait un taux plusieurs centaines de fois plus élevé que la normale. La commission de sécurité avait pourtant décrété que ses analyses étaient exagérées et l'avait accusé d'alarmisme.

Il avait aussi analysé le taux d'iode de la thyroïde d'animaux morts, après chaque essai. De vastes zones d'Australie avaient subi des retombées radioactives. Des membres de la commission de sécurité l'avaient contredit et menacé de le discréditer au sein de la communauté scientifique.

Elizabeth avait pris des notes en sténo, sans l'interrompre ni faire le moindre commentaire.

Les expériences menées dans les régions agricoles avaient démontré que le bétail avait été exposé à travers une nourriture contaminée, ce qui constituait un danger à bien plus long terme que l'air souillé. Après que Marston avait présenté ses résultats, la commission avait jugé qu'il avait trop de travail et l'avait exclu du projet « pour raisons de santé ».

Il avait raconté à Elizabeth que ses rapports avaient été modifiés ou discrédités. Chaque fois qu'il avait cherché à publier un article, on lui avait mis des bâtons dans les roues. Le pouvoir du nucléaire était sans limite.

Enfin, il avait abordé les essais dits mineurs. Ils en étaient aux premiers stades. À Kittens, Tims et Rats s'ajouteraient Vixens. Les expériences étaient nombreuses et pratiquement pas vérifiées. Elles dureraient des années.

— Je ne suis pas physicien nucléaire, mais l'utilisation irresponsable de l'uranium et du béryllium, et surtout du plutonium, promet un désastre à tous les niveaux. Les scientifiques de Maralinga s'en donnent à cœur joie. Ils ont un terrain de jeux et des objets d'étude à foison. Autant donner une boîte d'allumettes à des enfants.

Marston avait marqué une pause avant de faire son ultime révélation :

— Les essais mineurs vont engendrer d'énormes contaminations radioactives qui seront encore plus dangereuses que les explosions de bombes atomiques.

Il s'était arrêté brusquement et Elizabeth avait levé les yeux de ses notes.

— Comment peuvent-ils s'en tirer à bon compte ? avait-elle demandé.

— Le monde a peur. La menace du communisme, la course à l'armement nucléaire… Ils ont des excuses toutes trouvées, du moins le croient-ils.

— Priver le public de ces informations, discréditer vos découvertes, modifier vos rapports, vous interdire de publier…

— Vous ne comprenez pas, mademoiselle Hoffmann, avait-il rétorqué, le regard soudain très dur, en guise de mise en garde. Nous avons affaire à des menteurs sans pitié en haut lieu.

Pendant un moment, elle n'avait rien dit, se demandant si elle devait partir, car l'entretien semblait terminé.

— Qu'allez-vous faire ?

— Je vais continuer à surveiller l'évolution de la situation et à relever des données, même si je ne fais plus officiellement partie du programme. Un jour, je publierai mes résultats, quand cela sera possible. Pour l'heure, je dois garder le silence. Sinon, ils m'anéantiront.

Des menteurs sans pitié en haut lieu. S'ils pouvaient ruiner la carrière d'un scientifique éminent pour le faire taire, tueraient-ils un soldat qui menaçait de dire la vérité ?

— Mais la collaboration entre politiciens et scientifiques ne peut pas garantir une sécurité totale, monsieur Marston, avait-elle déclaré sans trahir sa fébrilité d'être proche de la vérité. Et les soldats présents sur le site ? Ils sont en plein dedans. Ils doivent se douter de ce qui se passe.

— Ils ne savent rien du tout ! Les troupes sont maintenues dans une totale ignorance.

— Si, par hasard, un soldat apprenait quelque chose et menaçait de parler, que lui arriverait-il ?

— La question est superflue. On ne lui aurait rien dit au départ. Et s'il apprenait quelque chose, il ne parlerait pas, de toute façon. Ils sont tenus au secret, vous savez.

L'enthousiasme d'Elizabeth était retombé. Sans doute était-elle sur la mauvaise voie. Danny n'aurait jamais rompu son serment de silence. Et elle allait peut-être un peu trop loin avec Marston. Il avait fait une réponse péremptoire et elle décelait une certaine arrogance. Il n'avait aucune envie de discuter avec elle. Il ne s'intéressait qu'à ses travaux. Son temps était écoulé et elle ne pourrait pas poser d'autres questions. Elle persista néanmoins.

— Monsieur, je suis au courant de l'Official Secrets Act, mais vous faites allusion à « des menteurs sans pitié en haut lieu », des hommes prêts à ruiner votre carrière au lieu de vous permettre de vous exprimer. Donc, théoriquement, si un soldat découvrait des données telles que les vôtres, et menaçait d'en parler, serait-il en danger de mort ? Simple curiosité.

Marston avait paru trouver la question amusante.

— Vous voulez savoir s'ils le tueraient ?

— Oui, monsieur. C'est bien ma question.

— Chère mademoiselle Hoffmann, avait-il dit avec un sourire un peu hautain. Un soldat sur ce site ne serait pas considéré comme une menace. S'ils devaient tuer quelqu'un, ce serait moi.

— Bien sûr, monsieur.

Elle s'était levée en lui rendant son sourire.

— Je fais fausse route, c'est ça ?

— Oui, plutôt.

De retour à l'*Advertiser*, Elizabeth avait appelé Bob Swindon. Ils prirent rendez-vous au Criterion à la fin de la journée.

À son arrivée, il était déjà attablé devant une bière.

— Il doit être un peu éventé, dit-il en désignant le panaché posé devant la jeune femme. Je suis arrivé il y a cinq minutes et je ne voulais pas faire la queue. Comment ça s'est passé ?

— Tu me dois cinq livres.

— Bien joué !

Il avait sorti son portefeuille pour régler sa dette.

— Tu as joué de ta féminité, finalement ?

— Pas du tout.

— Ça ne m'étonne pas. Ces scientifiques sont une bande de coincés.

— Tu généralises un peu, non ? Qu'est-ce que tu en sais, d'ailleurs ?

— Tu marques un point, avait-il concédé. Alors ? J'avais raison, pour Marston ? Il avait envie de parler ?

— Oh oui, tu avais bien vu ! J'ai des infos inédites, je dois dire…

— Ah bon ?

Il avait attendu qu'elle poursuive.

— Je ne peux rien te dire, Bob. Tu t'en doutes. J'ai donné ma parole.

— Bien sûr !

— Je te promets que tu auras toute l'histoire dès que j'aurai le feu vert de Marston. Dieu seul sait quand. Dans l'immédiat…

— Je sais, Liz. Je sais, avait-il coupé. Je n'en attendais pas moins de toi et je respecte ton silence.

— Tu parles ! Tu mourais d'envie de m'entendre cracher le morceau.

— Un vœu pieux, j'avoue. Tu ne peux pas m'en vouloir. Qu'est-ce que tu vas faire, à présent ? Je présume que tu ne peux rien publier.

— Non, mais j'ai des munitions, désormais, et une marge de manœuvre, peut-être. En tant que journaliste nouvelle venue, je pourrais poser quelques questions apparemment innocentes, les secouer suffisamment pour qu'ils me répondent.

Elle avait bu une gorgée de panaché avant de reprendre :

— Comment procéder ? Faudra-t-il attendre que les autorités daignent nous accorder une conférence de presse ?

— Et si tu en provoquais une ? Touches-en un mot à ton chef. Cela fait des mois qu'il n'y a pas eu de conférence de presse générale. Si l'*Advertiser* sollicite une mise à jour, le service de communication de Maralinga ne pourra refuser. Le journal a une responsabilité envers son lectorat.

— Excellente idée ! Pour la peine, je t'offre une bière !

— Tu n'as pas bu ton panaché.

— Tu avais raison, il est éventé. Reste là. Il faut qu'on parle.

Sur ces mots, elle s'était éloignée en direction du bar.

À certains égards, Elizabeth avait l'impression d'être revenue à son point de départ. En dépit d'un emballement furtif, son entrevue avec Marston ne lui avait pas fourni de réponse sur la mort mystérieuse de Daniel. L'énigme de Maralinga était de plus en plus fascinante et elle était persuadée que les deux étaient liés. Hedley Marston était un biochimiste indépendant chargé de recueillir les données sur les retombées radioactives. S'il avait démontré, à travers ses analyses de la thyroïde d'animaux qu'un danger très étendu et à long terme existait, quelles autres informations choquantes dissimulait-on à Maralinga ?

La lettre de Daniel était gravée dans sa mémoire. Pete Mitchell avait déclaré que des hommes avaient été menacés de la cour martiale s'ils parlaient de ce qu'ils avaient vu. Qu'avaient-ils vu ? Marston lui-même avait affirmé que les soldats ne constituaient pas une menace contre la sécurité, car ils étaient tenus au secret. Qu'avaient-ils pu voir de si grave qu'il avait fallu leur rappeler qu'ils étaient tenus au silence ?

Elle avait porté les verres vers la table.

— À quoi dois-je m'attendre, lors de cette conférence de presse, Bob ? J'aimerais bien le savoir. Qui prendra la parole ? Combien y aura-t-il d'intervenants ?

— À mon avis, il n'y en aura qu'un seul, et ce ne sera pas vraiment une conférence. Plutôt un communiqué suivi de questions. Une demande de mise à jour ne mérite pas davantage.

— Dommage, mais c'est déjà bien qu'il y ait des questions. Qui fera la déclaration ?

— Leur porte-parole, un colonel de l'armée australienne du nom de Nick Stratton. Il fait le lien entre les Australiens, les Britanniques, les scientifiques, les bureaucrates. En gros, il est la voix de Maralinga.

— Ah bon ? Un homme utile à connaître, alors…

— Oui. En revanche, il n'est pas facile. Ce n'est pas un mauvais bougre, mais mieux vaut ne pas le contrarier. Et il déteste les petits malins, les grandes gueules.

— Dans ce cas, il faut que je sois sage.

Elizabeth était très impatiente de rencontrer le colonel Nick Stratton.

Chapitre 17

Durant les jours qui suivirent la conférence de presse, Nick Stratton pensa souvent à Elizabeth Hoffmann. Cela faisait bien longtemps qu'il n'avait pas été à ce point attiré par une femme. Peut-être même ne l'avait-il jamais été. Il ne voulait pas se fourvoyer. Une telle femme ne pouvait être facile à conquérir. Puisqu'il ne voulait pas s'engager, mieux valait qu'il garde ses distances. Pourquoi ne pas tenter sa chance, après tout ? S'il avait une ouverture, sexuellement, autant continuer. Et dans le cas contraire, un simple dîner ne pouvait faire de mal.

Il l'appela dès son arrivée.

— Je suis en ville, annonça-t-il, ce qui n'était pas tout à fait le cas, car il l'appelait de l'aéroport. On dîne toujours ensemble, ce soir ?

— Bien sûr. Avec plaisir.

— Vous avez un restaurant de prédilection ?

— Non. Je ne sors pas beaucoup.

— Moi non plus, admit-il. Quand je viens à Adelaide, je mange au Grosvenor. Cela vous conviendrait ? La salle à manger est plaisante et la cuisine excellente.

— Va pour le Grosvenor.

— Parfait. Disons vers sept heures et demie. Où dois-je venir vous chercher ?

— Ce ne sera pas la peine. Je vous retrouverai dans le hall.

Au milieu du repas, Nick se rendit compte qu'il s'était bercé d'illusions dans son raisonnement. Un simple dîner n'était pas inoffensif. Ce dîner se révéla une erreur fatale.

En dégustant la soupe du jour, une succulente bisque de crevettes, ils avaient bavardé de tout et de rien. Il avait appris qu'elle n'était en Australie que depuis deux mois et qu'elle avait débarqué en plein été.

— J'ai eu du mal à supporter la chaleur, au début, surtout pendant la canicule du mois dernier, mais j'ai un appartement à Glenelg et je profite de la fraîcheur marine.

— Glenelg, nota-t-il, un premier renseignement sur son compte. La plage est belle, là-bas. Vous aimez la natation ?

— J'apprends… Je prends une leçon chaque samedi matin.

— Si vous avez besoin d'un maître-nageur, faites-moi signe. Je suis un excellent nageur.

C'était une réalité et non de la vantardise.

— Bien sûr. Comme tous les Australiens. Je me sens vraiment nulle, parfois. Je me débats au bord de la noyade et je me fais dépasser par un gamin de 5 ans !

Il se mit à rire. Elle était d'une compagnie agréable, même s'il attendait qu'elle aborde le sujet de Maralinga. Sans doute ne pourrait-elle pas résister à la tentation.

Ils parlèrent œnologie. Il avait commandé une bouteille de syrah pour accompagner le plat. Elizabeth avoua son faible pour le vin rouge.

— C'est en fait la seule boisson alcoolisée que j'apprécie. Je bois un panaché quand je suis avec mes collègues mais, selon moi, la bière nuit au goût de la limonade.

— Ce commentaire serait un sacrilège, dans ce pays.

— En Angleterre aussi.

— Vous devriez visiter les vignobles des environs d'Adelaide. La vallée de Barossa produit certains des meilleurs vins australiens.

— Il paraît.

Les assiettes arrivèrent, du canard pour elle, un steak pour lui. C'est alors que cessèrent les banalités.

— Dites-moi, Nick… Je peux vous poser quelques questions officieuses ?

Il fit mine d'être étonné.

— Sur quoi ? Pas sur Maralinga, j'espère !

— Si. Contrairement aux autres journalistes, je n'étais pas là pour la série précédente. J'ai du retard à rattraper.

— Vous pouvez me poser toutes les questions que vous voudrez, mais n'attendez pas de moi des réponses.

— Oh, je ne voudrais pas franchir les limites !

— Bien sûr que si, dit-il avec un sourire, en prenant son verre. Goûtez donc votre vin, d'abord. J'aimerais savoir ce que vous en pensez.

Ils burent une gorgée, les yeux dans les yeux.

— Délicieux, commenta-t-elle.

Le vin était néanmoins bien différent des bordeaux prisés par son père.

— Penfolds, un vin local, de la vallée de Barossa.

Il posa son verre et baissa les yeux sur son assiette.

— Je suis tout ouïe.

— La commission de sécurité des essais nucléaires…

Elle commença en douceur et s'enquit de l'objectif de la commission, de ses membres fondateurs et de son fonctionnement. Ces informations étaient disponibles et elle connaissait déjà l'essentiel. Nick lui répondit volontiers. Puis elle changea de tactique.

— Que pensez-vous de l'efficacité de la commission ?

— Comment cela ? fit-il, méfiant.

— Eh bien ! cela ne semble pas très objectif. Deux des trois membres fondateurs sont britanniques et ils ont déjà travaillé sur des programmes de défense britannique. Peuvent-ils veiller vraiment aux intérêts de l'Australie ?

— Je ne suis pas payé pour vous donner mon opinion personnelle.

Elle venait pourtant d'énoncer à la perfection ce qu'il pensait.

— Je comprends. Je suis désolée. Je n'aurais pas dû vous poser cette question. Elle m'a échappé.

Elle porta son attention sur son plat de canard, qu'elle avait à peine touché.

— Cette question ne vous a pas échappé du tout et vous le savez très bien.

Ce dîner prenait une autre tournure. Elizabeth cherchait à savoir jusqu'où elle pouvait aller. Il aimait cette audace.

— Vous aviez l'intention de me la poser, n'est-ce pas ?

Elizabeth savait qu'elle s'aventurait en terrain glissant. Il la trouvait attirante puisqu'elle suscitait son intérêt en parlant de la pluie et du beau temps. Mais ces platitudes ne lui apprendraient rien sur Maralinga. Il fallait qu'elle le charme et qu'elle l'intrigue à la fois.

— Je le suppose, admit-elle, car la franchise l'avait servie par le passé. J'aurais dû me douter que je n'obtiendrais pas de réponse.

Elle posa ses couverts, oubliant une fois de plus son canard.

— Voyez-vous, Nick, je m'intéresse au pouvoir de cette commission.

Il dévora son steak sans un mot, mais elle avait capté son attention.

— Pendant la conférence de presse, vous avez parlé de la coopération et de la communication entre les parties concernées, qu'elles soient australiennes ou britanniques, conformément aux exigences de la commission. Je m'interroge donc sur le pouvoir d'une commission qui a des exigences, et sur la nature de ces exigences.

Il cessa de manger et but une gorgée de vin en attendant la suite.

— Oh ! ne vous méprenez pas, ajouta-t-elle vivement. Je ne vous demande pas votre opinion. Je vous propose la mienne.

— Et quelle est-elle ?

— Je crois que l'AWTSC, la commission de sécurité, est bidon, répondit-elle d'un air de défi.

Elizabeth énonçait l'opinion de Hedley Marston. Selon lui, la commission était une vaste fumisterie, créée par des personnes haut placées et dont les membres étaient, selon lui, aux ordres de ces grands pontes. Non seulement la commission ne protégeait pas l'Australie, mais elle mentait sur ses propres données et sur les résultats des autres. Dans un premier temps, elle s'était demandé si Marston ne déformait pas la vérité par amertume. Puis elle avait trouvé ses arguments trop convaincants, trop intelligents. S'il disait vrai, et elle en était persuadée, Nick Stratton était-il informé de l'ampleur de la tromperie? Marston avait précisé que les soldats ignoraient la vérité, même les hauts gradés. Nick couvrait-il la vérité ou était-il laissé dans l'ignorance, lui aussi?

Lorsque leurs regards se croisèrent, Elizabeth tenta de lire sa réaction.

— Je vois, fit-il d'un air pensif. La commission est bidon, selon vous?

Ils se jaugeaient. Elle hocha la tête. L'expression de Nick était plus grave que jamais. Serait-elle allée trop loin?

Nick se demandait d'où lui venaient ces idées. Avec qui avait-elle parlé? Il avait cru qu'elle tenait les noms de code des essais d'un soldat en permission désireux de l'impressionner, or un soldat n'aurait pas su grand-chose de la commission de sécurité qui ne présentait aucun intérêt pour lui. Elizabeth avait sans doute rencontré un scientifique, blasé, de surcroît. Il s'étonnait qu'un scientifique se confie à elle à ce point. Toutefois, le scénario devait être le même. Ce type cherchait à lui plaire et, dans ces moments-là, les hommes pouvaient se montrer particulièrement stupides.

— Je vais mettre les choses au clair, dit-il. Vous me donnez votre opinion sans attendre le moindre commentaire de ma part, c'est ça?

— Absolument. Je n'attends aucun commentaire de votre part.

— N'importe quoi!

Aïe! songea Elizabeth. *Je suis allée trop loin.*

— Vous essayez de me tirer les vers du nez.

Soudain, elle se rendit compte qu'il aimait ce petit duel. Elle venait de se rendre compte que c'était un jeu, mais il avait raison. Et elle se savait capable de jouer avec lui.

— Bien sûr, admit-elle avec un sourire à la fois séducteur et provocateur. Vous croyez que j'ai une chance d'obtenir quelque chose ?

— Qui ne tente rien n'a rien, en tout cas.

Il leva son verre et elle en fit autant. Les règles étaient posées, la partie avait commencé.

Elizabeth s'étonna de sa facilité à flirter. Bob Swindon serait fier d'elle.

Nick comprit qu'il ne pouvait plus revenir en arrière et qu'il continuerait l'offensive tant qu'il avait une chance infime de la conquérir.

— Vous allez le manger, ce canard, ou non ? demanda-t-il en observant l'assiette de la jeune femme.

— Bien sûr. Je meurs de faim ! Délicieux… vraiment délicieux… dit-elle, la bouche pleine.

Il avait l'impression de voir un cheval de course manger son avoine avec appétit.

La soirée se déroula plaisamment. Elizabeth ne chercha pas à en savoir davantage sur Maralinga et il ne franchit pas la limite au moment de prendre congé. Il serra la main qu'elle lui tendait. Combien de temps lui faudrait-il pour l'embrasser ?

— Merci pour cette soirée très agréable, Nick, conclut-elle en voyant le taxi s'arrêter.

Elle avait refusé qu'il la raccompagne.

— Ne soyez pas ridicule. Vous devriez prendre un autre taxi pour revenir de Glenelg. Il ne faut pas jeter l'argent par les fenêtres.

— Je vous téléphone la semaine prochaine, Elizabeth. Ce serait bien de renouveler l'expérience.

— Avec plaisir.

Sur le trottoir, il lui fit un signe de la main tandis que le taxi s'éloignait.

Au cours des semaines suivantes, il y eut d'autres dîners, quelques déjeuners. Nick trouvait toujours un prétexte pour venir régulièrement à Adelaide.

Leur petit jeu était de plus en plus audacieux. Lorsqu'elle abordait le sujet de Maralinga, il la harponnait à l'aide de bribes d'informations qu'il jugeait inoffensives. Elle insistait encore un peu en donnant son opinion, en essayant de lui tirer les vers du nez, parfois avec succès. Quand il s'énervait et se renfermait soudain, elle s'excusait d'être allée trop loin. Nick savait qu'il devait fuir ces discussions, mais il n'était pas certain de conserver l'intérêt de la jeune femme s'il ne la titillait pas. Le jeu se poursuivit donc.

Nick Stratton trouvait Elizabeth Hoffmann lunatique, irritante et très, très intelligente, outre son attrait physique. Toutefois, il ne faisait aucun progrès sur le plan sexuel. À la mi-avril, il n'avait pas obtenu plus qu'un baiser sur la joue. Chaque fois qu'il avait essayé d'aller plus loin, elle avait esquivé le contact de sa bouche sur la sienne. Désormais, le baiser sur la joue était devenu une habitude et le rendait fou. Il détestait qu'elle le traite comme un collègue. De plus, elle insistait toujours pour rentrer en taxi, l'excluant ainsi de sa vie privée. Il ne voulait pas la faire fuir en s'imposant à elle. Il était dans une impasse. Il était temps de passer à l'action. Pour cela, la première étape consistait à la voir chez elle, sur son terrain.

Il obtint un week-end de permission et loua une voiture. En milieu de semaine, il téléphona à la jeune femme.

— Cela vous dirait de visiter les vignobles, samedi ? Je serai en ville et j'aurai une voiture.

— Avec plaisir !

— Je passe vous prendre vers 10 heures. Où habitez-vous ?

Elizabeth hésita. Elle aimait bien Nick Stratton, un homme de bonne compagnie et très utile. Les informations qu'il lui donnait étaient partielles et filtrées, mais elle en apprenait pas mal sur la structure de Maralinga. Toutefois, elle ne voulait pas qu'il entre dans sa vie, car il cherchait à la séduire.

Mais il était trop tard, après tout. Elle ne pouvait insister pour le retrouver en ville. Elle lui indiqua donc son adresse, en espérant ne pas avoir à le repousser quand il la raccompagnerait.

Il se présenta à l'heure précise et découvrit qu'elle l'attendait devant la maison de St Johns Row.

— Il fait un temps idéal, déclara-t-il en lui ouvrant la portière du côté passager. La vallée de Barossa est magnifique en automne.

C'était une belle journée ensoleillée, sous un ciel limpide. À une heure de route d'Adelaide, cette région viticole était d'une beauté exceptionnelle. Durant deux heures, ils roulèrent parmi les coteaux verdoyants. Ils visitèrent des exploitations et se promenèrent au bord de la rivière. Enfin, Nick annonça qu'il était temps de déjeuner.

Le restaurant offrait une vue sur les vignes qui s'étendaient à l'infini dans la vallée peu profonde. Les feuilles créaient un chatoiement de rouges, de jaunes, voire de pourpres.

— Vous aviez raison, c'est spectaculaire, commenta la jeune femme.

Après le repas, ils s'attardèrent pour déguster un dernier verre de vin et admirer la beauté des lieux.

— C'est incroyable, déclara Nick, les bras croisés, en observant la jeune femme d'un air amusé.

— Quoi donc ?

— Cela fait cinq heures que vous n'avez pas mentionné Maralinga.

— C'est ma foi vrai ! s'étonna-t-elle. Vous avez envie que j'en parle ?

Le défi était de retour dans le ton de sa voix et dans son regard.

— Faites ce que vous voulez.

C'est reparti, songea-t-il. Ce jeu commençait à le lasser. Si elle voulait d'autres informations, elle devrait monter d'un cran.

— Les essais mineurs, dit-elle. Tims, Rats et Kittens…

Elle se tut, cherchant une formulation pour une affirmation qui était en réalité une question.

— Les essais dont votre source mystérieuse vous a fourni les noms de code.

— C'est ça.

Elle sourit à la mention de leur rencontre, puis reprit sérieusement :

— Ces essais doivent présenter des risques, non ?

— Comment cela ?

Où diable voulait-elle en venir, cette fois ?

— Ils utilisent des substances très radioactives... Uranium, béryllium, plutonium...

Elle guettait un signe, plus convaincue que jamais que Nick Stratton n'était pas au courant de ce qui se passait vraiment à Maralinga.

— Je ne peux m'empêcher de me demander si ces essais ne risquent pas de poser un problème de contamination, dans l'avenir.

— Vous avez bien étudié votre sujet, en tout cas. Encore des informations glanées auprès de cette source que vous refusez de nommer ?

Elle perçut une certaine arrogance dans sa question, mais il n'était pas en colère.

— Je suis allée à la bibliothèque, répondit-elle. J'ai beaucoup lu.

— Vous êtes très intelligente.

Nick n'appréciait pas du tout cet interrogatoire. Elle jaugeait l'étendue de ses connaissances et il s'en offusquait. C'était la première bourde de la jeune femme, selon lui. Le croyait-elle naïf au point de ne pas se rendre compte que ses supérieurs ne lui fournissaient que de demi-vérités, voire des mensonges ? En tant qu'agent de liaison, il était le porte-parole des gouvernements australien et britannique et ne recevait que des informations validées et appropriées pour le public, à peine mieux que de la propagande. Il admettait volontiers que c'était frustrant, mais la sécurité exigeait la mise en place de garde-fous. Les armées et gouvernements du monde civilisé menaient ainsi leurs projets top secret, et si Elizabeth ne le comprenait pas, c'était elle qui était naïve.

Il finit son vin.

— Partons, dit-il soudain en se levant.

— Désolée. Je ne voulais pas vous offenser...

— Pensez ce que vous voulez, Elizabeth. Je vous conseille néanmoins de garder pour vous vos réflexions.

— Je vous en prie, ne vous fâchez pas, Nick.

Sa réaction étonnait la jeune femme, qui s'en voulut d'avoir trop insisté alors qu'il n'avait pas le droit de lui répondre.

— Je regrette vraiment. Je ne voulais pas gâcher une aussi belle journée.

— Ce n'est pas le cas.

Il ne pouvait qu'accepter ses excuses sincères, même si elle le faisait enrager.

— On va faire un détour pour visiter Hahndorf, annonça-t-il.

Ils explorèrent le village fondé par des colons allemands, une petite bulle d'Europe nichée parmi les eucalyptus australiens qui enchanta Elizabeth. Nick avait l'esprit ailleurs.

En conduisant, il réfléchit à sa réaction instinctive et excessive. Était-il vexé parce qu'elle avait découvert qu'il n'était qu'un porte-voix ? Il n'aimait pas qu'on le lui rappelle, mais c'était la vérité. Avec le recul, pourquoi s'en soucierait-il ? Il faisait bien son travail. S'inquiétait-il de la source d'information de la jeune femme ? Cet informateur était-il un danger pour la sécurité ? Sans doute pas. Était-ce un chercheur de Maralinga qui s'était vanté lors d'un séjour à Adelaide en espérant coucher avec elle ? C'était bien le problème, car il se demandait en réalité si cet homme était arrivé à ses fins. Elizabeth semblait en savoir beaucoup sur les essais, plus que lui-même, peut-être. Avait-elle provoqué cet informateur comme elle le provoquait ?

Il les imagina au lit. Elizabeth et cet homme sans visage. Il était jaloux. Seigneur ! Il était jaloux d'un amant fantôme qu'il avait inventé ! Tandis qu'ils déambulaient dans les rues pittoresques de Hahndorf, Nick ne parvenait pas à chasser l'image d'Elizabeth et de son amant enlacés. Elizabeth était une bourgeoise anglaise très convenable. Jamais elle n'offrirait son corps en échange d'informations. Sa frustration le rendait irrationnel.

Lorsqu'il arrêta la voiture devant la maison de St Johns Row, la nuit tombait. Il accompagna la jeune femme jusqu'à la porte d'entrée.

— Vous voulez entrer boire une tasse de thé ?

La courtoisie l'obligeait à le lui proposer. Pourvu qu'elle ne s'attire pas d'ennuis !

— Non, répondit-il conscient de sa nervosité. Je vais retourner à l'hôtel. Il se fait tard.

— J'ai passé une excellente journée, Nick. Merci beaucoup.

— Moi aussi. Merci de m'avoir tenu compagnie.

Elle tourna la tête pour recevoir son baiser sur la joue, mais il prit son visage entre ses mains. Les règles du jeu allaient changer.

Elle ne s'écarta pas. Consciente qu'elle ne pouvait garder ses distances à jamais, elle attendait qu'il franchisse le pas sans savoir vraiment comment elle réagirait. En sentant ses lèvres sur les siennes, elle décida d'accepter. Un baiser d'au revoir ne pouvait faire de mal.

Sentant sa méfiance, il prit soin de maîtriser sa passion et fit preuve d'une grande tendresse. Lorsqu'elle se détendit enfin, il la serra dans ses bras. Elle entrouvrit enfin les lèvres. Aussitôt, Nick se noya dans les sensations, car ce moment n'appartenait qu'à lui.

Il déversa dans ce baiser six semaines d'un désir refoulé. Ensuite, Elizabeth demeura perplexe. Comment réagir ? Il n'avait eu aucun geste déplacé. Ce n'était qu'un baiser. Pourquoi avait-elle l'impression d'avoir fait l'amour ? Pourquoi se sentait-elle à ce point coupable ?

— Bonne nuit, Nick.

— Bonne nuit, Elizabeth.

En regagnant la ville, il ne se sentait plus de joie. Il avait franchi un cap. Maintenant, il pouvait avancer.

— Bonjour...

Le lendemain, il était de retour à 10 heures, sur le pas de sa porte, en short et en t-shirt, une serviette autour du cou.

— Nick, qu'est-ce que tu fais là ?

— J'ai toujours ma voiture de location. Ce serait dommage de ne pas en profiter. Une leçon de natation te tente ?

— Quoi ?

— Tu m'as dit que tu prenais des leçons de natation chaque samedi.

Elle posa sur lui un regard vide.

— Tu ne te rappelles pas ?

Elle hocha la tête. Elle se rappelait avoir évoqué la question, mais il y a presque deux mois.

— Hier, tu n'as pas pu, alors je te propose un cours du dimanche. Qu'en dis-tu ?

— Oh ! non, je ne…

— L'hiver sera bientôt là. Il faut en profiter pendant qu'il fait encore beau. Surtout avec un professeur aussi expert que moi.

— Il fait un peu froid, non ?

— Ne sois pas douillette…

Personne ne l'avait traitée de douillette.

— C'est bon, tu as gagné.

— À la bonne heure. Je t'attends dans la voiture pendant que tu te prépares.

Elizabeth aurait dû être agacée par cette intrusion dans sa vie, mais elle ne pouvait lui en vouloir. Après leur baiser de la veille, il se sentait sans doute en droit de venir la chercher. Elle-même avait décidé d'ignorer ce baiser, de ne pas s'attarder dessus, sur sa réaction de midinette. Elle n'aurait pas dû culpabiliser. C'était stupide, car elle n'avait rien fait de mal. Elle devait toutefois ne pas encourager Nick. Elle ne voulait pas que les choses deviennent hors de contrôle.

En survêtement sur son maillot de bain, elle prit une serviette et descendit.

Ils se rendirent à pied sur la jetée. La plage n'était plus bondée comme en été. Quelques baigneurs bravaient la fraîcheur de l'automne. Certains forcenés du sport nageaient de long en large, avant de rejoindre ceux qui peaufinaient leur bronzage tant qu'ils en avaient encore l'occasion

Nick et Elizabeth entrèrent dans l'eau. Nick fit de son mieux pour ne pas contempler son corps. Elle était grande et élégante, mais ne s'habillait pas de façon provocante. Qui aurait deviné que ses blazers sages et ses jupes dissimulaient des seins ronds, des fesses et des cuisses fermes ? Plus que jamais, elle lui évoquait un pur-sang.

Ils avaient de l'eau jusqu'à la taille.

— Très bien, montre-moi ce que tu sais faire.

Quelques secondes plus tard, il ne put s'empêcher de s'esclaffer en la voyant agiter les bras, le souffle court. Plus rien à voir avec un pur-sang !

— Quoi ? fit-elle en reprenant pied. Qu'est-ce qui te fait rire ? Je nageais, non ?

— Non. Tu te noyais.

— Pas du tout ! protesta-t-elle. J'ai observé les autres et c'est comme ça qu'ils font.

— Les autres respirent.

— Je respirais !

— Non.

— Si. Le crawl se nage ainsi : on sort la tête d'un côté et on respire pendant que le bras part dans l'autre sens.

Pour souligner ses propos, il lui fit une démonstration.

— C'est ce que j'ai fait, persista-t-elle.

— Et qu'est-ce qu'on fait quand le bras part en avant ?

— On remet la tête sous l'eau.

— Et on souffle.

— Ah bon ?

— Oui. À chaque fois.

— Ah !... Je l'ignorais.

Il lui enseigna la technique qu'elle mit en application en gardant les pieds posés au fond de l'eau.

— Inspire profondément ! lança-t-il. En utilisant ton diaphragme. Lève le bras ! Coude plié ! Va chercher l'eau le plus loin possible avec ta main. Tu ne relèves pas la tête entière ! Sors le visage uniquement pour inspirer.

Ensuite, il lui prit les mains pour lui apprendre les battements de pieds.

— Tes pieds font office de moteur hors-bord. En souplesse... Bon, on va essaie de mettre tout ça en application. Mets-toi sur le ventre, bras en avant. Je te soutiendrai.

Il plaça alors un bras sous sa taille.

— Vas-y. Tranquillement. N'oublie pas les battements de pieds.

Il marchait à côté d'elle pour corriger ses erreurs.

— Étire-toi davantage.

Il glissa une main le long de son bras jusqu'à son poignet. Elle obéit.

— C'est bien. Ne sors pas trop la tête. C'est une perte d'énergie.

Nick posa la main à plat entre ses omoplates.

— Ne te redresse pas, dit-il en remontant vers sa nuque. Là, pivote, à présent. Bien, très bien. Souffle ! Je ne sens pas ton diaphragme.

Instructeur chevronné, Nick avait appris à nager à de nombreux élèves, de sorte qu'il n'était pas vraiment conscient du contact physique, au contraire d'Elizabeth. Elle avait beau se concentrer sur ses mouvements et obéir à ses ordres, elle sentait les muscles de ses avant-bras, la caresse de ses doigts sur son bras, sa paume sur son dos et sa nuque. Elle n'était pas habituée à une telle intimité qui la mettait mal à l'aise. Elle s'en voulait d'être aussi idiote et coincée. Cet homme lui apprenait à nager ! En dépit de ses efforts pour se concentrer, elle ne pouvait ignorer sa présence troublante.

L'eau était fraîche.

— On va en rester là, décréta Nick. Tu as la chair de poule.

Lui-même commençait à avoir froid.

— Je te retrouve sur la plage. J'ai besoin de me réchauffer un peu.

Elle regagna la rive et se sécha avant d'enfiler son survêtement. Nick fendait l'eau avec élégance.

— À te voir, ça a l'air si facile ! commenta-t-elle quand il la rejoignit, dix minutes plus tard.

— C'est facile. Tu en feras autant bientôt.

— J'en doute...

— Mais si ! Tu as compris la technique pour respirer, c'est le principal. Tout est dans la respiration.

Il entreprit de se sécher.

— Tu peux être fière de toi.

— Merci, Nick.

Pour une raison étrange, Elizabeth fut flattée par ce compliment.

Pour ne pas s'enrhumer, ils longèrent la jetée en petite foulée. De retour à la maison, elle lui proposa une douche chaude. C'était la moindre des choses, selon elle, car il claquait des dents.

Il la suivait dans son appartement, où elle lui désigna la salle de bains, avant de lui donner une serviette.

— Non, non, passe la première. Tu es frigorifiée.

Face à son insistance, elle l'accompagna sur le balcon pour qu'il patiente au soleil. Quelques instants plus tard, elle réapparut avec un gros gilet en laine qu'elle lui lança.

— Désolée, je n'ai rien de mieux. Je n'ai pas de vêtements d'homme, ici, mais il devrait te réchauffer un peu. J'en ai pour quelques minutes.

— Prends ton temps !

Il enfila le gilet bien trop petit pour lui et s'installa pour contempler l'océan. Les choses avançaient tranquillement...

— À ton tour, dit-elle cinq minutes plus tard en passant la tête par la porte-fenêtre entrouverte.

— Il ne fallait pas te presser, répondit-il en se levant. J'étais bien, là...

Elle éclata de rire en le voyant affublé de son gilet mauve.

— Tu es ridicule !

— Pas toi.

Ses cheveux mouillés étaient repoussés en arrière. Elle portait un pantalon noir et un pull rouge. Jamais il n'avait vu de femme plus belle. Elle était pieds nus, ce qui lui donna l'impression qu'elle était dénudée. L'étape suivante était naturelle.

Comme la veille, il l'embrassa d'abord doucement, avec tendresse. Elizabeth ne s'y attendait pas. Elle ne résista pas, contrairement à ses bonnes résolutions. Une fois de plus, elle s'abandonna et, malgré elle, sentit monter son désir. Ce n'était plus un simple baiser et elle n'était plus passive. Elle avait envie de lui, elle voulait sentir sa peau contre la sienne et le prendre en elle…

Troublée, haletante, elle s'écarta soudain. Ce moment d'abandon sensuel n'avait duré que quelques secondes, mais elle était sous le choc.

— Désolée, Nick… Je crois que tu ferais mieux de partir. Je regrette. Je suis désolée si je t'ai porté à croire des choses…

— Ne t'excuse pas. C'est moi qui te dois des excuses, au contraire. Je ne voulais pas profiter de…

Il s'interrompit, car c'était exactement ce qu'il avait fait. Et il recommencerait s'il avait la sensation qu'elle était prête.

— Je ne voulais pas te faire peur.

Il l'embrassa sur la joue et prit congé. Il savait qu'il ne l'avait en rien effrayée. Elle s'était fait peur à elle-même. Ce n'était plus qu'une question de temps et il était disposé à attendre autant qu'il le faudra. Il avait désormais la certitude qu'elle le désirait.

Il monta en voiture et démarra sans se rendre compte qu'il portait toujours le gilet mauve.

Deux mois s'écoulèrent avant qu'ils ne fassent enfin l'amour.

Le premier mois, elle évita Nick en invoquant des prétextes peu crédibles quand il l'appelait pour l'inviter à sortir. La première semaine de juin, il se présenta sur le pas de sa porte.

— Il est temps que je te rende ceci, dit-il en lui tendant son gilet mauve. À la base, mes hommes affirment qu'il ne me va pas du tout.

Elizabeth se mit à rire. Elle se rendit alors compte à quel point il lui avait manqué. Elle n'avait pensé qu'à son moment de faiblesse. Comment pouvait-elle désirer un autre homme de façon aussi éhontée alors que Danny n'était mort que depuis six mois ? Elle était affligée par son propre comportement.

— C'est bon de te voir, Nick. Tu veux une tasse de thé ?

Ensuite, les choses avaient progressé lentement, mais sûrement. Pendant un mois, il avait fait des haltes à Adelaide en se rendant à ses réunions à Canberra. Ils allaient au cinéma, au restaurant. Au départ, ils étaient revenus à leurs baisers sur la joue. Nick s'efforçait de respecter les règles qu'elle avait fixées. Il veillait à louer une voiture pour la raccompagner chez elle. Ainsi, leurs adieux sur le pas de la porte progressèrent naturellement. Le baiser sur la joue fit place à un frôlement des lèvres qui s'intensifia peu à peu jusqu'à l'issue inévitable.

Par une froide soirée d'hiver, en juillet, ils s'embrassèrent malgré la buée que formaient leurs souffles mêlés. Elizabeth admit qu'elle n'en pouvait plus. Un seul baiser suffisait à l'embraser d'un désir charnel. Il n'avait pas cherché à la caresser ou à se plaquer contre elle, mais en elle avait désespérément envie.

— Ne rentre pas à l'hôtel, lui murmura-t-elle.

Ils montèrent chez elle.

Nick Stratton était un amant merveilleux et expérimenté. S'il avait évité les relations sérieuses avec les femmes, il savait leur donner du plaisir. C'était presque un art, pour lui. À ses yeux, le plaisir d'une femme était l'aspect le plus érotique de l'acte sexuel.

Le désir qu'il avait accumulé au fil des semaines ne fut en rien une entrave à sa performance. Il ne fit au contraire qu'intensifier sa maîtrise de lui-même tandis qu'il la faisait monter vers l'extase. Ensuite, quand elle eut retrouvé ses esprits, il recommença. Il aimait ce pouvoir qu'il avait sur elle et le plaisir qu'il savait lui donner.

Enfin, il sentit son propre orgasme approcher, il accentua ses coups de reins pour qu'ils jouissent ensemble, sans oublier de se retirer au dernier moment, par précaution. Il le faisait toujours. Il ne prenait pas de risques. De toute façon, son orgasme n'avait plus vraiment d'importance. Il aurait voulu continuer ainsi à jamais, car son plus grand plaisir était d'exercer son pouvoir.

Il roula sur le dos et ils restèrent un instant haletants. Elizabeth fixa le plafond dans la pénombre. Son corps était encore secoué de spasmes, comme s'il cherchait à comprendre ce qui venait de se produire. Une fois remise, elle se tourna vers Nick. Elle ne voyait pas son regard, mais son visage se profilait au clair de lune qui entrait par la fenêtre.

— Je ne savais pas que ce pouvait être aussi bien, avoua-t-elle.

Il s'en doutait. Cette nuit était pour elle une révélation.

— Tu es très sensuelle, Elizabeth.

— Tu trouves ?

Elle ressentait la même fierté que lorsqu'il l'avait félicitée sur ses progrès en natation.

— Oh oui ! assura-t-il en toute sincérité.

Il était extraordinaire qu'elle n'en ait pas conscience.

— Tu n'as pas beaucoup d'expérience, n'est-ce pas ? ajouta-t-il.

Était-ce une insulte ou un compliment ?

— Je ne suis pas vierge, tu sais.

Il sourit dans le noir. Ce n'était qu'une remarque anodine, mais elle était sur la défensive et prête à riposter.

— Je sais.

— Ah ! cela se voit ? Eh bien ! cela tombe sous le sens. Un homme de ton expérience n'a pu que s'en rendre compte.

Pourquoi se montrait-elle aussi brutale et puérile ? Elle l'ignorait. Qu'attendait-elle de Nick ? Qu'il la prenne dans ses bras et qu'il lui dise qu'il l'aimait ? Ce serait immature ! Elle se sentait comme une chienne en chaleur, avec des envies bestiales, et c'est ce qu'il lui avait donné au-delà de ses attentes les plus folles. Elle aurait dû se montrer reconnaissante au lieu de jouer les ingénues offensées.

— Excuse-moi, dit-elle. Je suis injuste et je ne sais pas pourquoi.

— Moi si.

Il se pencha pour allumer la lampe de chevet. Éblouie, elle ne dit rien et s'assit, remontant les couvertures sur ses seins.

— Quel âge as-tu, Elizabeth ?

— 26 ans.

— Moi, j'en ai 40, 41 le mois prochain, et je ne me suis jamais marié. Certes, j'ai connu de nombreuses femmes dans ma vie, donc j'ai de l'expérience, c'est normal.

— Je sais, Nick. Excuse-moi, je ne voulais pas…

— Et tu sais ce qui est normal, aussi ?

C'était une question rhétorique, bien sûr. Elle secoua négativement la tête, telle une élève face à son professeur.

— Ta sexualité. C'est la chose la plus naturelle du monde. Il n'y a aucune raison de culpabiliser, dit-il en l'embrassant furtivement. Tu es une jeune femme saine et très sensuelle. Maintenant que tu en es consciente, n'en aie pas honte. Sois fière, au contraire !

Il l'enlaça et ils se blottirent sous les couvertures. Sa tête sur son épaule, il attendit qu'elle dise quelque chose. L'invitait-elle à rester toute la nuit ou préférait-elle qu'il s'en aille ? Il avait envie de rester, de lui faire l'amour de nouveau, tout de suite même, mais il avait besoin d'un peu de temps, désormais. Quand il avait 20 ans, il pouvait recommencer presque immédiatement.

— Tu veux que je parte ? demanda-t-il au bout de quelques minutes de silence.

Perdue dans ses pensées, elle ne l'entendit pas.

— Je n'ai encore dormi qu'avec un seul homme, et seulement le temps d'un week-end. C'était il y a plus d'un an. Nous étions fiancés. Il a été tué en octobre dernier.

Nick ne réagit pas. Cette histoire tragique était trop sérieuse. Que pouvait-il dire ?

Elizabeth n'était pas en quête de compassion.

— Je l'aimais tant… et je l'aimerai toujours. Nous étions tous les deux jeunes et inexpérimentés. Nous n'avons pas eu le temps de nous connaître, sexuellement.

Elle se tourna vers lui et se dressa sur un avant-bras.

— Tu as vu juste, Nick. C'est une révélation et je t'en remercie.

Elle marqua une pause. Elle avait bien réfléchi avant de prendre une décision :

— J'étais choquée, j'avais honte… Je suis d'accord avec toi, c'est ridicule. Et ce serait hypocrite, surtout.

Il rejeta la tête en arrière et rit de bon cœur.

— Seigneur ! quelle puissance incroyable je viens de libérer, dit-il.

— C'est vrai.

— En fait non. Pas du tout.

Il trouvait ce mélange d'intelligence et de naïveté totalement désarmant.

— Tu as toujours été très sensuelle, mais tu es la seule à ne pas t'en rendre compte. Il fallait bien que quelqu'un libère un jour cette femme qui est en toi.

— Ce n'est pas très flatteur, dit-elle, même si elle n'était en rien offensée.

— J'ai de la chance d'avoir été cet homme.

Il effleura sa joue du bout d'un doigt, puis descendit le long de son cou, vers son épaule, et son bras.

— Je suis prêt à recommencer si tu l'es aussi.

— Bien sûr!

Il l'attira vers lui. Il n'avait pas patienté pendant des mois en vain. La conquête d'Elizabeth Hoffmann valait vraiment la peine.

Chapitre 18

Elizabeth savourait son éveil à la sexualité et elle le montrait, à Nick et à elle-même. Leur relation se muait en une véritable liaison. Au plus profond d'elle-même, toutefois, elle savait que ce n'était qu'une façade, car elle était amoureuse de Nick Stratton. Elle peinait à se convaincre que l'amour et le sexe étaient deux choses différentes et qu'elle confondait les deux. Elle l'aimait, c'était aussi simple que cela. Elle l'aimait dans tous les sens du terme.

Cependant, elle était libérée dans la mesure où elle ne se sentait plus coupable d'aimer un autre homme que Daniel. Après tout, elle pouvait aimer deux hommes de façon différente. Il n'y avait pas de honte à cela.

Daniel restait dans ses pensées. Elle était toujours aussi déterminée à résoudre le mystère de sa mort. Les informations qu'elle tenait de Hedley Marston lui donnaient envie de dévoiler le mystère entourant Maralinga. Cependant, sa priorité absolue était de connaître la vérité sur Daniel. Compte tenu de l'évolution de sa situation, pouvait-elle solliciter l'aide de Nick ? Il comprendrait certainement sa soif de vérité. Peut-être même possédait-il les informations qu'elle cherchait… mais elle risquait de le mettre en difficulté. Et s'il s'offusquait qu'elle veuille profiter de leur relation ? Elle se ravisa. Leur histoire n'était pas assez solide.

Elizabeth ne se berçait pas d'illusions sur cette liaison et sur Nick. Il l'aimait peut-être à sa façon. Elle se rendait compte qu'elle l'obsédait. En revanche, elle doutait de la capacité de Nick à aimer. À certains égards, elle avait de la peine pour lui. Il dressait des barrières devant lui et elle se demandait pourquoi. Elle était réaliste et ne lui disait jamais qu'elle l'aimait, sachant qu'il n'avait pas envie de l'entendre. Il était manifeste qu'il ne voulait pas s'engager. Un jour, il se lasserait d'elle et chercherait une nouvelle conquête.

Nick était bel et bien obsédé par Elizabeth. Alors que le mois de juillet faisait place au mois d'août, il ne se lassait pas d'elle, contrairement à son habitude. Mieux encore, il ne s'attachait que davantage. D'abord, il avait attribué ce phénomène à la sexualité débridée de la jeune femme, qu'il trouvait extraordinairement excitante. Elle défiait même la maîtrise qu'il avait sur son propre corps. Elle mettait son pouvoir à l'épreuve. Au fil des semaines, il devait admettre que, même quand ils ne faisaient pas l'amour, elle le fascinait toujours. Elle était intelligente, drôle, pleine d'esprit – ce qu'il savait depuis le départ – mais elle était aussi forte et efficace, et intègre. Il l'admirait.

L'admiration était un facteur dangereux, lui répétait une petite voix, qu'il ignorait. Il était en train de tomber amoureux d'elle. Quelle importance ? Cette aventure aurait une fin, comme toutes les autres. Ils se lasseraient l'un de l'autre et passeraient à autre chose. Elizabeth acceptait ces conditions et n'exigeait rien de lui. Quel mal y avait-il à passer un peu de bon temps ?

— Bon anniversaire ! dit-elle en levant son vin. C'est un syrah de Penfolds, au fait.

— J'avais remarqué, répondit-il en souriant.

— Bon appétit ! Mange, ça va refroidir.

Elle dégusta une première bouchée de son steak pour montrer l'exemple. Elle avait insisté pour connaître la date de son anniversaire.

— Tu m'as dit que tu allais avoir quarante et un ans. J'espère que la date n'est pas passée.

— C'est le dix-huit.

— Dans dix jours, donc. Parfait. Arrange-toi pour venir et je te préparerai un bon dîner.

En arrivant trempé, en ce soir d'hiver, il avait trouvé la table dressée, avec des chandelles et une bouteille de vin. Il était touché par ses efforts, mais il ne l'avait pas vue depuis plus d'une semaine et il avait d'autres priorités.

— Ne t'en fais pas, j'ai tout prévu. Le repas peut attendre.

Elle se doutait qu'ils feraient un détour par la chambre à coucher. Ils en ressortirent au bout de quarante minutes.

En le regardant couper avec difficulté une viande dure comme de la semelle, elle fut touchée par ses efforts pour n'en rien laisser paraître. Quelle erreur avait-elle commise ? Elle ne pouvait lui donner sa viande, car elle était immangeable.

— Désolée. Le boucher m'a dit que c'était du rumsteck, une pièce tendre.

— Comment les as-tu fait cuire ? demanda-t-il en mastiquant furieusement.

— Oh, pas trop longtemps ! assura-t-elle. Je sais que les amateurs de steak n'aiment pas qu'ils soient trop cuits. Je les ai passés à la poêle juste avant ton arrivée et je les ai mis au four pour les maintenir au chaud.

— Ah ! Je vois le problème. La salade est bonne. J'aime bien la sauce.

— Une vinaigrette. Je n'ose pas la faire moi-même. J'ai essayé, le résultat n'était pas brillant. Je cuisine très mal.

Elle remplit les verres.

— À ta place, reprit-elle, je me gaverais de pain et j'attendrais le dessert : de la glace et une salade de fruits en conserve. Même moi, je ne peux pas rater ça.

— Un vrai festin pour un militaire.

— Je suis désolée, fit-elle en observant sa viande desséchée. Je pensais que, en choisissant un plat simple, j'y arriverais, pour une fois.

Elle faisait bonne figure, mais elle était désemparée par cet échec. Il n'avait que faire de ses talents de cuisinière, ce qui le surprenait. Il n'avait jamais connu de femme incapable de cuisiner. De plus, Elizabeth réussissait en général tout ce qu'elle entreprenait.

— Je suis rassuré de constater qu'il y a quelque chose que tu ne sais pas faire, plaisanta-t-il.

— Je ne sais pas nager non plus.

— C'est vrai.

— Au moins, je peux apprendre à nager. La cuisine, en revanche…

Elle but une gorgée de vin.

— J'ai une théorie, reprit-elle. La cuisine, c'est inné, c'est une passion, et je ne l'ai pas. Je n'y peux rien. Je ne suis pas une femme digne de ce nom.

— Quoi ?

Elle plaisantait, sans doute…

— Je ne possède pas les qualités nourricières d'une femme normale.

Elle ne plaisantait pas.

— Tu ne pourrais être plus féminine, Elizabeth.

Elle sourit, appréciant ses efforts pour la rassurer, mais elle avait un sentiment d'échec.

— J'ai une idée, dit-il. Gardons le dessert pour plus tard et passons au fromage. Du pain frais, du fromage et du vin, il n'y a pas mieux.

Il alla chercher une autre bouteille dans son sac.

— J'ai apporté des munitions.

Elizabeth débarrassa les assiettes et alla chercher son plateau de fromages. Edna Sparks lui avait conseillé un traiteur spécialisé dans les produits d'importation. Par la porte-fenêtre, ils virent que le déluge ne se calmait pas.

— Oh non ! fit-elle. Même le fromage, je l'ai raté.

Le brie était trop ferme. Elle avait oublié de le sortir du réfrigérateur.

— Ce n'est pas grave. Il va se réchauffer. Commençons par le cheddar.

— C'est peut-être héréditaire, reprit-elle. Ma mère ne sait pas cuisiner non plus. Enfin, elle dit qu'elle « ne cuisine pas ». Elle assume son refus de cuisiner, mais elle en est peut-être incapable, tout simplement. Et si j'avais hérité de son incapacité ?

— Peut-être.

Elle a l'excentricité de sa mère, songea-t-il. Elle nierait farouchement, s'il le lui faisait remarquer. Elle se considérait comme le seul membre de sa famille à être saine d'esprit. Nick aimait l'écouter parler de ses parents. Ils revenaient souvent dans leurs conversations et semblaient un peu bizarres. Peu étonnant qu'ils aient eu une fille aussi remarquable.

— Et ta mère, Nick ?

— Hein ?

— Elle cuisine bien ?

— Je n'en ai aucune idée.

Il avait été tellement surpris qu'il n'avait pu dire autre chose que la vérité.

— Ah ! fit-elle, désarçonnée par la brutalité de sa réponse.

— On ne se voit pas.

Elizabeth brûlait d'envie de lui demander pourquoi. Elle n'osait pas être indiscrète.

— Et quand tu étais petit, elle cuisinait bien ?

— Je ne sais pas. Je ne m'en souviens pas vraiment.

Il ne semblait pas agacé, mais n'avait visiblement aucune envie de parler de sa mère.

— Je crois que le brie est moins froid, reprit-elle.

— Je ne cherche pas à éluder ta question, Elizabeth.

C'était étrange, car c'était ce qu'il faisait, d'ordinaire.

— J'aime bien t'entendre évoquer ta famille, alors je veux bien te parler de la mienne.

Voilà qui est intéressant, songea-t-elle. Il n'en avait jamais parlé.

Il n'avait pas connu son père, tué lors de la Première Guerre mondiale.

— Quand il est parti pour le front, ma mère était enceinte de moi, mais ils l'ignoraient. Quand ma mère l'apprit, elle en a voulu à mon père d'être parti. Ce fut pire quand il est mort dans les tranchées et qu'elle s'est retrouvée seule avec un enfant de 6 mois à élever. Quand j'avais 2 ans, elle s'est remariée. Il s'appelait Des. C'est quelqu'un de bien. Néanmoins, quand elle lui a donné deux fils et une fille, il n'a plus eu envie d'élever l'enfant d'un autre. J'étais un peu à l'écart.

Tandis qu'il racontait son histoire avec son détachement coutumier, Elizabeth comprit pourquoi il avait intégré l'armée très tôt. Il évoquait sans difficulté sa carrière. Il avait d'abord été posté en Nouvelle-Guinée. À la fin de la guerre, il avait le grade de major. Il avait travaillé au Japon avec les forces d'occupation et, en 1951, avait servi en Corée au sein du troisième bataillon du Royal Australian Regiment. Enfin, il avait été affecté dans un bureau, à Canberra, en tant que lieutenant-colonel.

— L'armée, c'est toute ma vie. J'ai toujours voulu en faire partie.

Il n'avait jamais expliqué pourquoi ni évoqué sa famille.

— Je ne vois plus ma mère ni Des, confia-t-il. À quoi bon ? Ils ont la soixantaine et se sont retirés sur la Gold Coast. Ils ont leur vie, leurs petits-enfants et ils sont heureux. J'avais des contacts avec mes demi-frères et sœur. Nous étions proches quand nous étions petits. J'étais leur grand frère. Les années nous ont éloignés. Ils ont des enfants et n'ont pas besoin de moi dans leur vie.

— Donc l'armée est ta famille.

— Je le suppose. J'adore la vie militaire, mais je pense parfois que le service actif est plus facile que la diplomatie, surtout quand il s'agit de travailler pour Maralinga.

— Pourquoi as-tu accepté cette mission ?

— Pour la promotion, bien sûr. Quelle autre raison ? Ils m'ont promu colonel. Dans l'armée, il ne faut pas stagner. Il faut gravir les échelons à la force du poignet, même quand on n'aime pas un poste.

Il était revenu en terrain connu. Il s'étonnait d'avoir évoqué sa famille de son plein gré. Il avait changé depuis qu'il connaissait Elizabeth.

À l'issue du repas, ils regagnèrent la chambre à coucher pour de nouveaux ébats. Nick faillit perdre le contrôle. À minuit, ils dégustèrent de la glace et de la salade de fruits assis dans le lit. Dehors, il pleuvait encore.

— Ce fut une soirée très spéciale, Elizabeth. Merci. En général, mes anniversaires n'ont rien de particulier. Même quand j'étais petit, ils ne voulaient pas dire grand-chose pour moi.

— Pour moi non plus. Mes parents l'oubliaient.

— Celui-ci fut merveilleux.

Il l'embrassa.

Ils avaient franchi une étape, selon la jeune femme. Pourtant, elle ne devait pas se faire d'illusions. Son amant l'aimait peut-être, mais c'était un solitaire et il le serait toujours. C'était le drame de Nick et il ne fallait pas que cela devienne le sien.

Une fois encore, Maralinga était en plein effervescence. Durant tout le mois d'août, les préparatifs de l'opération Antler, la deuxième série d'essais majeurs, s'étaient intensifiés. La première des trois explosions portait le nom de code de Tadje et était prévue pour le 14 septembre.

À la fin du mois, la foule avait afflué. D'abord, les scientifiques et les spécialistes directement impliqués dans les essais, puis les bureaucrates, le personnel militaire et les VIP de tous poils qui observeraient les tirs. Harold Dartleigh brillait par son absence. Il attendait la dernière minute. Après le début de la série, il serait coincé dans ce trou perdu pendant un mois. Il arriverait pour les briefings quelques jours avant le tir Tadje, et pas avant.

— Je ne pourrai pas te voir pendant environ quinze jours, dit Nick. Pas avant le premier essai de la série. Après l'explosion, il y aura une conférence de presse, bien sûr, et je viendrai à Adelaide.

En ce début d'après-midi, ils venaient de faire l'amour et étaient enlacés sur le lit, les couvertures rejetées sur le côté.

Il était à Adelaide pour une réunion dans les bureaux de l'AGIO et ils avaient prévu de se retrouver pour le déjeuner. Ils étaient venus directement à l'appartement. Elle lui avait affirmé qu'elle prendrait son après-midi, car elle travaillait sur un article qu'elle pouvait aisément rédiger à la maison. C'était faux. En réalité, elle avait annulé un entretien pour être avec lui.

— Je dois aller plusieurs fois à Canberra, poursuivit-il. Je n'aurai pas de prétexte pour passer ici. Il y a trop de travail.

Il allait lui manquer. Elle n'en dit rien et joua le jeu selon ses règles à lui.

— On n'a plus qu'à attendre la conférence de presse, alors, dit-elle d'un ton espiègle. Je vais te harceler de questions et tu pourras te venger au lit ensuite.

Il se mit à rire et se tourna sur le côté. Elle était si belle. Il mourait d'envie de recommencer. Le temps de reprendre des forces, il l'embrassa langoureusement, une expérience qu'il trouva très agréable sans l'aspect sexuel.

— Tu vas me manquer, Elizabeth.

Il s'allongea et l'entraîna avec lui avant de remonter les couvertures, car il faisait un peu frais.

— Ce ne sont que deux semaines, je sais, mais qu'est-ce que je vais faire sans toi ? demanda-t-il.

Son baiser, sa tendresse, cet aveu prirent la jeune femme au dépourvu. Elle lui posa une question qu'elle n'aurait pas cru énoncer un jour :

— Tu as déjà été amoureux, Nick ?

Loin de se fermer ou de s'offusquer, il lui répondit sans détour :

— Une fois, oui. J'étais stationné à Séoul et elle était capitaine dans l'armée américaine, dans les renseignements. Je l'ai demandée en mariage et, Dieu merci ! elle a refusé.

— Pourquoi « Dieu merci » ?

— Je ne sais pas… Peut-être que je ne l'aimais pas, après tout, malgré ce que je croyais à l'époque. J'en ai eu le cœur brisé, mais je me réjouis aujourd'hui de son refus. Cela n'aurait pas marché entre nous. Je ne suis pas fait pour le mariage. De plus…

Il l'embrassa sur le front avec tendresse.

— Si j'avais épousé Jenny, je ne serais pas là avec toi, non ?

— Sans doute pas.

Il y eut un moment de silence.

— Parle-moi de ton fiancé, Elizabeth.

Leur conversation avait pris une tournure si intime qu'il lui semblait légitime de satisfaire sa curiosité.

— Comment est-il mort ? Si tu préfères ne pas en parler, je le comprendrais très bien, tu sais.

— Non, non. Tu fais bien de me poser la question.

Il n'y aura pas de moment plus propice, songea-t-elle.

— Cela fait un moment que j'ai envie de t'en parler, Nick.

Elle se redressa et remonta les couvertures. Nick sentit qu'elle avait besoin de se confier.

— Mon fiancé s'appelait Daniel. Le lieutenant Daniel Gardiner. Il est mort à Maralinga.

Consciente de la stupeur de Nick, elle poursuivit sans attendre de réaction :

— Les conditions de sa mort sont un mystère. La version officielle parle d'une « mort accidentelle » et la version non-officielle évoque un suicide. Je crois que ce n'est ni l'un ni l'autre.

Nick n'en croyait pas ses oreilles.

— Tu es la fiancée du jeune Dan ?

— Oui. Tu le connaissais ?

— Bien sûr. Tout le monde se connaît à Maralinga.

— Tu sais quelque chose sur sa mort ?

— Pas plus que toi, apparemment.

Était-ce un interrogatoire ? Il en avait l'impression.

— Sa mort a été déclarée accidentelle dans l'intérêt de la famille, mais aussi pour des raisons de sécurité. Comment as-tu su que c'était un suicide ? Qui te l'a dit ?

— Ce n'était pas un suicide, Nick. Danny ne se serait jamais suicidé. Il avait la vie devant lui. Nous étions amoureux et nous devions nous marier en avril. Ce n'était ni un suicide ni un accident. Ils me cachent quelque chose et j'ai l'intention de savoir quoi. C'est la raison de ma venue en Australie. Tu veux bien m'aider ?

— T'aider ? Comment veux-tu que je t'aide ?

Elizabeth ne remarqua pas qu'il était un peu distant, trop impatiente de se faire un allié en la personne de Nick.

— Tu pourrais te renseigner pour moi.

— Me renseigner sur quoi, au juste ?

— L'enquête.

— Quelle enquête ?

— L'enquête sur l'accident...

Elle venait de remarquer un certain dédain dans sa voix. Il se moquait d'elle.

— Il a bien dû y avoir une enquête. Tu pourrais trouver qui est la dernière personne à avoir vu Danny vivant, ce genre de choses...

— Qu'est-ce qui te porte à croire que je pourrais t'aider, Elizabeth ? Si tu as l'idée folle que l'armée a tué ton fiancé, comment diable peux-tu espérer que...

— Pas l'armée, Nick. Je n'ai pas dit l'armée. Je voulais dire « quelqu'un ». J'ignore qui et pourquoi, mais quelqu'un a tué Danny.

Il rejeta les couvertures et se leva. C'était ridicule d'être là à discuter de complots militaires, dans le plus simple appareil.

— Je t'en prie, écoute-moi, implora la jeune femme.

— Je peux t'écouter en me rhabillant, dit-il en enfilant son pantalon. Je dois bientôt partir pour l'aéroport. Mon avion décolle à 16 heures.

— J'ai reçu une lettre de Danny postée de Ceduna, quelques jours avant sa mort. Elle parle de son ami Pete Mitchell. Pete a été assassiné et Danny soupçonnait quelque chose de louche.

— Pete Mitchell a été abattu par un mari jaloux.

Sans la regarder, il finit de s'habiller.

— Je sais. Danny l'ignorait, à l'époque, et il s'inquiétait. Juste avant, Pete lui avait qu'il s'était passé quelque chose d'horrible à Maralinga. Il n'a pas dit quoi. En tout cas, des hommes ont été menacés de passer en cour martiale s'ils racontaient ce qu'ils avaient vu.

Nick leva vivement la tête.

— Et il se demandait s'il n'y avait pas un lien avec le meurtre de Pete, poursuivit la jeune femme.

Elle était soulagée d'avoir enfin capté son attention. Il avait même les yeux rivés sur elle.

— Danny avait l'intention de mener sa propre enquête. Il est mort quelques jours après avoir posté cette lettre. La mort de Pete n'a finalement rien à voir avec ce que ces hommes ont vu à Maralinga, mais qu'en est-il de la mort de Danny ? Il ne peut s'agit d'une coïncidence, non ? C'est un peu tiré par les cheveux.

— Tu crois donc qu'une personne sans nom et sans visage a tué Dan pour l'empêcher de révéler la raison pour laquelle des hommes ont été menacés de la cour martiale, c'est ça ?

Une fois encore, il faisait preuve de dérision. De son côté, la jeune femme avait repris de l'assurance.

— Je ne sais pas ce que je crois, mais j'ai la ferme intention de découvrir ce que ces hommes ont vu. Ce n'est peut-être pas la réponse, mais c'est un point de départ, au moins.

— Je vois.

Il enfila sa veste.

— Tu es une femme pleine de surprises. Je te félicite. Je n'aurais pas deviné.

— Deviné quoi ?

Il est vexé, songea-t-elle.

— Pendant tout ce temps où tu te faisais passer pour une journaliste, tu te servais de moi pour glaner des informations.

Sans doute était-il en droit d'être contrarié. Toutefois, il exagérait un peu, selon elle.

— J'admets que j'avais une idée derrière la tête, mais je faisais aussi mon travail, qui consiste à relater les informations sur Maralinga. Je suis vraiment journaliste. Enquêter fait partie de mon boulot. Or tu es la principale source pour ce qui est de Maralinga.

— Tu as pour habitude de coucher avec tes sources d'information ?

Voilà donc ce qui le contrariait tant... Elle ne daigna pas répondre, un silence qui attisa la colère de Nick.

— Je suppose que ça aussi, ça fait partie de ton boulot ! Tu t'es servie de moi, Elizabeth, avoue-le ! Tu t'es honteusement servie de moi !

— Pas plus que tu ne t'es servi de moi, rétorqua-t-elle en croisant son regard. Sois honnête !

Ils se toisèrent pendant quelques secondes, puis il tourna les talons et s'éloigna.

Il me quitte, songea-t-elle, *alors autant lui dire la vérité.*

— Je n'ai pas couché avec toi pour obtenir des informations.

Il s'arrêta sur le seuil et se retourna.

— J'ai couché avec toi parce que je t'aime.

La croyait-il ? C'était difficile à dire, mais peu lui importait. Elle était soulagée d'avoir exprimé ses sentiments à haute voix. Elle ne voulait pas vivre dans le mensonge.

— Je sais ce qu'ont vu ces hommes, Elizabeth, dit-il froidement. Je sais ce qu'ils ont vu et je sais pourquoi ils ont été menacés de la cour martiale. Je suis bien placé pour le savoir, car c'est moi qui ai proféré cette menace. Cela fait de moi un suspect, à tes yeux ? Et si c'était moi, cette personne sans nom et sans visage ?

Sur ces mots, il sortit en refermant doucement la porte derrière lui.

Tout était prêt. À quelques jours du compte à rebours, Maralinga vibrait d'impatience. Les derniers groupes de VIP étaient installés et le village fonctionnait désormais à pleine capacité, avec plus de trois mille résidents. Il n'en manquait plus qu'un.

Harold Dartleigh descendit du Havilland par une superbe matinée de printemps, sous un ciel limpide. Les terres rouges de Nullarbor s'étaient parées de verdure, mais Harold ne voyait qu'un désert aride à perte de vue. Il longea les lauriers-roses incongrus qui bordaient l'allée menant au terminal. *Affreux*, songea-t-il. Pas étonnants que ces horreurs prospèrent, ici. Aucune plante anglaise et respectable ne pourrait survivre dans ce trou à rat.

Ned Hanson, son agent du chiffre, vint l'accueillir.

— Je n'avais pas grand-chose à faire, au bureau, monsieur, expliqua-t-il. J'ai eu l'idée de venir vous chercher personnellement.

Seigneur! songea Harold.

— C'est très aimable, dit-il.

Durant le trajet vers Maralinga, Ned se montra volubile sur les rapports qu'il avait envoyés. N'obtenant pas de réaction, il parla du beau temps. Le silence mettait Ned mal à l'aise. À côté de lui, Harold regardait le paysage défiler par la fenêtre. Le jeune Dan allait lui manquer, lors de ce séjour.

Quelques heures plus tard, les choses s'emballèrent. Ned venait de quitter le bureau pour le second service, à la cantine, quand un visage familier apparut.

— Bienvenue à Maralinga!

Gideon referma la porte derrière lui et s'installa avec sa grâce coutumière dans un fauteuil en rotin, face à Harold.

— Je vois que nous t'avons manqué.

Heureusement qu'il est là, lui, songea Harold.

Ils se mirent à parler travail, l'événement du jour étant la série d'essais mineurs. Gideon informa Harold des progrès de Kittens, Tims et Rats.

— Ton compte rendu est certainement très éloigné de ceux que le bureau me transmet, commenta Harold.

— On ne lui dit pas tout, à ce brave Ned! Comme aux autres. Les scientifiques s'en donnent à cœur joie ici. D'un geste vague, il désigna le désert. À l'abri des regards, ils peuvent faire ce que bon leur semble et s'en tirer à bon compte, même en cas de meurtre.

— Tant mieux pour eux. Cela ne me pose aucun problème. De quel droit Penney cache-t-il des choses au MI6? Le pouvoir lui est vraiment monté à la tête.

— On s'y attendait un peu, non? D'où ma présence ici.

— Effectivement.

Harold se félicita une fois de plus d'avoir confié cette mission à Gideon.

— J'imagine que tu tiens tes informations des écoutes téléphoniques?

— Oui. Ces petits téléphones rouges sont des mines d'or. Ils papotent sans retenue sur leurs lignes directes tels des adolescents. Ensuite, ils remettent leurs rapports soporifiques et prévisibles à ce pauvre Ned. C'est risible, en réalité.

— Tu ris peut-être, Gideon, mais je ne trouve pas du tout amusant que des informations soient dissimulées au directeur adjoint du MI6, un pair du royaume de surcroît. Il se prend pour qui, ce parvenu de Penney?

Gideon ne réagit pas à la crise de colère de son supérieur. Quand il se fâchait, il pouvait être pédant.

— Et il y a toujours Melvyn, dit-il, histoire de parler d'autre chose. Une excellente source d'information, lui aussi.

— Melvyn Crowley, oui, fit Harold, interrompu dans sa diatribe sur l'arrivisme de William Penney. J'ai eu des appels très intéressants de sa part. Nous avons pas mal sympathisé. Il faut que j'aille le voir.

Crowley était un dément et un délateur de premier ordre. Sa vision de l'expérimentation sur les humains était intrigante pour le moins, selon Harold. Il était impatient de revoir ce nazillon. Il commençait à avoir ses petites habitudes, finalement…

Le 14 septembre, les conditions météorologiques étaient favorables. Au fil de la matinée, les bulletins météo restèrent positifs. Le feu vert fut donné pour le premier tir de la série Antler.

Cette fois, il s'agissait d'une bombe d'un kilotonne et l'explosion aurait lieu depuis une tour, à 14 h 30.

À 13 heures, des centaines d'hommes étaient rassemblés à Roadside. Le compte à rebours de Tadje avait démarré.

Etta marche le long de la voie ferrée. Elle suit les rails qui disparaissent au loin, à l'ouest, là où le désert touche le ciel. Cela fait dix jours, depuis que le camion de courrier de Coober Pedy l'a déposée à Tarcoola. Bientôt, elle arrivera à Ooldea.

La voie ferrée et les campements de cheminots sont la ligne de vie d'Etta. Les rails la rapprochent de sa famille et les campements subviennent à ses besoins. Elle avance à un rythme régulier et s'est arrêtée à chaque étape : Malbooma, Wynbring, Barton, Immarna. Les cheminots lui ont donné à manger et à boire en échange de faveurs sexuelles. Certains des hommes ont bien voulu ignorer son ventre de femme enceinte. Ils ont soulevé sa robe pour la pénétrer par-derrière. Pour d'autres, elle s'est servie de sa bouche. Etta a l'habitude de vendre son corps aux hommes blancs.

À présent, elle marche, les bras ballants. Son ventre ne la gêne pas. Coober Pedy semble bien loin. Elle n'a pas de regrets. Les hommes blancs avec qui elle vivait, là-bas, ne lui ont pas fait de mal. Elle préférerait ne pas être enceinte. Elle ignore lequel de ces deux hommes blancs est le père de l'enfant qu'elle porte, mais elle s'en moque. Si elle n'avait pas été enceinte, elle aurait pu rester avec eux à Coober Pedy. Elle aimait bien Coober Pedy.

Etta est une Kokatha. Elle a 17 ans et a toujours été rebelle, même petite. Sa famille élargie d'une dizaine de personnes s'est convertie au christianisme et est habituée à la vie des missions. Toutefois, ils ne restent jamais longtemps au même endroit. Ils disparaissent des missions pour reprendre leur existence de nomades.

Etta a rencontré les hommes blancs il y a un an. Sa famille avait installé un campement près de la mission de Yalata. Sa mère et ses tantes aimaient les offices célébrés par le pasteur luthérien. Son père et ses oncles aimaient la nourriture que la mission procurait à ses ouailles.

Les deux hommes blancs roulaient dans le désert depuis Kalgoorlie et s'étaient arrêtés à Yalata pour remplir leurs gourdes d'eau. Etta avait flirté avec eux. Elle aimait bien flirter. Ces hommes étaient en route pour Coober Pedy et ses mines d'opale, avaient-ils dit. Une jolie fille noire comme elle pouvait les accompagner, si elle voulait. Ils s'occuperaient d'elle.

Etta n'avait rien dit à sa famille. Elle était montée dans la cabine de l'utilitaire Holden et était partie avec les hommes blancs.

Elle avait adoré Coober Pedy, un endroit magique avec des gens bizarres venus de contrées lointaines. Certains vivaient même dans des maisons sous la terre. Les hommes blancs avaient installé un campement dans les environs de la ville et elle était plutôt bien, avec eux. Elle faisait le ménage et couchait avec eux quand ils avaient envie d'une femme. Elle faisait tout ce qu'ils voulaient, sexuellement. Elle mangeait à sa faim et ils ne la frappaient pas. Elle était satisfaite.

Elle n'avait compris qu'elle était enceinte qu'en voyant son ventre s'arrondir. Elle ne l'avait pas avoué aux hommes blancs. Elle avait gardé son secret le plus longtemps possible. Ce ne fut pas difficile, car elle était jeune et ses formes ne se voyaient pas sous ses robes fluides en coton. Lors des copulations, elle excitait les hommes avec sa bouche, puis leur offrait ses fesses. De toute façon, quand ils la pénétraient, ils la regardaient à peine.

Quand ils avaient découvert sa grossesse, ils s'étaient mis en colère. Ils avaient remis deux livres au chauffeur du camion de la poste pour qu'il l'emmène à Tarcoola. Ils avaient menacé de la frapper si elle revenait à Coober Pedy. Leur arrangement n'incluait pas un enfant.

À présent, en approchant d'Ooldea, Etta prépare le mensonge qu'elle racontera à sa famille. Il ne fallait pas qu'ils sachent que c'était l'enfant d'un homme blanc, car elle serait déshonorée. Après la naissance, ils la rejetteront, c'est certain, mais elle n'ose pas y penser, dans l'immédiat. Elle sent que c'est pour bientôt, moins d'une lune. D'ici là, elle doit retrouver sa famille.

Le soleil descend vers l'ouest quand elle arrive devant une clôture. C'est le début de l'après-midi et Ooldea est proche. Malheureusement, elle ne peut pas aller plus loin. Qui a dressé cette immense clôture en barbelés ? Et où sont les gens qui devraient être là, normalement ? Qui les empêche de gagner Ooldea ? Tant de personnes s'y réunissent ! Elle espérait y rejoindre sa famille. Si ce n'était sa famille, d'autres auraient pu s'occuper d'elle quand viendrait le moment. Que faire, maintenant ? Où aller ?

Comme pour lui répondre, un signal de fumée apparaît dans le ciel, au nord. Un énorme nuage s'est formé, sans doute pour annoncer le rassemblement de nombreuses personnes. Sa propre famille y participe peut-être.

Elle se remet en route en direction de cet immense signal de fumée. Il se dresse à plusieurs jours de marche au moins. Ce n'est pas un problème. La fumée l'appelle, c'est un signe, et elle a le temps.

Chapitre 19

La série Antler démarrait sous les meilleurs augures. Tout s'était déroulé avec une précision impeccable. Les leçons tirées de l'opération Buffalo s'étaient révélées très précieuses.

Le lendemain, à Adelaide, la salle de conférences de l'AGIO était bondée. L'intérêt de la presse était à son comble. Tadje était le premier essai majeur depuis presque un an. Pour l'occasion, plusieurs figures éminentes étaient présentes, dont un officiel du gouvernement australien, le directeur de la commission de sécurité et sir William Penney en personne. En conséquence, Nick Stratton devait jouer les maîtres de cérémonie plus que les porte-paroles.

Après avoir présenté les officiels assis derrière lui, sur l'estrade, Nick donna la parole à sir William Penney.

Sir William se leva tandis que Nick allait s'asseoir. Il n'écouta pas un mot de l'exposé sur les aspects techniques du tir Tadje. De là où il se trouvait, Elizabeth n'était pas visible. Il attendait de remonter sur le podium, d'où il la verrait clairement.

Sir William ne s'attarda pas. Il remercia la presse pour son attention et retourna à sa place. Nick présenta le diplomate des Affaires étrangères venu de Canberra. Il ne cessait de regarder en direction d'Elizabeth, au dernier rang. Elle semblait l'écouter, mais pas une fois elle ne croisa son regard.

Le diplomate souligna l'engagement de l'Australie aux côtés de la Grande-Bretagne. Vint ensuite le tour du professeur Ernest Titterton, directeur de l'AWTSC. Là encore, Nick aurait voulu qu'Elizabeth le regarde. Elle n'en fit rien. Elle fuyait son regard.

À l'issue des discours, Nick reprit la parole pour donner le coup d'envoi des questions. Si la plupart étaient adressées à un intervenant spécifique, il était prêt à répondre aux questions générales et éviter toute situation gênante. Il guettait l'intervention d'Elizabeth, mais, étonnamment, elle ne dit rien. Au bout d'une demi-heure, les questions se firent plus rares.

— C'est tout ?

Il balaya la salle du regard et s'arrêta sur la jeune femme.

— Pas d'autres questions ? C'est votre dernière chance.

C'était presque un défi. Enfin, elle croisa son regard et le soutint pendant une ou deux secondes. Puis elle secoua imperceptiblement la tête et se détourna.

Nick mit fin à la conférence de presse.

— Tu aurais dû poser une question, Liz. Stratton s'attendait manifestement à une nouvelle confrontation, dit Bob Swindon.

En buvant une bière au Criterion, Bob titillait Elizabeth. Macca et lui étaient assis à côté de la jeune femme lors de la conférence de presse. Ils s'étaient étonnés de son silence.

— Je crois qu'il a apprécié votre joute verbale de la dernière fois, insista Bob. Je dois dire qu'elle a mis un peu d'ambiance.

— Cette fois, il n'était pas nécessaire de mettre un peu d'ambiance, Bob. Il y avait des informations à transmettre. Il ne servait à rien d'en faire une farce.

— Ne me dis pas que tu étais impressionnée par la présence des grands pontes.

— Absolument pas, rétorqua Elizabeth d'un ton acerbe. Pourquoi le serais-je ?

— Bien sûr. Que je suis bête… fit Bob.

— Excuse-moi, je ne voulais pas t'agresser. Je ne vois simplement pas l'intérêt de me donner en spectacle pour rien.

— Ça se tient. Dis-moi, tu as eu de nouveaux contacts avec notre ami Hedley Marston ?

— Non, pourquoi ?

— Tu es au courant que l'Australian National University vient de lui accorder le titre honoraire de docteur ès sciences.

— Ah bon ?

— Cela montre qu'ils n'ont pas réussi à le blacklister totalement.

— J'espère bien que non.

Ils furent interrompus par l'arrivée de Macca, accompagnés de Georgie Swann et Ron Woods. La conversation s'orienta naturellement vers l'essai Tadje de la veille. Macca, Georgie et Ron étaient les trois représentants de l'*Advertiser* à y avoir assisté. Bob voulait en connaître les moindres détails, comme toujours. Il jurait qu'il obtenait bien plus de renseignements attablé dans un pub que lors d'une conférence de presse.

Elizabeth avait déjà entendu toute l'histoire en posant les mêmes questions à Macca, dans la matinée. Elle préféra se retirer. Elle n'était pas d'humeur, de toute façon. Revoir Nick l'avait troublée.

Dans le tramway, elle réfléchit à l'accusation taquine de Bob Swindon. Il avait raison. Elle avait été impressionnée, mais pas par les grands pontes. Par Nick. Si elle avait gardé le silence, c'était à cause de lui. Elle s'en voulut de sa lâcheté. Cela ne lui ressemblait pas. Nick ne s'attendait pas à ce qu'elle soit sage, de toute façon. Il l'avait même incitée à parler.

Pourquoi avait-il fait cela ? C'était presque comme s'il voulait qu'elle sème le trouble dans la conférence. Pourquoi ?

Le temps qu'elle arrive chez elle, il faisait presque nuit. Nick l'attendait sous le porche. D'abord, elle fut surprise par sa silhouette dans la pénombre.

— Excuse-moi, dit-il. Je ne voulais pas te faire peur.

— Quel soulagement, railla-t-elle. J'ai cru que j'allais me faire agresser.

— Je peux entrer?

— Bien sûr.

Elle l'entraîna à l'étage, puis dans la cuisine.

— J'ai besoin d'une bonne tasse de thé. Tu en veux une? Je reviens du Criterion et j'en ai assez du panaché.

— Je préférerais un Scotch. Enfin, si tu n'as pas jeté la bouteille.

Elle n'en avait acheté que pour lui. Elle lui tendit la bouteille.

— Tu as faim? lui demanda-t-elle.

— Non, merci. Ça va.

Il régnait entre eux une certaine gêne. Leur situation avait changé et ils devaient s'y faire. En temps normal, ils auraient fait l'impasse sur le thé et le Scotch pour se précipiter dans la chambre.

— La conférence s'est bien passée, dit-elle.

— Oui. Il y avait du monde.

Ils bavardèrent de choses et d'autres, en évitant les considérations personnelles. Ils passèrent au salon et s'assirent près de la porte-fenêtre. Enfin, elle lui posa la question qui lui brûlait les lèvres:

— Pourquoi m'as-tu incitée à poser une question, lors de la conférence?

Il haussa les épaules comme pour dire «n'est-ce pas évident?». Pourtant, Elizabeth demeurait mystifiée. Ce n'était pas évident à ses yeux.

— Tu semblais me défier, dit-elle. C'était comme si tu voulais que je sème le trouble, comme si tu voulais que je...

— Je voulais que tu sois toi-même, Elizabeth.

Il n'en dit pas davantage, ce qui ne répondait pas à la question de la jeune femme.

— Je vois, fit-elle néanmoins en hochant la tête.

— Oh non, tu ne vois pas! Tu ne vois pas du tout.

Il finit son verre d'une traite.

— Tu avais Penney et Titterton et ce raseur de Canberra juste devant toi. Tu aurais dû les affronter, ne serait-ce que pour les secouer un peu, ces salauds.

— Tu es injuste ! s'offusqua-t-elle. Si je n'ai pas voulu faire de scandale, c'est pour toi !

— Je peux me débrouiller tout seul, merci. Je n'ai pas besoin d'être couvé.

— Je ne te couve pas, pour l'amour du ciel ! J'essayais seulement de…

— Eh bien, arrête ! N'essaie pas d'être autre chose que toi-même. Ne change pas, Elizabeth. Je vais chercher la bouteille.

Lorsqu'il réapparut, elle le regarda s'asseoir et se servir généreusement de Scotch.

— Tu as bu ?

— Un peu, tout à l'heure, admit-il. Mais je ne suis pas saoul. Et je ne suis pas venu parler de la conférence de presse. Je suis venu te proposer mon aide.

— Pour quoi faire ?

— Pour trouver qui a tué Dan. Enfin, si quelqu'un l'a tué. Je n'en suis pas certain. Au moins, je t'aiderai à connaître la vérité sur sa mort.

Elizabeth ressentit un grand soulagement. Enfin, elle avait un allié ! Elle n'était plus seule.

— Tu ne crois donc pas au suicide ?

— Plus maintenant.

— Qu'est-ce qui t'a fait changer d'avis ?

— Tu l'as dit toi-même. Il avait trop de raisons de vivre.

Les yeux de la jeune femme pétillaient d'espoir. *Seigneur !* songea-t-il, *Dan allait rentrer chez lui pour épouser cette femme. Pourquoi se serait-il suicidé ?*

— Je dois admettre que j'ai eu du mal à le croire dès le départ. Dan ne me semblait pas suicidaire. Personne ne le pensait, d'où la stupeur à l'annonce de sa mort. Nul n'a mis le rapport en doute. Parfois, on a des surprises, surtout dans les zones de conflit. Les camarades de Dan s'en seraient voulu à mort s'ils n'avaient pas su détecter son mal-être.

— Si tu ne crois ni au suicide, ni au meurtre, à quelle théorie crois-tu, Nick ?

— Oh ! je crois que quelqu'un est responsable de sa mort, peut-être pas délibérément. Simple hypothèse de ma part, mais ils couvrent peut-être le fait qu'il est mort à cause d'un cafouillage. Si sa mort est une conséquence directe d'une erreur humaine, l'armée devrait mener une enquête pour homicide et la nouvelle risquerait de sortir. Ils n'aimeraient pas cela.

— Ils iraient jusque-là ? fit Elizabeth, horrifiée.

— J'ai vu des choses bien plus incroyables. N'oublie pas que Maralinga est un projet top-secret. La sécurité est un élément majeur. C'est compréhensible.

— Pas du tout ! s'emporta-t-elle. Il est inadmissible que la mort d'un homme soit maquillée en suicide !

— Puis en accident pour la famille. Tu as oublié ce détail.

Lorsqu'elle voulut l'interrompre, il la fit taire d'un geste.

— Doucement, Elizabeth. Calme-toi. Ce n'est qu'une hypothèse. J'essaie de trouver une explication plausible.

— D'accord, excuse-moi.

— Je me trompe peut-être, et toi aussi. Je vais me renseigner discrètement. Et s'il s'avère que Dan s'est vraiment suicidé ? Tu es prête à l'accepter ?

— Si j'ai une preuve irréfutable, il le faudra, répondit-elle en se levant. Je crois que tu devrais lire cette lettre.

Elle s'éclipsa dans la chambre et réapparut avec la lettre qu'elle lui tendit sans un mot.

Nick s'efforça de filtrer les informations de façon objective, en quête d'indices, mais il se trouva affecté. Sous le désarroi du jeune homme, son amour était palpable, ainsi que sa foi en la loyauté de la femme qu'il aimait. Cette lettre en disait autant sur celui qui l'avait écrite que sur sa destinataire.

Nick posa la lettre sur la table. Il se sentait une affinité avec le jeune Dan.

— Qu'en penses-tu ? demanda-t-elle.

— De quoi ?
— Tu trouves qu'il semblait au bord du suicide ?
— Non.
— Merci. Un de mes collègues de Londres m'a dit que je n'avais pas une chance si je cherchais à présenter la lettre en tant que pièce à conviction. Selon lui, ce pourrait être la lettre d'un homme déséquilibré.
— C'est vrai.
— Par où on commence, Nick ?
— Par où veux-tu commencer ?
Il connaissait d'avance sa réponse.
— Par la menace de cour martiale, dit-elle. Qu'ont vu ces hommes ? Pourquoi Danny pensait-il que Pete Mitchell avait été tué pour avoir parlé ?
Nick s'était préparé à ce moment, ce qui ne le rendait pas plus facile. Il prit une profonde inspiration.
— Une famille aborigène a été irradiée, expliqua-t-il vivement. Les parents et leurs deux enfants étaient descendus dans le cratère d'une bombe pour la nuit et on les a retrouvés à plusieurs kilomètres de là, quelques jours plus tard. Les agents en patrouille qui les ont découverts et les membres de l'équipe de décontamination qui ont ramené les cadavres à la base ont été menacés de la cour martiale s'ils parlaient. J'ai reçu l'ordre de les en informer. On n'en a plus jamais reparlé à Maralinga. C'est comme si rien ne s'était passé.
— C'est choquant, souffla Elizabeth.
— Ces morts sont choquantes, oui. Le fait que nous gardions le secret, en revanche, est essentiel. Pour des raisons de sécurité, on ne pouvait faire autrement.
Nick était nerveux. Il avait envie d'un autre Scotch, mais se ravisa. Elizabeth était trop préoccupée pour se rendre compte de son agitation.
— Comment une telle chose a-t-elle pu se produire ? D'après les rapports, la population aborigène avait été évacuée de la région, dit-elle.

— Tout ça, c'est bidon. La situation est ingérable, alors ils l'ignorent. Qui sait ? Il y a peut-être d'autres cadavres à découvrir.

Il la provoquait. Il avait envie d'être brutal, de se défouler. Ne comprenait-elle donc pas l'ampleur de ce qu'il venait de faire ? Mais il se rendit compte que sa tactique ne fonctionnait pas. Elizabeth avait surgi de sa torpeur et son esprit tournait à plein régime.

— Pete Mitchell était l'agent de liaison avec les Aborigènes désigné par le gouvernement, dit-elle. Selon Danny, c'était un homme tourmenté. À cause de cela ?

— C'était sans doute l'une des raisons.

Nick se résigna au fait qu'elle était trop occupée à jouer les détectives pour s'intéresser à autre chose. Il se servit un peu de Scotch et le but d'une traite avant de reprendre :

— Pete était accablé par le manque de considération envers le peuple aborigène, tout comme un certain nombre de patrouilleurs. C'est toujours le cas.

— Cela se comprend.

Elle s'interrompit avant de poser la question qui la taraudait.

— Tu crois que l'irradiation de cette malheureuse famille a un lien direct avec la mort de Danny ?

— Non, répondit Nick. Tu l'as dit toi-même, c'est un point de départ. Je suis d'accord avec toi sur ce point.

Il posa les yeux sur la lettre.

— Tout a commencé un soir où Pete était ivre et a parlé à Dan de la mort des Aborigènes et des menaces de cour martiale. Le meurtre de Pete a poussé Dan à mener une enquête et c'est de là que nous devons partir. À qui parler ? Comment lancer la machine ? demanda-t-il.

Elizabeth le dévisagea longuement.

— Tu ne crois plus qu'il s'agit d'une erreur humaine, n'est-ce pas ?

— Je n'ai pas dit cela, précisa Nick avec prudence.

La lettre lui avait ouvert de nouvelles perspectives, mais il n'était plus sûr de rien. Il ne voulait pas encourager Elizabeth dans ses idées plus ou moins fantasques.

— Je dis simplement que nous devrions partir du même point que Dan, à savoir les cheminots. J'irai à Watson dès demain.

— Tu crois qu'ils seront disposés à t'aider ? Ils m'ont l'air assez durs et fermés, ces gens-là.

— Ils feront n'importe quoi si l'on y met le prix. Tu as de l'argent en espèces ?

— Environ vingt livres. Je peux en retirer encore à la banque demain.

— Non, ça ira. On va faire bourse commune. Cinquante livres devraient suffire.

Elle alla chercher les billets dans un tiroir de sa commode.

— Bravo, railla-t-il. Un cambrioleur ne chercherait jamais à cet endroit.

Elle l'ignora et lui tendit l'argent.

— Nous devons aussi déterminer qui est la dernière personne à avoir vu Danny vivant, Nick.

Elizabeth était exaltée par les progrès qu'elle allait faire grâce à Nick.

— Si tu pouvais trouver qui et dans quelles circonstances…

— Je sais tout ça, coupa-t-il.

— Quoi ?

— Tout le monde le sait, à Maralinga.

Elle s'assit lentement.

— Qui est-ce ? Dis-le moi. Dis-moi tout !

— C'est un dénommé Gideon Melbray qui est le dernier à avoir vu Dan en vie. Gideon est détaché par le ministère de l'Industrie britannique. Dan et lui travaillaient souvent ensemble. Sans doute étaient-ils copains, je n'en sais rien. Le soir où Dan est mort, Gideon est passé à son baraquement et l'a trouvé ivre mort. Il délirait sur un complot visant Pete Mitchell qui n'avait aucun sens…

— Danny ne buvait pas, intervint Elizabeth. Une bière de temps en temps, mais pas plus. Je ne l'ai jamais vu ivre.

Elle avait déjà des soupçons… Elle était si désireuse de rendre quelqu'un responsable que c'était compréhensible.

— Oui, c'est que qu'a dit Gideon. Il était surpris. Ce n'était pas son genre, car il buvait peu.

— Alors que s'est-il passé ? Qu'a fait Gideon ?

— Il lui a conseillé de se coucher pour cuver. Que pouvait-il faire de plus ?

— Effectivement, que faire ? répondit-elle d'un ton narquois.

— Le lendemain matin, quand Dan a été découvert, Gideon était horrifié. Il a affirmé qu'il n'imaginait pas…

— Donc ce Gideon Melbray est l'unique témoin de l'angoisse supposée de Danny ? Cette histoire colle un peu trop bien, selon moi.

Elizabeth ne parvenait plus à se retenir.

— Doucement, répondit Nick. Pas de conclusions hâtives. Il a pu y avoir d'autres témoignages que celui de Gideon. La police a mené une enquête approfondie. Mais le récit de Gideon est celui qui a circulé sur la base, à l'époque. Il était le dernier à avoir vu Dan vivant et c'est le genre de type qui bavarde avec tout le monde. C'est donc sa version qui s'est répandue à Maralinga…

— Comme par hasard !

— C'est normal, au vu des circonstances, avoue-le !

Exaspéré, Nick avait haussé le ton en réaction à son interruption. Il accorda quelques secondes à la jeune femme.

— Je vais vérifier les autres rapports de la police militaire, je te le promets. Je ne te laisserai pas tomber, Elizabeth.

— Excuse-moi, je me suis laissée emporter.

— En effet. À quoi bon ? Cela ne fait aucun sens et ce n'est pas productif. Bon… On a un plan. Je vais parler aux cheminots et contacter quelques amis de la police militaire. Je te mettrai au courant quand je viendrai la semaine prochaine.

Il se leva et vida son verre.

— Je ne viendrai en ville qu'une seule fois d'ici le prochain essai, le vingt-cinq.

Elle se leva à son tour, étonnée par la brusquerie de Nick. Il semblait d'étrange humeur, et ce depuis son arrivée, mais elle venait seulement de s'en rendre compte. Elle en fut troublée. De nombreux éléments la dérangeaient.

— Pourquoi fais-tu tout ça, Nick ? Pourquoi m'aides-tu ? Qu'est-ce qui t'a décidé à…

Sa voix s'éteignit. Soudain, elle écarquilla les yeux et porta une main à sa bouche :

— Mon Dieu ! L'Official Secrets Act. Tu étais tenu au silence et tu as violé la règle.

— Oui, répondit-il en constatant qu'elle avait enfin compris. En effet.

— C'est considéré comme une trahison. Tu pourrais passer en cour martiale !

— Si quelqu'un me dénonçait, oui. Je risque même le peloton d'exécution si les militaires voulaient appliquer strictement la loi. Je suppose que tu tiens mon sort entre tes mains, Elizabeth.

— Pourquoi ? répéta-t-elle, abasourdie.

Un homme tel que Nick Stratton ! L'armée était toute sa vie. C'était incompréhensible.

— Pourquoi fais-tu cela ?

— Je pense que ta cause est juste et je veux t'aider.

— Non, c'est plus que cela, bien plus que cela, Nick.

Soudain elle lut la réponse dans son regard, qui l'implorait : « Tu ne comprends donc pas, Elizabeth ? »

— Tu m'aimes, dit-elle.

Il se mura dans un silence éloquent.

— Depuis quand ?

— Longtemps, sans doute, admit-il. Je ne le savais pas.

— Quand l'as-tu su ?

— Peu après t'avoir quittée, ce fameux après-midi. J'étais blessé dans mon orgueil parce que tu t'étais servie de moi, mais j'ai réalisé ce que tu m'avais dit.

— Quoi ? Que je t'aime ?

— Oui. Cela m'a surpris.

— Et c'est ta façon de me dire que toi aussi ?

— Je le suppose.

— Tu aurais pu me le dire simplement, tu sais. Normalement.

— Pour moi, les mots n'ont pas beaucoup d'importance. Parler, c'est facile.

— Les actes en disent davantage, c'est ça ?

— Oui, c'est exactement ce que je suis en train de dire. Tu as besoin de mon aide et je tiens à faire de mon mieux.

Il était prêt à donner sa vie pour elle. Peut-être était-ce déjà le cas, d'ailleurs.

— Je l'accepte de tout cœur.

Plus tard, en faisant l'amour, Nick ne chercha plus à garder le pouvoir sur son corps. Le défi contre lui-même avait fait place à un échange. Il se donna à elle librement. Ensuite, lorsqu'ils demeurèrent enlacés et repus, il se dit qu'il n'avait jamais été autant à sa place.

Tommo empocha les cinquante livres.

— Vous feriez mieux d'entrer.

Il donna un coup de pied au chien galeux qui reniflait les chaussures de Nick.

— Dégage de là, sac à puces !

Le chien s'éloigna sans demander son reste, laissant Nick pénétrer dans le petit cottage miteux.

— Mets l'eau à chauffer, Mavis ! On a de la visite.

La femme mince et tannée par le soleil apparut.

— Ne vous donnez pas cette peine, lui dit Nick. Je ne veux pas déranger.

— Pour cinquante livres, c'est pas une tasse de thé qui va poser problème, je vous le garantis, dit le cheminot avec un clin d'œil pour sa femme. Mets la bouilloire sur le feu, Mavis.

— Je ne veux pas de thé.

Impressionnée par le ton autoritaire de Nick, elle se figea.

— Je ne veux pas de thé, reprit-il, rien que des réponses à quelques questions.

— Tout ce que vous voudrez, fit Tommo en s'écroulant dans un canapé défoncé. Je cherchais juste à être sympa.

— Tous les deux, si cela ne vous ennuie pas.

Mavis rejoignit son mari et Nick prit une chaise de cuisine pour s'installer face à eux.

— Vous reconnaissez cet homme ?

Il leur montra le portrait de Dan qu'Elizabeth lui avait confié.

— Non, répondit aussitôt Tommo.

Mavis hésita et regarda son mari comme pour obtenir son aval. Par le passé, elle avait payé cher son incapacité à tenir sa langue.

— Cinquante livres, chérie, dit-il en lui donnant un coup de coude d'encouragement. Dis au monsieur ce qu'il veut savoir. Rien ne lui échappe, à ma femme !

Tommo afficha un sourire édenté.

— Ouais, je l'ai vu, dit-elle. Mais ça fait un moment. Il venait pour les livraisons des trains.

— Qu'est-ce que vous lui avez dit sur le meurtre de Pete Mitchell ?

Nick n'y alla pas par quatre chemins. Tommo et Mavis avaient témoigné lors du procès de Harry Lampton.

— Hein ? fit Mavis d'un air vague.

— Il est venu ici pour poser des questions sur le meurtre.

— Non, répondit Mavis. Pas lui.

Elle désigna la photo du doigt.

Tommo hocha la tête, désireux d'être utile.

— Non, mon vieux. Les seuls qui sont venus poser des questions, c'est les flics et l'autre type.

— Quel autre type ?

— J'en sais rien, moi ! Et toi, Mavis ? Le type qui nous a donné de l'argent. Je connais pas son nom. Il nous l'a pas dit et on lui a pas demandé.

— Moi je le connais, son nom ! intervint Mavis. C'est le beau gosse. Ada, elle avait envie de lui, cette traînée. Elle parlait tout de temps de Gideon Melbray.

— Gideon Melbray ? Vous êtes sûre ?

— Oui !

— Il se renseignait sur la mort de Pete Mitchell ?

— Oui, c'est ça, intervint Tommo, qui ne supportait pas que sa femme attire toute l'attention de Nick. Il nous a payés pour qu'on soit témoins. La moitié tout de suite et l'autre moitié quand Harry serait arrêté.

— Et il nous a payé cent livres, en plus ! fit Mavis en hochant la tête.

— Je regrette, mais je ne dispose pas d'une telle somme.

Lorsque Nick se leva, Tommo en fit autant. Cinquante livres, c'était déjà ça ! Cette abrutie de Mavis ! On n'offense pas un type qui donne cinquante livres !

— Faites pas attention à ma femme ! Si je peux faire quelque chose pour vous, il suffit de demander. Tout ce que vous voudrez ! Ma porte est ouverte !

Après le départ de Nick, Tommo corrigea Mavis. *Quelle conne*, songea-t-il. *Elle croit que les billets de banque ça pousse sur les arbres ?*

— Pourquoi Gideon Melbray se renseignait-il sur le meurtre ?

Cinq jours plus tard, Elizabeth et Nick buvaient une tasse de thé sur le balcon surplombant la plage de Glenelg. Ils avaient repris leurs bonnes habitudes et la théière posée devant eux était secondaire. Dès que Nick avait franchi le seuil, ils s'étaient précipités dans la chambre à coucher. À présent, la jeune femme, fascinée, écoutait Nick lui faire part de ses découvertes.

— Comment a-t-il pu trouver autant d'argent en espèces ? poursuivit-elle. Tu m'as dit qu'il venait du ministère de l'Industrie. C'est une forte somme pour un fonctionnaire du gouvernement, non ?

— Ce n'était pas son argent. Il n'enquêtait pas à titre personnel, mais pour quelqu'un d'autre.

— Qui ?

— Harold Dartleigh.

— Ah !...

Face à cette absence de réaction, Nick crut bon de développer :

— Lord Dartleigh, pour être plus précis. Il…

— Oh ! je sais qui c'est. Harold Rodin Dartleigh, sixième baron de Somerston et directeur-adjoint du MI6.

Naturellement… Une journaliste britannique ne pouvait l'ignorer.

— Désolé.

— Comment sais-tu que c'est lui qui a payé Gideon Melfray pour enquêter ?

— C'est une hypothèse plausible. D'après les cheminots, Gideon est le seul qui soit venu fouiner parmi eux, à part la police militaire. D'après mes contacts, Dartleigh a promis à Dan de se renseigner. Ça colle. Dartleigh voulait rassurer Dan, d'après ce qu'il a dit à la police. Il a ajouté qu'il s'inquiétait beaucoup pour Dan.

— Pourquoi charger Gideon Melbray de se renseigner ? Quel est le rapport entre eux ?

— Il n'y en a aucun, à ma connaissance, à part le fait que Gideon est très sociable, qu'il connaît tout le monde à Maralinga et rend régulièrement des services.

— Non, cela ne suffit pas. Pour un homme du rang de Dartleigh, il faudrait un lien plus étroit.

— Je suis d'accord avec toi.

Nick avait sa petite idée sur le lien Dartleigh/Melbray, mais il attendit de voir ce qu'elle allait dire. Elizabeth passa toutefois à autre chose. Sa tasse entre les mains, elle contempla la mer, sous le soleil.

— C'est bizarre que Danny n'ait pas mentionné la proposition de Dartleigh dans sa lettre, dit-elle. Il avait conduit Dartleigh à Ceduna quelques jours avant de mourir et ils ont parlé de choses personnelles, durant le trajet, c'est évident. Je me demande pourquoi il n'a pas…

Une idée germa dans son esprit.

— Bien sûr… Il a dû proposer de l'aider sur le chemin du retour vers Maralinga, après que Danny a posté sa lettre.

— Sans doute. Dartleigh a dit à la police militaire que Dan lui avait beaucoup parlé, qu'il était obsédé par le meurtre de Pete

Mitchell. Même si tout laissait penser à un crime passionnel, Dan voulait absolument une preuve de la culpabilité du cheminot.

— Il a sous-entendu que Dan n'était pas totalement sain d'esprit ?

— Peut-être.

Nick s'efforçait de ne pas l'influencer. Il voulait qu'elle tire ses propres conclusions, mais ils suivaient le même raisonnement.

— Gideon était du même avis, dit-elle. Sacrée coïncidence que le dernier à voir Danny vivant et le supérieur à qui il s'était confié quelques jours avant de mourir s'interrogent sur son état mental. D'autant qu'ils se connaissent bien et que personne d'autre ne le sait.

— Oui. D'après la police militaire, leurs témoignages corroboraient et ont confirmé la thèse du suicide.

— Je vois.

Elizabeth posa sa tasse, qui était vide, de toute façon.

— On dirait bien qu'ils sont de mèche. Tu veux encore un peu de thé ?

Elle saisit la théière.

— Non merci. Je dois partir dans cinq minutes.

Elle semblait très calme, compte tenu des circonstances. Il s'attendait à de la colère à l'évocation d'une conspiration. Elizabeth était trop préoccupée pour se laisser aller à ses émotions.

— Et si Gideon Melbray avait un lien avec le MI6, Nick ? Et s'il était un agent infiltré en renfort de Dartleigh ? Ils font ce genre de choses, non ? Ils infiltrent un agent chargé de surveiller tout le monde pour des raisons de sécurité.

— Absolument, confirma Nick, qui avait eu la même idée.

— Et si c'était le MI6 qui couvrait la mort de Danny ? Et si l'armée n'avait rien à voir là-dedans ?

Elle reposa brutalement la théière sur la table. L'affaire commençait à prendre tournure.

— Et s'il était arrivé quelque chose, une erreur humaine, peut-être, que l'on a maquillée en suicide dans l'intérêt de la sécurité nationale ? Et si Dartleigh et Melbray étaient les seuls informés ? Quelqu'un d'autre est peut-être au courant et le MI6 le fait taire.

— Cela fait beaucoup de « si », Elizabeth.

— En effet, admit-elle avec un sourire. Mais tout cela est plausible. Dommage que tu ne puisses pas rester plus longtemps. Je te servirais un Scotch et on arroserait ça.

— Je pense qu'il nous faut des éléments plus concrets. Une célébration serait un peu prématurée. Je peux me tromper…

Elizabeth ignora son sarcasme. Elle élaborait déjà un plan, persuadée que Gideon Melbray et Harold Dartleigh détenaient la clé de l'énigme. Nick avait obtenu de bons résultats, mais c'était à elle de franchir le pas suivant.

— Ils comptent venir en ville, un de ces jours ? demanda-t-elle.

— Qui ça ?

— Gideon Melbray et Harold Dartleigh, bien sûr. Qui d'autre ?

Il aurait dû s'en douter. Elizabeth était sur le sentier de la guerre.

— Aucune idée, mais cela m'étonnerait. Gideon fait partie intégrante de Maralinga. Il ne prend pas de permissions et est très populaire. Il est l'âme des lieux.

— Et Harold Dartleigh ?

— Il déteste Maralinga. Il débarque juste avant les essais et s'en va dès que c'est terminé.

— Il ne vient pas aux conférences de presse à Adelaide, n'est-ce pas ? Il n'est cité dans aucun article.

Pour elle, Dartleigh était l'élément important. C'était lui qu'elle devait affronter en face-à-face.

— Il n'est jamais venu, non.

— Tu crois que tu pourrais le persuader d'assister à la prochaine conférence ? Sur le plan de la communication, ce serait souhaitable, non ? Un homme si haut placé, que ce soit socialement et professionnellement, ne peut qu'impressionner le public.

— Qu'est-ce que tu mijotes ? Tu comptes l'affronter en pleine conférence de presse ?

— Bien sûr. Quelle meilleure arène ? Il serait obligé de répondre à mes questions.

— Tu provoquerais un scandale.

— J'espère bien !

— D'accord. Je ne te promets rien, mais je vais essayer.

Il se leva et la prit dans ses bras pour l'embrasser.

— On se voit la semaine prochaine, pour la conférence de presse. Je t'appellerai pour te dire si Dartleigh vient ou pas.

Sur ces mots, il prit sa veste et s'en alla. Depuis le balcon, elle fit signe à la voiture qui s'éloignait.

Elizabeth piaffait d'impatience. Le deuxième essai de la série Antler, dont le nom de code était Biak, était prévue quatre jours plus tard. Si les conditions météorologiques étaient jugées favorables et si tout se déroulait comme prévu, la conférence de presse aurait lieu le lendemain. Elle était peut-être à cinq jours de découvrir la vérité...

De retour à Maralinga, Nick chercha Harold Dartleigh. Son chiffreur, Ned Hanson, l'informa que lord Dartleigh était parti pour Ceduna. Il ignorait pour combien de temps.

— Je voulais l'y conduire moi-même, précisa Ned. Il m'a dit que j'étais trop utile ici et que je devais rester de service au bureau. C'est dommage. J'aurais bien aimé y aller.

En vérifiant auprès du bureau des transports, Nick apprit que Dartleigh avait réservé une Land Rover pour trois jours, ce qui contrariait le sergent.

— Avec toutes les huiles qui sont en ville, on a besoin de tous nos chauffeurs et de toutes nos voitures, colonel, lui dit-il.

Il avait envie de dire « Pour qui il se prend, ce lord de mes deux ? », mais le colonel était peut-être un ami de Dartleigh, alors il tint sa langue.

— Sa Seigneurie sera de retour la veille du tir, monsieur.

— Merci, sergent.

Nick finit par coincer Harold Dartleigh en fin d'après-midi, à son retour. Il faillit le bousculer dans Ottawa Street. Nick se rendait à la piscine et Harold sortait de l'hôpital et marchait dans la direction opposée, vers les locaux administratifs où se trouvait son bureau.

— Lord Dartleigh, je voulais justement vous parler. Auriez-vous une minute ?

— Ah, colonel Stratton ! Oui, bien sûr que j'ai une minute, mon vieux. Que puis-je faire pour vous ?

En dépit de cette réponse aimable, Dartleigh poursuivit son chemin, obligeant Nick à lui emboîter le pas. Tant mieux. Il préférait avoir cet entretien dans l'intimité du bureau de Dartleigh.

— Je crois que vous êtes allé à Ceduna, monsieur. Vous avez fait bon voyage ?

— Oh oui ! un petit endroit ravissant, parfait pour fuir tout ça.

Harold désigna d'un geste le désert qui les entourait. Son index gauche portait un pansement.

— Je me suis coupé en tombant sur les rochers du front de mer. Je me suis fait une vilaine entaille. Les coquillages peuvent être tranchants, voire toxiques. Je viens de me faire faire une piqûre d'insuline. Mieux vaut prévenir que guérir, non ?

— En effet.

— C'est douloureux, je dois dire.

À l'angle de London Road, ils tournèrent à gauche et traversèrent la rue. Ce n'est que lorsqu'ils se retrouvèrent devant le QG que Dartleigh s'arrêta enfin.

— De quoi voulez-vous me parler, colonel ?

Nick comprit qu'il n'avait aucune intention de l'inviter dans son bureau.

— J'espérais vous convaincre d'assister à la conférence de presse organisée après l'essai Biak.

— Pourquoi diable ?

— La presse aimerait vous rencontrer. Ce serait très positif, sur le plan communication.

— Je vois les journalistes lors des débriefings, après chaque essai.

— Non, monsieur, corrigea Nick d'un ton ferme, mais patient. Lors des débriefings, vous ne voyez que les journalistes invités à Maralinga pour observer les explosions. Je parlais de la conférence de presse nationale à Adelaide.

— Ah oui !... Adelaide... répéta-t-il avec une moue de dégoût. Je ne vois pas l'intérêt de...

— Votre présence serait perçue comme un geste de bonne volonté, lord Dartleigh, coupa Nick pour éviter un « non » catégorique. Et une marque de respect. Après tout, un homme de votre rang est un symbole des liens entre l'Angleterre, la mère patrie, et l'Australie.

Il ne croyait pas un mot de ces flagorneries. Néanmoins, c'était une méthode efficace avec un homme tel que Dartleigh.

— En fait, vous symbolisez les liens entre la Grande-Bretagne et tout le Commonwealth.

— C'est vrai... On essaie...

— Donc vous viendrez ?

— On verra, colonel. On verra.

Lorsque Harold fit mine de s'éloigner, Nick insista :

— J'aimerais annoncer votre venue à la presse, si possible.

— Oh ! ce ne sera pas nécessaire. La presse sera là, de toute façon. Je vous mettrai au courant le jour venu.

Sur ces mots, il lui fit signe de sa main valide et disparut dans le bâtiment.

Nick appela Elizabeth qui attendait impatiemment de ses nouvelles.

— Rien de nouveau sur notre invité.

Par habitude, il s'exprimait de façon cryptique. Si ce n'était sans doute pas nécessaire, il préférait néanmoins ne prendre aucun risque.

— Je l'ai convié à la fête, mais il ne veut pas s'engager. On ne saura s'il vient qu'à la dernière minute.

— C'est très agaçant.

— Je sais. On croise les doigts. On se verra à la conférence.

Quand il eut raccroché, Elizabeth était sur des charbons ardents.

Pendant la nuit et à l'aube, les conditions météorologiques restèrent favorables. Le compte à rebours avait commencé. L'essai Biak se déroulerait comme prévu.

La bombe de six kilotonnes exploserait depuis une tour, à 10 heures du matin, ce 25 septembre 1957.

Etta est terrifiée. D'abord, tout est devenu blanc, le désert, les broussailles, comme si un éclair aveuglant avait envahi le ciel. Ensuite, les esprits malins l'ont agressée. Elle a senti leurs poings qui la frappaient et elle est tombée à terre.

Elle se relève péniblement et, en proie à la terreur, elle s'éloigne en courant des *mamu*. Mais ils la poursuivent, fous de rage, en hurlant. Ils sont trop rapides pour elle. Ils la dépassent et courent parmi les eucalyptus, puis se cachent dans les hautes herbes. Ils sont invisibles, ces *mamu*. Où qu'elle aille, elle entend leurs cris stridents.

Ils l'ont encerclée et elle tombe à genoux. Les voix ne sont plus fâchées. Ils jouent avec elle, la provoquent. Ils ont sûrement l'intention de la tuer. Elle sanglote de peur en attendant la mort.

Puis c'est le silence. Les voix se sont tues.

Etta regarde autour d'elle en geignant. Les *mamu* vont réapparaître, c'est certain. Où se cachent-ils ? C'est une belle matinée ensoleillée, mais elle ne voit presque rien. Sa vision est troublée et il y a des taches devant ses yeux. Les *mamu* l'ont aveuglée.

Elle sent les coups de pied de son enfant dans son ventre. Dans quelques jours, il naîtra et elle a peur. Elle ne peut avoir son enfant là, en présence des *mamu*. Elle doit s'enfuir. Elle doit partir loin, très loin d'eux.

Elle est tellement épuisée qu'elle n'arrive pas à se relever. Ses dernières forces l'abandonnent. Elle s'écroule sur le dos et sent le sable chaud à travers sa robe de coton. Elle est vaincue.

Puis elle voit l'énorme nuage.

Il s'élève majestueusement dans le ciel, comme celui qu'elle a vu depuis la voie ferrée, près d'Ooldea. Celui-ci est encore plus grand. C'est plus qu'un signal de fumée. Ce doit être un esprit très puissant.

En regardant le ciel, Etta sent sa peur se dissiper. Elle y voit plus clair et elle sait que les *mamu* sont partis. Le grand nuage a brisé leur sort et les a chassés.

Une fois encore, elle sent les coups de pied de son enfant, qui lui rappellent l'imminence de son accouchement. Elle espérait avoir une femme d'expérience à ses côtés quand viendrait le moment, mais elle n'a pas retrouvé sa famille, ni aucune femme qui puisse l'aider. Elle s'est résignée à endurer cet accouchement toute seule.

Mais elle n'est plus seule, se dit-elle. Le grand esprit nuage est avec elle, lui qui a chassé les *mamu* qui l'auraient tuée.

Elle se relève enfin. Elle a repris son souffle. Il faut qu'elle trouve de l'eau et un endroit confortable et ombragé. Et elle attendra de mettre au monde son enfant.

Chapitre 20

Elizabeth était assise au dernier rang de la salle de conférences, flanquée de ses fidèles Bob Swindon et Macca Mackay. Ce dernier était accompagné de son ami journaliste Georgie Swann et de son photographe Ron Woods, qui étaient tous deux avec lui pour assister à l'explosion, à Maralinga. Ils bavardaient tranquillement en attendant l'arrivée des officiels, mais Elizabeth ne les écoutait pas. Elle ne pensait qu'à sa confrontation potentielle avec Harold Dartleigh. Elle n'avait pas dormi de la nuit. Pourtant, elle était très concentrée. Nick ne l'avait pas contactée et elle ne savait à quoi s'attendre. Dartleigh viendrait-il ? Elle ne tenait plus en place.

Il y avait moins de journalistes qu'après l'explosion Tadje. D'après Macca, ceux qui venaient d'un autre État se réservaient pour l'ultime essai de la série qui, d'après la rumeur, serait spectaculaire.

— J'ai entendu dire qu'ils vont accrocher la bombe à un ballon, souffla Macca à Bob.

— Tu rigoles !

— Non, il ne rigole pas, dit Georgie, à côté de Macca.

Il échangea un regard avec Ron qui hocha la tête. Ils avaient entendu la même chose à Maralinga.

— Trois ballons, précisa-t-il à Bob. Trois ballons reliés les uns aux autres, à la verticale.

Macca fit signe à Georgie de ne pas parler trop fort, même si c'était superflu dans le brouhaha de la salle.

— On n'est pas censés le savoir, dit-il à Bob. Lors des débriefings, on nous met toujours en garde sur le caractère confidentiel des informations. On risque d'avoir des ennuis.

— Je ne vois pas en quoi ces ballons sont « confidentiels », dit nonchalamment Georgie. Les types à qui on a parlé à Maralinga s'en moquaient. Ils nous ont dit que tout était prêt et...

— Tu paries qu'ils ne parleront pas des ballons aujourd'hui, coupa Bob.

Une fois encore, il en avait appris davantage grâce aux soldats que par les canaux officiels. Selon lui, les conférences de presse n'étaient que du baratin.

— Tu en penses quoi, Liz ?

Il la trouvait bien silencieuse.

— Je pense que tu as raison, Bob, répondit-elle machinalement.

Elle n'avait pas vraiment entendu ce qu'il venait de lui dire, une histoire de ballons utilisés pour le dernier essai de la série. Macca lui avait tout raconté et elle avait trouvé cela très intéressant. Cependant, elle ne pensait qu'à la présence éventuelle de Harold Dartleigh, face à elle. Aurait-elle l'occasion de l'affronter ?

Quelques minutes plus tard, les officiels firent leur entrée. Par la porte à double battant de la salle, elle vit entrer un officier de l'AGIO, un représentant de Canberra et le colonel Nick Stratton. Ils montèrent sur l'estrade, au fond de la salle. Un employé referma la porte derrière eux.

Manifestement, lord Dartleigh ne serait pas de la partie.

L'officier de l'AGIO présenta Nick, qui prit la parole.

— Bonjour à tous. Comme souvent, vous recevrez vos informations directement de moi-même.

Il posa son dossier sur le pupitre.

— J'ai ici un rapport complet de la commission de sécurité et je serai ravi de répondre à vos questions, ensuite.

Il ouvrit le dossier pour la forme, car il en connaissait le contenu, et regarda Elizabeth droit dans les yeux. Son regard disait : « J'ai essayé, j'ai fait de mon mieux. » Il haussa imperceptiblement les épaules en signe d'impuissance.

Elle masqua sa déception derrière un sourire reconnaissant. « Je sais que tu as essayé, Nick, je sais. Ce n'est pas grave. »

— L'essai Biak a eu lieu à 10 heures hier matin. Un tir effectué à partir d'une tour, comme auparavant...

Je suis désolé, vraiment désolé.

Ne t'excuse pas. Je t'aime.

— ... une énergie de six kilotonnes.

Les yeux de Nick parvinrent à transmettre le message qu'il trouvait si difficile à énoncer. *Je t'aime aussi.*

— Je regrette la façon dont les choses se sont passées, Elizabeth. Quelle déception, pour toi...

Blottie contre lui, elle avait la tête sur son épaule.

— Comment serais-je déçue par une journée qui se termine aussi bien ?

Elle roula sur le côté et glissa une jambe sur sa cuisse pour mieux plaquer ses seins contre son torse.

Il se mit à rire.

— Laisse-moi le temps de récupérer !

Elle s'allongea sur le dos pour fixer le plafond. Elle ne le provoquait pas. Elle voulait simplement le réconforter.

— J'étais un peu déçue, admit-elle. Je m'étais préparée à une confrontation avec Dartleigh, mais ce n'est pas ta faute.

— Il n'a sans doute jamais eu l'intention de venir. Ce matin, quand je l'ai abordé, il semblait avoir tout oublié de la conférence.

— Cesse de te torturer, Nick. Tu n'y es pour rien !

— Je ne me torture pas, je suis agacé. Ce type est odieux. Je n'ai pas dit mon dernier mot. Le temps commence à manquer, certes. Le dernier essai aura lieu dans moins de deux semaines. Il faudra le coincer d'ici là. Dès la fin de la série Antler, il retournera à Londres.

Elle se redressa pour le dévisager.

— Qu'est-ce que tu comptes faire ?

— J'ai l'intention de trouver une raison plausible de le faire venir à Adelaide.

Il était distrait par le contact de ses seins sur sa peau.

— Cela ne devrait pas être trop difficile, poursuivit-il. Plusieurs grands pontes viennent de Canberra la semaine prochaine pour une réunion à l'AGIO. Je leur suggérerai de solliciter un entretien avec le directeur-adjoint du MI6, dans l'intérêt de la sécurité nationale. Même Dartleigh ne pourra refuser cette demande de représentants du gouvernement australien.

— Parfait. Je prendrai d'assaut la réunion.

— Il faudra déterminer un lieu et une date…

— Plus tard. On en parlera plus tard.

Elle se pencha vers lui pour l'embrasser. Sa chaleur, son parfum, sa féminité l'enveloppèrent. Avec un désir renouvelé, il l'attira vers lui.

Deux jours après l'explosion, des membres du CIF découvrirent la jeune fille aborigène. Ils contactèrent la zone DC/RB par radio.

— Elle est irradiée, dirent-ils. Son taux crève le plafond. Elle est à peine vivante et très enceinte.

— Ramenez-la.

Elle arriva presque inconsciente.

Melvyn Crowley l'attendait dans la zone de décontamination, vêtu d'une tenue de protection, tout comme Trafford Whitely, son assistant.

Melvyn entreprit d'examiner la jeune fille. En se rendant compte qu'elle cherchait à communiquer, Trafford se pencha vers ses lèvres desséchées pour écouter son murmure à peine audible. Il était sûr qu'elle parlait anglais. Il comprit les mots « bébé » et « sauver ».

Décidé à lui offrir un peu de réconfort, il caressa son bras nu de sa main gantée, ignorant le regard irrité de Crowley.

— Oui, dit-il, on va sauver ton bébé.

Elle plongea ses grands yeux bruns dans les siens. Savait-elle qu'il lui mentait ? Ils ne pourraient pas sauver son bébé. Elle l'ignorait manifestement, car il lut de la gratitude dans son regard. Il eut envie de pleurer. Elle était si jeune…

— Comment t'appelles-tu ? demanda-t-il doucement.

— Etta, souffla-t-elle.

— L'enfant est vivant, dit Melvyn Crowley.

Il avait failli crier à Trafford de se mettre au travail, puis il s'était calmé en entendant les battements de cœur dans son stéthoscope. C'était incroyable ! L'enfant était en bonne santé, alors que sa mère était mourante. Melvyn était exalté.

— Il faut le faire sortir au plus vite, dit-il.

Trafford caressa encore le bras de la jeune fille avant de partir.

— On sauvera ton bébé, Etta, dit-il.

Les grands yeux bruns le remercièrent.

Il suivit Crowley hors de la zone de décontamination, puis ils ôtèrent leurs tenues de protection.

— Qu'elle subisse le processus de décontamination, ordonna Melvyn. Quand son taux de radiation sera acceptable, on sortira l'enfant.

Un enfant irradié in utero, songea-t-il. Un sujet d'expérimentation essentiel. Il n'aurait pu rêver mieux.

— Mais quand son taux sera acceptable, ne faudrait-il pas l'emmener à l'hôpital ? s'enquit Trafford.

— Pourquoi ? Elle sera déjà morte, de toute façon.

— Pas l'enfant. Il est encore en vie, lui.

— Pour combien de temps ? s'impatienta Melvyn, agacé par ses questions. Bon sang ! le taux de l'enfant va crever le plafond. On ne peut pas mettre un enfant contaminé au monde dans une zone non protégée. Cette histoire doit rester confidentielle. Si la nouvelle se répand, l'armée n'appréciera pas du tout. À présent, faites-la décontaminer et préparez-vous à m'assister. Je serai au labo.

— Oui, docteur Crowley.

Tandis que la jeune fille subissait l'épuisant processus, Trafford donna ses propres ordres à l'insu de son supérieur.

— Appelez l'hôpital à la radio et dites au docteur Bradshaw que je le demande en zone DC/RB le plus vite possible, dit-il à ses assistants. Qu'il n'en parle à personne, mais j'ai besoin qu'il fasse une césarienne.

Trafford imaginait l'expression de Cliff Bradshaw lorsqu'il recevrait le message. Ce n'était guère le genre de demande à laquelle il s'attendait à Maralinga.

Il laissa des instructions aux membres de la police militaire, à la grille principale, et gagna la salle attenante au principal laboratoire de pathologie pour attendre l'arrivée de Clifton Bradshaw.

Le capitaine Clifton Bradshaw, du corps médical de l'armée britannique avait à peine un an de plus que Trafford. Comme lui, il était ambitieux et avait des valeurs très fortes. Tous deux avaient sympathisé, ce qui était inhabituel. D'ordinaire, scientifiques et militaires ne se mélangeaient pas. Cliff et Trafford partageaient un passé médical. Tous deux étaient diplômés d'Oxford, même s'ils ne s'étaient guère fréquentés à l'université. Leur amitié s'était forgée à Maralinga et durerait toute leur vie, principalement grâce aux événements de cette journée.

Quand la jeune fille fut ramenée au laboratoire, elle était inconsciente, avec des constantes minimales. Elle ne se réveillerait pas.

Impatient et enthousiaste, Melvyn regarda les deux assistants de l'unité de décontamination soulever le corps nu du brancard pour le poser sur la table d'examen. Il était tellement exalté par ce qu'il allait faire qu'il ne remarqua pas Trafford qui introduisait Clifton Bradshaw. Cliff était prêt à opérer.

Les hommes emportèrent le brancard et Melvyn arracha son regard de la jeune fille pour donner ses ordres à son assistant. Enfin, seulement, il remarqua avec stupeur la présence d'une autre personne dans le laboratoire.

Trafford se chargea des présentations.

— Docteur Crowley, voici le docteur Bradshaw. Vous avez dû vous croiser de temps en temps. Cliff, je te présente le docteur Crowley, notre chef pathologiste.

— Effectivement, nous nous sommes déjà croisés, dit Cliff d'un ton chaleureux. C'est normal, dans un lieu comme Maralinga. Ravi de pouvoir vous assister, monsieur.

L'assister ? songea Melvyn, abasourdi, en observant tour à tour les deux hommes. Quelle assistance ? Il n'avait pas besoin d'assistance !

— Je me suis dit que, à défaut d'emmener cette fille à l'hôpital, on pourrait faire venir l'hôpital, déclara Trafford. Cliff est un médecin expérimenté en obstétrique. Je suis certain que vous voulez prendre toutes les précautions, docteur Crowley, puisque l'enfant est encore bien vivant.

Une lueur assassine brilla dans les yeux de Crowley. *Le petit salaud...*

— Bien sûr, Trafford... C'est très intelligent d'anticiper de la sorte. *Petit enfoiré !* Je vous remercie, docteur Bradshaw.

Il se mit en retrait en désignant la table d'examen, la jeune fille, les instruments d'un geste disant « *Elle est à vous* », fusillant Trafford du regard. *Vous êtes deux petits cons !* Melvyn avait des envies de meurtre.

Clifton s'avança, suivi de Trafford. Ils échangèrent un regard. Cliff se dit que Trafford avait raison, Crowley avait des airs de dément.

Dès qu'il posa les yeux sur la jeune fille, il sut qu'elle était partie, mais il prit quand même son pouls.

— On l'a perdue, annonça-t-il.

Pauvre petite Etta, songea Trafford. Elle était morte pendant qu'ils discutaient.

— Il faut se dépêcher, déclara Cliff en saisissant le scalpel que lui tendait Trafford.

Les deux hommes formaient un excellent binôme, sous les yeux de Crowley, qui fulminait. *C'est* mon *labo*, songeait-il. *Le cadavre et l'enfant étaient pour* moi. Son impuissance l'enrageait.

En quelques minutes, un enfant remuant fut extrait de l'utérus de la jeune morte. Une fille. Et elle avait envie de vivre. Elle ouvrit la bouche et emplit ses petits poumons d'air. Son visage brun se tordit et elle poussa un cri pour clamer son existence au monde.

Lorsqu'ils eurent coupé le cordon, ils nettoyèrent l'enfant et relevèrent son taux de radiation. Trafford examinait le nouveau-né tandis que Clifton avait chaussé les écouteurs. Tous les yeux étaient rivés sur le compteur Geiger. À la stupeur générale, il n'y eut aucun relevé.

— Ce bébé ne présente aucun signe de rayonnement ionisant, annonça Cliff Bradshaw.

— Mon Dieu ! souffla Trafford. Elle est saine.

— C'est impossible, intervint Melvyn Crowley.

— Écoutez donc, proposa Clifton en lui tendant les écouteurs.

Une fois encore, Trafford passa la sonde sur l'enfant. Le compteur Geiger ne réagit pas.

— C'est incroyable, fit Melvyn en ôtant les écouteurs. Ce n'est pas possible.

— Qu'en savez-vous ? répondit Clifton. L'utérus est très protecteur. Cela me semble tout à fait plausible.

Il enveloppa l'enfant dans une serviette.

— Vous devez admettre, docteur Crowley, qu'il est arrivé des choses plus étranges, en médecine.

— La thyroïde devrait présenter un taux élevé de radioactivité…

Melvyn était désespéré. Rien ne se passait normalement.

— Et il devrait y avoir des traces de strontium 90 dans les os.

— Nous ferons une analyse d'urine à l'hôpital, dit Clifton. Je doute que nous trouvions des traces de strontium 90. Quant au reste…

Il se tourna vers le compteur Geiger et haussa les épaules.

— Le RSM 2 est un appareil fiable. S'il dit qu'elle est saine, c'est qu'elle l'est. Vous ne pouvez pas la découper en morceaux pour prouver le contraire, n'est-ce pas ?

Il sourit comme s'il faisait de l'humour noir, ce qui n'était pas le cas. Il n'avait pas totalement cru Trafford quand il lui avait dit que

Crowley n'hésiterait pas à tuer l'enfant pour mener ses expériences, mais il en était désormais persuadé. Melvyn Crowley était d'un autre monde.

— Bref, assez bavardé, conclut-il en prenant l'enfant.

Elle gigota dans ses bras, ses petites mains dépassant de la serviette.

— Il est temps que je la porte à l'hôpital.

— Si vous l'emmenez là-bas, la nouvelle va se répandre, pour… ça – il désigna le cadavre ensanglanté –. Vous en êtes bien conscient ?

— Je ne sais pas de quoi vous parlez, répondit Clifton qui ne voyait plus de raison d'être poli avec un type tel que Crowley.

— Comme le sait Trafford, reprit Crowley en fusillant son assistant du regard, nous avons connu un incident d'irradiation similaire, l'an dernier, et des militaires ont été menacés de passer en cour martiale si la nouvelle était rendue publique.

Clifton interrogea son ami du regard.

— C'est vrai, admit Trafford.

Il n'avait rien dit à Cliff, qui était militaire.

— Nous devrons donc être discrets, dit Clifton. Moins nous serons à le savoir, moins nombreux seront les personnes à vivre avec cette menace. Plus vite cette enfant sera mise à l'abri auprès des autorités chargées du bien-être des Aborigènes, mieux cela vaudra pour tout le monde.

Melvyn était abasourdi et Trafford avait envie de crier de joie.

— Quelle tragédie, reprit Clifton en observant la dépouille d'Etta. Elle était à peine sortie de l'enfance elle-même.

C'était la première fois qu'il évoquait la mère de l'enfant, sa principale préoccupation.

Le bébé se mit à pleurer, comme pour l'inciter à reporter son attention sur les vivants. Il lui donna son auriculaire à suçoter.

— Ramène-moi à l'hôpital, Trafford. Le bébé miracle de Maralinga a faim.

Ils laissèrent Melvyn Crowley furibond.

Melvyn maudit Trafford de l'avoir trahi et se promit de le muter sans tarder, ce jeune ingrat. Toutefois, il était certain que Trafford se réjouirait de cette mutation, ce qui l'agaçait. Si seulement il pouvait le faire renvoyer ! Ou le déshonorer, le faire radier, ou au moins le discréditer d'une façon ou d'une autre. Hélas ! c'était impossible, car son copain Cliff était témoin.

Lequel des deux détestait-il le plus ? Trafford ou Clifton Bradshaw ? Comment avaient-ils osé le priver d'une telle occasion ? Et priver le monde scientifique de ses découvertes ! Il avait tant de connaissances et de progrès à apporter à l'humanité. Il posa les yeux sur le cadavre. Au moins, il avait cette fille. C'était déjà cela. Il aurait pu obtenir bien davantage.

Deux jours plus tard, en apprenant que le bébé était parti pour Adelaide, Melvyn était encore plus furieux. Il pensait qu'on l'emmènerait à la mission de Yalata où il pourrait surveiller sa santé qui, l'espérait-il, allait se dégrader. Mais « le bébé miracle de Maralinga », comme la surnommaient les rares hommes à connaître son existence, avait été absorbé par le système. Elle se retrouverait dans une famille désireuse d'adopter et échapperait aux griffes de Melvyn Crowley.

Nick était furieux. Il avait appris que Harold Dartleigh était parti pour Sydney.

— Comment cela, *personne ne sait où il est* ? avait-il demandé à Ned Hanson. Il vous a forcément dit où il allait, au cas où vous auriez besoin de le contacter, non ?

— Je crains que non, colonel. Il n'a aucune envie d'être contacté. Il a été très clair sur ce point.

Ned Hanson avait poussé un long soupir. Les escapades de son supérieur le frustraient au plus haut point.

— Lord Dartleigh est parti en vacances et ne veut pas être dérangé. Il sera de retour deux jours avant le dernier essai.

Irrité par cette complaisance, Nick avait quitté le petit bureau de Ned, adjacent à celui de Harold. Pourquoi le gouvernement britannique payait-il Dartleigh, au juste ? C'était gaspiller l'argent des contribuables.

Nick avait aussitôt appelé Elizabeth.

— Notre ami est parti en vacances pour dix jours. Il est à Sydney, mais personne ne sait où.

— Oh, non!...

— Il ne sera donc pas disponible pour la réunion de la semaine prochaine. En fait, il ne sera pas disponible, point final.

— Bon...

Il semblait si lassé qu'Elizabeth avait préféré ne pas s'attarder sur le sujet.

— Toi, tu viens, n'est-ce pas? avait-elle demandé, pleine d'espoir.

— Oui.

— Tant mieux. J'ai hâte de te voir.

À l'instar de Nick, elle ne disait jamais rien de compromettant au téléphone.

— La réunion est à 15 heures et je ne sais pas combien de temps elle durera, alors j'ai décidé de passer la nuit en ville. Je t'appelle quand ce sera terminé et on prendra un verre après ton travail, d'accord?

— Excellente idée!

À présent, cinq jours plus tard, ils étaient assis sur la plage, à contempler l'océan. En cette fin d'après-midi, les nuages bas, à l'horizon, promettaient un superbe coucher de soleil. Ils avaient pris un taxi depuis le centre-ville. Durant ses courtes visites, Nick ne louait plus de voiture. Il n'avait plus besoin d'un prétexte pour la raccompagner chez elle.

Pour une fois, ils ne s'étaient pas précipités dans la chambre à coucher. En proie à des remords, Nick avait proposé à la jeune femme une promenade sur la plage.

— J'ai un tas de choses à te dire.

Ils avaient longé la rive, les pieds dans l'eau, leurs chaussures à la main. Ils avaient beaucoup parlé. Nick était désireux de se racheter après la déception de l'absence de Dartleigh.

— Et si j'essayais d'attirer Gideon Melbray à Adelaide? avait-il suggéré. Je ne sais pas trop comment je m'y prendrai. Officiellement, je n'ai aucun rapport avec lui, mais je veux bien essayer.

— Non, Nick. Tu risques d'éveiller les soupçons et je ne veux pas que tu t'impliques directement. Ta carrière serait en péril.

— Oh ! ne t'en fais pas, j'aurai une raison plausible. Il suffit de trouver le bon angle.

— De toute façon, ce Gideon Melbray n'est pas très important, à mes yeux.

Nick s'était étonné de cette réflexion.

— Pourquoi pas ? Il n'est pas ton deuxième suspect ?

— Il ne m'apprendrait rien de nouveau. Gideon n'est qu'un messager. C'est le chef que je veux.

— Entrer en contact avec Dartleigh est...

— Et ce n'est peut-être même pas Harold Dartleigh.

— Où veux-tu en venir ? avait-il demandé en s'arrêtant, perplexe.

— Je suis sûre et certaine que c'est le MI6 qui est derrière tout ça.

Comment réagir ? Depuis quand « le MI6 était-il derrière tout ça » ? N'étaient-ils pas convenus que ce n'était qu'une théorie ? Sans attendre de réponse de sa part, Elizabeth poursuivit :

— Compte tenu de l'implication de Harold Dartleigh, il est évident que le MI6 a maquillé la mort de Danny en suicide. J'ignore ce qu'il cache, mais le MI6 a des comptes à rendre.

La simplicité de son raisonnement épatait Nick. Pour elle, toutes les pièces du puzzle étaient en place. Elle était tellement sûre d'elle ! L'assurance et l'optimisme comptaient parmi ses plus grandes qualités.

— Harold Dartleigh recevait peut-être des ordres d'en haut... ou pas, avait-elle développé. Quoi qu'il en soit, il rend des comptes à l'organisation qui l'emploie et cette organisation répond des actes de ses employés, non ?

— Le MI6 répond de quoi et envers qui ?

— En l'occurrence, envers moi. Danny était mon fiancé et j'exige de savoir ce qui s'est passé.

— D'accord... Et quelles mesures concrètes comptes-tu prendre ?

Pour lui, la bataille était perdue d'avance. Que dire face à un projet aussi futile ?

— À Londres, j'ai un collègue qui a des relations. Il saura à qui je dois m'adresser au sein du MI6. Je vais commencer tout en haut et si je ne trouve pas d'issue, je menacerai de tout rendre public. Ils seront forcés de réagir si je secoue le cocotier. Au moins, ils me fourniront des réponses. La tête de Harold Dartleigh risque de tomber. Ou celle de la personne qui lui a donné les ordres, qui sait ? En tout cas, je veux des réponses.

— Ah !...

Il était tellement distrait par la futilité de son projet qu'il n'avait pas envisagé son aspect concret.

— Donc tu vas retourner à Londres.

— Oui.

— Quand ?

— Je ne sais pas encore. Pas avant un mois, en tout cas. Je dois donner ma démission au journal.

— Je vois.

Que dire de plus ? La décision d'Elizabeth était prise.

— On retourne chez toi ?

— Non, pas tout de suite.

Ils avaient décidé de s'asseoir sur le sable pour attendre le coucher du soleil.

En silence, ils contemplèrent la sphère dorée s'enfoncer peu à peu dans la mer. Soudain, les dernières lueurs disparurent, laissant les nuages teintés de rose et d'orange dans le ciel.

— C'est beau, dit Elizabeth. Je n'avais jamais vu de couchers de soleil aussi magnifiques avant de venir en Australie.

— Effectivement, c'est sublime.

Elle allait lui manquer...

— Il commence à faire plus chaud, dit-il, les yeux rivés sur l'océan. Il faudra qu'on organise quelques leçons de natation avant ton départ.

— D'accord.

Elle n'avait pas envie de le quitter, mais elle le ferait s'il le fallait. Elle était prête à mener sa bataille depuis Londres, même si elle espérait ne pas en arriver là. Il lui restait un atout dans sa manche et elle ne pouvait en parler à Nick.

Cette nuit-là, après leurs ébats, ils demeurèrent un long moment éveillés, chacun perdu dans ses pensées. Elizabeth réfléchissait à la façon dont elle aborderait son rédacteur en chef, le lendemain. Elle devait lui exposer son idée avec précaution. Elle était certaine que P. J. accepterait. C'était un homme audacieux.

Nick était bien plus tourmenté. Sur la plage, il avait jugé futile la décision d'Elizabeth de s'attaquer au MI6, puis une éventualité terrible lui était venue à l'esprit : y avait-il la moindre chance que Daniel Gardiner ait fait l'objet d'une enquête du MI6 ? Cela semblait peu probable. Dan s'était lié d'amitié avec Pete Mitchell, un homme étrange et complexe. Pete l'avait peut-être converti à quelque cause qui l'obsédait. La mort de Pete n'était peut-être pas un simple crime passionnel. Auquel cas, celle de Dan n'était pas aussi simple non plus. Nick s'efforça de chasser ces pensées, mais il ne pouvait s'empêcher d'être inquiet. Sa théorie d'une erreur humaine maquillée en suicide était une chose, mais une enquête du MI6 sur un soldat britannique dans une zone classée top-secret telle que Maralinga en était une autre. Et si Elizabeth était sur le point d'ouvrir la boîte de Pandore ?

Le lendemain matin, au terme d'une nuit sans sommeil, Nick hésitait à aborder le sujet. Il imaginait sans peine la réaction de la jeune femme. Mieux valait ne rien dire. Ils auraient le temps de discuter. Il devait partir pour l'aéroport.

— On se verra à la conférence, après l'explosion, la semaine prochaine, dit-il. Je ferai en sorte de passer la nuit ici.

Le moment sera plus propice pour discuter, songea-t-il.

— D'accord, répondit-elle en l'embrassant.

Si seulement elle pouvait lui parler de son plan… Elle n'osait pas.

L'ultime essai de la série Antler portait le nom de code de Taranaki. La bombe de 27 kilotonnes était la plus grande jamais lancée à Maralinga. L'explosion aurait lieu le 9 octobre, à partir d'un système de trois ballons volant à 300 mètres d'altitude au-dessus du désert.

Les organisateurs étaient convaincus que cette technique de mise à feu réduirait considérablement les retombées, que ce soit de courte ou de longue portée.

Les conditions météorologiques firent l'objet d'une surveillance attentive lors de la nuit précédente et de la journée du 9 octobre. Avec une arme d'un tel format, toutes les précautions étaient nécessaires. Dès que le feu vert fut donné, le compte à rebours horaire démarra.

À Roadside, les spectateurs étaient réunis par centaines, comme de coutume. Scientifiques, militaires, bureaucrates et journalistes avaient braqué leurs jumelles sur les trois sphères, dans le ciel, et sur l'objet à peine discernable suspendu en dessous. Les ballons gigantesques n'étaient que des points à l'œil nu.

Il était 16 heures. Plus que quinze minutes. Dix, cinq, une minute… Puis la voix commença à égrener les secondes.

Dix, neuf…

Les jumelles s'abaissèrent et les spectateurs se retournèrent.

Huit, sept…

Les spectateurs se mirent jambes écartées, les pieds bien plantés sur le sol, conformément aux ordres. On les avait mis en garde contre les ondes de choc.

Six, cinq…

Les mains sur les yeux, les paumes plaquées sur les orbites…

Quatre, trois, deux…

Au moment de l'explosion, l'éclair blanc priva le monde de toutes ses couleurs. Les dos et les nuques ressentirent la chaleur des rayons gamma, mais nul ne bougea, nul ne dit mot. Ils attendirent.

Les ondes de choc frappèrent avec une telle brutalité que plusieurs spectateurs perdirent l'équilibre. Tout le monde ôta les mains de ses yeux pour se boucher les oreilles. Une série dévastatrice d'explosions ricocha dans les broussailles.

Puis, tout aussi soudainement, ce fut le silence. Les spectateurs ne bougeaient toujours pas. Ils restèrent dos tourné au site, comme prévu.

Enfin, quand ce fut jugé opportun, l'ordre leur parvint et ils se retournèrent pour constater les effets de Taranaki.

Les jumelles n'étaient plus nécessaires. Dans le ciel, l'immense champignon enflait tel un être vivant, à plusieurs centaines de mètres. Le profil du visage d'un homme barbu se dessina.

Plus tard, quelques-uns diraient qu'ils avaient cru voir un dieu grec. « Il avait le nez grec », dirent certains. Pour d'autres, c'était clairement un Aborigène.

Pendant dix minutes, ce visage de fumée persista. Tout le monde s'accordait sur le fait qu'il semblait les juger.

Chapitre 21

Après l'explosion, les journalistes furent transportés vers Maralinga pour le traditionnel débriefing, avant de gagner l'aéroport. Ils se rendraient directement à Adelaide où ceux qui n'étaient pas de la région séjourneraient à l'hôtel avant la conférence de presse du lendemain.

La quarantaine de journalistes et de photographes fut introduite dans la salle de conférences du bâtiment administratif par la police militaire. Comme pour rappeler les mesures de sécurité en vigueur, les policiers se postèrent aux issues de la salle. Aucun reporter un peu curieux n'oserait sortir discrètement pour aller fouiner dans les bureaux voisins.

Outre des chaises, il y avait, à l'extrémité de la pièce, des tables avec des carafes d'eau et des gobelets en carton. Après cet après-midi en plein soleil, les journalistes se précipitèrent vers le buffet et desserrèrent leur cravate et leur col. Malgré la chaleur, l'ambiance était détendue et les conversations allaient bon train. Il y avait peu de nouveaux venus. La plupart étaient présents lors des essais précédents et, de l'avis de tous, celui-ci était le plus spectaculaire.

Les ballons, surtout. Et les ondes de choc… Et le visage, dans le nuage !

Ce dernier avait remporté un vif succès parmi les photographes qui étaient persuadés de l'avoir immortalisé à la perfection.

— J'ai eu tous les petits détails, se vanta Ron Woods auprès de Macca. Elle fera la première page, mon vieux. Une merveille !

Ron se trompait, et les autres aussi. Une fois développés, les clichés ne montraient aucun visage. Rien qu'un nuage.

Les brouhahas des conversations se poursuivirent lorsqu'ils s'installèrent sur les chaises. Nul ne se soucia du jeune homme en costume à fines rayures, coiffé d'un fédora gris, assis en compagnie de Macca et Ron. Personne ne s'était intéressé à lui de la journée.

— Où est Georgie ? avaient demandé quelques collègues à Macca, avec un regard interrogateur pour le jeune homme à peine sorti de l'adolescence.

— Georgie n'a pas pu venir, avait marmonné Macca. Alors j'ai amené le jeune Les. Un stagiaire. Ça reste entre nous. Il a pris le billet de Georgie.

Les collègues avaient simplement trouvé que le jeunot avait de la chance.

— C'est une occasion qui ne se présente pas tous les jours. Profites-en bien.

Le jeune homme s'était contenté d'un hochement de tête respectueux, avant de baisser la tête.

L'impression générale était que ce gamin ne méritait pas sa place. Pourquoi Macca s'était-il encombré d'un freluquet muet et timide ? Il n'avait pas le physique d'un journaliste, d'ailleurs.

Après avoir réussi la première épreuve, Elizabeth avait eu quelques problèmes. Elle n'avait pas quitté Macca et Ron d'une semelle, sans dire un mot pour ne pas se trahir. À Roadside, elle s'était fondue dans la foule. La supercherie fonctionnait mieux qu'elle ne le redoutait.

— Ils ne demanderont pas nos papiers à l'aéroport ?

— Ils les ont déjà, avait répondu Georgie. Tu es moi. Macca donne l'accréditation, ils cochent l'équipe de trois personnes de l'*Advertiser* et tu es dans l'avion.

Georgie n'avait pas été contrarié qu'elle le remplace. Il avait même trouvé l'idée hilarante. Convoqué dans le bureau de P. J., il n'avait même pas reconnu Liz, adossée au mur, les mains dans les poches. Ce n'est que lorsqu'elle avait pris la parole qu'il avait compris. Les autres lui avaient alors exposé le plan de la jeune femme.

— Je vois déjà la une : *Une journaliste déjoue le système de sécurité de Maralinga !*

P. J. n'avait pas esquissé un sourire. Si le projet était un succès, ils pourraient creuser cette histoire et publier un dossier sur l'inefficacité des mesures de sécurité quand il jugerait le moment propice. En attendant, un reportage de l'intérieur sur Maralinga et l'essai Taranaki par une journaliste du calibre de Liz serait précieux. Plus tard, que l'affaire soit sortie ou pas, ils pourraient révéler que l'auteur de l'article était une femme. Le plan de Liz présentait de nombreux avantages.

— Cela ne te prive pas, Georgie ? avait demandé Elizabeth, prise de scrupules.

— Mais non ! Quand on a vu une explosion atomique, on les a toutes vues. De plus, passer des heures en plein désert n'est pas une partie de plaisir.

Macca s'était montré moins enthousiaste. Prudent de nature, cette opération ne l'enchantait guère. Après tout, il ne faisait qu'obéir aux ordres de son rédacteur en chef.

En attendant le début du débriefing, Macca se détendit un peu. Tout semblait bien se passer. Jusqu'à présent.

Elizabeth était tendue. Un policier gardant l'entrée s'était écarté pour laisser entrer Nick. Il fallait à présent que son amant ne la reconnaisse pas. Elle baissa la tête et l'observa sous son fédora. Par chance, ils étaient plusieurs à avoir gardé leur chapeau.

Deux hommes entrèrent à la suite de Nick. Elle les reconnut aussitôt : sir William Penney et lord Harold Dartleigh.

Elle dévisagea ce dernier. Elle l'avait souvent vu dans les journaux et les images d'actualité. Il était imposant et elle comprenait à présent pourquoi Nick le trouvait arrogant. Il émanait de sa personne l'assurance des gens bien nés.

Lorsque les trois hommes gagnèrent l'estrade, Elizabeth suivit Dartleigh des yeux, refusant de se laisser impressionner par sa posture. Dartleigh avait des comptes à rendre. Quelle meilleure occasion avait-elle d'exiger des réponses à ses questions ? Toute approche officielle serait vaine. Pas étonnant que Nick ait jugé son projet futile. Entouré de journalistes, Dartleigh ne pourrait se dérober.

Le débriefing étant une formalité, le trio restait debout. Les chaises destinées à la presse, qui se voulaient une compensation après un après-midi passé en plein soleil, jouaient un rôle bien plus concret, en réalité. Il était plus facile pour la police militaire de surveiller des hommes assis. De plus, les orateurs avaient un contact visuel plus facile.

Nick ouvrit les hostilités.

— Je verrai la plupart d'entre vous à la conférence de presse de demain et nous voulons vous conduire à l'aéroport tant qu'il fait encore jour. Je vais donc donner la parole à sir William Penney, qui a accepté de prononcer quelques mots. Sir William…

— Merci, colonel, déclara le scientifique en s'avançant. Comme vous le savez, messieurs, je ne participe généralement pas aux débriefings. À l'issue de cet ultime essai, je tiens à vous remercier pour le respect et la diligence dont vous avez fait preuve. Beaucoup d'entre vous ont suivi les deux séries, Buffalo et Antler, sept essais au total, sept événements spectaculaires, vous en conviendrez…

Elizabeth gardait les yeux rivés sur Dartleigh en veillant à ne pas montrer son visage à Nick. Dartleigh ne prêtait aucune attention à Penney. Il ne faisait même pas semblant de s'intéresser à ses propos. Il regardait par la fenêtre, vers la rue poussiéreuse bordée de casuarinas. Il était ailleurs, à mille lieues de là. Où donc ?

Harold pensait à sa femme, Lavinia, à son fils Nigel, et même à sa fille, Catherine, qu'il n'appréciait pas vraiment. Mais surtout, il pensait à sa maison, à sa propriété du Sussex, où il devait faire frais et où les arbres étaient parés de leurs splendides couleurs d'automne. Dans la rue, il voyait des casuarinas, aussi appelés « bois-de-fer ». Drôle de nom pour une plante miteuse et chétive. Rien à voir avec les arbres anglais. Dieu merci, il partait le lendemain. Il serait bientôt en Angleterre, dans son foyer, en famille, et ce maudit désert ne serait qu'un mauvais souvenir.

— Merci, sir William.

La voix de Nick fit émerger Harold de sa rêverie. Se rendant compte qu'il allait bientôt s'exprimer, il balaya l'assemblée des yeux et croisa le regard intense d'un jeune homme très beau, avec la qualité androgyne de la véritable beauté. Ce garçon l'observait sous le bord de son chapeau. Harold soutint ce regard, s'attendant à ce qu'il se détourne. Il n'en fit rien, le petit insolent. Intriguant...

Il entendit à peine la voix du colonel, jusqu'à ce que...

— Lord Dartleigh ? fit Nick.

Harold semblait ne pas l'écouter.

— Oui, oui, colonel. Je vous remercie.

Il s'avança, les bras écartés pour donner une image débonnaire.

— Et maintenant, messieurs, venons-en à la véritable raison de ces débriefings. Il s'agit là de ma mise en garde coutumière, que certains d'entre vous connaissent par cœur, je suppose.

Il se tourna vers le jeune homme, qui ne l'avait pas quitté des yeux. Ce devait être un nouveau. Une telle beauté juvénile ne lui aurait pas échappé.

— Oui, je sais, tout est dans la brochure qu'on vous a remise à votre arrivée...

Il haussa les épaules avec regret. Harold ne pouvait s'empêcher de se donner en spectacle.

— Néanmoins, messieurs, je suis tenu de prononcer ces mots à voix haute ! C'est la loi.

Ayant séduit son public, il récitait généralement son texte à toute vitesse, mais pas ce jour-là. Il prit son temps pour observer le beau jeune homme, qui semblait désireux d'une forme d'échange. Que cherchait-il donc ? Il ne se cachait plus sous son chapeau. Il le regardait franchement, la tête haute.

— Conformément aux Official Secrets Acts de 1911, 1920 et le chapitre VII de l'Australian Crimes Acts de 1914, il est interdit de révéler ou de publier des informations obtenues par la violation desdites lois…

Harold ne put réprimer un frisson d'excitation. L'audace de ce jeune homme lui rappelait un peu Gideon, lors de leur rencontre, à Washington. Gideon l'avait provoqué de la sorte. Il n'y avait qu'une explication à ce comportement.

— Je tiens à vous rappeler que les journaux et les journalistes qui publieraient des informations en contravention du chapitre trois de l'Official Secrets Act seraient coupables d'un crime passible d'une peine de prison et d'une amende.

Comme il était flatteur de plaire à un aussi jeune homme ! Naturellement, il ne réagirait pas, ne l'encouragerait pas, mais il avait envie d'échanger quelques mots avec ce garçon à l'issue du débriefing. Il admirait tant la beauté ! C'était incroyable de la croiser ici, dans ce trou perdu où même les arbres étaient laids.

— C'est ainsi que se conclut ma mise en garde, messieurs. Je vous remercie de votre attention.

Il sourit à l'assemblée et au jeune homme en particulier. Au moment où il allait rendre la parole au colonel, le jeune homme se leva. *C'est extraordinaire*, songea Harold. Il ne bougea pas, désireux d'entendre ce que le garçon avait à dire.

Certains réagirent avant même qu'Elizabeth ne se dévoile.

Mon Dieu ! songea Nick. *C'est Elizabeth.* Il demeura immobile, cherchant des yeux qui allait intervenir.

Merde ! se dit Macca. *Elle va tout faire foirer.*

Qu'est-ce qu'elle fabrique ? se demanda Ron. *Elle a du cran, en tout cas.*

Tous les regards se portèrent sur le jeune homme qui semblait désireux d'affronter lord Dartleigh. La police militaire se méfiait. Ce gamin allait-il poser problème ? Les vétérans de la presse étaient perplexes. Qu'est-ce qu'il mijotait, ce beau gosse ?

Le silence se fit, et Elizabeth enleva son chapeau.

— Je m'appelle Elizabeth Hoffmann.

Ce fut la stupeur, puis le brouhaha.

Nom de Dieu ! songea Harold. *Une femme. Une plaisanterie, sans doute.*

Dans le brouhaha, Elizabeth haussa le ton.

— J'ai des questions à vous poser, lord Dartleigh.

Aussitôt, le brouhaha se tut.

— J'étais fiancée au lieutenant Daniel Gardiner dont la mort à Maralinga a été déclarée accidentelle…

Le nom de Daniel mit Harold en alerte. La fiancée du jeune Dan… Ce n'était pas une plaisanterie, finalement.

— Or je sais, lord Dartleigh, que ce n'était pas un accident.

Harold refusait d'être déstabilisé. Encore une fiancée en deuil qui cherche un responsable. Comment osait-elle le faire en public ?

— Nous connaissons tous les conditions tragiques du décès de votre fiancé, mademoiselle Hoffmann…

— Ce n'était pas non plus un suicide, comme l'affirme l'armée, coupa-t-elle.

— Et nous compatissons à votre douleur, poursuivit Harold froidement. Mais cela ne vous autorise pas à violer la loi. Vous ne respectez pas les règles de sécurité et vous serez poursuivie en conséquence.

Il fit signe à la police militaire qui s'approcha.

Elizabeth ignora la menace et haussa le ton.

— J'ai reçu une lettre que Daniel m'a écrite juste avant sa mort ! lança-t-elle à la cantonade. Je connais la vérité, lord Dartleigh…

— Emmenez-la ! ordonna Harold à la police militaire. Je ne tolérerai pas cette comédie. Vous ridiculisez la loi, madame ! Sortez-la d'ici !

Les voisins d'Elizabeth s'écartèrent pour laisser passer les policiers qui la prirent chacun par un bras. Elle ne se laissa pas faire tandis qu'ils l'entraînaient. Sur le seuil, elle parvint à se dégager de l'emprise de l'un des policiers. Elle fit volte-face et adressa une ultime accusation à Dartleigh.

— Je suis au courant, pour vous et Gideon Melbray ! hurla-t-elle.

Harold se figea. Gideon ? Comment pouvait-elle savoir ?

Elizabeth constata qu'elle avait fait mouche.

— Daniel le savait aussi, Dartleigh ! bluffa-t-elle, en désespoir de cause. Il m'a écrit pour me le dire…

— Virez-moi cette folle ! tonna Harold.

— Je connais la vérité sur vous deux ! J'ai une preuve écrite…

Un policier lui fit une clé du bras. Une douleur lui vrilla l'épaule et elle sentit ses jambes sur le point de se dérober.

Soudain, ce fut le chaos.

En voyant Elizabeth malmenée, Nick se précipita d'instinct vers le policier qui lui tordait le bras. Il lui assena un violent coup de poing. L'homme relâcha Elizabeth et bascula en arrière. Les spectateurs se levèrent tandis que la police militaire passait à l'action pour maîtriser le colonel, visiblement hors de lui.

Les échauffourées ne durèrent pas longtemps. Nick ne chercha pas à éviter l'arrestation. Il fut vite maîtrisé et Elizabeth et lui se retrouvèrent menottés.

Harold Dartleigh prit aussitôt le contrôle des opérations.

— Enfermez-les ! Je les interrogerai en temps voulu. En attendant, qu'ils restent en cellule ! Personne ne doit leur parler.

Il s'en prit ensuite aux membres de la presse :

— Cet incident est un problème de sécurité sérieux. Je vais mener une enquête approfondie et quiconque a aidé cette femme à violer la loi sera traduit en justice. Dans l'immédiat, dit-il à la police militaire, vous allez partir pour l'aéroport et Adelaide comme prévu.

Sur ces mots, Harold quitta la salle d'un pas décidé, laissant les journalistes abasourdis et sir William Penney sans voix. C'était à n'y rien comprendre.

En entrant dans son bureau, quelques rues plus loin, Harold ne s'attarda pas sur cette femme ni sur la façon dont elle aurait pu découvrir la vérité. Le mal était fait et il devait agir au plus vite, élaborer un plan.

Il passa la tête dans le bureau de Ned Hanson.

— Il y a eu de l'agitation dans la salle de conférences, déclara-t-il. Une violation des règles de sécurité. J'ai mis deux fauteurs de troubles en cellule. Dont une femme.

— Bon sang !...

— Personne ne doit leur parler tant que je ne les aurai pas interrogés. Et soyez gentil, gardez l'œil ouvert. Nul ne doit les approcher sans mon ordre.

— Bien, monsieur, répondit Ned en se levant. Une femme, dites-vous ?

— Et laissez-moi les clés de la Land Rover.

— Bien, monsieur, dit-il en lui remettant les clés. Une femme ? Comment diable...

— Au pas de course, Ned.

Harold avait envie de lui décocher une bonne droite, mais il afficha un sourire débonnaire.

— Soyez gentil, filez, maintenant.

— Bien sûr, monsieur.

Dès qu'il fut sorti, Harold ferma la porte et téléphona à l'aéroport.

— J'ai reçu un communiqué de Londres, dit-il. Ils me demandent de rentrer sur-le-champ. Faites préparer un avion et un équipage. Je partirai ce soir au lieu de demain matin.

Il passa un autre appel, d'une voix basse et agitée, puis il appela Gideon.

— Tu peux faire un saut à mon bureau, mon vieux ? Le plus vite possible. Il s'est passé quelque chose. Il faut qu'on parle.

Ayant raccroché, il sortit son Walther .32 du premier tiroir de son bureau et l'équipa d'un silencieux. L'arme posée sur ses genoux, invisible, il se détendit et patienta.

Son attente fut de courte durée. Quelques minutes plus tard, il entendit quelques coups familiers à sa porte.

— Entre ! lança-t-il à Gideon.

Alangui dans son fauteuil, Harold était l'image de la nonchalance. Gideon referma la porte avec soin. Il veillait à ce que la porte soit toujours bien fermée. Agacé, Harold se dit qu'il avait raison. S'il avait été plus prudent par le passé, ils ne seraient pas dans un tel pétrin. En toute honnêteté, il ne pouvait faire porter à Gideon l'entière responsabilité. Ils avaient tous les deux été négligents.

— Qu'est-ce qui se passe ? demanda Gideon en se tournant vers lui.

— Un petit changement de programme, je le crains. Assieds-toi.

Gideon prit place sur l'un des deux sièges en rotin, face à Harold.

— Quel genre de…

Il n'alla pas plus loin, car Harold lui logea deux balles en plein cœur.

Harold baissa son arme. Le regard de Gideon trahissait sa stupeur. *Pourquoi ?* semblait-il demander. *Pourquoi ?*

— Désolé, je n'avais pas le choix. Je ne peux pas t'emmener et si je te laisse ici, tu seras un boulet.

Le regard était vitreux. Il s'adressait à un mort. Dartleigh ne perdit pas de temps. Il fit de la place dans le grand placard de son bureau, puis il examina la dépouille. Il y avait deux orifices sur sa veste et, comme prévu, pas d'orifice de sortie. Tant mieux. Pas encore de traces de sang. S'il l'allongeait sur le dos, la fuite serait minime. Il plaça le corps dans le placard et balaya la pièce du regard en quête de traces. Tout semblait en ordre. Il eut soudain une impression de déjà vu. Ce n'était pas la première fois que ce placard servait à dissimuler un cadavre.

Il rangea son arme dans sa mallette et verrouilla les deux portes de son bureau. Quelques minutes plus tard, la Land Rover le conduisait à l'aérodrome.

Il fut soulagé de constater que l'avion transportant les journalistes vers Adelaide avait décollé. Malheureusement, il devrait patienter une heure avant de partir, le temps des vérifications d'usage sur le de Havilland de la RAF.

— Nous pensions décoller demain, voyez-vous, monsieur. L'appareil a fait le plein, mais…

— Oui, oui! Dépêchez-vous, mon vieux!

Durant cette attente interminable, Harold put réfléchir. Il était mal à l'aise. Et si les membres de la police militaire lui avaient désobéi et parlé à cette femme? Et si elle leur avait montré la lettre, la preuve écrite dont elle avait parlé? Il se rassura en songeant que Ned montait la garde. Ce bon vieux Ned, fiable et loyal jusqu'au bout des doigts. Ned préférerait mourir que de laisser quelqu'un désobéir aux ordres de lord Dartleigh.

Et pourtant, dans la salle presque déserte du terminal, Harold ne pouvait s'empêcher de regarder sans cesse vers la porte, s'attendant à voir débarquer la police à tout moment.

Il faisait nuit lorsqu'ils décollèrent enfin. En plein ciel, il se sentit soulagé. Son épreuve était loin d'être terminée, il s'en rendait compte, mais quitter Maralinga était un début.

Ned montait la garde, comme Harold le supposait.

— Je vais leur porter leur repas, insista-t-il. Ce sont les ordres de lord Dartleigh. Aucune communication tant qu'il ne les aura pas interrogés, avait-il répété une dizaine de fois.

Les membres de la police militaire étaient assez conciliants. Ils avaient dû convaincre Ned d'autoriser les repas.

— La femme ne peut pas prendre un avion vers Adelaide avant demain, avait déclaré Gus Oakley, le sergent. Ils vont passer la nuit en cellule. Il faut qu'ils mangent.

Ned avait cédé et les flics avaient échangé un sourire. La conscience professionnelle de Ned était légendaire et faisait l'objet de railleries.

Un policier ouvrit la porte de la cellule et Ned apparut avec un plateau qu'il posa sur la table.

— Quand vous aurez terminé, vous serez transférée dans une autre cellule, dit-il vivement à Elizabeth en évitant tout contact visuel. On vous prépare une couchette. Vous y passerez la nuit.

Il partit sans leur laisser le temps de répondre. Pour lui, les règles étaient claires. Les informer de leur sort n'était pas communiquer, contrairement à une conversation.

En refermant la porte, le policier adressa un regard intrigué à Nick.

— Tu vas découvrir la nourriture militaire, déclara ce dernier en observant les assiettes de ragoût accompagné de purée de pommes de terre.

— Ça m'a l'air pas mal, répondit Elizabeth. Je meurs de faim.

Sans hésiter, elle goûta une première bouchée.

— C'est bien meilleur que ce que j'aurais préparé moi-même, admit-elle en toute honnêteté.

Nick se rendit compte qu'il avait faim. Ils mangèrent en silence. Ils s'étaient tout dit. Au départ, Nick s'était un peu emporté.

— Tu aurais dû m'en parler, Elizabeth !

— Tu m'aurais empêché de le faire, non ?

— Bien sûr. Il est très dangereux de…

— De plus, si je t'avais impliqué, j'aurais fait de toi mon complice, ce qui t'aurait attiré un tas de problèmes.

— Tu trouves que, là, on n'a pas de problèmes ? ironisa-t-il en désignant la cellule d'un geste.

— Je regrette, Nick. J'ignorais que tu viendrais à la rescousse.

— Moi aussi. C'est arrivé comme ça.

— C'est grave ? Qu'est-ce qu'ils vont te faire ?

— Eh bien ! frapper un membre de la police militaire ne risque pas de me valoir une promotion…

— Mais le sergent s'est montré plutôt sympa, non ?

Nick avait présenté ses excuses à l'homme qu'il avait frappé. Il connaissait bien Gus Oakley. Celui-ci avait échangé un regard entendu avec son collègue. Ils avaient compris qu'il y avait quelque chose entre le colonel et cette jolie femme. Tant mieux pour lui. Magnanime, Gus avait accepté ces excuses en effleurant sa joue meurtrie.

— Vous avez trouvé une vraie beauté, colonel.

Gus aurait volontiers bavardé plus longtemps avec lui, car il appréciait Nick et se moquait éperdument des ordres de Harold Dartleigh. Hélas, Ned Hanson était apparu.

— Ce n'est pas Gus le problème, Elizabeth, c'est Dartleigh. On peut parier qu'il va demander ma tête.

La simple mention de Dartleigh avait suffi à énerver la jeune femme.

— Tu as vu son regard quand j'ai parlé de Gideon Melbray ? avait-elle demandé.

— Non. J'avais les yeux rivés sur toi, comme tout le monde.

— Il était déstabilisé. On avait vu juste. Gideon Melbray fait partie du MI6, lui aussi. Ils font équipe…

Elle est repartie dans ses hypothèses, sans la moindre preuve ! avait-il songé. *Elle est incroyable !*

— On a au moins résolu un mystère…

Elle n'avait pas relevé cette remarque cynique.

— Ce qui signifie que c'est le MI6 qui a tué Danny, avait-elle conclu, triomphante. Et je dirais même plus : je crois que c'est Dartleigh lui-même qui l'a tué.

— Parce que tu l'as lu dans ses yeux, je suppose.

Son sarcasme n'avait pu échapper à la jeune femme.

— Absolument ! Parce que je l'ai lu dans ses yeux, parce qu'il a réagi avec excès, parce que son attitude le suggérait. Cet homme a réagi en coupable, tu ne peux pas affirmer le contraire !

Un point de vue typiquement féminin, selon Nick. Dartleigh avait réagi comme un homme en position d'autorité face à une violation de règles de sécurité de la plus haute importance. Il n'aurait pu réagir autrement. Mais Elizabeth n'était pas disposée à l'écouter.

— Mon avis n'est pas le problème. Tu vas devoir prouver que tu dis vrai.

Sur ce, ils avaient dîné en silence.

— Tu crois que le sergent me laisserait rester ici avec toi ? suggéra soudain Elizabeth.

— J'en doute. Et même s'il acceptait, Ned Hanson ne s'en remettrait pas. Nous sommes dans une prison militaire, tu sais.

— Dommage…

Pour une raison étrange, sa tristesse manifeste fit du bien à Nick.

À Darwin, Harold dut patienter encore une heure, le temps de faire le plein de kérosène. Là encore, il redoutait une arrestation. Ce n'était pas la découverte du cadavre de Gideon qui l'inquiétait, car elle n'aurait lieu qu'un jour ou deux plus tard. Cette femme, en revanche… Avait-elle parlé ?

Le de Havilland décolla de l'aéroport de Darwin à destination de son escale suivante, Singapour. Ayant quitté l'Australie, Harold se sentait un peu plus à l'abri, mais le temps jouait toujours contre lui. Au matin, quand ils se rendraient compte de son départ précipité, ils devraient relâcher la femme. Harold gardait un œil rivé sur sa montre.

Après Singapour, l'avion mit le cap sur Bombay. La peur de Harold était palpable. Le jour allait se lever à Maralinga. À tout moment, un membre de l'équipage de la RAF allait lui poser son pistolet sur la tempe et l'arrêter.

Il posa sa mallette sur ses genoux et souleva légèrement le couvercle pour glisser une main à l'intérieur. Les doigts repliés sur la crosse de son Walther, il attendit.

À la première heure, Ned Hanson chercha Harold Dartleigh pour obtenir ses instructions. Il n'avait pas dormi de la nuit. Il en avait passé la majeure partie assis sur une chaise, devant les cellules, jusqu'à ce qu'un gardien le persuade de regagner son baraquement en lui assurant qu'il n'y aurait aucune communication avec les détenus.

Ce matin-là, Ned ne vit aucun signe de Harold Dartleigh, ni dans son bureau, ni dans ses appartements. Sachant qu'il devait partir ce jour-là, il appela l'aérodrome pour connaître l'heure du décollage, prévue dans la journée.

— Lord Dartleigh a pris l'avion hier soir, lui dit-on.

— Quoi ? Quand cela ?

— Vers 19 heures, répondit le contrôleur aérien. Un changement de dernière minute. Il avait reçu un message urgent de Londres.

Ned n'en revenait pas. Pourquoi ne l'en avait-on pas informé ? Que devait-il faire, désormais ? Quels étaient les ordres ?

En transmettant l'information à la police militaire, Ned fut dégagé de toute responsabilité. La police militaire informa le supérieur de Nick Stratton, qui ordonna la libération immédiate du colonel qui devait reprendre son travail. Le général de brigade souhaitait que cette malheureuse affaire soit enterrée au plus vite, même s'il en voulait à Nick qu'il convoqua dans son bureau.

— Agresser un militaire du rang, et en public ! Devant les journalistes ! Qu'est-ce qui vous a pris, bon sang ?

— Je suis désolé, mon général.

— Par chance, le sergent Oakley ne porte pas plainte. Il faut absolument que cette histoire de femme entrée clandestinement à Maralinga ne sorte pas. Vous êtes sûr qu'elle ne présente aucun risque ?

— Certain. Je m'en porte garant.

— Oui, je n'en doute pas...

Le général affichait une mine réprobatrice. Nick avait avoué sa liaison avec une journaliste ce qui, en soi, était impensable. Cette demoiselle Hoffmann n'avait pas d'antécédents. C'était déjà cela.

— Je ne suis pas si sûr que lord Dartleigh soit d'accord avec vous, poursuivit-il d'un ton grave. Si Dartleigh considère que cette femme est un risque pour la sécurité, elle fera l'objet d'une enquête, auquel cas vous devrez répondre de votre coup d'éclat inopportun. Vous en êtes conscient ?

— Oui, mon général.

— À présent, filez à Adelaide. Lors de la conférence de presse, vous devrez rappeler aux journalistes ayant assisté à l'esclandre que leur discrétion est vitale pour la sécurité nationale. Débrouillez-vous comme vous voulez. Parlez-leur individuellement s'il le faut, mais cette histoire ne doit pas sortir au grand jour !

— Bien, mon général.

Elizabeth prit le même avion que Nick pour Adelaide. Elle était d'un calme étonnant. Depuis leur libération, elle n'avait pas protesté, n'avait lancé aucune accusation. Elle n'avait pas cherché à se justifier auprès du général de brigade. Elle s'était contentée de présenter ses excuses pour le trouble qu'elle avait semé. Sur le moment, Nick s'en était réjoui car cette contrition était aussi à son avantage.

— Bon, dit-il quand ils eurent atteint leur altitude de croisière. Qu'est-ce qui se passe ?

— Que veux-tu dire ?

— Tu avais une occasion en or. Pourquoi n'as-tu pas exposé ta théorie au général ?

— D'abord, il ne m'aurait pas crue. Ensuite, je n'ai aucune preuve.

Il la regarda d'un air dubitatif. Ces deux arguments ne l'avaient jamais arrêtée par le passé.

— Surtout, je n'en ressentais pas le besoin, ajouta-t-elle.

— Ah non ?

— Tu ne vois donc pas que Dartleigh fait le boulot à ma place ?

Elle se tourna vers lui, les yeux pétillants d'enthousiasme.

— Ned Hanson ignorait qu'il était parti. Dartleigh a disparu sans prévenir ses subalternes. C'est le comportement d'un coupable. Il n'a reçu aucun communiqué de Londres. Harold Dartleigh est en cavale, Nick. Je lui ai fait peur.

Son exaltation était contagieuse. Nick se surprit à adhérer à sa théorie. Dartleigh était peut-être coupable, finalement. Mais coupable de quoi ?

Harold n'en revenait pas. Ils avaient quitté Bombay depuis des heures et l'équipage ne l'avait toujours pas informé qu'il était en état d'arrestation. Il s'était même assoupi un instant, une main posée sur sa mallette. Cela faisait vingt heures qu'il n'avait pas dormi. En sentant sa mallette bouger, il s'était redressé d'un bond. La main crispée sur son arme, il l'avait serrée contre lui.

— Désolé, monsieur avait dit un membre d'équipage. Je ne voulais pas vous déranger. Je pensais vous mettre plus à l'aise.

— Merci, lieutenant. C'est très aimable à vous.

Il avait refermé sa mallette pour la poser sur le siège situé derrière lui.

— Dans combien de temps arrivons-nous à Istanbul ?

— Dans quatre heures, monsieur.

— Parfait. Soyez gentil, envoyez donc un message pour me réserver une chambre au Istanbul Hotel.

Dès lors, Harold se détendit, mais pas assez pour baisser sa garde.

Ils se posèrent à Istanbul pour une escale d'une nuit, vingt-quatre heures après avoir quitté Maralinga. En ce milieu de journée, Harold prit un taxi pour l'hôtel. L'équipage séjournait à la base de la RAF voisine. Rendez-vous était pris à 6 heures le lendemain matin, une heure avant le décollage pour Londres.

Le lendemain matin, l'équipage se présenta, mais Harold Dartleigh n'était pas là. Nul ne s'en étonna de la part d'un homme aussi arrogant. Ne le voyant toujours pas vingt minutes avant le décollage, les membres d'équipage s'inquiétèrent. Ils devaient respecter les horaires. En appelant l'Istanbul Hotel, le lieutenant apprit que lord Dartleigh n'avait pas séjourné chez eux.

— Nous avions une réservation à son nom. Il ne s'est pas présenté.

Harold Dartleigh s'était volatilisé sans un mot, laissant un équipage de la RAF incapable d'expliquer son absence.

Chapitre 22

Au bout de plusieurs jours, la disparition de Harold Dartleigh demeurait un mystère. Malgré ses relations, Nick fit chou blanc. Elizabeth fit appel à Reginald Dempster, à Londres, qui se heurta lui aussi à un mur de silence.

— Le MI6 ne fait « aucun commentaire », annonça-t-il à Elizabeth lorsqu'il la rappela. Une fin de non-recevoir.

Reg put néanmoins apprendre que Dartleigh n'avait été vu ni chez lui, dans le Sussex, ni dans les lieux qu'il fréquentait habituellement à Londres.

— Il s'est volatilisé, conclut-il.

Persuadé que son bluff avait été efficace, Elizabeth était ravie.

— Ils pensent que j'ai une preuve sur les circonstances de la mort de Danny. Ils ont mis Dartleigh à l'abri, quelque part. Il est temps de faire bouger les choses.

P. J. ne se fit pas prier pour publier l'article d'Elizabeth en première page. Pourquoi pas ? Si le sujet semblait controversé, elle s'en tenait aux faits. Cet article était le rêve de tout rédacteur en chef.

MYSTÈRE À MARALINGA était un titre accrocheur. Sous un portrait de Harold Dartleigh, on pouvait lire « Le MI6 sur la sellette ».

Signé E. J. Hoffmann, signature très appréciée des lecteurs de l'*Advertiser*, le papier racontait comment le directeur-adjoint du MI6 avait mystérieusement disparu du site d'essais nucléaires le 9 octobre, sans laisser la moindre explication ni préciser sa destination.

Ensuite, Elizabeth s'en prenait au silence du MI6, invoquant que le public britannique pouvait demander des comptes sur les actes de ce personnage de haut rang. Elle décrivait aussi les liens entre la Grande-Bretagne et l'Australie dans le cadre des essais nucléaires avant de conclure par un défi :

En tant que pays hôte de ce programme d'essais britannique, l'Australie est en droit d'exiger des réponses du MI6. Comment ce personnage clé a-t-il pu se volatiliser sans justifier ses actes ? En tant que journaliste, nous voulons savoir.

L'article d'E. J. Hoffmann fut repris par d'autres grands journaux et vendu dans tout le pays. La disparition de Harold Dartleigh fit sensation en Australie, ce qui ne tarda pas à attirer l'attention des autorités de Whitehall, à Londres. Du côté du MI6, en revanche, c'était toujours le silence radio.

Le cadavre de Gideon Melbray fut retrouvé trois jours plus tard. Ses collègues avaient signalé sa disparition depuis une semaine et il était présumé en absence injustifiée. Nul ne comprenait pourquoi. La découverte de son corps en état de décomposition provoqua une onde de choc.

Ned Hanson, qui possédait un double de la clé du bureau de Harold Dartleigh, avait ouvert la porte pour le personnel de nettoyage. L'odeur nauséabonde les avait assaillis et menés droit vers le placard.

Immédiatement notifié, le MI6 prit en charge l'enquête pour homicide. Naturellement, il refusa de coopérer avec les autres organismes concernés, qu'ils soient britanniques ou australiens. Il n'y eut pas un communiqué, pas une information sur lord Dartleigh.

L'article d'Elizabeth finit par servir de catalyseur. Le rédacteur en chef d'un journal à scandale londonien, toujours en quête de ragots, avait remarqué l'intérêt des Australiens pour Dartleigh. Si le papier d'E. J. Hoffmann ne contenait rien de passionnant, la disparition de lord Dartleigh de Somerston intriguait Marty Falk. Un pair du royaume faisait vendre, surtout quand il était de la stature de Dartleigh.

L'article fit la une du tabloïd deux semaines après la disparition de Dartleigh, avec un titre à sensation : LES FRASQUES DU BARON ! UN PAIR DU ROYAUME DISPARAÎT, ABANDONNANT FEMME ET ENFANTS !

Sous deux photographies de Harold en compagnie de deux superbes créatures différentes, une légende accrocheuse : LAQUELLE, LORD DARTLEIGH ? LA BLONDE OU LA BRUNE ?

Un troisième cliché représentait Lavinia, impeccable et digne. L'article ne révélait pas grand-chose en termes de contenu. Pour Marty, des photos bien recadrées et des titres chargés de sous-entendus scabreux suffisaient à satisfaire les lecteurs.

Lord Harold Dartleigh, sixième baron de Somerston, n'est pas aussi heureux en ménage qu'il n'y paraît. Le baron s'est volatilisé il y a deux semaines, abandonnant sa femme, Lady Lavinia, mondaine et philanthrope, sans un mot d'explication. Nul ne sait où il se trouve, mais les rumeurs vont bon train. On ne peut que supposer que, pour qu'il renonce à plus de vingt ans de mariage, sa dernière liaison doit être plus sérieuse que ses aventures précédentes.

Cet article enragea Lavinia. Comment osaient-ils la dépeindre en épouse bafouée et insinuer que son mari était un coureur de jupons ? Quelles aventures ? Son mari ne l'avait pas trompée une seule fois ! Comme si elle n'avait pas assez de problèmes… Elle sortit de chez elle d'un pas décidé.

Plus tard dans l'après-midi, de retour du salon d'esthétique et de coiffure, Lavinia fut abordée par des journalistes venus de Londres. À peine avait-elle garé sa voiture dans la cour que reporters et photographes surgirent.

Ils la guettaient depuis un moment, mais étaient cachés de peur qu'elle ne s'enfuie en les voyant. Ils émergèrent de derrière les arbres et les buissons, pour la mitrailler de leurs appareils photos et de leurs questions.

La presse avait senti le bon coup et n'avait pas tardé à passer à l'action. Naturellement, ils n'avaient rien obtenu du MI6 et se heurtaient au sempiternel « pas de commentaires ». La disparition de son directeur-adjoint était pourtant une nouvelle importante et les journalistes étaient prêts à harceler la femme de Dartleigh.

— Que savez-vous de la disparition de votre mari, Lady Dartleigh ?

— S'agit-il d'une autre femme, comme l'affirme la rumeur ?

— A-t-il quitté le pays ?

— Pourquoi n'y a-t-il pas eu de déclaration à la presse ?

Alerté par le brouhaha, le personnel intervint. La gouvernante apparut sur le perron, la mine renfrognée, la cuisinière et la femme de chambre regardèrent par les fenêtres et Wilson, le majordome, sortit dans la cour en agitant les bras, bien décidé à secourir sa patronne.

Mais Lavinia n'avait pas besoin d'être secourue.

— Je vais vous en parler, de la disparition de mon mari ! hurla-t-elle soudain. Je vais vous en parler, du salaud que j'ai épousé !

Le mois qui venait de s'écouler avait eu raison du flegme de Lavinia. Elle en avait assez ! Elle raconterait son histoire et le MI6 pouvait aller au diable.

Les unes des journaux choquèrent le monde entier. Le mot « traître » barrait une photo de Harold Dartleigh, avec une légende en grosses lettres noires : **Le directeur-adjoint du MI6, un espion soviétique !**

L'article était bref. Pour l'heure, la presse disposait de peu d'éléments spécifiques.

Ce matin, les services de renseignements britanniques sont en état de choc à la suite d'allégations selon lesquelles lord Dartleigh, sixième baron de Somerston et directeur-adjoint du MI6, a été identifié en tant qu'espion soviétique. Ces allégations de son épouse, Lady Lavinia Dartleigh, sont apparues lors d'une enquête de la presse sur la disparition de lord Dartleigh.

Si Buckingham Palace, le MI6 et Scotland Yard n'ont fait aucun commentaire, le Palais fera une déclaration plus tard dans la journée.

Lady Dartleigh a déclaré être harcelée par le MI6 depuis un mois. Elle affirme n'avoir jamais rien su des activités de son mari et que la menace de perdre son titre à cause de l'acte de trahison de son mari fut la goutte d'eau qui fit déborder le vase.

— Il n'y a rien de pire qu'une épouse bafouée, murmura Harold en posant son journal.

Il regarda par la fenêtre de son appartement donnant sur la Moskova. Il était naturel que Lavinia se sente trahie, la pauvre chérie. Il serait bientôt déchu de son titre de noblesse et elle allait détester n'être que Madame Dartleigh. Sans doute reprendrait-elle son nom de naissance respectable pour ne plus être associée au traître. Ses enfants en feraient-ils autant? Nigel, au moins, mais peut-être pas Catherine. Cette rebelle n'avait que faire de l'opinion publique. C'était même ce qui l'agaçait, chez sa fille. Son anticonformisme. Pour un homme de son rang, il était dangereux d'attirer une attention négative sur des membres de sa famille. Enfin... Catherine et ses amis parisiens bohèmes étaient peut-être communistes... C'était le cas de nombreux artistes. Sa fille le comprendrait peut-être.

Pour sa part, Harold n'avait nullement l'impression d'être un traître. Il était un soldat au service d'une guerre contre l'injustice. Non, il était bien plus qu'un soldat. Il était un chef de file ouvrant la voie vers un nouvel ordre mondial. Certains naissaient pour mener et d'autres pour suivre. Comme tous les grands mouvements, le communisme avait besoin de chefs de file. Harold Dartleigh était l'homme de la situation. Il l'avait toujours été.

Harold avait embrassé le communisme à l'université de Cambridge, avec Guy Burgess, Donald Maclean, deux des futurs «cinq de Cambridge», et d'autres camarades stimulés par l'échange d'idées et de philosophies. Ces affinités intellectuelles entre jeunes gens étaient enivrantes, surtout pour Harold, fils unique dont la vie était confortable, mais vide. Le communisme avait été pour lui une rébellion contre un père dont il méprisait la faiblesse de caractère. Harold cherchait une raison de vivre, un engagement. Il avait adhéré au parti en adoptant les idéaux de ceux qui pensaient que la fortune et le statut social se méritaient et qu'il fallait répartir équitablement les richesses dans l'intérêt de la prospérité nationale. Compte tenu de ses origines sociales, d'autres membres du parti s'étaient étonnés de son zèle.

Harold n'avait jamais appliqué les principes communistes à sa propre personne. Ce n'était pas nécessaire. Il avait bien mieux servi la cause en conservant une vie opulente. Le pouvoir et les privilèges de son rang constituaient un atout pour le parti et une couverture idéale aux yeux de son employeur, le Komitet Gosudarstvennoi Bezopasnosti, le comité pour la sécurité de l'État, autrement dit le KGB. Celui-ci tenait à ce que ses collaborateurs sauvegardent les apparences. Même le mariage de Harold avec Lavinia avait été arrangé pour servir de couverture. Il s'était beaucoup attaché à elle, il devait l'admettre, même si, à l'époque, il aurait préféré épouser Aline, une Libanaise dont il était tombé éperdument amoureux à Beyrouth, lorsqu'il travaillait à l'ambassade britannique. Hélas ! Aline ne collait pas du tout à l'image recherchée.

Harold avait été un espion de premier ordre. Il avait livré des renseignements sur de nombreux sujets classés top-secret par les gouvernements britannique et australien. Il était particulièrement fier d'avoir recruté Gideon Melbray et de l'avoir rallié à la cause communiste.

Lorsqu'ils s'étaient rencontrés, à Washington, Harold n'en revenait pas. Quelle chance ! Gideon Melbray était parfait. Il parlait quatre langues, dont le russe, comme Harold, et il possédait l'atout supplémentaire de la beauté. Leur brève liaison avait facilité la conversion de Gideon.

Quand il s'était enfin retrouvé directeur-adjoint du MI6, Harold était ravi d'avoir autant de pouvoir entre les mains. Il avait recruté Gideon avec plaisir, son seul regret étant la nécessité de tempérer l'ardeur de leur liaison à Washington. Les frasques sexuelles étaient l'un des rares luxes qu'il se refusait, car il ne pouvait se permettre d'être au cœur d'un scandale.

Depuis vingt ans, Harold Dartleigh servait le parti tel un communiste fervent et dévoué à la cause. Pendant vingt ans, il avait mené l'existence d'un aristocrate fortuné, avec ses domaines, ses domestiques et ses caprices. Harold avait toujours tiré le meilleur des deux mondes.

C'est terminé, songeait-il en admirant la majesté de la Moskova. Son petit trois-pièces de Kutuzovsky Prospekt offrait une vue spectaculaire, ce dont il devait se réjouir. Nombreux étaient ceux qui vivaient dans des immeubles communautaires sans la moindre vue. Hélas ! son logement était exigu et froid. Déjà, la beauté du Sussex, la chaleur et le confort de son manoir lui manquaient, tout comme son patrimoine, sa famille. Il avait toujours su qu'il devrait peut-être payer ce prix, mais il ne s'attendait pas à un changement aussi radical. Il pensait être accueilli en héros. Il s'imaginait que, si ce jour venait, son arrivée à Moscou serait un triomphe du Kominterm, l'Internationale communiste. N'était-il pas un véritable aristocrate anglais ayant renoncé à sa mère patrie ? Le service de propagande du Kremlin voudrait faire un exemple de sa dévotion, non ? Il aurait dû obtenir un poste de consultant très respecté au sein du KGB.

À présent, il se rendait compte que, tels Guy Burgess et Donald Maclean, passés de l'autre côté du rideau de fer en 1951, on l'ignorait, on l'oubliait. Il avait été nommé au service des traductions du gouvernement où il effectuerait de longues heures de travail dans un immeuble de bureaux quelconque. Il était destiné à une vie morne, entouré d'espions comme lui, des expatriés qui se retrouvaient dans les bars, le long du quai Bersenevskaya pour parler du « pays », quel qu'il soit, tout en se répétant que leur trahison était acceptable parce qu'ils cherchaient à créer un monde meilleur.

Harold trouvait ces hommes pathétiques et déplorait de subir le même traitement. Il méritait mieux. Il était meilleur que les autres. Le KGB n'avait jamais compté un espion d'une telle stature au sein de la société britannique. Enfin, ce n'était pas tout à fait exact. D'après la rumeur, il y en avait plusieurs et même un qui avait un lien avec la famille royale. Beaucoup avaient infiltré le système avec succès. Kim Philby, par exemple. Il était certain que celui-ci œuvrait pour la cause. Il n'avait aucune certitude, car les agents ne savaient rien des autres. Il était réconfortant de savoir que d'autres reprenaient le flambeau et agissaient dans la place.

En dépit de ce traitement indigne, Harold n'avait rien perdu de ses convictions. Il ne pouvait chasser ou regretter vingt ans d'endoctrinement, ce serait renier sa raison de vivre. Et il savait pourquoi le KGB l'avait caché. Le KGB savait ce que le monde entier aurait bientôt.

Harold posa les yeux sur le journal. Le mot « traître » sur sa photo, à la une, n'était que le début. Maintenant que Lavinia avait craché le morceau, le MI6 devrait avouer la vérité et les médias obtiendraient les détails sordides. Il serait traité de meurtrier, ce qu'il trouvait plus difficile à supporter que « traître ».

Harold savait que c'était à cause du meurtre de Gideon qu'il n'avait pas été reçu en héros au Kremlin. Le KGB comprenait la nécessité de l'éliminer. Malheureusement, quand le monde saurait, le gouvernement soviétique ne pouvait donner l'impression de cautionner cet assassinat. En appuyant sur la détente, il s'était condamné à une vie obscure.

Il ne se sentait pas coupable d'avoir tué Gideon. Celui-ci était une victime de guerre. Il était de son devoir de le tuer pour ne pas être démasqué. Il se serait suicidé, si cela avait été nécessaire. Son Walther était prêt, au cas où.

De ses vingt années d'espion, Harold ne regrettait rien, ni d'avoir trahi sa patrie, ni d'avoir abandonné femme et enfants, ni la mort nécessaire de Gideon. Il y avait une chose qui lui pesait sur la conscience à cause de sa négligence. Il avait essayé d'incriminer Gideon, si souvent cavalier dans son attitude envers leur travail, mais il était tout aussi responsable.

Harold se sentait coupable du sort du jeune Dan Gardiner.

Il se rappelait leur escapade à Ceduna, lorsqu'il avait promis au jeune homme de se renseigner sur la mort de Pete Mitchell. *Ne vous inquiétez pas. On aura le fin mot de cette affaire. Il ne se passe rien à Maralinga dont je ne sois informé.*

Il lui avait suffi de payer le cheminot pour découvrir la vérité. Il l'avait fait pour lui plus que pour le jeune homme. Si l'armée avait tué Pete comme le soupçonnait Dan, Harold voulait savoir pourquoi. C'est alors qu'il y avait eu un problème. Ayant satisfait sa propre curiosité, il avait oublié sa promesse au jeune Dan. *Passez dans mon bureau dans quelques jours et je vous dirai ce que j'ai trouvé*, avait-il dit. Il l'avait oublié, un oubli qui avait coûté la vie au jeune Dan.

Harold n'oublierait jamais son regard.

Gideon avait plus tard avoué qu'il n'avait pas bien fermé la porte. Elle avait dû s'ouvrir quand le jeune Dan avait frappé et aucun des deux ne l'avait entendu entrer. C'était l'heure du second service à la cantine. Ned était parti déjeuner et le bâtiment était pratiquement désert. Ils ne s'attendaient pas à une visite impromptue. *Ce ne sont pas des excuses pour justifier son comportement affligeant*, songea Harold. Il avait plusieurs fois permis à Gideon de faire ses rapports depuis son bureau. À Maralinga, en plein désert, ils s'étaient laissés aller à un sentiment de sécurité trompeur. Harold en avait voulu à Gideon de ne pas avoir fermé la porte. Il s'en voulait aussi, parce qu'ils avaient tous deux tué le jeune homme.

Gideon était au téléphone et il écoutait la conversation depuis un coin de la pièce en hochant la tête. Ils n'avaient pas vu la porte s'ouvrir. Trop tard. Dan était pétrifié de stupeur.

Assis au bureau du directeur-adjoint du MI6, Gideon s'exprimait en russe.

Dan n'avait pas remarqué Harold. Il n'avait d'yeux que pour Gideon. Il avait du cran, ce petit. Il ne s'était pas enfui. Heureusement pour eux. Dan s'en était pris à Gideon.

— Qu'est-ce que tu fais ?

Gideon était déjà debout et contournait le bureau.

Harold lui avait donné l'ordre de tuer. Il n'y avait pas d'alternative.

— *Ubeite yego.*

Il avait alors croisé le regard du jeune homme, ce regard qu'il n'oublierait jamais.

D'un geste sûr, Gideon avait écrasé le nez de Daniel de la base de sa paume droite pour enfoncer le cartilage brisé dans son cerveau et provoquer une mort instantanée.

Ils avaient caché le corps dans le placard où il était resté jusqu'au départ du personnel de nettoyage, le lendemain. Dans la soirée, Gideon était revenu avec un camion qui servait au transport des fournitures et du matériel et, à la nuit tombée, les deux hommes avaient pris deux véhicules différents pour déposer le cadavre et la Land Rover sur le site de l'essai. L'explosion de Breakaway avait fait le reste.

En presque un an, Harold n'avait guère pensé au jeune Dan, même si ce regard gravé dans sa mémoire lui faisait regretter cette jeune vie gâchée. D'autant que la mort de ce garçon avait déclenché sa propre chute.

Juste après, Harold avait réagi par instinct de conservation. Lors de sa fuite, il n'avait pas eu le temps de réfléchir en détail à la façon dont Gideon et lui avaient été repérés. Même à Istanbul, en rencontrant son responsable, il était inquiet. Son transfert en URSS était périlleux. Durant le vol, Harold n'avait pensé qu'à sa survie.

Après son arrivée à Moscou, en revanche, il avait eu le temps de réfléchir et il en serait ainsi jusqu'à la fin de ses jours. Il était clair que Daniel Gardiner n'avait pas découvert la vérité et tout raconté à sa fiancée dans une lettre, comme elle l'avait prétendu lors du débriefing à Maralinga. Comment cela aurait-il été possible ? Daniel n'avait su que quelques secondes avant sa mort.

Le regard du jeune homme lui disait à présent qu'Elizabeth Hoffmann avait bluffé. Elle ne disposait d'aucune preuve. Cela n'aurait rien changé, car elle était déterminée à révéler qu'il était un espion. Il n'aurait pu agir autrement. Comment diable Elizabeth Hoffmann avait-elle su ? Harold n'obtiendrait jamais de réponse à cette question.

— Il a cru que je savais ! déclara Elizabeth. C'est incroyable, non ? Je n'en reviens pas. Il a cru que je savais qu'il était un espion !

— Le bluff parfait, commenta Nick. Dartleigh a abattu ses cartes pour rien. Bien joué, Elizabeth !

— Cela aurait été le bluff parfait si j'avais su ce que je faisais. Disons que c'est un coup de chance.

— C'est le moins qu'on puisse dire.

Ils longeaient la plage de Glenelg, en maillot de bain. Le soleil de cette mi-novembre était particulièrement chaud pour la saison et de nombreux baigneurs profitaient du week-end pour se prélasser au soleil.

Depuis l'annonce du passage à l'Est de lord Dartleigh, la presse s'en donnait à cœur joie. Après le meurtre de Gideon Melbray, ils avaient appris qu'il était un espion, lui aussi. Nick et Elizabeth avaient discuté des ramifications de cette histoire et en étaient arrivés à la même conclusion : Harold Dartleigh avait tué Daniel, sans doute avec l'aide de Gideon. Les deux hommes étaient complices. Leurs témoignages sur une prétendue dépression de Daniel avaient confirmé la thèse du suicide.

— Ce ne sont que des suppositions, une fois de plus. Tu ne peux rien prouver, avait dit Nick alors qu'ils parcouraient les journaux sur le balcon.

— Pourquoi ont-ils tué Danny, d'après toi ? Parce qu'il avait découvert la vérité ?

— J'en suis pratiquement sûr. Mais tu ne le sauras jamais. Et si tu en restais là ?

— Tu as raison. Je voulais la vérité et je l'ai obtenue. Je suis satisfaite. Mieux vaut que la famille reste sur la thèse de l'accident.

En se promenant sur la plage, Elizabeth avait un sentiment de plénitude.

— Ce n'était pas une question de bluff ni de chance, Nick. C'est Danny qui a dénoncé Dartleigh et Melbray en tant qu'espions.

— Tu as raison.

Il était heureux pour elle. Elizabeth avait besoin de savoir que Daniel n'était pas mort pour rien.

— Asseyons-nous.

Dans un silence complice, ils contemplèrent la mer.

— Quels sont tes projets? demanda-t-il d'un ton qui se voulait désinvolte. Tu vas retourner à Londres?

Elle perçut une certaine tension dans sa voix. Elle se tourna vers lui, mais il avait les yeux rivés sur l'horizon. Lui dirait-il un jour qu'il l'aimait? Cela n'avait pas d'importance.

— Seigneur, non! Je ne quitterai pas l'Australie avant de savoir nager à la perfection. Il me faudra de nombreuses leçons et beaucoup de temps.

À son tour, il se tourna vers elle. Cette fois, ce fut elle qui regarda au loin.

— De plus, ajouta-t-elle, la guerre froide ne durera pas éternellement. Un jour, il faudra révéler ce qui s'est passé à Maralinga, et j'ai l'intention d'être cette journaliste.

Malgré son ton léger, Nick savait qu'elle parlait sérieusement. La vie ne serait pas facile, mais il ne s'attendait pas à moins aux côtés d'Elizabeth.

1984

Matilda et Violet sont deux jeunes filles Kokatha de 13 ans. Elles sont cousines et ont grandi ensemble. Leurs familles vivent à Ceduna où elles sont scolarisées. Tilly et Vi, comme on les appelle, sont les meilleures amies du monde. Elles partagent tout, même si Tilly possède des affaires que la famille de Vi ne peut lui offrir. Le père de Tilly travaille pour les chemins de fer et gagne plus d'argent que son frère, ouvrier agricole.

C'est une journée particulière pour les filles. Leurs mères et d'autres femmes de la famille élargie ont réuni le clan. Ces deux dernières semaines, la nouvelle s'est répandue. Les femmes se retrouveront au Yari Miller Hostel de Ceduna pour accueillir un nouveau membre. L'auberge, qui héberge les ouvriers itinérants, sert aussi de lieu de rassemblement. Ceux de Tarcoola et Yalata y passeront la nuit. À présent, il y a une vingtaine de femmes et d'enfants dans la cour. Il y aurait bien plus de monde si les hommes et les jeunes étaient venus. Toutefois, ces réunions-là sont une affaire de femmes, et les hommes doivent parler de choses plus importantes. Leur comité réunit des informations à présenter à la Royal Commission, l'an prochain. Celle-ci enquêtera sur les dégâts provoqués par les essais de Maralinga.

Les femmes attendent, leurs petits garçons dissipés courant autour d'elles. Elles sont impatientes. Certaines sont assises sur un banc, d'autres accroupies à terre pour allaiter leur nourrisson. Cette journée est importante à bien des égards.

Pour Tilly et Vi, c'est le jour de leur rencontre avec Delaney Wynton.

Delaney Wynton est leur idole. Elles écoutent ses albums en boucle sur le magnétophone à cassettes de Tilly. Elles connaissent par cœur les paroles de toutes ses chansons. La chanteuse est un modèle pour les deux adolescentes, surtout pour Tilly, qui écrit des chansons et joue de la guitare. Un jour, elle sera célèbre, elle aussi. Après tout, Delaney Wynton est des leurs, et si une des leurs peut réussir, pourquoi pas elle ? Tilly est très ambitieuse.

Les femmes sont, elles aussi, impressionnées par la célébrité de Delaney Wynton, qui symbolise bien plus qu'une Aborigène ayant réussi dans un monde d'hommes blancs. Elle incarne le triomphe sur l'adversité des Kokatha, des Pitjantjatjara, des Yankuntjatjara et de bien d'autres habitants du grand désert du sud. Elle incarne le triomphe sur une période où tant de gens souffraient de cécité ou de mystérieuses maladies, où les hommes mouraient trop jeunes, où les femmes étaient stériles ou mettaient au monde des enfants mort-nés. Nombreux sont ceux qui subissent encore les conséquences de cette époque terrible. Leurs histoires seront entendues par la Royal Commission. Delaney Wynton, née au cœur de ce désastre, est devenue un symbole de la survie.

Les femmes sont là pour accueillir l'enfant d'Etta, le bébé miracle de Maralinga, qui a retrouvé ses racines et vient à la rencontre de son peuple.

Un taxi s'arrête devant l'auberge où les mères de Tilly et Vi se préparent à saluer Delaney. Elle vient en avion d'Adelaide et passera la nuit au Ceduna Community Hotel, mais elle a décidé de se rendre directement à la réunion.

Les deux femmes la reçoivent. La mère de Vi lui serre la main.

— Bonjour, je suis Ada. Bienvenue à Ceduna.

La mère de Tilly est moins formelle. La matriarche indiscutée de la famille élargie considère de sa responsabilité de fixer les règles.

— Je m'appelle Vonnie. Bienvenue dans la famille, Delaney.

Elle prend la jeune femme dans ses bras, un geste qui brise la glace et qui dissipe la gêne éventuelle de Delaney.

— Appelez-moi Del, propose-t-elle avec un sourire chaleureux.

Delaney a hérité de la beauté de sa mère.

— Entre donc dire bonjour à la famille, Del.

Vonnie prend le sac de voyage et les deux mamans entraînent la nouvelle venue dans la cour où les autres patientent en silence.

Tilly et Vi répriment un cri de joie et se précipitent vers leur idole pour faire dédicacer leurs pochettes de cassettes. Leurs mères leur ont demandé d'attendre leur tour. Il faut respecter le protocole. Delaney doit d'abord être présentée aux femmes, surtout celle dont elle est la plus proche, l'unique parente directe qu'il lui reste. Les adolescentes piaffent d'impatience. Elles trouvent la chanteuse encore plus belle qu'à la télévision.

Vonnie fait signe à la première personne de s'approcher. Bib est âgée d'une quarantaine d'années. Elle est intimidée à l'idée de rencontrer Delaney et n'aime pas être au centre de l'attention.

— Voici Bibi, annonce Vonnie sans préambule. Ta tante. La sœur d'Etta.

Delaney Wynton est touchée, c'est évident.

— Vous êtes la sœur de ma mère ? demande-t-elle d'une voix douce et claire.

Bibi hoche la tête, les doigts crispés sur le tissu de sa robe en coton, la tête baissée vers ses pieds nus. Elle est venue de Yalata avec sa cousine et sa famille rien que pour cette rencontre. Elle ne sait pas quoi dire.

— Dis bonjour à Del, lui intime Vonnie, un peu autoritaire. Allez Bibi, ne sois pas timide. C'est ta nièce.

— Bonjour Del, murmura-t-elle, docile.

— Bonjour, Bibi.

Delaney prend les mains de sa tante dans les siennes. Enfin, Bibi relève la tête. Leurs regards se croisèrent et Del sourit. Bibi ne peut s'empêcher de sourire à son tour. Elle reconnaît le sourire de sa sœur. Elle avait 12 ans lors de la disparition d'Etta et elle adorait son aînée.

Lorsqu'elles s'étreignent, Vonnie lance une salve d'applaudissements.

La partie formelle des retrouvailles se termine rapidement. Les femmes plus âgées du groupe sont présentées une par une à la chanteuse, qui les étreint. Vient ensuite le tour des plus jeunes et, enfin, des enfants.

Tilly et Vi mènent le groupe d'enfants qui entourent Delaney. Elle dédicace les couvertures de cassettes.

— Vous êtes sœurs ?

— Non, cousines, répond Tilly. Et amies.

— Tilly sera chanteuse à succès, comme toi, ajouta Vi. Elle écrit des chansons, elle aussi.

— Chante-nous une chanson, Del, implore Tilly, vite imitée par le chœur des enfants. Une chanson ! Une chanson !

— Je n'ai pas ma guitare, s'excuse Del.

— Moi, j'en ai une !

Tilly revient quelques instants plus tard avec la guitare d'occasion que son père lui a achetée.

— Elle est accordée, précise-t-elle à Del.

Del joue un accord ou deux.

— En effet.

— Chante-nous *Don't Look Back*, demande Tilly.

C'est son dernier tube qu'elle a interprété à la télévision il y a peu.

— Non. Je vais chanter une chanson inédite, que j'ai écrite il y a longtemps, quand j'avais à peu près ton âge, Tilly.

Elle s'adresse à l'assemblée entière :

— Voici une chanson sur la famille. Je savais que je vous retrouverais un jour. J'avais 12 ans quand je l'ai écrite en pensant à vous !

Elle pose un pied sur un banc et s'apprête à jouer. Les enfants l'entourent, assis par terre, les yeux pétillants.

— Quand j'étais une petite fille, à Adelaide, raconte-t-elle, j'ai découvert les étoiles de la Croix du sud, les cinq planètes qui forment la croix de la constellation et les deux qui montrent la voie. Sept étoiles en tout. Voici ma chanson.

Elle joue l'introduction de ses doigts agiles, puis entonne la chanson :

Quand je me sens triste, quand je n'ai pas le moral
Quand le monde tourne trop vite et le temps trop lentement
J'attends de voir les étoiles, le soir
Et je guette les sept étoiles qui lisent dans le ciel.

Elle chante sans artifices, d'une voix chaude et pure.

Car je sais que ma famille voit les mêmes étoiles
Qu'on se demande tous où nous sommes
Et chacun d'entre nous envoie de l'amour
Chacun d'entre nous admire les mêmes étoiles.

Le public est fasciné. Même les petits garçons turbulents sont sages. Vers la fin du couplet, Del accélère le tempo, puis elle encourage les enfants à chanter sur le refrain :

Je tape dans mes mains, je secoue la poussière
Je souris aux étoiles et je danse dans le sable
Car je suis une enfant du grand univers
Qui ne plie pas et ne peut être maudite...

La puissance de sa voix est envoûtante et sa chanson est un défi, une célébration des étoiles.

Ma famille d'étoiles m'accompagne où que j'aille
Et nous dansons sur des rythmes ancestraux...

Tout le monde chante, à présent, tape des pieds, tape dans ses mains, dans l'allégresse générale. À la fin de la chanson, retentit un tonnerre d'applaudissements.

Tilly veut savoir pourquoi Del n'a jamais enregistré cette chanson.

— C'est l'une de tes plus belles, dit-elle.

— C'est une chanson personnelle, une chanson de famille, rien que pour nous.

— Quel est son titre ?

— *La chanson des sept étoiles*.

— Ce serait un tube, c'est certain, promet Tilly.

À propos de Maralinga

En 1962, l'armée britannique plia bagage. Elle tenta de décontaminer la zone, en vain. Maralinga fut fermé en 1967 et laissé à l'abandon dans le silence éternel du désert.

Au cours des années qui suivirent, les inquiétudes grandissantes sur l'efficacité des mesures de sécurité durant les essais nucléaires et l'élimination des déchets radioactifs et toxiques firent boule de neige. Dans les années 1980, de nombreux militaires australiens et britanniques ainsi que des Aborigènes propriétaires des terres souffraient de cécité, de lésions et d'autres maladies comme le cancer. Des groupes tels que l'Atomic Veteran Association et le conseil Pitjantjatjara firent pression sur le gouvernement qui, en 1984, créa une commission visant à étudier les dégâts provoqués.

La McClelland Royal Commission livra son rapport en 1985. Il existait encore un risque important d'irradiation dans de nombreuses zones d'essai. Elle recommanda une décontamination, réalisée en 2000 pour un coût de 108 millions de dollars australiens.

Des autochtones affirmèrent avoir été empoisonnés par ces essais, mais la commission n'en avait découvert aucune preuve. Toutefois, en 1994, le gouvernement australien versa 13,5 millions de dollars australiens d'indemnités au peuple Tjarutja de Maralinga en compensation des dommages subis à la suite des essais.

La commission conclut également que certains militaires britanniques et australiens avaient été délibérément exposés aux retombées des explosions. L'Australien Department of Veterans' Affairs déclara que « les doses subies par les soldats australiens étaient minimales… seuls deux pourcents des participants avaient reçu plus que la dose limite acceptable pour les professionnels exposés aux radiations. »

Cependant, ces résultats furent contestés par l'Atomic Ex-Serviceman's Association, qui affirma que, sur les 10 700 personnes ayant travaillé dans cette zone pendant dix ans, dans les années 1950 et 1960, 9 000 étaient mortes avant 2005 dont entre 75 et 80 pour cent d'un cancer.

Le 6 juin 2009 (jour anniversaire du débarquement allié), environ 1 000 anciens militaires d'Australie, de Nouvelle-Zélande, des îles Fidji et de Grande-Bretagne, ayant participé à des essais nucléaires dans les années 1950, purent enfin poursuivre le gouvernement britannique à cause de problèmes de santé liés à l'irradiation.

Ils espéraient que la High Court britannique oblige le gouvernement australien à reconnaître les dommages subis par les vétérans australiens.

En dépit de deux programmes de décontamination menés par les gouvernements britannique et australien, des inquiétudes persistent sur certaines zones de Maralinga qui seraient toujours radioactives.

Remerciements

Je tiens à remercier mon mari, Bruce Venables. Merci également à ma famille et mes amis qui m'encouragent et m'apportent leur aide précieuse : mon frère Rob Nunn, Sue Greaves, Susan Mackie-Hookway, Michael Roberts, Colin Julin et mon agent, James Laurie. Un grand merci à toute l'équipe de Random House, notamment Brandon VanOver pour son soutien créatif.

De nombreuses personnes m'ont aidée dans mes recherches pour ce roman, mais je tiens à citer avant tout Leon et Dianne Ashton qui, en tant que gestionnaires du site de Maralinga, nous ont accueillis avec chaleur, Bruce et moi, et nous ont accordé leur temps et leur savoir. Merci à David Johns, qui m'a obtenu une autorisation de visite du site et aux Tjarutja de Maralinga qui nous ont permis de voyager sur leurs terres.

J'exprime ma gratitude à tous ceux qui m'ont aidée lors de mon voyage : Julie Sim, de la bibliothèque de Ceduna (dont le plan dessiné à la main m'a été d'une valeur inestimable), ainsi que Chris Blums et Meralyn Stevens ; au Ceduna Aboriginal Arts & Culture Centre, Pam Diment et Sue Andrasic ; Allan Lowe du Ceduna Museum ; Tanya et Andrea du Maralinga Tjarutja Land Council Office ; Patricia Gunter ; Des Whitmarsh ; le sympathique personnel du Ceduna Foreshore

Hotel et tous les habitants si accueillants de Ceduna. Merci à June Noble et Dick Kimber d'Alice Springs.

Parmi mes sources, citons :

Fields of Thunder, Denys Blakeway et Sue Lloyd-Roberts, Allen & Unwin Ltd, 1985.

Field of Thunder : the Maralinga Story, de Judy Wilks et Rolf Heimann, Nic Thieberger et Richard Watts (illustrations), Friends of the Earth, 1981.

Maralinga : Australia's Nuclear Waste Cover-up, Alan Parkinson, ABC Books, 2007.

A Political Inconvenience, Tim Sherratt, Historical Records of Australian Science, 1985.

Fallout : Hedley Marston and the British Bomb Tests in Australia, Roger Cross, Wakefield Press, 2001.

Maralinga's Afterlife, John Keane, professeur en sciences politiques, Centre for the Study of Democracy, University of Westminster, Londres, *The Age* Company Ltd, 2003.

A Toxic Legacy : British Nuclear Weapons Testing in Australia, in *Wayward Governance : Illegality and Its Control in the Public Sector*, P. N. Grabosky, Canberra, Australian Institute of Criminology, 1989.

I'm the One That Know This Country : the Story of Jessie Lennon and Coober Pedy, Aboriginal Studies Press for the Australian Institute of Aboriginal and Torres Strait Islander Studies, 2000.

The View Across the Bay, Sue Trewartha, publié par le Ceduna Community Hotel, 1999.

Broken song : T. G. H. Strehlow and aboriginal possession, Barry Hill, Random House Australia Pty Ltd, 2002.

Éditions Faubourg Marigny
11 rue Norman-Borlaug
79620 La Crèche

Retrouvez-nous sur www.faubourg-marigny.fr,
ainsi que sur Facebook, Instagram et Pinterest.

Faubourg * Marigny

www.faubourg-marigny.com

Par ce logo, nous témoignons d'une volonté de réduire les impacts environnementaux liés aux activités de l'imprimerie. Nous choisissons un imprimeur impliqué dans la réduction des gaz à effet de serre. Le choix de nos papiers assure que la production a été faite à partir d'un produit à base de bois et a suivi le cahier des charges d'une gestion durable des forêts européennes.

Achevé d'imprimer par CPI Firmin Didot (164348) en France en mai 2021 pour le titre « Sous le ciel de Maralinga ».

Suivi éditorial : Céline Garcia
Directeur artistique : Guillaume Bertineau
Conception : Ateliers Geste

Éditions La Geste
11, rue Norman-Borlaug
79260 La Crèche
contact@faubourg-marigny.com